Un bûcher sous la neige

Du même auteur
aux Éditions J'ai lu

LA FILLE DE L'IRLANDAIS
N° 8618

AVIS DE TEMPÊTE
N° 8970

LES REFLETS D'ARGENT
N° 11106

SUSAN

FLETCHER

Un bûcher sous la neige

ROMAN

Traduit de l'anglais
par Suzanne V. Mayoux

J'AI LU

Titre original :
CORRAG

Éditeur original :
Fourth Estate Ltd, Londres

Pour ceux qui furent là

J'ai reçu l'autre jour une requête inattendue, à la suite de deux gros glissements de terrain qui se sont produits là où les bulldozers travaillent sur les gisements d'ardoise. D'après quelqu'un... c'est parce que les ouvriers dérangent la tombe de Corrag, célèbre sorcière de Glencoe au temps jadis... Précision intéressante, elle devait en dépit de sa réputation sulfureuse être inhumée à Eilean Munda, île funéraire. On observait d'habitude que même si la mer était démontée, le temps épouvantable, un répit permettait au bateau d'assurer un enterrement. Dans le cas de Corrag, la tempête ne cessant pas, on finit par l'inhumer à cet endroit qui jouxte la route actuelle. Notons que dans les Highlands les îles servaient couramment de lieux de sépulture. Les loups ont subsisté ici, il faut s'en souvenir, bien plus tard que dans le Sud.

Barbara FAIRWEATHER
Clan Donald Magazine no8
1979.

Les forêts sont plus instructives que les livres. Les animaux, les arbres et les rochers vous apprennent des choses qui ne se trouvent pas ailleurs.

Saint-Bernard (1090-1153).

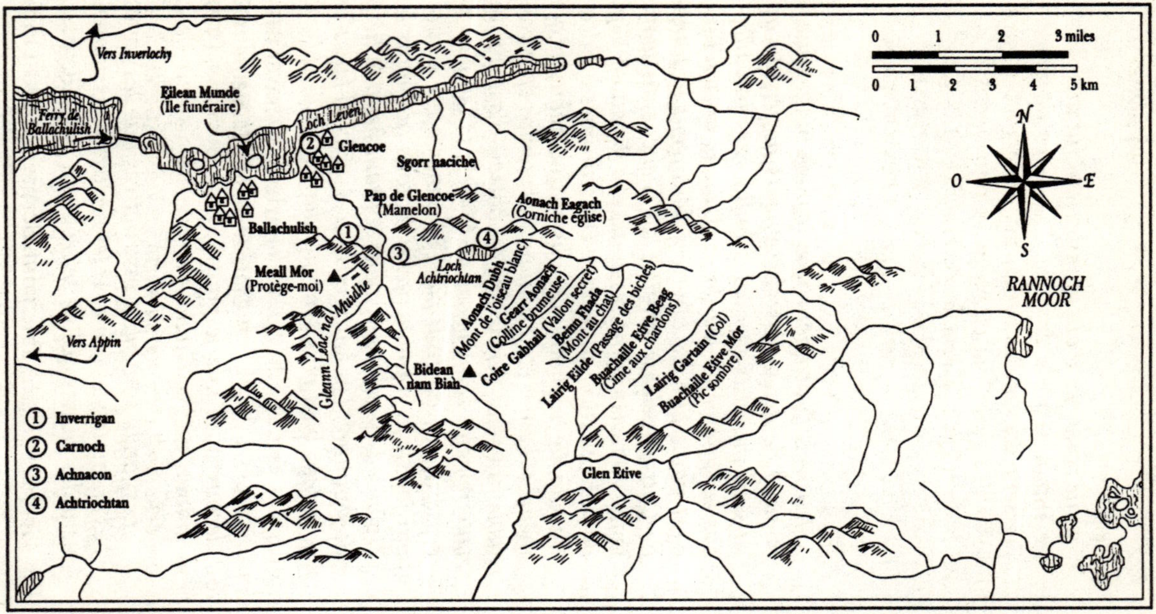
0 1 2 3 miles
0 1 2 3 4 5 km
N
S
O
E
Vers Inverlochy
Ferry de Ballachulish
Eilean Munde
(Ile funéraire)
Loch Leven
Glencoe
Sgorr naciche
Pap de Glencoe
(Mamelon)
Aonach Eagach
(Corniche église)
Ballachulish
Meall Mor
(Protège-moi)
Loch Achtriochtan
Aonach Dubh
(Mont de l'oiseau blanc)
Gearr Aonach
(Colline brumeuse)
Coire Gabhail (Vallon secret)
Beinn Fhada
(Mont au chat)
Lairig Eilde (Passage des biches)
Buachaille Etive Beag
(Cime aux chardons)
Lairig Gartain (Col)
Buachaille Etive Mor
(Pic sombre)
Bidean nam Bian
Gleann Leac na Muidhe
Vers Appin
Glen Etive
RANNOCH MOOR
1 Inverrigan
2 Carnoch
3 Achnacon
4 Achtriochtan

Édimbourg
18 février 1692

Jane,

Je ne me souviens d'aucun hiver qui fût aussi cruel ou me mît à si rude épreuve. Tempêtes de neige et gel sévissent depuis des semaines. Un féroce vent du nord s'infiltre dans ma chambre et tourmente la bougie à la lumière de laquelle j'écris. Par deux fois, elle s'est éteinte. Ce qui va m'obliger à être concis.

J'ai reçu des nouvelles aussi détestables que le temps.

Édimbourg grelotte et tousse, mais chuchote aussi. Au long de ses venelles comme sur ses marchés, on parle tout bas de traîtrise et d'une tuerie advenues dans la rude contrée des Highlands. La mort y est souvent violente, mais j'entends dire que les morts en question présentent une particularité méprisable. C'est un véritable massacre, semble-t-il, qu'a subi un clan. Ses hôtes ont trahi sa confiance et tué les gens dans leur lit.

À soi seul, un tel forfait serait abominable. Mais ce n'est pas tout.

Jane, on murmure qu'il a été commis par des soldats.

Mieux que quiconque, tu connais ma façon de penser. Tu connais mes sentiments, et si la chose est vraie – si ce sont des soldats qui ont versé ce sang –, alors ce doit être sur l'ordre du roi (ou l'Orange, l'appellerai-je, le prétendu roi, car il n'est pas le mien).

Il faut que je me rende dans cette vallée. Elle est sauvage et reculée, dit-on, et la neige en rendra sans doute l'accès difficile, mais c'est mon devoir. Il me faut découvrir ce que je pourrai et le communiquer, mon amour, car si Guillaume est l'instigateur de ce crime cela peut amener sa perte, et notre succès. Tout ce que je souhaite, tu le sais, c'est rétablir le vrai roi sur son trône.

Prie pour mon entreprise. Demande au Seigneur d'en favoriser l'issue. Prie pour la sauvegarde de tous nos frères en cette cause, car sa défense nous fait courir de grands risques. Et pourrais-tu aussi prier pour un temps plus clément ? Cette neige me donne la toux.

La bougie coule. Je suis contraint de terminer cette lettre, faute de quoi j'écrirai bientôt à la seule lumière du feu qui ne suffit pas pour mes yeux.

Avec l'amour de Dieu et le mien,

Charles

UN

I

« La lune en est la souveraine. »

du Troène

Herbier complet
Culpeper

1653

Quand ils viendront me chercher, je penserai à l'extrémité de la corniche du nord, car c'est là que j'ai été la plus heureuse, avec le ciel et le vent, et les collines toutes sombres de mousse ou de l'ombre d'un nuage les survolant. Je reverrai ce moment où un coin de montagne s'éclaire soudain, comme si ce rocher avait été choisi entre tous les autres par le soleil, marqué par ses rayons. Il va briller, puis s'assombrir à nouveau. Je serai là cheveux au vent puis rentrerai chez moi. J'aurai en moi ce rocher éclairé par le soleil. Je le garderai en sécurité.

Ou bien je penserai à ma course dans la neige. Il n'y avait pas de lune mais je voyais l'étoile du matin, on dit que c'est l'étoile du diable mais c'est aussi celle de l'amour. Elle luisait cette nuit-là, elle luisait très fort. Et moi je courais au-dessous en me répétant *que tout aille bien que tout aille bien*. Puis j'ai vu les terres en bas qui étaient tellement paisibles, tellement blanches et immobiles et endormies que j'ai pensé que l'étoile avait peut-être entendu, alors tout allait bien, la mort n'approchait pas. C'était une nuit de beauté, à ce moment. La plus grande beauté que j'avais vue de toute ma vie. Ma courte vie.

Ou encore je penserai à *toi*.

Dans mes derniers instants silencieux, je penserai à lui près de moi. Comment, très doucement, il a dit : *toi*...

Certains l'appellent *un sombre endroit*, comme s'il n'y avait rien de bon à trouver dans ces collines. Mais du bon, moi je sais qu'elles en étaient pleines. Je grimpais sur les hauteurs enneigées. Je m'accroupissais au bord du loch et je me penchais pour y boire, si bien que mes cheveux flottaient dans l'eau, et je levais la tête pour voir la brume tomber. Par une claire nuit de gel, alors qu'on racontait que tous les loups avaient disparu, j'en ai entendu un qui hurlait du côté de Bidean nam Bian. C'était un cri tellement long et triste que j'ai fermé les yeux en l'entendant. Il pleurait sa propre fin, je crois, ou la nôtre, comme s'il savait. Les nuits là-bas ne ressemblaient à aucune autre. Les collines étaient très noires, des formes découpées dans du drap, le drap du ciel bleu foncé, étoilé. Je connaissais les étoiles, mais pas ces étoiles-là.

Voilà de quoi elles étaient faites, les nuits. Et les jours, c'étaient des nuages et des rochers. Les jours, c'étaient des sentiers dans l'herbe, et cueillir mes plantes dans des coins détrempés qui me tachaient les mains et laissaient sur moi leur odeur de tourbe. J'étais mouillée, je sentais la tourbe. Des biches suivaient leurs chemins. Je les suivais moi aussi, ou me blottissais dans leurs tanières et le reste de leur chaleur. Je voyais ce que leurs yeux noirs avaient vu avant mes yeux à moi. Les jours là-haut, voilà de quoi ils étaient faits : des petites choses. Par exemple, observer la rivière qui se sépare en deux autour d'un rocher et après se réunit.

Ce n'était pas *sombre*. Non.

L'obscurité, il fallait que je la trouve. Il fallait basculer des rochers ou la chercher dans des grottes. Les nuits d'été pouvaient être tellement claires, tellement remplies de lumière que je me recroquevillais comme une souris, me couvrais les yeux avec la main pour avoir un peu d'obscurité où dormir. C'est comme ça que je dors, même maintenant, recroquevillée.

Je penserai à ces choses-là. Quand ma vie va finir. Je ne penserai pas aux tirs de mousquets ni à l'odeur qu'on respirait près d'Achnacon. Ni aux corps ensanglantés.

Je penserai à l'extrémité de la corniche du nord. Au vent qui faisait voler mes cheveux autour de moi. À la vallée que je voyais s'éclairer et s'assombrir sous les nuages, ou au moment où il m'a dit *tu m'as changé*, debout près de moi. J'ai pensé *c'est le bon endroit*, en me tenant là. J'ai pensé *c'est mon endroit* : le mien, car j'étais faite pour lui.

Il m'attendait, et j'avais fini par le trouver.

Les endroits ont toujours beaucoup compté pour moi. J'étais faite pour ceux où les gens ne vont pas, comme les forêts, ou le terrain mou, marécageux où les pieds s'enfoncent avec des bruits de tétée quand on marche. Enfant, j'allais souvent dans les marécages. J'observais les grenouilles, ou écoutais les joncs agités par la brise et ça me plaisait, ce que j'entendais. C'est de cette manière que j'ai su ce que j'étais.

Tu comprends ? disait Cora en souriant.

Pour elle aussi, les endroits comptaient. Elle traînait ses jupes sur la boue et sur le sable mouillé. Elle était griffée par les ronces, tachée par les fruits, et elle avait vécu un temps dans une vieille roue hydraulique, sur son bois doux, verdi. Elle disait qu'elle y était solitaire, mais *est-ce que j'avais le choix ? Dis-moi ?* Guère. Certaines personnes ne peuvent pas vivre parmi les autres. Nous essayons. Nous allons dans les marchés et disons *bonjour*. Nous aidons les paysans à ramasser le foin et cueillons les pommes à cidre sur les arbres où bourdonnent les abeilles, mais il suffit d'un rien – un lièvre, une lune étrange – pour que le mot *gueuse* sorte des bouches. *Putain*. Là, ils haussent le sourcil. Ils réclament des cordes pour nous ligoter, alors nous sommes prises de tant de tristesse et de crainte pour notre petite vie que nous nous réfugions dans les endroits déserts, ce qui amène les gens à nous traiter de gueuses encore plus. *Elle vit toute seule. Elle se promène dans le noir, paraît-il...* Mais où être en sécurité ? Nulle part où il y a des maisons. Il ne restait à Cora que les hauteurs, ou les bas-fonds. Des endroits tellement venteux que les arbres étaient pliés, rabougris. Nous allions là, elle et moi, parce que les autres ne s'y rendaient jamais.

J'ai vécu dans des grottes et des forêts. Mes pieds étaient lacérés par les épines. Quand je me hasardais dans un village en quête d'œufs ou de lait les habitants faisaient des signes de croix, crachaient. Je le connais aussi, ce bruit-là, comme un renvoi, comme un chat qui vomit les os de l'oiseau qu'il a dévoré d'un coup, tous les petits morceaux pointus et les plumes. Ils lançaient entre leurs dents *on sait ce que tu es...* Le savaient-ils ? Ils le croyaient. Quand j'étais encore en Angleterre, ils se servaient des vieilles vérités – ma naissance enneigée, mon goût des marécages – pour forger de pures menteries, par exemple qu'on m'avait vue lever une épaule et me transformer en corneille. Jamais je n'ai fait ça.

J'ai vécu dehors. Sur des landes, à tous les vents.

J'ai habité une cabane que j'avais bâtie moi-même, de mes mains, avec des branches, des pierres et de la mousse. Les montagnes me regardaient d'en haut quand je m'y blottissais le soir.

Et à présent ? À présent je suis ici.

Dans un cachot, enchaînée.

Il neige. Par la lucarne, je vois qu'il neige. Ça dure depuis des mois, je crois, la neige, la glace bleuâtre et la froidure. Des mois à voir le nuage de mon haleine. Je souffle et vois sortir mon haleine et je me dis *regarde. Voilà ta vie. Tu es encore vivante*.

La neige me plaît. Elle m'a toujours plu. Je suis née sur une terre durcie par un âpre mois de décembre, au moment où les gens à l'église chantaient en claquant des dents une histoire de trois rois mages. Cora disait que le temps qu'il fait quand vous naissez sera le vôtre pour toute la vie, votre temps à vous. *Tu brilleras le plus au milieu des tempêtes de neige*, elle me disait. *Eh oui*... Je la croyais, car le tonnerre grondait à sa naissance et elle avait toujours un regard orageux.

Neige et glace sont donc miennes. Et j'ai connu de durs hivers. J'ai entendu les poissons cogner sous la glace. J'ai vu une trappe geler si bien qu'elle n'a pas pu s'abattre, mais pour finir l'homme a quand même été pendu. Une fois, sur un de ces hauts cols de l'Écosse, j'ai creusé avec mes mains un trou dans les congères pour m'y enfouir, et les soldats sont passés sans se douter que j'étais tapie là-dedans. Ça m'a sauvé la vie, je crois. Je suis une créature robuste. Des gens meurent de froid, mais moi pas. Ma peau n'a jamais bleui, un homme a dit que c'était le feu diabolique en moi qui me tenait chaud, *dépêchez-vous de ligoter cette catin*. Mais il n'y avait pas de feu diabolique. Simplement, le temps était à la neige quand je suis née et il me fallait être robuste pour rester en vie. Je voulais vivre, dans cette vie. Alors je suis devenue forte et j'ai survécu.

Et puis l'hiver est une saison déserte. Plus sûre. Qui va s'aventurer dehors par les nuits de gel ou les matins blanchis sous la bise ? Peu de gens, et aucun d'eux de son propre gré. Au long de mon voyage sur la jument grise et *nord-ouest* en tête, il m'arrivait de ne voir personne des jours durant. Rien que nous, à galoper. Ma jument et moi, avec des flocons de neige dans nos crinières. Et quand nous faisions pourtant des rencontres, c'étaient le plus souvent des êtres misérables, bohémiens cherchant quelques noix ou hommes déchus. Ivrognes. Un voleur ou deux. Et des renards qui fuyaient le fusil du chasseur avec ce regard dans les yeux, ce regard fou de terreur que je connais. Une fois, au fond d'un bois en Écosse, je suis tombée sur des gens agenouillés dans l'obscurité, ils prenaient en bouche le corps du Christ et il y avait là un prêtre qui récitait des paroles d'église. En les regardant, je me suis demandé *pourquoi ici ? Et de nuit ?* Je ne comprenais pas. Je n'ai jamais compris grand-chose à Dieu ou à la politique. Mais je sais que ces gens à genoux étaient des covenantaires[1], un mot qui sent la poudre. Ils risquaient la mort pour leurs prières, voilà pourquoi ils faisaient ça dans les bois, la nuit.

Et une autre fois j'ai croisé une fille toute seule. Elle avait mon âge, à peine. C'était dans les

---

1. Cf. éléments de contexte historique p. 457.

Lowlands, sous des arbres au petit matin, et nous avons ralenti elle et moi, nos mains se sont effleurées. Nous avons échangé un regard, nos yeux disaient *sois prudente, sagace, protège-toi*. Car qui est plus que nous exposé à la haine ? Qui y a-t-il de plus solitaire que celle qu'on traite de *sorcière* ? Un court moment, nous avions toutes deux une amie. Mais nous étions des créatures pourchassées, elle, le renard et moi. J'ai donc pris le chemin d'où elle venait, et elle a pris celui que je laissais derrière moi.

*

Sorcière. Comme une ombre, ce n'est jamais loin.

Il y a d'autres noms : *gueuse*, et *putain*. *Malfaisante*. *Roulure* revient souvent, aussi, et pareils noms sont trop cruels pour les lier à un chien mais on les a aisément liés à moi. Je les traîne. *Saleté* une fois, comme si j'étais une coulée de fiente dans la rue, même pas un être humain. Après ça j'ai pleuré. Un jour, au marché, on a traité Cora de *trou du Diable*.

Mais *sorcière*...

Le plus vieux des noms. Le pire. Je connais son poids de fange. Je connais la forme de la bouche qui le crache. Je crois que c'est le mot le plus honni, encore plus honni que *Highland* ou papiste. Il y a des gens qui refusent de dire *Guillaume* comme si c'était du poison, je sais qu'ils sont nombreux à ne pas vouloir qu'il soit roi. Mais il est bien le roi, pour le moment. Et moi, on m'a toujours appelée *sorcière*.

Ma naissance en décembre ne vint pas sans mal. Ma mère perdait trop de sang, et elle hurla si longtemps que sa gorge se fendit en deux, comme ça peut se faire dans les grandes douleurs. Son hurlement portait deux voix, la sienne et celle du diable, d'après les gens qui l'entendirent depuis l'église. Je suis sortie à ce son-là. J'ai glissé hors d'elle sur la terre bleutée, étincelante, sous un ciel étoilé, et elle a ri. Elle a pleuré et ri en me voyant. Elle a dit que ma vie serait pareille à ça : froide, dure, à la belle étoile.

Sorcière, elle a dit en pleurant.

Elle fut la première à le dire.

Plus tard, au lever du jour, elle m'a donné mon vrai nom.

Je le dis, voyez. *Sorcière*... Et mon haleine change ce mot en un nuage blanc.

J'ai essayé de ne pas m'en soucier. J'ai essayé très fort.

J'ai essayé de me répéter *ça ne fait pas mal*, et de sourire. Et je peux considérer que *sorcière* était à sa manière un présent, voyez ma vie... Voyez vers quelles beautés le mot *sorcière* m'a poussée. Les aubes au ciel rosé, les cascades, les longues plages grises devant une mer grondante, et voyez les personnes que j'ai rencontrées, quelles personnes ! J'ai rencontré des âmes généreuses, sagaces, courageuses, et sans *sorcière* il n'en serait rien. Quel amour ça m'a offert, aussi. Sans *sorcière*, je n'aurais pas connu l'homme qui m'a amenée à penser *lui, lui, lui*, tout le temps. Lui qui a relevé derrière mon oreille une mèche de mes cheveux, lui qui a dit *toi*...

Lui. Alastair. C'est grâce à *sorcière*.

Alors ça valait peut-être la peine, finalement.

J'attends ma mort. Je pense *lui*, et me demande combien de jours il me reste pour y penser. Je retourne mes mains et les contemple. Je palpe mes os sous la peau – mes chevilles, mes petites hanches – et me demande ce qu'ils vont devenir quand je ne serai plus là.

Je me pose maintes questions.

Par exemple, *qui se souviendra de moi ? Qui se rappellera mon vrai nom, mon nom entier ?* Car *sorcière* est ce qu'ils crieront pendant que je mourrai. *Sorcière*, pendant que la lumière des flammes emplira le ciel.

C'est comme si j'avais eu plusieurs vies. Voilà ce que je me dis : plusieurs vies. Quatre. Il y a des gens qui mènent leur vie et n'en connaissent pas d'autre, c'est bien, peut-être le mieux, mais pas pour moi. Moi, j'étais une feuille à tous les vents.

Quatre vies, comme il y a quatre saisons.

Quelle a été la plus heureuse ? Je voudrais les revivre toutes, car toutes avaient du bon. J'aimerais retourner dans la chaumière près du ruisseau, avec les chats endormis sous l'avant-toit. Ou marcher encore dans l'ombre de l'ormaie au sol moucheté, plein de bestioles. *Une amie des sorcières*, disait Cora, car elle y trouvait la plupart de ses remèdes. C'est là que je me suis démis l'épaule pour la première fois, et que nichaient les meilleurs faisans à attraper et manger, ce qui nous arrivait parfois.

Ou bien j'aimerais revivre ma deuxième vie. Ma deuxième vie était une chevauchée. C'étaient des terres désertes, du vent, et de la boue sur mon visage, soulevée par ses sabots. Cette jument grise, je l'adorais. Mes doigts se nouaient dans sa crinière tandis qu'elle parcourait des lieues et des lieues au galop, s'ébrouait, faisait gicler les mottes. Je me cramponnais en pensant *va ! Va !*

Mais c'est surtout ma troisième vie que j'aimerais reprendre. Ma vie dans la vallée. Je l'ai vécue trop peu de temps, elle a été trop courte. C'est pourtant la meilleure que j'ai connue : où d'autre ai-je vu mon reflet et pensé *tu es là où tu dois être, enfin*. Et où d'autre y a-t-il eu des gens qui n'avaient rien contre moi, m'acceptaient comme j'étais ? Ils me mettaient une coupe entre les mains en disant *bois donc*. Ils déposaient des poules près de ma cabane pour me remercier, me saluaient d'un signe de la main, et j'avais rêvé de ça tout au long de mon existence solitaire. Je ne souhaitais profondément que trouver l'amour et des amis humains. Être au milieu d'une foule et penser *Ceux-là sont de la même espèce que moi. Ma tribu.*

Voilà ce que fut ma troisième vie.

Oui, je tiens beaucoup aux endroits. Mais si je suis ainsi, c'est à cause de ceux qui me regardaient de travers et ne se fiaient pas aux vertus des plantes ni à une fille aux yeux gris. En crachant *sorcière* ils m'ont poussée vers mes endroits. Ils m'ont envoyée là-haut, dans la contrée où souffle l'air libre.

À la vérité, pourtant, je regrette de ne pas avoir passé plus de temps avec les autres, avec ces gens des Highlands que les mains sales, les cheveux emmêlés ou mon accent anglais ne faisaient jamais grimacer, et qui s'arrêtaient comme moi pour regarder les oies voler vers le sud.

Alors je tiens aux endroits, au vent, aux arbres.

Mais plus que tout ce sont les bonnes personnes qui comptent pour moi.

Comme Alastair. Cora. Le chef de ce clan, qui est mort à présent.

Je pense aussi à Gormshuil. Je la revois le soir d'avant les assassinats, la manière qu'elle a eue d'approcher la main de ma joue sans la poser dessus, comme si elle craignait de me toucher. Elle a dit *du sang va couler*, et elle en a dit davantage. *Un homme te trouvera. Un homme viendra à toi, il verra tes poignets de fer, tes petits pieds. Il écrira des choses, de ces choses...*

Que pouvaient signifier ses paroles ? Je les ai balayées. J'ai cru que c'était l'effet de l'herbe-aux-poules, ou un songe. Je voyais Gormshuil sous la neige qui tombait et j'ai secoué la tête. *Non... Mes poignets ?* En les regardant, je me suis dit *ils sont roses, faits de chair et d'os. Ils sont comme il faut.* C'était l'herbe-aux-poules, à coup sûr. Elle en avait les dents verdies.

Or le sang a coulé à Glencoe comme elle l'avait annoncé. Oui, le sang a coulé.

Un homme te trouvera.

J'entends ces mots, maintenant.

Qui est-ce qui les dit ? Moi. Je répète les mots de Gormshuil et je me rappelle son regard. Je revois les rides creusées sur son visage par tout ce qu'elle avait perdu, et la peau du crâne sous ses cheveux mouillés de neige. Je me demande si elle est morte elle aussi. Peut-être. Je crois quand même qu'elle vit toujours sur ce pic tempétueux.

Un homme te trouvera. Poignets de fer.

Il y a des choses que nous savons. Nous les entendons et pensons *je le sais*, comme si la connaissance avait toujours été là à attendre au fond de nous. Et je le sais. Elle avait raison. Il y avait une lumière en elle quand elle a dit poignets de fer, une lumière ouverte, stupéfaite, l'air d'être plus sûre que jamais de ce qui lui venait en tête. Comme l'est une biche, quand elle vous voit et prend peur, car elle sait que vous êtes réel, que vous respirez et que vous étiez tapi tout ce temps dans votre coin.

Alors j'attends. Avec mes chaînes et la crasse.

J'attends, et le voilà qui vient. Un homme que je ne connais pas vient à cheval vers mon cachot.

Quand je me recroqueville dans la paille, je regarde dans l'obscurité et vois mes autres vies.

Je vois les marécages, la vallée. Mais je vois aussi son visage.

Ses lunettes.

Ses souliers soignés, ornés de boucles, et sa mallette en cuir.

Auberge de l'Aigle
Stirling

Jane,

Je t'écris de Stirling. L'encre est médiocre, pardonne donc l'écriture encore pire. Pardonne aussi ma mauvaise humeur. Je n'ai mangé ce soir qu'un quignon de pain et mon lit demeure humide de la froidure, ou du dormeur qui m'a précédé. De plus, j'espérais être à présent parvenu plus au nord, mais le temps se montre obstinément hostile. Nous n'avons fait route que dans les basses terres. La perte d'un cheval avant-hier nous a coûté des heures, voire des jours. L'ensemble est très contrariant.

Remontons un peu en arrière ; tu connaîtras toutes mes étapes, comme le doit une épouse.

J'ai quitté Édimbourg vendredi, voici des mois dirait-on. Je suis redevable à un gentilhomme qui m'a prêté une monture vigoureuse et des fonds, mais ne puis le nommer. Bien que je déteste te celer quoi que ce soit, en écrire guère plus à son sujet risquerait de le mettre en danger. Disons simplement qu'il est homme de pouvoir, respecté et bien disposé envers notre cause. J'ai même entrevu une rose blanche brodée sur son pourpoint, ce qui pour nous tous signifie jacobite. *Nous avons bu à la santé du roi Jacques et à son prompt retour, car il reviendra. Nous ne sommes pas nombreux, Jane, mais nous croyons en notre force.*

Je projetais de gagner un lieu dénommé Inverlochy, sur la côte nord-ouest de l'Écosse. Il y a là un fort et des habitations. Et cela se trouve à une journée de chemin de ce Glen of Coe dévasté. Le gentilhomme m'a assuré que le gouverneur du fort, un certain colonel Hill, est quelqu'un de bon, clairvoyant, et qu'il pourrait me loger, mais je crains que la neige ne fasse obstacle. Deux domestiques avec qui je voyage parlent de lourdes chutes de neige sur la lande située entre le fort et ici. Ce sont des hommes revêches, et des autochtones. Pendant que j'écris cette lettre, ils sont en train de boire dans les bouges de la ville. Je n'ai pas confiance en eux. Je serais enclin à insister pour que nous prenions néanmoins cette voie enneigée, car nous sommes parvenus jusqu'ici à travers de semblables intempéries. Mais je ne puis risquer de perdre un autre cheval. Et ne pourrai non plus servir Dieu si je péris sur la lande de Rannoch.

Demain, donc, nous chevaucherons vers l'ouest. Inverlochy devra attendre.

Notre destination est maintenant la ville d'Inverary, une petite cité du clan Campbell sur les rives du Loch Fyne. La côte jouit d'un climat plus doux, paraît-il. Comme il paraît aussi que les Campbell sont puissants et riches, j'espère trouver chez eux un lit plus chaud que celui dont je dispose à Stirling. Nous pourrions là remplumer nos chevaux et nous-mêmes, nous reposer et attendre le dégel. Le lieu semble convenir au repos. Mais il me faudra prendre garde, Jane : ces Campbell sont inféodés à Guillaume. Ils lui sont loyaux et le soutiennent, ils ne verraient pas ma cause d'un bon œil. Ils l'appelleraient traîtrise, ou pis. Je devrai donc dissimuler mes sentiments et tenir ma langue.

Maudit soit ce temps. Je tousse plus fort et crains que les engelures me reprennent. Te rappelles-tu comme elles me firent souffrir durant le premier hiver après notre mariage ? Je ne voudrais pas que cela recommence.

Je me sens loin de toi. Je me sens loin de l'Irlande. Et loin aussi de ceux qui partagent nos opinions ; je leur écris à Londres pour demander de l'aide, leur assistance sous forme de messages ou de fonds, mais n'en ai pas de nouvelles. Ces intempéries ralentissent peut-être l'acheminement des messages. Peut-être retardent-elles ceux que je t'envoie.

Pardonne-moi. Je suis geignard, ce soir. C'est la faim qui me taraude, faim de nourriture, de chaleur, d'un peu d'espoir en cette période tourmentée. Faim de toi, aussi, mon amour. Je songe à toi occupée à lire près du feu à Glaslough, et je voudrais pouvoir être avec toi. Mais j'ai le devoir de servir Dieu.

Chère Jane. Tiens-toi au chaud et au sec.

Je m'efforcerai d'en faire autant, et t'écrirai d'Inverary. Le trajet risquant d'être ardu, ne t'attends pas à recevoir très vite la prochaine lettre. Sois patiente – comme tu montres d'autres vertus –, car une lettre viendra.

Avec l'amour de Dieu, toujours,

Charles

II

« La graine noire [soigne] aussi
ceux qui ont le sommeil
perturbé par la maladie
nommée Ephilates ou Incubus,
mais que nous appelons communément
cauchemar. »

de la Pivoine

Il y en a qui m'attendent. Je le sais. Je sais aussi qui ils sont. Leur cœur à tous ressemblait au mien : des cœurs sauvages, sans entraves. Le cœur de Cora était le plus sauvage – impétueux comme peuvent l'être les nuages –, et elle m'attend. Sa mère, aussi, je ne l'ai jamais rencontrée mais je sais qu'elle est menue et qu'elle a du plantain d'eau dans les cheveux. Ainsi que Mrs Fothers, car je l'ai vue une fois regarder l'étoile du soir avec les larmes aux yeux, et je me suis dit *son cœur ressemble au mien.* Je pense donc qu'elle m'attend.

Il y a l'homme à la tache couleur de prune sur le visage. C'est son cœur qui a fini par le tuer, je crois, parce qu'il avait le cœur las quand je l'ai connu, et bien des années ont passé depuis. Et ce garçon que j'ai trouvé blotti, effrayé par les chiens qui aboyaient, il m'attend patiemment. Comme notre cochon. Je regrette de l'avoir tué, le cochon au groin de velours, mais je l'ai fait et maintenant il m'attend comme si mourir ne l'avait pas dérangé. Il attend en secouant ses oreilles.

Et il y a aussi ma jument. Ma jument tachetée, à la grosse croupe, ma jument que j'aimais tellement fort. Je la vois me regarder et je pense *j'aime ma jument tachetée.*

Et *eux*, pour sûr. Les MacDonald de Glencoe. Ceux que je n'ai pu sauver. Les Écossais morts depuis peu qui attendent en rang, leurs blessures de mousquet refermées, la peau intacte, quand je les rejoindrai, ils m'appelleront par mon nom, pas *sorcière* ni *Sassenach*.

*

Ils sont les vivants que j'ai aimés, morts à présent. Leur corps est rongé par les vers mais leur âme est libre, dans l'autre monde, dans les airs. *L'au-delà*, disait Cora, *où nous allons tous un jour. Notre mort est un seuil qu'il faut franchir*, et à l'entendre ça paraissait une bonne chose. Calme et bonne. Faisant partie de la vie, ce qui est la vérité.

Mais j'avais tort de croire que c'était calme. Ou tort de croire que ça se passait toujours comme ça. J'étais une enfant, avec des idées d'enfant, et je croyais qu'on mourait toujours en se couchant, fermant les yeux et poussant un soupir. Je croyais que ce soupir s'envolerait dans le vent. Mais non. C'est seulement quand j'ai tué le cochon et qu'il a crié que j'ai pensé *ça peut faire mal. Être sanglant et triste.* J'ai reçu là une terrible leçon. Après, j'en savais plus long. Cora disait que le gris de mes yeux était devenu plus foncé.

Ça peut faire mal. Oui.

Et j'ai vu plus de morts douloureuses que de morts douces. Il y a eu le nid qui est tombé et les petites vies à plumes gobées par les chats. À Hexham, un homme a été mis au pilori et on lui a jeté des pierres jusqu'à ce qu'il meure, pour quelle faute ? Pas grand-chose, sans doute. Il y a eu aussi la veuve Finton, je ne sais pas comment elle est morte mais c'est seulement au bout d'une semaine que les gens ont senti l'odeur et l'ont trouvée. Un seuil à franchir ? Ça, je le crois encore. Je le sais, parce que j'ai vu des âmes le faire. Mais toutes les morts ne sont pas paisibles. Ils ont de la chance, ceux qui y ont droit.

Nous, nous n'avons pas droit à ça. À une mort paisible.

Nous qu'on appelle *gueuses*.

Pourquoi nous y aurions droit ? Puisqu'on raconte que nous vénérons le diable et tuons des petits enfants pour les manger ? Puisque nous volons du lait rien qu'en le souhaitant ? Pas de fin facile pour nous. Pour la mère de ma mère, ils ont employé le tabouret plongeur. Toute la ville regardait pendant qu'elle était ballottée comme une barque trouée et s'engloutissait enfin. Je me le suis imaginé quand j'étais une enfant, dans les marécages avec les grenouilles et les roseaux qui se balançaient. Je me suis penchée jusqu'à avoir le nez dans l'eau et ne plus pouvoir respirer, et j'ai pensé *elle est morte comme ça, est-ce que c'était une mort facile ? Sans douleur ?* J'en doutais. J'ai toussé, recraché du roseau. Cora m'a empoignée et injuriée tout en retirant de mes cheveux du frai de grenouille.

Et puis il y a les morts tournoyantes. Comme celles des Mossmen[1]. Celles-là, j'y ai assisté, j'ai vu qu'on vous passe sur la tête la corde pareille à une couronne trop large, qu'on vous ligote les mains à double tour. La foule siffle ou acclame comme si vous étiez roi. Ensuite vient le *pan*, et il y en a

1. Cf. éléments de contexte historique p. 457.

peut-être qui meurent vite mais j'ai vu les talons se débattre et j'ai pensé *quelle tristesse. Quelle tristesse immense existe dans le monde.*

Et le percement. Un mot terrible.

Ça, c'est une pratique rien que pour nous, pour *sorcière* et *putain*. J'ai toute ma vie eu peur des perceurs, parce que Cora en avait peur. Elle tremblait quand elle en parlait. Elle se rapetissait et se cachait. *Une partie d'une sorcière ne saigne pas*, elle murmurait, *c'est ce que dit l'Église. Alors ils enfoncent des épingles dans les chairs de nos femmes, pour la chercher*... J'ai demandé *grandes comment ? Les épingles ?* Et elle a écarté les mains comme ça, comme font les pêcheurs quand ils racontent leurs histoires.

Un seuil, Cora disait, *qu'il nous faut franchir.*

Oui.

Mais pourquoi de ces manières-là ? Pourquoi en souffrant ? Si seulement nous pouvions tous trouver un endroit sur les hauteurs avec des nuages et de l'air, fermer les yeux, glisser dans un sommeil profond, et ce serait notre mort. Sans corde ni épingles. Sans la foule ni les crachats. Rien que le vent, et savoir que ceux que vous aimez sont à l'abri, qu'ils chériront votre mémoire et que tout est dans l'ordre des choses.

Les nuages, et le sommeil. Voilà quelle mort je choisirais.

Mais je ne peux pas choisir. On a fait le choix à ma place. Comme on choisit un fruit.

Pourquoi le feu ?

J'ai posé la question au geôlier. Je l'ai posée à l'homme qui est venu voir mes plaies et étancher le sang. Je l'ai posée à celui qui se nomme Stair et a toujours haï les *sorcières*. J'ai demandé *pourquoi le feu ? Pourquoi ? Je vous en prie, pas par le feu*... Et Stair m'a regardée un moment, à travers les barreaux. Je plaidais ma cause. Je bredouillais, suppliais. Lui, il se curait les dents, puis il a lentement tourné le dos et il est sorti en disant *le feu, je pense que c'est le mieux. Il fait si froid... Ça va réchauffer la ville, tu ne crois pas ?*

J'ai secoué les barreaux. J'ai cogné dessus avec le fer de mes poignets et tapé du pied contre mon seau. Je hurlais *Pas par le feu ! Pas comme ça ! Et revenez ! Revenez ! Revenez ! Revenez !*

Je secouais les barreaux encore et encore.

J'entendais l'écho de ma voix tandis que le son de ses pas s'éteignait.

Ce sera donc par le feu. Dehors, on apporte du bois. J'entends des hommes le traîner sous la neige, et marteler des clous. Dans ce cachot, je regarde ma peau. Je vois les cicatrices et les taches de son. Je palpe mes os, je suis du doigt le cours des veines au long du bras et de la main, je touche les coins sensibles, le creux de mes jambes, mon ventre. La peau rose, fripée entre mes orteils.

L'au-delà. Où ils m'attendent.

Cora, l'homme au visage couleur de prune... je les aime.

Mais je n'ai pas envie de les rejoindre. Pas encore, et pas comme ça.

Je suis agitée ce soir. J'ai peur.

Ce soir, je respire trop vite. Je marche sans fin de long en large. À force que je racle mon poing contre les barreaux, mes jointures saignent et me font mal, mais la douleur dit *je suis vivante*, mon corps contient encore du sang et il fait ce qu'il doit faire. Je me parle, alors mon haleine sort toute blanche, et quand je m'assois, recroquevillée, je tiens mes pieds très serré et me balance comme les enfants qui ont des tracas. Pour me calmer, j'essaie de me répéter *chut, chut*, mais ça ne sert à rien. J'appuie les genoux contre mes yeux et me dis que ma mère m'attend, et ma jument, et les gens des Highlands, et *ce sera bien de la revoir, non ? Alors, chut*, je me dis en caressant ma peau.

J'avais tellement peur que j'ai vomi sur moi. J'en ai pleuré. Le vomi sur mes cheveux, et mes jupes, et je regardais mes mains, et quand le geôlier a vu ça il a craché, il a dit *oh tu es possédée par le diable, pas de doute. Vile souillon...* comme si lui, il était tout propre et bien élevé. J'ai essayé de me nettoyer. J'ai essayé de me calmer mais j'avais trop peur, ce soir. Je pleurais, je me ratatinais, et j'ai encore vomi.

Plus que tout, j'ai peur de la douleur. Car pour sûr, ça fait mal ? Pour sûr, c'est une douleur qui dépasse l'entendement, et une mort lente, aussi ? Et tellement solitaire. *Le feu...* Quand j'y pense, je me serre dans mes bras et je gémis. Les murs renvoient l'écho de mon gémissement. J'entends l'écho et je me dis *pauvre, pauvre misérable, produire un son pareil,* car c'est un son désespéré, mourant. C'est le gémissement d'une créature blessée, aux abois, à qui il ne reste plus aucun espoir, aucune lumière.

Je tire sur mes chaînes. *Je ne veux pas mourir.*

Je me balance comme ça indéfiniment.

Quand même, j'ai un réconfort. Il est petit, mais je l'ai, ce réconfort, je me le chuchote au creux de mes mains.

Des gens sont en vie grâce à moi.

C'est vrai. Ils sont en vie parce que je les ai sauvés, parce que j'ai écouté la voix de mon âme, la chanson de mes os, les paroles de la terre. J'ai écouté mes entrailles, mon ventre, ma poitrine.

Mon instinct. Le hurlement du loup en moi. Et je leur ai crié *fuyez vers Appin !* Et *vite ! Vite !* Alors ils ont fui. J'ai regardé les femmes courir dans la neige, jupes retroussées, leurs enfants étroitement sanglés contre elles, et j'ai pensé *oui, soyez sains et saufs. Vivez longtemps.*

Voilà. Cette idée me réconforte. Elle chasse la peur et apaise ma respiration. Quand ils me ligoteront contre le pieu, je dirai *j'ai sauvé des vies*, ce sera un réconfort et je ne me soucierai pas des flammes. Si c'est le prix à payer ? Ma vie en échange de la leur ? Si le monde exige ce prix, ma petite vie avec ses heures de solitude, pour celle de trois cents personnes ou davantage ? Je le paierai. Si grâce à ça ces gens sont vivants, et que le cerf continue à fouler les pentes, et les harengs à luire dans le loch en été, et les habitants du glen à jouer de la cornemuse et à conter l'histoire de Fionn et ses chiens, ou du seigneur des Îles, et la bruyère à frémir au vent, et si, grâce à ça, lui – *lui, lui* –, avec ses cheveux de fougères mouillées, il est encore en vie et qu'il guérit, alors j'accepte de payer le prix. J'accepte.

Est-il vivant ? Je le crois. Aux heures les plus sombres l'idée de sa mort me tourmente, mais je crois qu'il est vivant. Je le vois sur le rivage. Il a encore en haut de sa jambe l'emplâtre de prêle et d'herbe-du-sang, qu'il soulève. Assuré que sa plaie cicatrise, il sourit, pense *Corrag*... Il rajuste l'emplâtre.

*

Je suis calme à présent. Je vois ses cheveux roux foncé.

Il faut que je dorme. Ça paraît un peu être un gâchis de mes dernières heures, un gâchis de souffle. Mais tout en pensant à la vie, à l'amour, au cerf avec sa belle ramure, j'ai en tête Gormshuil, quand elle a dit *un homme viendra*.

Je crois qu'il va venir demain. Mes jours sont de plus en plus comptés.

Qu'il vienne. Qu'il fasse ce qu'il vient faire, même si c'est douloureux. Même si c'est me percer avec des épingles, ou dire à son tour *putain, gueuse.* Car je suis encore vivante. Des gens que j'aime sont encore vivants, alors quelle douleur peut m'atteindre ? De quoi avoir peur ?

Les vies ont bien plus de sens qu'aucune mort. C'est ce que nous nous rappelons : la vie. Pas comment ils sont morts, mais leur chaleur, leurs yeux brillants et comment ils ont vécu.

Auberge de l'Argyll
Inverary
26 février

Ma très chère Jane,

Tu seras contente, je pense, de voir d'où je t'écris aujourd'hui. J'ai atteint sans dommage la ville d'Inverary, quoique à certains moments de notre parcours je doutasse d'y parvenir. Ce fut ardu, mon aimée. Les tempêtes de neige faisaient rage. Nous avons longé des eaux sombres, désolées, et le vent hurlait la nuit tel un démon. J'ai songé au prie-dieu brodé par ma mère, tu t'en souviens ? On y lit « Nous disons donc avec confiance " Le Seigneur est mon aide ; je ne craindrai rien ; que peut me faire un homme ? " » (Hébreux XIII, 6), et c'est du seul fait de Sa volonté, de Son amour attentif que nous sommes arrivés à Inverary, pour finir.

La ville est attrayante, en dépit du temps. Située sur la rive du Loch Fyne, elle donne une impression d'aisance et de civilité qui est la bienvenue après mes tribulations. Je suis ici hébergé au chaud et au sec. Je loge dans un relais de poste au bord de l'eau, qui semble animé le jour et plus encore la nuit. Ma chambre a une cheminée, et une fenêtre tournée vers le loch où les plaques de glace s'entrechoquent (je prends un plaisir assez enfantin à la vue d'un tel froid tandis que je suis bien au chaud. En écrivant ces mots, je vois le bleu du gel),et je songe à la robustesse du peuple qui vit au milieu de ces montagnes et endure un tel vent. En outre, les Campbell sont généreux. Bien que leur allégeance ne soit pas la mienne, j'ai fait un bon repas dans cette auberge, et les deux chevaux qu'il nous reste et qui nous ont si bien servis paraissent aussi satisfaits que moi de la nourriture et du repos. J'avoue être de plus vaillante humeur qu'auparavant. J'ai même mangé de la venaison, Jane. Je me cure encore les dents, mais c'est une viande savoureuse et reconstituante.

Passons à mon dessein.

J'apprends bien des choses sur Glencoe. Dans les coins de l'auberge, il n'est question que de cette sanglante affaire. À table, j'ai perçu des propos qui m'ont fait frissonner ; le chef, dit-on, a été tué à coups de mousquet alors qu'il sortait de son lit. Son épouse a été blessée de telle manière qu'elle est morte, nue, dehors dans la neige. Apparemment, ses doigts ont été mordus pour arracher les bagues, de sorte qu'elle avait les mains sauvagement mutilées. Des actes horribles, méprisables.

Je tiens cela de mon aubergiste. Il susciterait ton sourire, je crois : il a les cheveux les plus roux que j'aie jamais vus, et les joues rouges. Il déborde de loquacité, et bien que je ne sois à Inverary que depuis cet après-midi – quatre heures au plus ! – il m'a déjà accosté à maintes reprises. Dès mon arrivée je l'ai senti fouineur. Il a demandé : Vous êtes là pour longtemps ? *J'ai répondu que, comme tout voyageur, je suis entre les mains du Seigneur, et que Lui et le temps décideront de la durée de mon séjour. Je pense qu'il cherchera à me tirer les vers du nez, Jane. Mais sa curiosité peut se révéler utile à sa façon. Car si j'en suis l'objet, d'autres ne le sont-ils pas ? Il en saura peut-être long, tôt ou tard.*

Cette réflexion m'a poussé à demander d'un ton très dégagé : Est-ce par ici, ce Glencoe de malheur ?

Voilà qui était à son goût ! Il s'est approché, a dit ouiche, enfin ce qu'il en reste. Brûlé et massacré, qu'il a été. *Son regard devenu noir, il s'est penché plus près.* Notez bien, *a-t-il repris,* ça n'est point une perte. Les gens qui ont péri dans ce glen, on ne les regrettera pas... *Là-dessus, il s'est interrompu, car je suis pour lui un inconnu a-t-il dit,* quel est donc votre nom, monsieur ? Vous ne vous êtes pas présenté.

Que Dieu me pardonne, j'ai menti. Ayant en tête mon véritable dessein, au lieu de révéler mon propre nom j'en ai emprunté un dans ce qui nous est familier. J'ai pris, ma bien-aimée, ton nom de jeune fille. Car ces gens ne pourraient-ils pas avoir entendu parler de moi ? Et de mes enseignements ? Et donc savoir de quel côté vont mes sympathies ?

Charles Griffin, *lui ai-je dit.* Ecclésiastique.

Ecclésiastique ? Et qu'est-ce qui vous amène ? Vous êtes loin de chez vous, l'ami.

Je suis venu, *ai-je déclaré,* prêcher la bonne parole du Seigneur dans les contrées du Nord sans foi ni loi. Parce que j'entends dire que les terres des Highlands sont la proie du péché.

Et comment ! Au nord d'ici ? Des catholiques et des criminels, des hommes malhonnêtes... *Il a nettoyé ses lunettes, secoué la tête.* Pleins de cruauté et de mœurs barbares. Ils nous font honte ! Et de plus, *a-t-il poursuivi, un doigt levé,* les traîtres grouillent dans le Nord. Des gens qui complotent contre le roi.

Guillaume ?

Ouiche, le roi Guillaume. Que Dieu le garde. Remercions le Seigneur de sa venue en une révolution bien nommée glorieuse, pas vrai ?

J'ai bu une gorgée de ma bière. Je ne qualifierais pas ainsi ces événements, loin de là, mais n'en ai rien dit.

Savez-vous ce qu'il en est de la sorcière ? *a-t-il repris.*

Cela m'a surpris : qui l'ignorerait ? J'ai dégluti, répondu non. Je sais que ce pays – en vérité, le nôtre – a naguère été perturbé par la question des sorcières, et d'autres noirs forfaits sur lesquels je préfère ne pas me pencher. *Mais c'étaient là des propos imprudents. Il a dit* on en tient une ici à Inverary. À cause de ses forfaits hideux, la voilà enchaînée dans la prison. Il paraît, *a-t-il dit,* qu'elle est couverte de vermine et tout édentée. Elle voit sa mort approcher pour la punir de ses vices. Monsieur, elle vivait à Glencoe...

Jane. Ma très chère.

Nous avons un jour causé de cette question, toi et moi, dans les jardins de Glaslough, sous le saule. T'en souviens-tu ? Comme tu portais le châle bleu qui accentue le bleu de tes yeux, j'ai parlé d'envoûtement et nous en sommes venus à la sorcellerie. Ton sentiment différait du mien. Les hommes qui pratiquent ma foi et mon sacerdoce connaissent bien, l'œuvre du diable. Nous savons qu'il y a des personnes qui le servent, peut-être sans l'avoir choisi, mais elles le font. Le diable les possède et c'est une menace envers la sécurité et la civilité d'une nation. Selon certains, on ne peut laisser vivre aucune de celles qui agissent de semblable façon et, dans leur propre intérêt, il faut donc les purger par le feu ou par l'eau. Ils sont nombreux à le penser. Tu sais que je suis de cet avis ? Que de telles femmes ne peuvent être tolérées ? J'ai conscience que mon sentiment à ce sujet te tracasse. Mais n'avons-nous pas suffisamment d'ennemis en cette période, Jane ? N'avons-nous pas suffisamment à combattre, autres religions, rois illégitimes, guerres, sans subir aussi ces suppôts de Satan ? Qui connaît vraiment l'étendue de leur pouvoir ? S'il y a un Dieu, il y a aussi un diable et nous savons que tous deux existent. Le mal est assez répandu, mon aimée, en ce monde. C'est préserver ce que notre monde a de pur que de nous débarrasser du noir.

Je connais ton cœur. Je me souviens. Tes yeux bleus s'emplissaient de larmes. Tu ne crois pas au mot sorcière, *ou plutôt tu ne te fies pas à ceux qui le crient, je le sais. Tu penses que ces femmes-là sont peut-être malades. Qu'elles souffrent d'hallucinations, ou de chagrin, ou craignent les hommes. De telles malheureuses t'inspirent de la compassion, as-tu dit enveloppée dans ton châle bleu, sous le saule.*

J'aime cette confiance qui t'anime – ta foi en des créatures que tu n'as jamais vues.

Mais le mal existe *en ce monde, Jane, je te l'affirme. Il projette partout ses ténèbres. Il espère étouffer la vertu, la décence, et comme mon père je passerai ma vie à lutter pour empêcher cela. Il y a un droit chemin. Le but de ma vie est d'y ramener tous les hommes, afin que nous avancions à nouveau dans la lumière de Dieu.*

J'espère ne pas séjourner longtemps dans cette ville. Ce n'est pour moi qu'un havre où prendre un peu de repos avant de gagner au nord ce Glencoe ravagé. La susdite sorcière y était, mon amour. Elle y était lors des meurtres et les a vus de ses yeux. Je n'ai guère d'empressement à la visiter, ni à rester de longs moments auprès d'une créature aussi avilie, impie, et je redoute d'être contaminé par sa vermine. Mais je ne puis omettre mon dessein. Puisqu'elle a assisté à ces morts, elle doit être d'une certaine utilité. Elle aura vu les soldats anglais, or toute parole, fût-ce celle d'une sorcière, vaut mieux que rien.

Il est tard. Minuit passé, m'indique ma montre de gousset. Pour conclure cette lettre, je veux te dire combien tu me manques. Pauvres mots que ceux-là. Mais regarder par ma fenêtre c'est voir le Loch Fyne et la mer, et quand je la contemple au loin vers l'ouest, je pense à toi. Je me dis que l'Irlande est de l'autre côté de ces eaux. Tu es là-bas, et aussi nos garçons, tout ce que je chéris au monde outre le Seigneur.

Sois forte. Je sais que mon absence exige beaucoup de toi et que te trouver seule est une épreuve. Pardonne-moi. Je te le demande tout en sachant que je suis déjà pardonné, car ta foi et ton amour de Dieu égalent les miens. J'ai couché dans des lits humides et je suis prêt à parler avec des sorcières pour Sa gloire et pour Jacques, mais ce faisant je pense aussi à toi. J'espère te rendre fière.

La neige tombe toujours. Je pourrais en être fâché mais elle me paraît douce et belle avec toi, mon épouse, à l'esprit.

Reçois mon amour par-delà le Loch Fyne et tout ce qui se dresse entre nous.

Charles

III

*« Voici une plante très commune
mais négligée.
Elle détient de très grandes vertus. »*

de la Consoude

Le geôlier me connaît à présent.

Il sait que je parle dans l'obscurité. Que je peux être minuscule si je me recroqueville, tellement minuscule qu'il croit que j'ai fait un tour de magie et disparu. *Sale sorcière*, il dit en me retrouvant. *J'espère qu'on te brûlera lentement... Je serai là pour me réchauffer.*

Mais moi aussi, je le connais. Je connais son œil de travers et je sais que le mouron des oiseaux soignerait ses mains à la peau toute desséchée, qui pèlent dès qu'il se les touche. Ça s'aggrave par cette froidure. Je sais qu'il boit, car il a une haleine chargée de whisky et de vieille viande, et je l'ai entendu ronfler quand il fait grand jour dehors ou du moins plus clair que la nuit. Je connais aussi le bruit de ses pas. Je sais qu'il boite, il traîne sa jambe gauche. Personne d'autre ne marche comme ça, comme la mer qui monte. Et puis il y a le cliquetis de ses clés. C'est la seule musique que j'entends dans ce cachot, pas de chants d'oiseaux, pas de cornemuses. Rien que ses clés et sa lourde jambe gauche.

Le bruit de ses pas, je le connais.
Là, ce n'est pas lui qui marche.
Ce sont les pas d'un homme qui n'est pas lui.

Entrez.
Vous vous assoyez ?
Je vois le regard que vous me lancez.

Ils ont tous ce regard quand ils me voient pour la première fois. C'est l'effet de ma petitesse, je crois : la *sorcière* est tellement petite ? Je sais que je suis toute petite. On m'a appelée *la souris, l'oisillon* et *la mioche,* mais je ne suis rien de tout ça. Le médecin qui est venu ne me voyait pas dans l'obscurité. En colère, il a crié *il n'y a pas de prisonnière là-dedans !* Alors j'ai secoué mes chaînes pour qu'elles tintent, et je lui ai murmuré *oh, il y en a bien une...*

Avancez donc. Vous voyez comme je suis attachée ? Les voleurs qu'on met ici d'habitude ne portent pas des chaînes comme moi. On les enferme derrière les barreaux, voilà tout. Tandis que moi j'ai des chaînes à cause de *sorcière,* on croit que je pourrais me transformer en une brise et fuir dans les airs. Ou me transformer en grenouille et bondir de l'autre côté de la porte. Mais je suis enchaînée aussi à cause de ma petitesse, mes bras pareils à des brindilles et mon corps tout mince. Stair a dit que je pourrais me glisser entre les barreaux, *il faut l'enchaîner. Attachez-la, solidement ! Qu'elle ne s'échappe pas.*

Alors, avancez-vous. Je ne peux vous faire aucun mal.

Il y a un tabouret, près de ce mur.

Une femme que je connaissais avait rêvé de vous. Elle était à moitié folle, et grande comme un homme. Sous une neige légère et douce, une neige qui flottait en l'air au lieu de tomber, elle m'a parlé de vous. *Un homme*, elle a dit. *Après que le sang aura coulé, il viendra à toi.* Elle a parlé de mes poignets de fer, et elle a dit *un homme bien mis.* Elle n'a pas parlé de lunettes mais je les ai imaginées, et j'ai aussi vu juste pour les boucles sur vos souliers luisants. Et votre perruque frisée.

Quel regard vous me lancez. Je le connais, ce regard-là.

Il dit *maudite souillon. N'approche pas de moi...*

*

Je savais donc que vous alliez venir. Elle s'appelait Gormshuil. Elle avait le don de double vue mais je ne la croyais pas toujours, parce qu'elle usait trop de l'herbe-aux-poules pour que je me fie à ses paroles. Une fois, elle a posé le doigt sur ma poitrine et dit *une épouse !* Comme si elle en voyait une en moi, comme si je pourrais devenir une épouse. Je lui ai dit que non... J'ai secoué la tête, reculé, mais elle a chantonné ce mot – *épouse ! épouse !* – en s'éloignant dans la vallée.

Voilà ce que fait l'herbe-aux-poules, une des plantes les plus fortes que je connais. Prise en excès elle peut tuer, et vite, encore. Pourtant, quand Gormshuil m'a parlé de vous, monsieur, je l'ai crue.

Ce que je ne sais pas, c'est ce qui vous amène.

D'autres sont venus. Vous n'êtes pas le premier, monsieur, à vous asseoir sur ce tabouret ni à froncer les sourcils en regardant ces murs. Plusieurs sont venus. Et leurs raisons étaient si variées et étranges que c'est comme quand on cueille des plantes pour en faire des remèdes, aucune n'est pareille. Sauver mon âme du feu éternel de l'enfer, en voilà une, de raison. Je pense que mon âme est pure, mais ils sont nombreux à vouloir ça, m'obliger à causer de Dieu et à me repentir de mes actes coupables. Il y a eu les rots du prêtre qui est venu, ça ressemblait aux coassements d'un crapaud. Il m'a parlé comme font tous les religieux, comme si je n'étais pas un être humain ou au mieux qu'une simple d'esprit. Êtes-vous un religieux ? Je vois la croix à votre cou, et votre dégoût envers moi prend des airs de piété. Je pense que mille paroles bibliques habitent votre tête et sont prêchées par vous très solennellement. Mais sauver mon âme ? Peut-être pas. Vous ne vous tenez pas assis comme les autres. Vous n'avez pas le regard aussi fixe. Le prêtre rotait, et sa manière de me fixer était tellement perçante que je le lui ai rendu, ce qu'il a détesté – *une sorcière qui soutient le regard*, il a dit. Et il a détesté que je parle tant. Je sais que je peux avoir la parole facile. Mais je ne vois pas beaucoup de gens, alors je parle beaucoup quand quelqu'un est là.

Il m'a traitée de *catin*, et *querelleuse* en plus. Il a dit que mon bavardage lui manquait de respect et que le jour où je grillerais comme un cochon à la broche serait un jour béni.

J'en ai donc qui viennent, des religieux. Qui croient que m'injurier les rend meilleurs.

Et des hommes de loi. Ils sont venus. Mais quelle loi ? Je n'ai pas vu de procès, monsieur. Je n'ai pas vu de jugement honnête, et quand l'honnêteté a-t-elle résonné dans la loi ? Aucune femme de notre espèce ne l'a jamais entendue. Pour peu que l'oiseau piaule une fois, rôtissez-le ou noyez-le ou peut-être passez-lui la corde au cou et renversez le tabouret, afin qu'il ne piaule plus jamais, c'est ça la loi. Le mot *loi* est pareil à *gueuse*, je crois : on nous le sert tellement souvent que nous ne nous en soucions plus. Son cœur, ce que la loi a de plus vrai, est perdu, remplacé par un vilain mensonge. Moi, je ne suis pas de celles qui piaulent, je ne l'ai jamais été. Mais ça n'y change rien. Me voilà dans ce cachot, enchaînée.

Et les médecins. Un médecin est venu. Un seul, un homme avec sa vermine à lui, qui a regardé la blessure que le mousquet m'a faite. Il a dit qu'elle guérissait tellement vite que c'était l'œuvre du Cornu, qui n'y est pour rien, je vous assure. C'est l'œuvre de la prêle bouillie avec un peu de consoude. Il pourrait lui-même tirer bénéfice de la consoude car il a de vilaines plaies à cause de sa vermine. Il en avait une pleine de pus et elle ne va pas s'arranger. Ce n'était pas du tout un vrai médecin.

Et puis il y a eu les autres. Les habitants d'Inverary qui voulaient simplement voir ça, voir et flairer une sorcière, une *putain du diable*. Ils m'ont jeté des cailloux à travers les barreaux. Mouchoir plaqué sur le nez, en s'en allant ils glissaient des pièces de monnaie dans la main du geôlier et je crois que je l'ai bien nanti. Il doit s'être payé maintes bouteilles avec ce qu'il a tiré de *la sorcière qui était dans cette vallée maudite.*

Elle était là-haut ? À Glencoe ?

Ouiche. Elle a tout vu, qu'on dit. On dit qu'elle se mettait à genoux pour jeter ses sorts.

Elle appelait le diable ?

Eh ouiche. Tout ce sang et ces meurtres... Le diable y était, pour sûr.

Aussi, un homme du nom de Stair. Il est venu. Il s'est assis là où vous êtes à présent. Il me lorgnait comme un loup lorgne un gibier qu'il a poursuivi trop longtemps mais qu'il tient enfin.

C'est tout ce que j'ai à dire de lui.

*

Le révérend Charles Leslie. Le son de votre nom me donne la sensation de le connaître.

Leslie, ça ressemble à la brise dans les arbres, ou à la marée montante...

Je vous ai vu tressaillir en entendant *sorcière*.

C'est un mot qui pèse lourd, pour sûr. Il a fait ses dégâts au long des mois et des années. Il a causé le malheur de beaucoup de bonnes personnes, mariées ou non, belles, étranges. Des femmes et aussi des hommes.

Qu'est-ce qui vous est venu en tête ? Avec le mot *sorcière* ?

Je sais qu'en l'entendant tous les gens ont une certaine créature à l'esprit, une femme le plus souvent. Noire comme la suie et cruelle, tordue de vieillesse. Pensiez-vous *elle sera folle, cette sorcière ?* Je le pourrais. On l'a dit. Je babille et pendant que je parle ainsi, j'agite les mains et les lève vers mon visage comme fait une souris avec ses pattes quand elle grignote ou se nettoie. J'ai la voix haut perchée et enfantine et on a dit que c'était une preuve, que le diable m'aurait pris ma voix plus grave pour la manger et renforcer la sienne. Menterie, pour sûr. Je suis petite, alors ma voix est petite elle aussi, voilà tout.

Et les sorts ? Oh ! on a voulu mettre sur mon compte des centaines de choses, une écharde au doigt ou l'apparition d'une chouette. On en a mis encore plus sur le compte de ma mère, mais elle était plus sauvage que moi, et belle, et courageuse. Un veau avec une étoile sur le front, ça venait d'elle tout comme les jumeaux qu'on prenait l'un pour l'autre. Cora m'a raconté une fois qu'un coq noir avait chanté près du portail d'une église, alors les gens s'en étaient emparés et l'avaient enterré, le coq, pas le portail. Enterré vivant, en plus, si bien qu'elle l'entendait se débattre tandis qu'ils le tenaient dans le trou. *C'est le diable qui nous l'a envoyé*, ils criaient. Et à la nuit tombée, Cora déterra le coq avec des mains frénétiques, mais c'était trop tard, il était couvert de terre, et mort. Elle l'enterra derechef, doucement et dans un endroit meilleur, secret.

J'ai détesté cette histoire. Le pauvre coq ne faisait aucun mal, il était noir et passait par là, voilà tout. Mais Cora m'a dit que les gens enfouissent ce qui les effraie, *pour se protéger. Pour l'écarter d'eux, puisque ce sera enfermé sous la terre ou dans la mer.*

Et ça sert à quelque chose ? je lui ai demandé. *D'enfouir ce qui effraie ?*

Elle a plissé les lèvres. *Peut-être. Si c'est justifié, et fait avec un cœur sincère et plein d'espoir, ce qui n'était pas le cas pour ce coq, je peux te l'assurer.* Elle a secoué la tête, soupiré. *Ça n'était que la perte d'une bonne vie de volaille...*

Alors ce qu'on nous accuse de faire et ce que nous faisons véritablement, c'est très différent. Je n'ai jamais jeté des sorts. Je n'ai jamais arraché des gésiers ni hurlé à la lune. Je ne me suis jamais transformée en oiseau, envolée au ras d'un loch la nuit, ni posée sur les navires pour qu'ils sombrent. Je n'ai jamais pratiqué de baisers obscènes ni mangé des enfants, et je ne possède pas un troisième téton, je ne ris pas comme le bouillon qu'on laisse déborder au détriment du feu et à son détriment parce qu'il aura pris un goût âcre. Je n'ai jamais lu l'avenir dans un œuf pourri. Je ne me suis jamais réjouie d'aucun meurtre, ni n'en ai fait survenir.

Je n'ai rien fait survenir du tout. J'ai seulement demandé... prié.

Prié. Oui. Moi aussi j'emploie ce mot. Je prie, pas à l'église et sans la bible, mais à part ça je pense que c'est probablement comme vous, avec la voix qui sort du cœur, pas de la bouche.

On m'a traitée d'*enfant du diable. Créature malfaisante.*

Mais je vais vous dire, monsieur Leslie. Quand on m'a crié *sorcière* pour la première fois, sur un marché, Cora m'a prise par la main pour m'emmener dans une ruelle où elle m'a fait asseoir, a essuyé mes larmes et a dit *écoute-moi. Le seul mal au monde est celui qui niche chez les gens, dans leur orgueil, leur avidité, leur devoir. Rappelle-toi ça.*

Et après ce que j'ai vu de ce monde, de cette vie, je pense qu'elle avait raison.

Mon récit ? Sur Glencoe ?

Le mien ?

Pourquoi le mien ? D'autres que moi pourraient vous en dire davantage, pour sûr. Si vous voulez connaître la vérité sur cette nuit-là, sur les meurtres dans le glen enneigé, alors adressez-vous aux rescapés. Allez voir ceux qui ont survécu pour enterrer ceux qui ont péri, et demandez-leur de raconter. Ils en savent plus long que moi, sur bien des choses, par exemple qui a tué Le MacIain, et qui a pourfendu sa femme. À qui était la voix qui a crié *trouvez ses satanés rejetons !*

Pourquoi moi ? Et là, encore une question, monsieur Leslie : pourquoi vous voulez savoir ces choses-là ? Personne d'autre ne s'en est enquis. Tous les morts qu'il y a eu à Glencoe, personne d'autre ne s'en soucie. C'étaient des MacDonald. *Pas de raison de pleurer sur des MacDonald,* voilà ce qu'on dit, ils volaient du bétail. Brûlaient des maisons. Mangeaient leur ennemi.

Un clan barbare.

Gibier de potence.

Glencoe ? Un sombre endroit...

Je crois que le plus souvent, on se réjouit que ces gens-là aient été égorgés et dépouillés. Comme s'ils méritaient un sort pareil, parce que leur vie à l'air libre et leur langage et leurs vêtements étaient une souillure pour la nation, un chancre sur la rose. C'est ce que disent Stair et les Campbell. Et ce Hollandais, l'Orange qui semble être le roi.

Le roi... Voilà que votre visage s'éclaire.

Je pense que c'est un mot à mettre avec *gueuse* et *loi*, un mot embrasé qui peut tuer quelqu'un s'il est chuchoté de travers ou dans la mauvaise oreille. Mais il plaît à la plupart des gens. La plupart ont un homme qu'ils appellent *le roi* et ils ferraillent pour lui, comme ils ferraillent... Deux hommes, avec chacun leur religion, et voyez ce que ça fait ? Ça divise le monde. À cause de ça, les nations se défient entre elles et bouillonnent.

Toujours des yeux et des oreilles, dans l'ombre.

Vous êtes pour Jacques, à mon idée.

Jacobite ? Je connais ce mot. Les MacDonald en étaient, *ce clan jacobite. Ces maudits papistes de Glencoe.* Ils voulaient la même chose que vous, que Jacques revienne de France pour remonter sur son trône, et que tout soit comme Dieu l'avait établi. Ils ont combattu pour ça. Ils allèrent à Killiecrankie en brandissant son étendard et tuèrent des hommes qui soutenaient Guillaume, et ils se rassemblaient et chantaient et complotaient contre le Hollandais dans leur vallée sauvage, venteuse, et ils m'ont demandé *qui est ton roi, petite Anglaise ? Quel est ton drapeau ?* Ça se passait dans la maison du chef. Il y avait des bougies en cire d'abeille et un chien, la tête posée sur ses pattes. Alors j'ai dit que je n'avais pas de drapeau, que personne ne me gouvernait. J'ai dit *je n'ai pas de roi.*

Un silence est tombé dans la salle. Je me le rappelle.

Mais c'est la vérité. Je crois que les rois ne peuvent que causer du désordre. Trop d'hommes meurent en leur nom. Ils sont trop nombreux à se battre, à tuer ou être tués, alors quand j'entends le mot *roi* je pense à la perte. *Roi* me fait penser à des choses perdues.

Tant de choses ont disparu. Tant de choses. Tout ça pour les rois, ou pour une monnaie luisante.

Et je me rappelle tant de choses... Bran, c'était le nom du chien, et la neige couvrait chaque branche de chacun des arbres cette nuit-là, et il y a eu un baiser entre un homme et moi – un vrai baiser – et je me rappelle tant de choses ! J'en sais beaucoup. Et si je ne parle pas de ce que j'ai vu, ça aussi ça va disparaître.

Stair m'a traitée de *caillou dans la botte*, mais il a aussi dit *tu as dû en voir, des choses, à travers tes longs cils...* D'une voix douce. Comme s'il était mon ami, qu'il n'a jamais été.

C'est pourquoi il m'envoie au bûcher, je crois.

Débarrassons-nous de celle qui a tout vu.

Celle qui a sauvé des gens et fait échouer le plan.

Celle qui se souvient de tout.

*

Oui, je vais vous raconter.

Vous demandez *dites-moi ce que vous savez, donnez-moi des noms... Des noms de soldats !* Je vais le faire. Je vais vous parler du massacre à Glencoe et de ce que j'ai vu, des tirs de mousquet, et des hurlements, et des plantes que j'ai employées, et ce sera la vérité. La vérité ! Qui d'autre la connaît aussi bien que moi ? Je vais tout vous raconter. Et je vous le promets, monsieur Leslie, ça servira votre cause. Ça vous aidera à ramener votre Jacques, car ce que j'ai à dire fait apparaître les Highlanders comme des gens sages et civilisés, ce qu'ils sont. Ça montre leur dignité.

Et aussi que le roi que nous avons en ce moment n'est pas Orange mais rouge sang. Je vous le promets.

Et en échange ?

Parlez de moi. De moi. De ma petite vie. Parlez-en quand j'aurai disparu, car où sont ceux qui pourraient dire qui j'étais ? Personne ne connaît mon histoire. Personne n'est plus là pour en parler, alors faites-le du haut de la chaire, ou écrivez-la à l'encre. Parlez de l'histoire que je vais vous apprendre et n'y ajoutez pas de mensonges, parce qu'elle n'en a pas besoin, elle est pleine à ras bord d'amour et de pertes et je crois qu'elle fournit de quoi raconter dans les veillées au coin du feu telle qu'elle est, entièrement vraie. Dites *Corrag était innocente.* Dites qu'elle ne méritait pas de mourir brûlée, et solitaire. J'ai toujours tâché d'être bonne.

Est-ce honnête ? Un marché honnête ? Venez vous asseoir devant moi pour écouter l'histoire de ma vie et après je vous parlerai de Glencoe. D'une nuit sous la neige. Où des gens que j'aimais sont tombés et sont morts. Quelques-uns ont survécu.

*

C'est *Corrag*. *Cor-rag*. Nul autre nom que celui-là.

Ma mère se nommait *Cora*, monsieur. Mais le plus souvent on l'appelait *hag*, gueuse, alors elle a réuni les deux comme des brindilles dans la flamme pour faire mon nom à moi. Elle était comme ça. Narquoise.

Corrag est aussi le mot qui désigne un doigt dans la langue des Highlands. Ça, je ne le savais pas avant d'arriver dans ces terres montagneuses. Puisque nombre de gens m'ont montrée du doigt, ce nom me convient. Et en plus il y a des montagnes qui le portent, des pics couronnés de neige.

Il y a le *Corrag Bhuide* que je n'ai jamais vu parce qu'il est loin au nord d'ici. On dit qu'il est très beau, drapé de brume et foulé par les loups. C'est dans ma tête un nom de hauteur et de merveille.

Qui le croirait ? Un homme d'Église et une sorcière capturée, s'entraider de cette manière ? Mais c'est ainsi.

Le monde a ses merveilles et je tiens à vous en parler.

Ma très chère Jane,

J'en ai long à te relater. Il y a matière à écrire, car ce jour fut plein d'étrangeté, de tant d'étrangeté que je ne sais par où commencer. N'avais-je pas auparavant rencontré des pécheurs ? Ô combien. Lorsque j'étais encore évêque, j'en voyais de toutes sortes, voleurs, fornicateurs, et te souviens-tu de cet homme que l'on pendit pour bigamie et blasphèmes ? Le cas était infâme. J'espérais ne jamais plus, de toute ma vie, avoir à connaître une telle incarnation du mal. Mais je me demande si je n'ai pas découvert pis aujourd'hui.

Cet après-midi, je suis allé auprès de la sorcière.

Je crois t'avoir quelque peu rapporté la façon dont on la dépeint : sauvage, le cœur noir, et infestée de vermine. Mon aubergiste – lequel constitue l'unique source de tout ce que je sais, jusqu'ici – m'a assuré qu'elle avait la langue bien pendue et était colérique, d'après ce qu'il entendait dire. J'ai demandé colérique à quel point *et il a répondu* affreusement, paraît-il. C'est la plus mauvaise de tous ceux qu'on a mis là au cachot, et pourtant ce cachot a vu de vils coquins, monsieur ! *Sur quoi il a rempli une chope.*

J'ai emporté ma bible, naturellement. Je n'aime pas être en présence du mal, et je t'avoue qu'en cheminant dans la neige vers la geôle, j'éprouvais de l'appréhension. Nervosité, peut-être. Aussi récitais-je des versets tout en marchant, ce qui m'a réconforté. « Mais le Seigneur est fidèle, il vous affermira et vous préservera du malin. » (II Thessaloniciens III, 3 – comme tu sais.)

Laisse-moi te décrire le lieu où la sorcière est incarcérée. Il se trouve près du château de cette ville. C'est une sombre prison, assurément, à demi hors de terre et à demi enfouie. Elle fut construite, me dit-on, pour enfermer les voleurs de bétail des Highlands avant de les pendre en haut de Doom Hill, et, peut-être à cause de mon inquiétude, il m'a semblé humer là des effluves de vaches. Cette bâtisse sent l'étable, le fumier et l'humidité. Il en émane aussi des relents de corps souillés et de peur, comme il y en avait à un moindre degré autour du gibet de Lawnmarket. Je me demande si c'est l'odeur de la mort ou d'avant la mort.

Le geôlier a autant sa place dans les cachots, je crois, que les prisonniers dont il assure la garde. Il jure. Il empeste la bière et le vice, et a insisté pour ouvrir ma mallette de voyage en cuir. Il a tripoté mon encrier et ma plume. Il a jeté un regard d'ennui à la bible : je prierai pour le salut de son âme. Puis il a toussé dans sa main, l'a essuyée sur son vêtement et me l'a tendue, paume ouverte quémandant des pennies. Voir la sorcière se fait point pour rien, *a-t-il dit (tel est le langage courant dans cette contrée). En empochant ma pièce de monnaie, il a souri de toutes ses dents brunâtres.* La porte du fond. Voilà où qu'elle est.

Le couloir que j'ai longé ne conviendrait même pas pour des animaux. J'ai pris garde à toucher aussi peu de choses que possible. Les murs paraissaient ruisseler. Je ne suis pas sûr de ce que j'ai foulé mais c'était des choses molles qui ne rendaient aucun son.

Quant à la femme... Jane, je me demande si même ton cœur maternel et ta bonté ressentiraient le moindre élan de chaleur envers cette misérable. Je l'ai prise pour une enfant lorsque je suis entré. Elle a la taille d'une enfant. Le cachot m'avait d'abord semblé vide, je ne la voyais pas. Puis elle a remué ses chaînes et parlé. Au cas où les mots la taille d'une enfant *t'attendriraient, sache, Jane, que c'est une créature répugnante. Ses cheveux sont hirsutes. Elle est à peine vêtue de quelques haillons incrustés de boue, de sang et de divers immondices (l'odeur de son cachot n'a rien d'agréable). Elle a les pieds nus. Ses ongles sont fendus et noirs, elle les ronge par moments, et j'ai presque douté qu'elle fût un être humain. J'ai failli tourner les talons. Mais elle a dit* assoyez-vous. *Et, sentant la présence du Seigneur à mon côté, je suis resté.*

Après m'être assis, j'ai vu ses yeux dans la pénombre. D'un gris très pâle, ils lui donnaient une étrange expression, comme celle que peuvent avoir les mourants. Son regard était impudent. Elle le tenait rivé sur moi et a dit qu'elle s'attendait à ma venue, ce dont je doute. Si elle savait que j'avais l'intention d'aller la voir, ce ne peut être dû qu'à des bavardages, car les nouvelles circulent vite dans une petite ville. Et les prisonniers eux aussi ont des oreilles.

Elle-même s'est montrée bavarde. L'aubergiste disait vrai, car elle a parlé davantage que moi. Les genoux repliés contre sa poitrine, elle se balançait comme si elle n'avait plus toute sa tête, ce qui se peut. C'est une sorcière, elle ne mérite par conséquent nulle compassion et je ne lui en accorde pas, mais je reconnais qu'elle a été maltraitée : j'ai vu des meurtrissures sur ses bras, une croûte rougie au-dessus d'un œil et une tache de sang à son flanc. De plus, les fers lui ont écorché la peau. Je ne sais si ces plaies ne la tueront pas avant que les flammes le fassent. (J'ajouterai ceci : elle est meurtrie, écorchée et mal en point, mais je n'ai décelé sur elle aucune piqûre de vermine. Sois donc rassurée, Jane, à ce sujet.)

Il se pourrait qu'elle ait été jolie, autrefois. Mais le diable prend possession d'un visage autant que de l'âme, et elle est désormais immonde. Le malheur imprègne ses traits. Ce qui la vieillit, dirais-je. Si elle est plus âgée que notre fils aîné, Jane, ce doit être de quelques mois à peine.

Bref, la prison d'Inverary est un lieu abominable. Abominable aussi est son occupante dont la voix haut perchée, enfantine parle de bonté et de bienfaits, mais je ne me laisse pas prendre à ce piège. C'était le diable qui parlait. Il se cache sous les mensonges, et lorsqu'elle a dit je ne peux vous faire aucun mal, *j'ai perçu très clairement sa voix à lui. J'ai pensé :* tu ne me tromperas pas. Je sais qui tu es. *Il parle de façon féminine par l'entremise de cette demi-créature, et mieux vaut pour elle qu'on la brûle sans tarder. Les flammes purgeront son âme. Le feu la nettoiera de ses vices, et être purifiée dans la mort est bien préférable à vivre de la sorte, possédée par le diable.*

C'était bon de quitter ce lieu. En marchant dans la neige, j'ai rempli mes poumons d'air frais. Je me demandais si j'avais jamais auparavant rencontré un être humain aussi affreux, et je songeais à ne plus y retourner. Mais je suis intrigué, Jane, car elle a parlé de Dalrymple, seigneur de Stair. Ce nom ne te dira rien. Or, il s'agit d'un homme des Lowlands. Sa haine envers les Highlanders est aussi connue que son amour de sa propre personne et des belles choses, et il est le loup de Guillaume. Il rôde à travers l'Écosse au nom du roi. De ce fait, s'il a trempé dans les assassinats de Glencoe, n'est-ce pas une preuve ? Du péché de Guillaume lui-même ?

Si repoussante qu'elle soit, cette sorcière pourrait servir notre cause.

Je ne me laisserai donc pas décourager par son odeur ni son étrangeté. Je la supporterai et prêterai attention à ce qu'elle sait, rien de plus. Car je crois qu'elle peut réellement fournir des informations qui ramèneront Jacques. Je lui ai dit mon vrai nom, j'espère ne pas avoir à le regretter. Toutefois, à qui aurait-elle l'occasion de le répéter ? Elle va mourir très bientôt.

Elle a promis de me parler du massacre et de tout ce qu'elle sait, à condition que je l'écoute d'abord raconter sa vie. Une tâche pénible. Par quelles horreurs, quelles ignominies est-elle passée ? Personne ne connaît mon histoire, *a-t-elle dit. Et aussi* Guillaume est rouge sang, et non orange, *de sorte que j'ai consenti à sa requête.*

Un curieux arrangement, vraiment. Je n'aurais rien imaginé de tel lorsque je t'écrivais d'Édimbourg. Mais Dieu œuvre comme Il le juge bon, nous avons nos mises à l'épreuve tandis qu'Il a Ses révélations. Cet hiver est d'un froid surnaturel. Je me réjouirai de l'arrivée du printemps.

Mon amour, sachant cela, et la neige n'étant pas prompte à fondre, je pense que je vais demeurer à Inverary plus longtemps que prévu. Peut-être une quinzaine de jours, ou davantage. Par conséquent, si tu trouves le temps de m'écrire quelques lignes, elles m'atteindront ici. Lire tes mots serait une joie. C'est être le plus près de toi que je le puisse et, comme toujours, je voudrais être près de toi.

Charles

DEUX

I

« Aussi nommée Fleur du vent parce que,
dit-on, ses fleurs ne s'ouvrent
que lorsqu'il souffle. »

de l'Anémone

Qu'aimeriez-vous entendre de moi ? J'en ai tellement à dire. Autant que les étoiles dans le ciel, les mots luisent dans ma tête. Je n'ai pas dormi cette nuit, à force de me poser des questions. Couchée sur ma paille, je me demandais *par où je commence mon histoire ? Par quoi ?*

Je pourrais tout de suite parler de la nuit des meurtres, comment je suis revenue d'Inverlochy en courant à perdre haleine sous la neige qui tombait. Ou comme le loch était sombre, couvert de glace. Ou le baiser d'Alasdair, sa bouche sur ma bouche…

Ou remonter plus loin ?

Avant Glencoe ? Ma vie en Angleterre ?

Je vais commencer par ça. Je vais d'abord parler des cheveux noirs et brillants de ma mère dans un village où le trèfle abondait. Parce qu'à mon idée mieux vaut commencer par mon enfance, sans ça comment vous pourriez raconter mon histoire, sans me connaître ? Sans savoir qui je suis ? Vous pensez que je suis une petite misérable qui empeste. Point de cœur dans ma poitrine. Point de peau sur mes os.

Oui, j'attends un peu.

Une plume, de l'encre, votre saint livre.

C'est-il une plume d'oie ? Très longue et blanche. J'ai vu des oies voler à la tombée du jour, j'entendais leurs cris, et ces moments-là sont bons à se rappeler. C'était en Angleterre, à l'automne. Où allaient-elles, ces oies ? Je ne l'ai jamais su. Mais quelquefois leurs plumes se détachaient, flottaient et venaient se poser dans les champs de blé où nous les trouvions, Cora et moi, et nous les emportions à la maison. Elle ne savait pas écrire mais les plumes lui plaisaient. Elle les caressait en murmurant *tellement longues et blanches...* Comme la vôtre.

Et une petite table qui se déplie ?

Vous avez apporté maintes choses dans cette mallette en cuir.

Il y a des gens, monsieur, qui disent que les sorcières ne naissent pas d'une femme.

J'ai entendu de ces menteries-là, que leurs mères étaient des chattes, ou qu'une vache les enfantait quand son lait avait tourné alors elle se vidait du caillé qui prenait une forme humaine. Un jour, une poissonnière a dit qu'elle était sortie d'œufs de poisson, mais elle caquetait, aussi... elle aimait trop le whisky. Et puis il y a ce que racontait Doideag. Elle jurait qu'elle avait poussé comme une dent sur un rocher, dans l'île de Mull, et je pense qu'elle le croyait vraiment. Moi non. Celle-là, elle se bourrait d'herbe-aux-poules, comme Gormshuil. Des créatures féroces, toutes les deux. Quand elles apprenaient qu'un bateau avait fait naufrage, elles souriaient et moi je demandais *pourquoi ? C'est affreux ! Un bateau est perdu, avec toutes ces vies...* Mais j'imagine qu'elles souriaient à cause de ce qu'elles avaient connu par le passé, de pertes et de peine. Voilà pourquoi.

Une dent ? Sur un rocher ?

Pas moi.

J'ai eu une mère. Une mère qui était un être humain.

Elle ne ressemblait à aucune autre femme que j'ai pu rencontrer dans ma vie. Ses cils lui frôlaient les joues. Son rire était une suite de petits cris aigus, pareils à ceux d'un oiseau quand le renard s'approche. Elle portait une jupe rouge sang, c'était exprès, je crois : à la mort de notre cochon son sang ne se voyait pas du tout dessus. Pas plus que le jus des baies ni la boue. Quand elle tournoyait sur la pointe des pieds cette jupe se soulevait, comme une aile, comme si Cora allait s'envoler très loin. Elle lapait à la manière d'un chat la rosée du matin. Elle bruissait de toutes les plantes qu'elle avait cueillies, elle prédisait l'avenir, et la plupart des hommes se retournaient pour la regarder, avec un sourire. Le forgeron était amoureux d'elle. Le mitron la suivait, il mettait ses pas dans les siens. Et Mr Fothers la haïssait, mais je ne veux pas parler de lui pour le moment.

Elle avait quelque chose de particulier, ils ont tous dit, après. Moi, j'appelle ça magie, et hardiesse. Mais il y a des gens qui ont peur de ces choses-là.

Cora… Toute l'Angleterre du nord connaissait son nom. J'étais presque une femme quand je me suis enfuie, et pendant des semaines j'ai continué d'entendre des légendes sur une beauté à la jupe rouge du côté de la frontière. On disait qu'elle arrêtait une horloge rien qu'en tendant le doigt, ou perdait des plumes à la saison du faisan. C'était elle. Je le savais. Des menteries, pour sûr… perdre des plumes ? Mais les gens brodent toujours autour d'une vie plus belle et plus sauvage que la leur.

Cora les ensorcelait, voilà ce qu'ils disaient. Elle courtisait les hommes avec sa beauté, et la nature avec son âme. Et elle a aussi courtisé la mort, pour finir, car d'après ce que j'ai entendu en dernier, au gibet le vent souffla sur sa jupe et la fit tournoyer encore et encore.

Elle aussi était née d'un être humain, pas d'un œuf de poisson. Sa mère était une femme pieuse, avec des rubis aux oreilles et une main déformée. Cora porta la faute de cette déformation, parce qu'un éclair accompagna sa naissance, la foudre mit le feu à la maison et la main de sa mère fut brûlée quand elle poussa la porte pour s'enfuir. *Enfant de malheur. Cora,* qui bougeait comme une araignée. Au lieu de se traîner à quatre pattes comme font les petits enfants, elle voulait déguerpir de toutes ses jambes, de tous ses yeux. En faisant ça à l'église, un dimanche, elle a griffé le banc avec ses ongles et la marque avait la forme d'une croix à l'envers. Les gens ont hurlé *un signe ! L'œuvre de Satan !* Quand la fièvre de la chasse aux sorcières les a pris, c'est sa mère qu'ils ont menée au tabouret plongeur. *Tu as forniqué,* ils lui ont dit, *avec L'Autre* (parce que prononcer son nom leur faisait peur, mais pas d'être des assassins). Ils ont dit que sa main qui ressemblait à un sabot était la marque qu'il avait laissée sur elle. *La preuve de ton péché.*

Que pouvait-elle espérer ? Rien du tout. Ma grand-mère, fidèle à Dieu toute sa vie, fut conduite hors de la ville au lac du supplice. Son mari essaya de la défendre. Il essaya, mais qui peut vaincre l'accusation *sorcière* ? Alors il resta là à pleurer pendant qu'on la déshabillait. Il cria *j'aime ma femme* quand elle n'eut plus que sa chemise sur elle, et elle répondit *j'aime mon mari, très fort*. Puis on lui attacha les pouces aux gros orteils, si bien que son menton touchait ses genoux. Ensuite, on la jeta dans l'eau. Elle surnagea par trois fois. La quatrième, elle s'engloutit et c'était fini.

Cora avait tout vu. Elle regardait du haut du pont avec ses yeux de sorcière.

Bien plus tard, elle me jurererait que *le diable n'existe pas, il y a seulement les coutumes diaboliques de l'homme. C'est l'homme,* elle disait entre ses dents, *qui fait tout le mal... Tout le mal !* Et je sais qu'elle voyait sa mère en disant ça, elle voyait sa mère disparaître dans l'eau.

Après, son père avait trouvé une auberge et n'était jamais parti.

Quant à Cora, ils espéraient tous qu'elle se tournerait vers le Seigneur et qu'Il la sauverait. Ma mère ? Non. Elle avait cet éclair dans le cœur, je crois, et rien ne pouvait l'éteindre. Elle a fait semblant de prendre goût à l'église, a caché son feu sous des sourires. Elle se servait de la croix suspendue à son cou pour écraser les mouches et retirer les graines des pommes, ou d'autres gestes qui n'avaient rien à voir avec Dieu.

Elle a fui la ville dès qu'elle a été assez grande pour courir vite. À six ou sept ans, pas plus.

C'était son temps de vagabondage. Des jours et des nuits qui ont fait d'elle la créature qu'elle était dans son cœur, sagace comme la chouette, rusée comme le chat. Elle rôdait dans le noir. Elle dormait dans des endroits solitaires où nulle âme ne s'était aventurée depuis longtemps, des grottes, des forêts. Une vieille roue à eau. Elle se dressait face à la mer, s'accroupissait dans les marécages, et sur son chemin de vagabonde elle rencontrait d'autres gens, d'autres qui se cachaient. Des sorcières. Des filous.

Mes plantes, elle disait, *je tiens leurs secrets de ces gens-là. Je les cueillais dans ces endroits.*

Cora apprenait donc à connaître les plantes, et elle avançait en âge. Elle est devenue de haute taille, avec des hanches larges. En arrivant dans le Cumberland, elle a pris la jupe rouge qui séchait sur un groseillier. Ainsi vêtue, elle est allée quérir des œufs et du pain au marché, où une femme a crié *voleuse ! C'est ma jupe !* Alors elle est repartie sans œufs ni pain. Elle vivait comme les bohémiens, en vendant des plantes qui soignent et prédisant aux gens leur avenir. Elle ne disait pas toujours la vérité, parce que les mauvaises nouvelles étaient mal payées. Je pense que sa bourse tintait. Elle savait parler très joliment quand elle muselait sa sauvagerie.

Une créature de malheur.

C'est ce qu'on avait dit d'elle à sa naissance et qu'on a encore dit après la mienne. Assurément, elle dérangeait. Mais n'était-elle pas poussée à le faire ? Par les autres ? Peut-être bien, parce que si on donne un coup de pied au chien qui aboie, il ne fera qu'aboyer encore plus.

Je me suis demandé si je lui ressemble, pour ça. Je sais qu'il y a des gens qui me traiteraient de *gueuse de malheur*. Mais des malheurs, j'en ai aussi épargné, que oui.

*

Je suis donc anglaise de naissance. Mon accent vous le montre.

Thorneyburnbank. Un nom bien long, et qui convient, car une rive de son ruisseau était bordée d'épineux[1]. Il y avait aussi une ormaie, et des prés tellement mouillés que les vaches s'y enfonçaient jusqu'en haut des pattes quand elles broutaient le trèfle. Elles s'en repaissaient au printemps, la sai-

1. *Thorn* : épine, *burn* : ruisseau, *bank* : rive. (*NdlT*)

son où il était le plus succulent. Leur lait aussi devenait plus succulent et les villageois étaient contents d'avoir du lait succulent. Ils étaient plus nombreux à soulever leur chapeau pour me saluer dans la rue.

Peu de gens connaissaient notre village. Mais presque tous connaissaient Hexham, parce que c'était près du mur construit par les Romains. L'abbaye d'Hexham avait des cloches qui résonnaient au sud, et si le vent soufflait de par là on les entendait. Je me le rappelle comme ça, les vaches dans les prés humides et les cloches qui résonnaient. C'est joli dans ma tête.

Pourtant, ça n'était pas toujours joli. Et les choses jolies et douces ne trompaient pas Cora. Elle était lasse de vagabonder, voilà tout. Pendant combien d'années une personne peut-elle marcher et marcher encore, dormir à même la terre ? Depuis le temps, elle était lasse. Elle avait pensé qu'elle trouverait peut-être une vie saine à Hexham, parce qu'en rêve elle avait entendu ce nom très clairement, mais la geôle l'avait rebutée, je pense. Le mot *justice* lui tirait des grimaces, elle n'y croyait pas. Et la geôle lui chuchotait ce mot-là, ou du moins son emploi par les hommes, ce qui était principalement la justice de Jeddart. Ça, elle en avait vu tout son soûl dans un sombre lac. Elle cherchait des habitants moins nombreux à côtoyer, car moins de gens peut signifier plus de bon sens.

Un foyer. Un endroit vraiment fait pour dormir.

Une tanière pour son cœur sauvage.

On menait une vie rude et farouche dans cette contrée à la frontière. Le temps n'y était guère clément, et les fantômes y abondaient autant que la pluie. Quelquefois, il pleuvait tellement fort que le ruisseau montait et avalait le pont comme un poisson gobe une mouche, pluie après pluie. Ça dérangeait aussi les chauves-souris, parce qu'il y en avait qui aimaient nicher sous l'arche du pont où elles se suspendaient la tête en bas. Un printemps, nous avons pris notre cochon avec nous dans la chaumière, la boue étant trop épaisse dehors même pour un cochon. Alors nous étions trois à ronfler la nuit et à nous blottir près de l'âtre mais pas si près qu'on aurait risqué de sentir une odeur de porc grillé.

L'hiver pouvait tuer des gens, là-bas. Comme la terre gelait dur, tout ce qui était dedans – les animaux, les buissons – gelait pareil. Je savais l'histoire du vieux Bean. On avait seulement retrouvé ses bottes.

Un temps de ruffian, disait Cora. *Oh oui.*

De ruffian, monsieur Leslie. *Ruffian.*

C'était un mot qu'on murmurait. Un mot ancien. Elle le connaissait. Elle savait que *ruffian* parlait de foyers dévastés, de terrible pillage, de bétail volé, emmené dans les forêts du nord. Elle avait entendu ces récits de jadis, mais elle avait vu ça, aussi, dans sa tête, pendant les moments étranges où ses yeux s'ouvraient tout grands. *Ils portaient des chapeaux*, elle disait, *luisants, luisants*... Elle disait que c'étaient *des brigands au cœur cruel.*

Cora me racontait, en guise d'histoire pour m'endormir, que ces ruffians avaient fait leurs ravages par les nuits sans lune et celles pluvieuses de l'automne, quand le bétail était gras, bon à prendre. Ils profitaient des brouillards épais, tourbillonnants, pour s'approcher comme des fantômes. Avec leurs chapeaux et leurs poignards, ils assaillaient les fermes en rugissant pour qu'on leur donne ce qu'ils n'avaient aucun droit de réclamer, les poules, l'argent, le cuir. Ils massacraient à leur gré et laissaient derrière eux des maisons incendiées, alors si la nuit avait commencé sans lune elle finissait embrasée, emplie de lumière.

Je pensais à eux quand j'étais une enfant. Je pensais au moyen de les combattre s'ils voulaient s'emparer de notre cochon ou de nos trois pauvres poules. Je pensais que je pourrais les combattre avec un torchon enflammé, noué à des os ou des pierres. Je m'abandonnais à ces ruminations, j'aimais mieux ça que travailler dur. Mais un jour la mère Mundy m'a vue qui faisais un feu de tourbe comme les gardes-frontière. Elle m'a appelée. C'était une vieille bique, grisonnante et édentée à part deux ou trois chicots. Elle m'a parlé d'une nuit au temps où elle était jeune et belle, jamais touchée par aucun homme, mais cette nuit-là elle fut connue par un ruffian pendant que le chaume brûlait au-dessus de sa tête. Des clameurs montaient de la ville, elle a dit. Il la laissa en piètre état, mais vivante. *J'ai eu de la chance,* elle a marmotté, *d'autres furent égorgés... les bœufs emmenés et les chevaux aussi.* Elle a dit que je devais garder son secret bien à l'abri. Elle a dit qu'elle ne l'avait jamais confié à personne, pas même à Mundy, son pauvre mari qui était mort et enterré depuis longtemps. Il avait marché sur un clou, d'après ce qu'on racontait. Ça lui avait empoisonné le sang et il y était resté.

Je ne sais pas pourquoi elle m'a parlé du ruffian. Je n'avais saisi qu'à moitié ce qu'elle voulait dire, mais je n'ai pas oublié.

Ils avaient presque tous disparu quand je suis née. Ils commettaient leurs crimes avant ce roi Orange hollandais, ou celui qui hait les sorcières. La reine rousse occupait le trône d'Angleterre au temps où ils attaquaient avec le plus de splendeur ou le moins de vergogne, comme il vous plaira. Avant la guerre qu'on a appelée civile, alors qu'aucune guerre ne l'est jamais. Ils furent capturés et bannis, ou pendus comme des rats, pour que ces contrées du nord dorment tranquilles par les nuits d'automne.

À ce moment-là, le deuxième roi Charles parla de paix sur la frontière. Mais il se trompait, comme les rois le peuvent. La frontière n'était pas vraiment en paix. Les fils des ruffians et leurs fils à eux étaient encore de ce monde. Moins nombreux, mais vengeurs. Et quand ma mère est arrivée à Thorneyburnbank elle savait que les derniers ruffians chevauchaient encore la nuit et s'embusquaient dans les tournants aveugles, parce que la sorcière en elle flairait leurs lames et leurs feux, et la graisse de mouton. Elle entendait les dents de leurs montures ronger leur bride dans l'obscurité.

Cora la sagace.

Elle l'était. Car elle a réfléchi que si les habitants d'un village avaient à l'œil l'attaquant écossais, *sorcière* leur viendrait moins souvent à la bouche. *Les gens ont besoin d'un ennemi,* elle m'a dit, *et ils l'ont déjà, leur ennemi. Tu comprends ?* Je comprenais. Il y a des gens qui se battent contre les Campbell, ou les papistes, ou les Anglais, ou les femmes vivant toutes seules. Mais à Thorneyburnbank ? Ils avaient à combattre ces maraudeurs de la nuit, ces canailles. Ces Mossmen[1].

Une semaine avant l'arrivée au village d'une inconnue en jupe rouge, les ruffians étaient passés par une ferme. Ils avaient fourré une douzaine d'oies dans un sac pour les emporter. Les hommes du village s'étaient lancés à cheval à la recherche du vacarme que font douze oies blanches en fureur, mais les Mossmen connaissaient les recoins, les endroits ignorés de tous. Les oies avaient probablement été occises, plumées et rôties avant même que les villageois montent en selle. Et le fermier

1. Cf. éléments de contexte historique p. 457.

n'avait plus de bêtes à présent, sauf un vieux taureau.

Alors, quand à la tombée du jour Cora est venue dans cet endroit, furtive, avec sa chevelure emmêlée, elle a entendu crier *halte-là ! Restez où vous êtes ! Montrez-vous !* Elle s'est mise à pleurer. À gémir sur les pertes qu'elle avait elle-même subies à quatre lieues de là, ses vaches, et son mari. *Puis-je trouver refuge chez vous ? Pour l'amour de Dieu ?* Cora savait parler, et mentir encore mieux. Et les hommes voyaient sa beauté, la longueur de ses cils... ses formes par-derrière dans cette jupe rouge.

Elle a donc pris racine à Thorneyburnbank où des vents glacials faisaient rage, où l'eau chantait.

*

Notre chaumière était au bord du ruisseau. C'était un ruisseau qui murmurait à travers les roseaux et rejoignait la rivière Allen puis la Tyne : les rivières se joignent comme les doigts se joignent à la paume. Elle était si proche de l'eau que le sol de terre battue était boueux et le toit luisant de poissons qui avaient sauté hors du ruisseau et restaient collés là. Cora l'avait trouvée à moitié couverte de houx et ça lui avait plu, parce que le houx, dit-on, écarte la foudre. Alors elle laissait pousser le houx. Elle avait balayé les écailles de poisson par terre et s'était rendue à l'église, car ne pas y aller aurait montré sa nature au grand jour. Elle voulait l'obscurité et la tranquillité.

Voilà comment elle était, les premiers temps. Soigneuse, silencieuse. Elle gagnait ses sous en coupant pour les toits de chaume des roseaux et des joncs, ils foisonnaient autour du ruisseau. Et on en a toujours besoin dans une contrée où les vents sont aussi ravageurs que les brigands qui viennent mettre le feu.

Cora allait vendre ses roseaux et ses joncs à Hexham, et souriait aux hommes. Elle était douce comme le miel, ou le leur faisait croire. Pour donner le change, elle avait une croix pendue au cou et le dimanche elle prenait le corps du Christ dans sa bouche, le gardait sous sa langue une heure ou deux en attendant de pouvoir le cracher. La finaude ! Qui aurait soupçonné qu'assise sur son banc à l'église, tête baissée, elle pensait à la pleine lune et à des pouces liés aux orteils ?

Dommage que Cora ne soit pas restée douce comme le miel, mais voilà.

Elle a toujours été dame de la nuit. Le loup en elle hurlait, avide de l'air nocturne, alors elle partait vers des endroits mystérieux. Si des gens la voyaient, elle disait *je suis veuve. Je pleure mon mari dehors dans l'ombre...* et cette explication les contentait pour le moment. Mais c'était une drôle de manière qu'elle avait de pleurer, en soulevant ses jupes, secouant sa chevelure.

Je ne veux pas trop parler de ça. Pas plus qu'elle, qui m'en empêchait : *tais-toi ! Je fais ce que je fais, moi, et pas toi...* avant de s'enfoncer dans la nuit à toutes jambes, les yeux brillants. Tout ce que j'ai à dire, c'est quel mal faisait-elle ? Où était le malheur ? Elle avait une beauté qui donnait envie aux hommes de la rejoindre près du mur des Romains, et ils se colletaient entre eux dans le noir ou se barraient le chemin. C'était eux-mêmes qu'ils cherchaient, au fond. Et quand le ciel s'éclairait, elle rattachait son corselet, haussait les épaules et retournait chez elle au milieu des chants d'oiseaux, la chevelure en désordre.

Je n'ai jamais connu mon père, monsieur Leslie.

Et Cora non plus ne l'a guère connu. Pas davantage qu'un court moment.

Je sais que pour vous ça signifie *putain. Traînée. Misérable roulure.* Elle-même se donnait quelquefois ces noms-là, elle en riait, et les habitants d'Hexham se la rappellent comme *une sorcière, une putain*. Ils pensent qu'on a eu raison de lui passer la corde au cou. Mais moi je ne pense rien de pareil à tout ça.

Ce qu'elle faisait n'était pas méchant, monsieur Leslie. On avait fait bien pire quand elle était petite, de longues années avant... dans un lac, avec sa mère prise au piège comme un oiseau.

Cora avait ses idées à elle sur l'amour.

Ne va pas le ressentir, elle me disait. Elle me prenait le poignet ou le menton entre ses mains et disait *ne le ressens jamais. Car si tu aimes, tu peux souffrir très cruellement et être plus malheureuse qu'avant. Alors n'aime jamais,* elle disait. *Tu m'entends ?* Elle m'obligeait à répéter ses mots.

C'est une histoire triste, non ? C'en est une à mes oreilles : une femme aussi belle que Cora, avoir peur de l'amour... Alors ne la traitez pas de *putain,* merci. Pas ma mère. Elle tirait son réconfort des chats à la fourrure épaisse, et de la lune, et du feu dans la cheminée, mais aussi des baisers d'inconnus. À qui ça faisait-il du mal ? À personne.

Nous avons tous besoin de réconforts. De choses qui disent *chut... Là, là.*

*

Donc, son ventre a gonflé. Il a grossi comme les baies. Mais qu'est-ce qui remplissait sa tête ? De la sauvagerie. Elle a enlevé la croix de son cou et elle est sortie de la chaumière aux poissons et au houx telle qu'elle était vraiment, non point une veuve mais une sorcière de mauvais temps. Une femme qui n'aimait pas *Dieu*. Il promettait *justice,* elle disait, et quel fieffé mensonge c'était là, avec ses trappes et ses écrous.

À l'église, Mr Pepper parlait de pardon. Le jour du sabbat il prêchait *nous sommes tous les enfants du Seigneur*, mais les gens n'entendent que ce qui leur convient. Ils crachaient *celle-là ? Un petit dans le ventre ? Et sans un homme qui vit à son côté ?* Après, ils ont acheté leurs roseaux à une autre, une femme paresseuse qui ne les coupait pas bien, alors ils pourrissaient. Mais comme cette femme mariée priait et lisait la bible, ses mauvais roseaux valaient mieux que les propres de la traînée en jupe rouge. Ça n'était pas grave. Cora avait d'autres ressources. Elle prédisait l'avenir dans les venelles et les recoins d'Hexham. Elle fournissait des plantes aux femmes qui en avaient besoin, de la fougère, de la livèche. Les femmes, toujours.

Cet hiver-là fut sans pitié. Tout entier de givre et d'haleine blanche. Le vieux Bean s'en alla chasser le faisan et on ne le revit jamais. Cora savait que la froidure était le temps des Mossmen. Ils sont venus prendre des nourritures et du bois à brûler, un Écossais à la barbe blonde a volé deux vaches et un chien et un baiser à la laitière. Cora était contente. Tous les yeux se tournaient à nouveau vers le nord, on ne louchait plus sur son ventre qui grossissait comme une mûre.

Ah, les Mossmen, elle les adorait. De joie, elle serrait les poings en entendant les sabots de leurs chevaux marteler la glace, *clic cloc, clic cloc*. Elle adorait leurs nuits sans lune et l'odeur des torches enflammées dans leurs chevauchées. Et le soir de Noël, tandis qu'ils galopaient armes brandies en direction d'Hexham, ma mère est sortie dans la cour. Elle a rugi à deux voix. Elle s'est débattue, fumante, dans l'obscurité, et j'ai chu sur la glace.

Sorcière, elle m'a appelée, parce qu'elle savait que ça me suivrait toute ma vie.

Puis elle m'a prise au creux de ses bras, m'a baisé le front. Elle a dit *mais ton vrai nom est Corrag.*

C'était moi. Mon commencement.

J'ai été nourrie pendant des mois de vieux poisson et de lait tourné. Si je pleurais, elle me couchait parmi les roseaux et je finissais par m'endormir, c'était peut-être les bruits du vent qui me berçaient, ou l'eau. Elle m'appelait *enfant fantôme,* à cause de mes yeux qui sont pâles et écarquillés. J'ai rampé dans l'ormaie au printemps. L'été venu, j'ai fait mes premiers pas autour du cerisier. Après le passage d'autres saisons, j'aimais enfourcher une branche tombée près de l'église, mon cheval de bois mouillé. Du lierre me servait de bride et j'avais une selle de feuilles.

L'automne amenait les champignons. Elle me les montrait comme elle me montrait ses plantes, *celle-ci guérit les fièvres. Ça, ça fait sortir le poison. Et celles-là...* elle disait en tortillant une tige devant mes yeux, *c'est pour la soupe ! Courons la mettre sur le feu chez nous !* Alors nous courions, cheveux au vent.

Mais le mieux, c'était l'hiver.

Et les hivers étaient durs à Thorneyburnbank. Un canard gela sur le ruisseau, il poussa des cris rauques jusqu'à ce qu'un renard arrive et laisse seulement dans la glace ses pattes palmées. Nous sucions des glaçons, Cora et moi. On pouvait marcher sur le bief du moulin, et une fois, un arbre qui s'est rompu sous le poids de la neige a enfoui une vache, pour la sortir de là il a fallu que les paysans creusent avec des bêches et leurs mains. Ils ont creusé toute la nuit, et la vache beuglait tellement fort qu'ils n'ont pas entendu les Mossmen emmener les chevaux de la forge. Un hiver, aussi, un cercueil est resté posé sous l'if, on ne pouvait pas le mettre en terre parce qu'elle était trop dure, comme du fer. Les planches ont été cassées par des chiens et des corbeaux qui reconnaissaient l'odeur de la viande en s'en approchant. Pauvre veuve Finton. Mais elle était morte et n'a rien senti. Toutes les créatures ont besoin de manger.

Les corbeaux, je les ai revus sur la place d'Hexham.

C'est le jour où on a pendu par le cou les Mossmen.

Cinq d'entre eux. J'avais dans les douze ans quand Cora est venue à moi, les yeux en feu, et a dit *c'est mauvais, très mauvais*... Elle voulait dire mauvais pour nous, mais pas au point qu'on reste à l'écart de ça. Elle m'a noué ma cape et nous avons cheminé dans la neige jusqu'à la ville. Le bruit ! Il y avait encore davantage de gens sur la place que pour la venue du juge, ou pour le marché de Noël. Tous à jacasser et lancer des quolibets. J'ai grimpé sur un tonneau pour voir ce qu'ils voyaient, qui était le mot *échafaud*. Cinq cordes avec un nœud coulant. Ça m'a glacée comme aucune neige ne l'avait fait. Et la foule riait des hommes debout à côté des cordes, mains liées dans le dos. J'ai pensé *ces hommes-là sont des Mossmen.* Simplement des hommes avec des cicatrices, et des yeux tristes. Celui à la barbe blonde était là. Comme moi, il a vu les corbeaux qui se lissaient les ailes, perchés sur les potences. J'avais très fort pitié de lui. Il me semblait entendre ses battements de cœur, son souffle de plus en plus rapide, et la foule a applaudi quand on a passé les cordes sur la tête des Mossmen. *Pan* a fait la trappe, et *pan* la suivante, et *pan* et *pan* et le dernier des cinq implorait la clémence. *Pardon pour mes péchés*, il suppliait tout tremblant. Et la trappe était peut-être restée verrouillée, ou gelée. Je n'en sais rien, mais en tout cas elle ne s'est pas ouverte, alors ils l'ont traîné vers une corde où pendait un autre Mossman qu'ils ont décroché et ils se sont resservis de cette corde pour la passer au cou du survivant.

Les gens ont besoin d'un ennemi.

C'est ce que Cora a marmonné. Elle a dit aussi *j'aurais dû deviner... Parce que, as-tu vu les chauves-souris ? Tu les as vues, Corrag ? Toutes parties...* Elles s'étaient envolées la veille. Elles étaient sorties en masse de dessous le pont pour s'envoler en dépliant leurs ailes pareilles à du cuir, n'étaient pas revenues, et Cora disait que les créatures font ça avant une mort. Elles la sentent venir comme le mauvais temps. Elles la sentent dans leurs ailes, leurs pattes, leurs griffes, et elles fuient.

Un ennemi... elle a dit. Ce soir-là, elle a répandu des os devant l'âtre, déchiré tellement de plantes que notre chaumière a pris une odeur de verdure. Je savais ce qui inquiétait Cora. Toute ma vie, je l'avais entendue chantonner *qu'ils viennent marauder !* Mais ils ne maraudaient plus, les hommes qui pendaient couverts de givre, picorés par les corbeaux.

Après, Cora a chu par terre et cambré le dos. Elle faisait ça quand elle était prise du don de double vue que je n'avais pas. Il me fallait rester près d'elle et lui caresser les cheveux jusqu'à ce que ça passe.

Quand elle s'est redressée, elle a murmuré *mon cou est-il fait pour le gibet ?*

Il était tard. Je tombais de sommeil et je lui trouvais un air étrange, c'était de la peur, je pense. Elle a relevé ses cheveux noirs, épais, et demandé *l'est-il ? Dis-moi la vérité.*

Je n'y manquais jamais. Alors, sans autre bruit que celui du feu dans l'âtre, parce que le ruisseau était gelé et que le hibou se taisait cette nuit-là, je lui ai dit la vérité. Elle la connaissait déjà.

Un joli cou, mais fait pour le gibet, oui, il l'était.

Le printemps est venu. Partout les bruits de l'eau, le rugissement du ruisseau rempli de neige fondue. Dans les prés marécageux poussait le trèfle qui rendait le lait savoureux et engraissait le bétail. C'est à ce moment-là que j'ai pris le couteau pour tuer le cochon, une chose horrible. Je crois que j'étais saisie d'une espèce de folie à cause du printemps, ou peut-être hantée par la mort des Mossmen. Je ne sais pas. Mais Cora s'est fâchée. Elle a dit, pourquoi le tuer au printemps alors qu'on avait trouvé moyen de se nourrir tout l'hiver, est-ce que j'étais simple d'esprit ? La viande a pesé sur ma langue et sur mon estomac. Pauvre cochon.

Honteuse, je me suis enfuie. Je suis restée toute la journée cachée dans l'ormaie, tapie derrière une grosse branche, et quand je me suis relevée à la nuit tombante je n'ai pas vu la branche et j'ai basculé. *Clac !* Un bruit sec dans mon épaule. Puis une douleur, une douleur aiguë, violente, alors je suis retournée chancelante vers Cora avec mon bras droit démantibulé et mon épaule qui pointait en l'air. Je gémissais en courant. *La vengeance du cochon*, a dit Cora sèchement, avant d'appuyer sur mon os pour qu'il reprenne sa place. Un autre *clac*. Et elle a mis dessus de la marjolaine, qui peut soulager.

Toutes les plantes poussaient. Les récoltes furent abondantes, cette année-là. Grâce à ça, la bourse de Cora tintait, car les femmes remplies de blé faisaient des enfants. Elle leur fournissait surtout de la grande camomille, pour une naissance facile. La consoude servait après à tarir le lait. Elle m'envoyait quérir des fougères, et me disait comment les couper : d'un seul coup, et avec de bonnes pensées. La fougère possède de sombres pouvoirs, pour le curage secret d'une femme, disons.

Et les animaux aussi faisaient des petits, des veaux, des poussins qui piaillaient. Il y avait une chatte au pelage rayé, aux tétons comme des pouces, qui ronronnait quand je la caressais. Elle était bien. Mais un jour où les pissenlits étaient tout en fleurs, je l'ai vue couchée par terre. Près d'elle, il y avait un seau, et Mr Fothers coiffé de son chapeau. Il regardait fixement le seau, après quoi il a tourné les talons, et je me suis demandé *pourquoi la chatte est tellement immobile ? La jolie chatte rayée ?* Mon dos s'est raidi. *Complètement immobile...* Et là j'ai pensé *cours vite !* J'avais si peur que j'ai jeté mon pissenlit en courant, et dans le seau j'ai trouvé de l'eau et quatre chatons nouveau-nés, noirâtres, qui miaulaient comme des perdus. Ils griffaient le métal avec leurs pattes. Ils avaient les yeux fermés, alors j'ai renversé le seau et dit *réveillez-vous ! Ne mourez pas !* Ils ont roulé contre leur mère, qui était morte et ne ronronnait plus.

Quand je les ai apportés à la maison, Cora a dit *que leur est-il arrivé ? À ces tout petits...* Et entre ses dents, plus bas, elle a ajouté *qui a fait ça ?* Parce qu'elle ressentait vraiment de la haine envers les gens qui noient des animaux.

Nous les avons nourris. Au coin du feu, nous leur avons fait couler sur la langue du lait de vache, goutte à goutte. Je leur chantais des chansons comme s'ils étaient mes petits à moi, et Cora disait *comment cet homme ose-t-il ? Comment ose-t-il ? Une vie est une vie, n'importe laquelle...* En entendant son nom, elle avait eu un regard noir. Elle avait donné un coup de pied à la bouilloire qui avait roulé dehors. Mais elle s'était radoucie quand elle avait caressé les chatons et senti leurs langues râpeuses sur sa main. Les animaux nous plaisaient autant que Mr Fothers les détestait.

Ils sont restés en vie, tous les cinq. Ils devaient périr noyés un jour de pissenlits, mais ils ont vécu. Et ils sont devenus des chats vifs, couleur de cendre, avec des yeux aussi verts que la menthe, qui se frottaient à nos jambes, la queue dressée. J'aimais bien leur manière de se cogner la tête contre la mienne. Avec le temps, ils se sont mis à tirer du toit de chaume les poissons qu'ils flairaient. Je me les rappelle occupés à ça, dans la charpente, et à croquer les arêtes, des écailles argentées collées sur le nez.

Je n'aurais peut-être pas dû les sauver, ces chats. Après, ils ont amené pire que des pauvres souris à notre porte.

Ça a commencé par Mr Fothers. Il était peut-être fâché parce que j'avais sauvé ces cinq-là. *Des chats ?* il disait. *Aux yeux verts ?* Et il répandait des mauvais bruits sur moi, comment je barbotais dans les marécages. Ou comment, un soir, je m'étais à moitié transformée en oiseau pour voler jusqu'à la chaumière en glapissant. *Elle avait une aile à la place du bras droit… Pas de doute.*

Et ça a continué. Des petites choses qui, avant, voulaient dire *ruffians* – nuit sans lune, ou vers dans la farine du meunier – ne voulaient plus dire pareil, puisque les ruffians étaient morts. Alors, à qui s'en prendre ? Où étaient les coupables ? Les gens se taisaient, d'abord. Ils ruminaient.

C'est cette histoire de *rois* qui a mis de l'huile sur le feu. Les vrais ennuis ont commencé à ce moment-là, quand le roi Jacques a fui en France et que l'Orange est venu le remplacer, le protestant à la perruque toute noire. Il s'est assis sur le trône encore chaud de Jacques, et les Anglais ont appelé ça *glorieux. Quelle révolution !* ils ont dit. Mais Cora n'était pas du même avis. Elle se mordillait la lèvre. Elle scrutait les étoiles très longuement. Une nuit, je l'ai tirée par la manche. J'ai demandé *qu'est-ce que ça annonce ?* Alors elle a secoué la tête et répondu *du vilain, je pense, voilà ce que ça annonce. Les rois amènent du vilain.* Et c'était vrai. Parce que le mot *roi* fait bouillir le sang. L'air devient étouffant, étrange, et tout comme la girouette virait avec le vent, les regards se sont tournés vers la chaumière au bord du ruisseau avec son houx et ses eaux de marécage.

Le reste est venu peu à peu.

Des petites choses. Un veau est né avec une étoile sur le front, claire et nette. Très jolie. Mais curieuse, aussi, assez pour faire parler : *un veau marqué...* ont dit les hommes. *Ça n'est pas commun.* Et là-dessus Mr Dobbs, qui avait le veau dans son pré, s'est mis à éternuer jour et nuit. Cora disait que c'était à cause des fleurs balayées par la brise, mais personne d'autre ne croyait ça. Et une chouette a hululé à minuit en haut du clocher, et les cerises sont venues plus acides qu'à l'accoutumée. On a vu un rat sur le pont voûté. Et vers la fin de l'été, par une chaleur lourde sans un souffle de vent, avec des éclairs d'orage dans le ciel, Mr Vetch s'est détourné de sa femme pour reporter son affection sur la jeune blonde bien en chair qui vendait des rubans à Hexham. Mrs Vetch était dans tous ses états. *Il a perdu la tête,* elle gémissait. Dans la rue, elle se tordait les mains pleines de farine et gémissait *c'est de la sorcellerie ! Il est devenu fou ! Pour sûr, c'est...*

Nous étions là. Cora et moi.

Ce mot... elle a murmuré. Et elle a levé les yeux vers le ciel où le tonnerre grondait.

Il leur a fallu un jour ou deux. Mais le mot *sorcière* est venu.

Putain, a craché Mr Fothers sur le passage de ma mère.

À l'église, Mr Peppers faisait de son mieux. Il disait *nous sommes les enfants de Dieu et Il nous aime tous également.* Mais ça n'a rien arrêté. Ça n'a pas apaisé Cora, qui se tenait plantée dehors la nuit. Elle répétait *qu'est-ce qu'il va arriver ?*

Quelque chose va arriver... Je le sens. Puis Mr Fothers a accusé Cora d'avoir dérobé sa jument grise quand la lune était pleine. Il a dit que des ailes avaient poussé à sa jument, et que toutes les deux s'étaient envolées voir le diable avant de revenir. Un cheval volant ? Un mensonge volant, plutôt. Mais il enfermait la jument chaque nuit de pleine lune, et à sa place il chevauchait un étalon bai. L'étalon décochait des ruades contre les ombres et se cabrait, mais Mr Fothers préférait mettre sa peau en péril sur le bai que son âme éternelle sur la jument.

*

La détester ? Cora ? Oh que oui, il la détestait.

Je ne sais pas pourquoi. Pour sa beauté, peut-être. Son pouvoir, et sa connaissance du monde, qui était tellement forte que je la sentais quand elle passait près de moi : ça m'effleurait la peau comme un souffle. Peut-être qu'il avait entendu parler de ses rencontres avec des inconnus près du mur des Romains et qu'il aurait voulu être l'un de ces hommes-là. Lui dénouer son corselet dans le noir du nord. Mais comment le pouvait-il ? Un homme marié et pieux ? Et jamais ma mère ne l'aurait laissé faire. Elle disait qu'il ressemblait à un poulet, le bec ouvert et l'air de trouver que n'importe quoi valait d'être picoré. *Un homme vil*, elle disait de lui. *Un vil poulet.*

Je vois de la bonté dans la plupart des gens, car ils en ont au moins un peu, le plus souvent. Mais la sienne était difficile à voir.

Il avait noyé dans un seau la chatte au pelage rayé. Il me jetait des pierres. Sa femme, qui était douce comme un caneton, avait un jour acheté du séneçon à Cora pour soigner une meurtrissure couleur de prunelle. Et en forme de main, m'a raconté

Cora. Mrs Fothers avait dit en rougissant qu'elle était tombée – *maladroite que je suis !* – mais nous savions que ça ne venait pas d'une chute. Une autre fois, la pauvre dame a demandé de la ciguë mais Cora n'en avait jamais. C'est une plante sans merci, elle vous tue, et le fait cruellement. Cora ressentait une grande pitié pour la solitude de Mrs Fothers.

Voilà des preuves de la méchanceté de Mr Fothers.

Il battait aussi sa jument grise.

Et il a tué ma mère. Je le sais, là, au fond de moi.

Je vais assembler tout ça à la manière d'un ouvrage de couture.

Guillaume s'est installé sur le trône. C'était un roi qui toussait beaucoup, et comme s'il avait expédié sa toux à cheval vers le nord, la consomption est apparue de ce côté. On a entendu parler de morts affreuses à York. Cora disait qu'elle n'avait aucune plante pour soigner ce mal s'il venait jusqu'à Thorneyburnbank. Alors nous attendions. Je ne savais pas ce qu'il en était. Mais Mr Pepper est tombé raide mort à l'église – d'un cœur fatigué, probablement – et les gens ont marmotté *la peste*. Cora paraissait inquiète, elle jetait des cailloux dans le ruisseau. Elle me regardait de manière très étrange et ne trouvait plus le sommeil.

Ils ont enterré Mr Pepper sous un chêne qui lâchait ses feuilles sur le cercueil comme des larmes. Et l'homme d'Église venu le remplacer portait des lunettes et une moustache brune. Il était jeune et avait quelque chose d'un rat, poils de moustache et mouvements rapides.

Oh ! a fait Cora en le voyant.

Il y a pis que la peste dans notre monde mortel. Il y a la chute hors de la vue de Dieu. Il y a les œuvres du diable. Il y a les êtres qui connaissent ses recettes et notre devoir n'est-il pas de purifier la terre ? De la délivrer de ces âmes pécheresses ?

Puis un enfant est né tout bleu, et mort.

De plus, on a vu dans les champs un lièvre occupé à se laver les oreilles, et la lune se levait derrière lui alors tout le village a pu voir ça, un lièvre accompagné d'une pleine lune...

Cora reniflait. Elle me prenait dans ses bras.

Elle me couvrait de baisers, et mon cœur me disait *c'est pour bientôt*. Parce que j'avais aussi vu les étourneaux voler vers l'ouest comme une énorme balle roulant loin de nous, et que nous dormions côte à côte durant ces dernières nuits. Nos chevelures mêlées, d'un noir bleuté.

*

Un chien a aboyé dans le village. Et cette nuit-là, Cora a chassé les chats de mon lit, elle a empoigné mes cheveux et m'a dit *réveille-toi ! Vite, réveille-toi !* Je me suis réveillée. J'ai vu ses yeux ouverts très grands. Elle m'a tirée du lit par les cheveux, je criais, j'étais terrifiée.

Elle a dit *prends ma mante. Prends ce pain. Prends ce sac, Corrag, il contient toutes mes plantes. Chacune des plantes que j'ai cueillies dans ma vie, ou connues, est dans ce sac, et à présent il est à toi. Conserve-le soigneusement. Tu me promets ?*

J'ai regardé le sac. Puis je l'ai regardée, elle, dans les yeux, ses yeux qui brillaient.

Et écoute-moi, Corrag, une jument t'attend dehors dans le marécage. Elle est là à paître, et il te faut la prendre et la monter. Va vers le nord-ouest. Galope sans relâche, et tu reconnaîtras l'endroit qui est fait pour toi, quand tu le trouveras. Et après avoir trouvé cet endroit, restes-y. Elle a posé la main sur ma joue. Elle a dit *ma petite enfant fantôme...*

Le chien a encore aboyé, mais plus près.

J'ai demandé *tu viens aussi ?*

Elle a fait signe que non. *Tu t'en vas toute seule. Tu me quittes à présent, et il ne faut pas revenir. Sois prudente. Sois courageuse. Ne regrette jamais d'être ce que tu es, Corrag, mais garde-toi d'aimer les gens. L'amour est trop douloureux et il rend la vie dure à supporter…*

Je hochais la tête. Je l'entendais et je savais.

Elle a noué sa mante sur moi. Elle m'a lissé les cheveux avant de relever le capuchon.

Sois bienfaisante envers tout ce qui vit, elle a murmuré.

Écoute la voix en toi.

Je ne serai jamais loin de toi. Et je te reverrai, un jour.

J'avais son sac plein de plantes attaché contre moi. Je portais sa mante bleu foncé qui traînait par terre, et j'ai caché dans la manche le pain et une poire. Dehors, dans le froid de la nuit, j'ai trouvé la jument grise de Mr Fothers enfouie jusqu'au jarret parmi les joncs. Je l'ai enfourchée et j'ai regardé une dernière fois la chaumière au toit plein de poissons et sous son houx, et ma mère debout devant, jupe rouge et cheveux noirs, avec un chat gris assis près d'elle, voilà comment était ma mère. Comment est Cora pour toujours à présent.

Chevauche, elle a dit. *Au nord-ouest ! Va-t'en ! Va-t'en !*

Nous avons galopé à travers la lande dans l'obscurité. Je me tenais à la crinière de la jument car elle n'avait pas de bride, ni de selle. Je voyais le sol filer en dessous de nous. J'avais le souffle coupé et la peur au ventre. Au mur des Romains, nous nous sommes reposées un moment. Le monde était très silencieux et la brume légère. Les étoiles brillaient, je n'ai jamais vu une nuit pareillement étoilée, comme si le ciel tout entier et aussi toute la magie de la terre étaient avec nous qui partions vers le nord. Je me suis confiée au mur. Je lui ai parlé de Cora, et lui ai dit que j'avais peur. *Tu nous protégeras ?* je lui ai demandé. *J'ai peur.* Je crois que la jument m'entendait car ses oreilles étaient pointées en avant, et sa bouche très douce quand elle a pris la poire dans ma main tendue.

Nous avons franchi le mur près d'un sycomore solitaire.

Puis nous avons chevauché sous des arbres pendant très longtemps. Je ne sais pas à quel moment nous sommes entrées en Écosse, mais c'était quelque part dans cette forêt. J'ai tapoté la jument et pensé qu'à présent il ne me restait plus rien d'autre au monde qu'une mante, un sac de plantes, deux croûtons de pain et la vieille jument grise de Mr Fothers.

*

Aujourd'hui, je vais faire le dernier point de ma couture.

Cora. Qui craignait d'être prise par les perceurs, mais non, ce fut le gibet. Je ne le sais pas de manière certaine. Mais je crois qu'on l'a capturée cette nuit-là et que, quelques semaines après, on lui a lié les pouces ensemble. Je crois qu'elle se taisait. Je crois qu'elle montrait de la force et du défi, l'au-delà l'attendait, alors pourquoi avoir peur ? Je ne crois pas qu'elle avait peur. Je crois qu'elle a secoué sa chevelure pour la libérer de la corde passée à son cou. Elle a regardé le ciel, car elle levait toujours les yeux vers les cieux venteux de l'automne. Puis la trappe a cogné deux fois sur ses gonds, Cora a entendu un craquement au fond de ses oreilles et je me demande ce qu'elle a vu en dernier dans sa tête, si c'était moi, ou sa mère s'engloutissant.

Je crois aussi que Mr Fothers était là. Je crois qu'il a regagné sa maison avec en lui un silence qui n'avait pas de nom et qui a grandi au long des semaines suivantes. Il voyait la chaumière de Cora abandonnée au houx et à l'eau des tempêtes. Il pensait à elle devant des veaux nouveau-nés, ou des cerises, ou un éclair qui jetait un court moment sa lumière sur les prés et donnait à toutes choses une blancheur étrange.

Il trouvait son écurie toute vide et pensait *c'est Cora qui a fait ça.*

Quand nos chats passaient furtivement près de lui, son cœur s'entrouvrait en grinçant comme une porte.

Très chère Jane,

Je suis fatigué ce soir, mon amour. Non pas physiquement comme je l'étais quand nous avons chevauché jusqu'ici dans la neige et le vent. Mais mon esprit est las, ce dont certains peuvent dire que c'est une fatigue bien plus lourde. J'ai ressenti de la gratitude à quitter ce cachot, me réjouissant à l'avance de l'apaisement que peuvent procurer un bon feu et la solitude, et ils n'y manquent pas tandis que j'écris ces lignes. Je suis content d'avoir la cheminée, elle donne un peu de lumière et de chaleur. Et aussi un siège digne de ce nom, car dans le cachot le tabouret à trois pieds sur lequel je me juche est trop bas et menace de me casser le dos, à la longue.

J'étais également content de prendre un repas. Je ne pensais pas avoir de l'appétit au sortir d'un lieu si répugnant, mais lorsque j'ai mangé cela m'a restauré. Parfois, nous avons faim à notre insu.

Tu souhaites sûrement que je te rende compte de mon entrevue d'aujourd'hui avec la sorcière. Je vais donc te la relater, mais de façon plus concise que la sienne, car elle a parlé davantage que je ne l'ai jamais fait. Je prêche, Jane, j'ai prêché, et rédigé mes opuscules, et ne m'a-t-on pas appelé l'éminent orateur de l'époque ? Un terme généreux, peut-être. Néanmoins, je doute qu'il me soit jamais arrivé de discourir aussi longuement qu'elle parle. Ses mots coulent comme un fleuve, ruisselant et se dispersant en moindres rivières qui ne mènent nulle part, de sorte qu'elle revient à son point de départ. Je l'écoutais et je m'interrogeais, est-ce là de la folie ? *L'usage qu'elle fait de ses mains pose lui aussi cette question, car elle est rarement immobile. En parlant, elle lève les mains vers son visage comme pour saisir ses mots, ou les palper à mesure qu'ils sortent de sa bouche. Vois-tu le tableau ? Les descriptions ne sont guère mon fort. Il réside dans les sermons, et non dans les propos décoratifs.*

Je pense que c'est cela qui m'a fatigué, sa façon de parler. Son bavardage.

Mais aussi, le contenu *de son récit ! Je suis heureux que tu n'aies pas été présente, mon amour. De tels blasphèmes ! De si mauvaises mœurs ! Assise là comme une mendiante – en haillons, les yeux dévorants – elle me révélait tant de choses impies que j'éprouvais des sentiments multiples, parmi lesquels de la révulsion et de la fureur. Sa mère était apparemment une créature sordide, gourgandine serait le terme le plus indulgent. Elle (la mère) assista dans sa jeunesse à des scènes cruelles, mais cela n'excuse pas le mauvais chemin qu'elle a suivi en dévoyée. Il faut se garder du commerce des plantes et de leurs prétendues vertus. La plus sûre guérison vient de la prière, et d'un médecin véritable, non pas de cette alchimie verdâtre que je ne puis tolérer. En outre, cette femme pratiquait le mensonge, et voilait son visage trompeur d'un sourire à l'église ! Elle participait à la communion pour cacher ses mœurs corrompues.*

Je ne me souviens pas de son nom. Je ne souhaite pas m'en souvenir, car il est vénéneux. Mais je dirai que le monde bénéficie d'être débarrassé de cette créature.

Corrag prend sa défense, naturellement. Quel mal faisait-elle ? *J'avais envie de répondre* beaucoup de mal – *une femme sans entrave est cause de grands désordres. Mais j'ai tenu ma langue.*

Oui, je pense que c'est pour cela que mon esprit souffre d'une telle fatigue, mon amour : j'ai enduré tout un après-midi de radotages et d'outrages qui ne servaient en rien notre cause jacobite. Comment les péripéties d'une enfance anglaise pourraient-elles ramener Jacques sur le trône ? Ou une histoire de chatons à demi noyés, nous délivrer de Guillaume ?

Toutefois, elle promet de me révéler des choses qui nous aideront, sur Glencoe et les meurtres. Si elle dit vrai, cela en vaut la peine. Et à quoi d'autre employer mes après-midi, par un temps pareil ? Il neige encore plus fort à présent, Jane.

Mon aubergiste a le don d'apparaître hors du vide, tel un spectre. Ce soir, sur le palier, il a exprimé son saisissement de me trouver là, alors que je suis certain qu'il savait fort bien où j'étais. Nous avons échangé des amabilités. Mais tandis que je tournais le dos je l'ai entendu demander et comment est la sorcière au cachot ? Obligeante ? Puante ? On dit qu'elle peut se transformer en oiseau... *Je me suis montré poli, Jane, mais n'ai pas cédé à son insistance, pas ce soir, car sa curiosité est assez lassante, l'heure tardive, et ton époux moins jeune qu'autrefois.*

Au sujet de Corrag, je tiens à ajouter ceci. En dépit de toutes ses plaies et marques de déchéance, en dépit de son caquet, de ses vices, et de ses mains agitées, elle sait raconter. Elle a un regard qui perçoit les menus détails de la vie, les mouvements d'un arbre ou la source d'une odeur. Autrement dit, j'avais la sensation fugitive d'être dans ce village, ce Thorneyburnbank où elle a passé son enfance. Mais j'appelle cela un envoûtement *et j'y résisterai. C'est encore une preuve de ses péchés.*

De plus, et j'espère ne pas t'offenser, sa chevelure ressemble à la tienne. Non dans son aspect emmêlé, hirsute, certes non. Mais elle est du même brun foncé, de la même longueur. Je songe au poids de tes cheveux, la dernière fois que je les ai dénoués. Je la regardais tortiller une mèche sur son doigt tout en parlant, et je t'imaginais enfant, longtemps avant que je te connaisse. Si notre fille avait vécu, je suis certain qu'elle aurait eu les mêmes cheveux.

J'écrirai la suite demain. Que ferais-je durant ces longues heures, si je n'écrivais à mon épouse ? Assis dans la pénombre, je rêverais à toi. Mais si je ne t'avais pas, j'imaginerais la femme que je voudrais avoir pour épouse, et ce serait toi. Exactement telle que tu es.

Ta patience m'émerveille. Cela me tourmente que tu puisses, de ton côté, te tourmenter pour ma santé et ma protection. Mais chasse tes inquiétudes. Ne suis-je pas protégé ? N'ai-je pas un bouclier ? « L'Éternel marchera lui-même devant toi, il sera avec toi ; il ne te délaissera point, ni ne t'abandonnera » (Deutéronome XXXI, 8).

Écris si tu le peux.

Charles

II

« On le trouve communément
sous les haies et au bord des fossés
près d'une maison,
ou sur les chemins ombreux
et autres terrains en friche,
presque partout dans ce pays. »

du Lierre rampant

Hier au soir, elle était avec moi. Après votre départ, elle s'est assise sur le tabouret et m'a regardée avec ses yeux brillants comme ceux des oiseaux. Je lui ai dit *j'ai parlé de toi à un homme aujourd'hui* et je crois qu'elle le savait. Je pensais à toutes les choses qui sont reliées à elle, qui me font penser à elle quand je les vois ou les entends, le tonnerre, une corde...

Derrière chacune des plantes que j'ai pu employer, monsieur Leslie, il y avait ma mère. C'est elle qui me les a apprises. Elle les cueillait dans l'ormaie, elle frottait leurs feuilles. Elle faisait bouillir leurs racines, broyait leurs tiges, et me disait *ne crois pas que les petites feuilles ne servent à rien. Ce sont quelquefois les plus utiles de toutes...* Je sais ce que je sais des plantes feuillues parce qu'elle les connaissait et m'apprenait leurs secrets.

Alors quand j'ai sauvé des vies, c'était Cora qui les sauvait.

Quand je soignais une douleur ou guérissais une blessure, c'était aussi Cora.

Elle me disait *n'aime jamais*. Quelquefois, je pensais *donc elle ne m'aime pas, pour sûr ? Puisqu'elle dit qu'il ne faut pas aimer ?* Je sais qu'elle pouvait avoir l'humeur noire. Je sais que la plupart du temps elle rêvait tout debout, avec un vague sourire, mais par moments un nuage s'abattait sur elle. Ça la faisait hurler dans la chaumière. Elle sortait en courant sous la pluie pour lancer des imprécations et des rugissements. Elle détestait le mot *justice* et les églises, et se déchirait les ongles, et quelquefois me donnait des claques. Quand j'étais en colère contre elle et criais un gros mot, elle me mettait une carde dans la bouche et disait *mâche*, pour m'apprendre le mauvais goût de ces mots-là, et en mâchant la carde je pensais *ce n'est pas gentil*. Je pensais aussi *ce n'est pas elle...* Pas la vraie Cora.

N'aime jamais... Je crois pourtant qu'elle m'aimait. Oui, je le crois. Parce qu'elle me lissait les cheveux le soir, et chaque fois que mon épaule pointait en l'air elle la baisait, elle disait *pauvres petits os...* Et un hiver à Hexham nous avons attrapé au vol des flocons de neige et les avons mangés, nous avons laissé la forme de notre corps dans les congères les plus hautes. Sur le chemin du retour, nous chantions de vieilles et gaillardes chansons de sorcières, et c'était bon. Il y avait de l'amour là-dedans.

Mais il n'y avait pas d'autre amour, pas pour les gens, monsieur. Elle n'aimait aucun homme. Elle fermait son cœur à double tour et les laissait la prendre comme les taureaux prennent les vaches, en ahanant sur sa nuque. Elle n'accueillait jamais deux fois le même taureau. Et jamais non plus elle ne les accueillait de jour, au cas qu'ils seraient beaux, et si son cœur allait s'ouvrir, se libérer ? Je pense que c'est la faute du tabouret plongeur.

Galope vers le nord-ouest. Ne reviens pas.

Peut-être qu'ils ne pèsent pas lourd à votre oreille, ces mots. Mais elle n'était pas obligée de les dire. Elle aurait pu me laisser dormir, cette nuit-là où le chien aboyait. Ou bien elle aurait pu enfourcher la jument grise avec moi, nous aurions pu fuir ensemble en Écosse, à travers les forêts, avec nos cheveux dans le vent de la course.

Mais elle a dit *galope vers le nord-ouest,* parce qu'elle savait que la mort la guettait.

Elle savait qu'ils allaient la suivre, la pourchasser jusqu'à ce qu'ils la trouvent, et qu'après l'avoir trouvée ils la pendraient, et pendraient aussi quiconque était avec elle.

Sois bienfaisante envers tout ce qui vit, elle a dit.

Elle est morte toute seule. Ce qui était mieux à ses yeux que de mourir avec sa fille à côté d'elle.

Si elle me manque ? Quelquefois. Tout comme me manque le sommeil d'enfant, doux, sans rêve, que j'avais jadis mais ne connais plus. Et je voudrais qu'elle ne soit pas morte d'un meurtre, et pendant quelque temps j'ai regretté de l'avoir quittée sans un vrai adieu. Mais elle est dans l'au-delà, à présent. C'est un bon endroit.

Et elle m'a quand même dit adieu, longtemps après.

Ça se passa à la tombée de la nuit, dans une forêt de pins. En levant les yeux, je vis apparaître son fantôme. Je savais qu'elle était un fantôme, car les fantômes sont pâles et très silencieux, ce qui ne lui arrivait jamais dans la vie. En glissant entre les arbres, elle me regarda. Elle était très belle et paraissait heureuse, voilà, ce fut son adieu.

Je pensais à elle quand je me suis reposée près du mur des Romains. Avec les étoiles et le silence. Avec la jument qui mâchonnait la poire.

J'ai aussi pensé à elle dans la forêt. Il y avait des petits bruits comme le vent très haut ou une pomme de pin qui tombait, et j'ai pensé que c'était peut-être Cora qui me parlait. J'ai tendu l'oreille un moment, en pensant *est-ce toi ? Tu es là ?* Et le vent a froissé les feuillages comme si elle répondait *Je suis là. Oui.*

J'ai pensé à elle allant s'accroupir dans les venelles pour vendre ses plantes et ses secrets.

Au plaisir qu'elle prenait à manger des cassis.

Mais à quoi ça sert, les regards en arrière ? Ils ne peuvent rien changer. On n'y peut rien et ils ne peuvent guère secourir. J'avais Cora à mon côté. *Je ne serai jamais loin de toi.*

Alors j'ai dit *allons-y,* il le fallait. Je savais qu'une vie m'attendait.

*

Monsieur Leslie, je suis contente de vous voir.

Je pensais que vous ne reviendriez peut-être pas aujourd'hui. Parce que je sais comment ça fait quand je me mets à parler. J'ai toujours été portée à ne plus m'arrêter, à en dire tellement long que les yeux d'en face deviennent vitreux comme ceux d'un poisson mort. C'est peut-être à cause de ma vie solitaire. Je passais mon temps dehors, toute seule, sans une autre âme que la mienne à qui m'adresser, alors quand j'ai quelqu'un avec moi je parle, je parle, je parle.

Est-ce que j'ai abusé ? Étiez-vous fatigué hier au soir ?

Je suis contente que vous soyez là de nouveau. Avec votre table pliante et votre plume d'oie.

Je comprends que ça ne vous intéresse guère, ce que je vous raconte. Un homme fidèle à Jacques avant tout, qu'a-t-il à faire d'Hexham ou des juments grises ou des Mossmen ? Il attend autre chose, je sais. Mais je vous donnerai ce qu'il vous faut, le moment venu.

Donc, la forêt. La jument.

La jument de Mr Fothers, la grise qu'il avait traitée d'*ensorcelée*, sa *vieille haridelle*. Il l'enfermait à chaque pleine lune sans lui donner d'eau à boire, parce qu'il pensait que l'eau faisait venir le diable. Alors elle léchait les murs, hennissait pour appeler la pluie. Nous lui avons porté un seau d'eau, Cora et moi. Une nuit, nous avons tendu le seau à la jument et elle a bu encore et encore. Elle a soufflé fort par les naseaux, s'est gratté la croupe contre le montant de la porte et Cora a dit *elle mérite mieux que lui*. Ce qui était la vérité.

À présent, je la chevauchais.

J'étais sur son dos. *Moi*.

J'ai baissé les yeux. Jusque-là, je ne l'avais pas vraiment regardée. Au mur des Romains, je lui avais tapoté le nez et après, pendant qu'elle galopait, j'avais appuyé ma joue contre son encolure en me cramponnant à sa crinière. Mais pour le moment on ne galopait plus. On traversait au pas une forêt, et j'ai vu que c'était une jolie jument, presque blanche sur le dessus, mais avec des taches marron clair sur l'arrière-train et le ventre comme si elle avait été éclaboussée en foulant des pommes trop mûres. Je la sentais se balancer. Elle était aussi large qu'une barrique, alors j'avais les jambes écartées.

Et elle était haute. Peut-être pas pour la plupart des gens, mais pour moi qui suis toute petite elle était haute comme une maison. Le sol me paraissait très, très loin en dessous. J'ai fini par trouver le meilleur moyen de l'enfourcher : courir un peu, empoigner sa crinière et me hisser. Si ça lui était désagréable, elle ne l'a jamais dit. Quelquefois, elle levait même un jarret pour que je pose le pied dessus, ce qui pouvait être très utile quand il fallait faire vite parce que des gens criaient *sorcière*, et ensuite je ramassais du foin ou des poignées de menthe pour les lui offrir, à cette gentille. Je pense que ma manière de l'escalader valait beaucoup mieux qu'un gros homme sur son dos, armé d'un fouet et d'éperons. Un jour, je l'avais vu lui envoyer des coups tellement violents dans la bouche avec un horrible mors en métal qu'elle crachait de l'écume rose et roulait des yeux affolés. Le méchant homme. Moi, je ne faisais aucun mal à sa bouche, je la remplissais de poires.

Elle n'était pas silencieuse non plus. J'ai découvert ça dans la forêt. Elle poussait des petits hennissements quand quelque chose lui plaisait ou ne lui plaisait pas. Elle soufflait par les naseaux quand je la tapotais, et elle ronflait quelquefois dans son sommeil profond, son sommeil de cheval. Et comme elle passait presque tout son temps à brouter – des ronces, des orties, des patiences –, presque tout le temps son ventre grognait, avec la masse de nourriture qu'il y avait dedans. Et la nourriture produit de l'air, on le sait. La jument pouvait faire beaucoup de bruit quand cet air se libérait. Ce n'est guère convenable à dire, mais elle pétait très fort.

Oui, j'en parle avec affection. Vous feriez pareil.

Les animaux n'ont pas *gueuse* ou *sorcière* en tête. Voilà pourquoi ils sont tellement raisonnables et dignes, ils voient seulement si on les traite bien ou mal. C'est comme ça que nous devrions être tous. La jument balayait *sorcière* d'une secousse comme pour se débarrasser d'une mouche ou d'une feuille tombée sur elle. Elle envoyait des ruades à quiconque s'en prenait à moi, et me frottait l'épaule avec sa tête quand je me sentais solitaire. Ça faisait d'elle une bonne compagne.

J'étais contente de l'avoir. En la chevauchant sous les arbres, je le lui ai dit.

Je l'ai appelée *ma jument à moi*. J'ai posé un baiser au creux de ma main et l'ai appuyée sur son encolure.

Elle n'était plus celle de Mr Fothers mais la mienne.

On s'enfonçait dans la forêt. Que faire d'autre ? *Ne reviens pas*, avait dit Cora, et *vers le nord-ouest*. Alors on s'enfonçait de plus en plus loin.

Il pleuvait. *Floc floc floc*, les branches s'égouttaient, et *gloup gloup gloup*, les sabots remuaient la boue. On s'abritait contre un arbre couché ou dans une chaumière en ruine, aux murs couverts de mousse. Et on mangeait ce qu'on trouvait, pommes de pin et racines. Baies. Avec le pouce, je tirais des fourmis de l'écorce des arbres et leur murmurais *pardon* avant de les avaler. Tombée un jour sur des champignons qui bouillonnaient dans la fente d'une branche à terre, je les ai cueillis, grillés dans des feuilles d'ail et c'était comme un vrai repas. Ça m'a rappelé Hexham, parce qu'un homme en vendait là-bas, Cora et moi nous en avions acheté pour un penny et les avions mangés. Alors j'ai pensé à elle pendant que je les dévorais. La jument broutait les orties mortes et la mousse.

Ces jours-là étaient sombres et mouillés. Quand je m'en souviens, j'ai en tête *triste*, et *sombre*, et *mouillé*.

Je faisais quand même des feux, quelquefois. Avec toute cette humidité, c'était difficile d'allumer du bois, il sifflait ou crachait une fumée noire, mais j'ai réussi deux ou trois fois. Un jour, nous avons débouché dans une grande clairière avec un ruisseau et de la mousse d'un vert éclatant. Là, près de mon feu, j'ai ouvert le sac de Cora. J'ai étalé les plantes sur des rochers. Il y en avait des centaines, toutes liées avec de la ficelle, toutes différentes par la forme et l'odeur, et les vertus. Certaines étaient encore fraîches et souples. D'autres paraissaient tellement vieilles qu'elles se réduisaient en poudre dès que j'y touchais, et je me suis demandé si Cora les avait trouvées quand elle était bien plus jeune, elle-même une vagabonde.

J'ai pensé *ces plantes-là pourraient être plus vieilles que moi.*

Mauve, cerfeuil, gerbe d'or.

Nielle et euphraise, cette dernière est rare, mais elle vaut la peine de la chercher car elle rend les yeux très brillants.

Je les ai ramassées une par une. J'ai refermé le sac en toile de ma mère après les avoir rangées dedans et j'ai dit *c'est la récolte de sa vie entière*, à la jument qui écoutait attentivement. Comme les arbres et la mousse vert doré.

J'ai mis le sac à l'abri sous ma mante.

Juste après, la jument s'est cabrée. Elle a henni.

Puis j'ai entendu un oiseau battre des ailes alors j'ai tourné la tête en me demandant *qu'est-ce qui.... ?*

Et là on m'a empoignée.

On m'a empoignée très brutalement, avec un bras contre ma gorge qui me coupait la respiration, je ne pouvais pas respirer tellement le bras appuyait fort, je donnais des coups de pied et me débattais. La jument renâclait. L'oiseau s'est envolé.

Je ne pouvais plus du tout respirer. Les larmes me sont venues aux yeux et le bras m'a soulevée, mes pieds ne touchaient plus terre et j'ai eu un petit moment glacé où je pensai *je vais mourir ici*, mais aussitôt je me suis dit *non, je ne veux pas.* J'étais en colère. J'ai essayé de griffer le bras mais mes ongles étaient rongés alors j'ai tendu la main derrière moi pour chercher le visage de cet homme ou ses oreilles ou ses cheveux. J'ai trouvé les cheveux. J'ai tiré dessus très fort mais comme ça ne lui faisait rien j'ai tâté son visage et trouvé ses yeux. J'ai appuyé mes pouces en plein dedans. C'est mou, les yeux. Je les sentais presque éclater sous mes pouces et il y a eu un cri, un beuglement et il m'a lâchée. Je me suis écartée en respirant à fond.

Il geignait *mes yeux ! mes yeux !*

La jument hennissait et je toussais péniblement. L'homme a gémi *mes yeux saignent, elle me les a crevés*, alors j'ai compris qu'il n'était pas seul. Je me suis retournée. Trois de plus. Trois qui sortaient de l'ombre comme des fantômes, mais je savais que c'étaient des êtres vivants parce qu'ils sentaient fort, étaient tachés de boue et vêtus de casaques en cuir et tellement équipés de lames rouillées et de cordes que j'ai pensé *je sais qui vous êtes...* Je me rappelais. Je revoyais un matin de givre. Je revoyais cinq cordes se balancer.

Je les ai regardés de tous mes yeux. Je regardais chacun tour à tour en reculant doucement vers la jument, l'un d'eux avait le visage couleur de prune, comme à moitié brûlé, et celui-là m'a fait signe.

Donne-nous ton sac et nous ne te ferons pas de mal.

J'ai secoué la tête. Les plantes de Cora, je les garderais toujours, toute ma vie.

On l'a vu. Donne tes sous.

J'ai dit *je n'ai pas de sous.*

Il a craché dans les orties. Il s'est avancé vers moi. *Personne ne voyage sans une bonne poignée de sous.* Puis il a brandi une dague et grondé derechef *ton sac*. Je reconnaissais son accent écossais pour l'avoir entendu dans la bouche de colporteurs qui me hélaient sur les chemins. Une fois, j'avais acheté à un Écossais un petit miroir en argent parce qu'il était tellement joli et la mère Pindle m'avait vue le marchander. Elle avait marmonné *Écossais* avec autant de haine qu'elle aurait dit *putain* ou *fléau*.

Je n'ai pas le moindre sou !

Il a souri en coin, comme si j'étais pour lui une plaisanterie. Puis il est venu à moi, m'a soulevée et plaquée contre un arbre. Il a lutté avec moi en cherchant mon sac si brutalement que mes dents claquaient, et je rugissais et lui tapais sur la tête.

Ha ! il a fait en le trouvant. Le sac de Cora.

Il l'a tiré de dessous la mante, l'a ouvert et a tout vidé, radis, patiences, livèche, fenouil, consoude, sureau, sauge. Tous répandus par terre dans la forêt.

Je gémissais. Je me suis jetée à genoux pour les ramasser. C'était comme si ma mère gisait par terre elle aussi, et il y a eu un moment de silence, rien que moi qui disais *non non non...*

On prend son cheval, alors.

J'ai hurlé. Je me suis précipitée vers la jument qui reculait, la tête dressée, très inquiète de ce qui se passait. J'ai saisi sa crinière mais comme un Mossman me retenait par la jambe je ne pouvais pas me hisser et cette brave jument a essayé de m'emporter. Mais l'homme me tenait toujours, si bien que j'étais étirée comme sur un chevalet avec le sol au-dessous de moi et je savais que je ne pourrais pas me cramponner beaucoup plus longtemps à la jument. Je savais également que si je perdais prise ils allaient s'emparer d'elle, alors j'ai hurlé *je vais vous jeter un sort à tous ! Je vais appeler à moi le diable et ce que vous faites ne lui plaira pas du tout !*

Eh bien, le tour était joué.

Ils m'ont lâchée telle une braise. Je suis tombée, me suis relevée et retournée dos à la jument, les bras en croix comme pour la cacher à leurs yeux, la protéger. Ils ne faisaient plus que me regarder fixement, ces quatre hommes, ou plutôt trois parce que le quatrième était encore ratatiné, à répéter *mes yeux mes yeux*. Je reprenais mon souffle et les affrontais. On aurait dit que toute la forêt m'avait entendue, tous les oiseaux, les insectes, et là j'ai pensé, un peu trop tard, que parler comme une sorcière était peut-être une bêtise. Je fuyais des chasseurs de sorcières et il y en avait assurément beaucoup d'autres dans ce pays. Les rats peuvent traverser les murs, après tout. Mais à présent c'était dit. C'était fait.

Une sorcière ?

Ils échangeaient des regards.

Ils baissaient les yeux sur les plantes, comprenant d'un coup à quoi elles servaient.

Dans le silence, j'ai entendu notre respiration à tous et le *floc floc* de la pluie. Puis ils ont marmotté entre eux dans leur langage écossais. Ils m'ont encore regardée tellement longtemps que je perdais contenance, le feu aux joues.

Je n'ai pas dit *oui j'en suis une*, car je ne me suis jamais donné le nom de *sorcière*. Je me taisais et grattais l'encolure de la jument comme elle aimait, pour la calmer.

Quel âge que tu as ?

J'ai fait la moue. J'étais fâchée parce qu'ils l'avaient inquiétée et qu'ils avaient répandu les plantes de Cora hors de son sac, et en plus ils les piétinaient à présent, un vrai gâchis, une tristesse.

L'hiver qui vient sera mon seizième, j'ai dit.

Qu'est-ce que tu fais dans la vie ?

Et vous ? Effrontée… je le suis quelquefois, ça me vient de Cora.

L'homme au visage couleur de prune m'examinait. *Une petite Anglaise ? Dans une mante de femme ? Sur un cheval volé ?*

C'est peut-être à cause de la douceur survenue dans sa voix. Ou de la lumière déclinante. Ou c'est ma solitude qui m'a poussée à lui parler, je ne sais. Mais j'ai répondu *ma mère voulait que je parte au loin. Les gens la traitent de sorcière, ils la détestent et elle sera bientôt mise à mort, alors elle m'a dit de fuir vers le nord-ouest loin de Thorneyburnbank pour qu'ils ne me tuent pas moi aussi.* J'ai regardé par terre. *Ces plantes étaient les siennes. Elles sont à moi maintenant, pour les vendre, je pense, et me préserver. Elles sont tout ce que j'ai au monde, à part ma tête et ma jument.*

Ces mots sortaient à toute vitesse. Ils ont ruisselé, et qu'est-ce qui suivrait ? On restait tous perchés comme des oiseaux à longues pattes dans le ruisseau de mes mots. J'étais essoufflée, et une petite partie de moi avait envie de pleurer parce que je pensais à Cora qui allait mourir, mais il ne fallait pas qu'ils le voient.

Sotte, je me suis dit. Un moulin à paroles ne plaît à personne. Mieux vaut tenir sa langue, mais je n'ai jamais réussi.

Ce qui a suivi était encore plus étrange.

Ils ne sont pas venus à moi. Ils n'ont pas pris mon sac ni ma jument. C'était comme s'ils rentraient leurs griffes parce que j'avais montré mon vrai visage, comme l'air qui est toujours plus léger après l'orage. Nous avons tous tourné notre regard sur nous-mêmes, secoué nos vêtements mouillés par la pluie. J'ai remis de l'ordre dans mes jupes et essayé de lisser mes cheveux pour qu'ils ne ressemblent pas à du chaume.

Visage-prune a dit *la pendaison est un plus grand péché que ceux de la plupart des gens qui sont pendus.* Comme pour me réconforter.

J'ai reniflé. Répondu *oh oui.*

Il m'a regardée. *Je connais Thorneyburnbank,* il a dit. *Près d'Hexham ? N'y a-t-il pas un cerisier là-bas ?* Et il paraissait tellement triste, tellement vide et triste que j'ai ressenti de la pitié pour lui et plus du tout de peur. En regardant encore mes plantes éparpillées par terre, il a demandé *qu'est-ce que tu sais faire ? Tu peux soigner ?*

Certaines choses.

Tu peux lui soigner les yeux ? Car le malheureux assis par terre était ensanglanté.

J'ai répondu *je crois.*

Et coudre ? Cuisiner ?

Ce n'était pas ce que je faisais le mieux mais j'en étais capable. J'ai dit *oui.*

Il a hoché la tête. *Soigne ses yeux*, qu'il a dit. *Soigne ma toux et le pied de celui-là et raccommode une ou deux casaques, et en échange nous te donnerons de la viande. Et tu pourras te reposer un peu.*

Il m'a aidée à ramasser les plantes de Cora et à les remettre dans mon sac.

Je les ai suivis sous les arbres. J'avançais au son du *floc floc* et de ma jument qui soufflait par les naseaux, et j'ai murmuré, m'adressant à moi-même, à elle, à ce qui nous voit et nous entend – Dieu, ou les esprits, ou quelque chose de caché en nous, ou tout ça à la fois – *voilà, c'est à présent ma seconde vie.*

Elle commençait tandis que celle de Cora s'achevait.

Ma seconde vie, au galop.

C'étaient des fantômes, monsieur Leslie.

Pas des spectres faits de brume et d'air, pas des âmes en peine. Seulement des hommes pareils à des revenants. Les derniers de leur espèce, car le temps des ruffians était fini. Je croyais que tous les Mossmen avaient été pendus ou chassés du pays. Mais eux, ils étaient encore là. Avec leur sueur et leurs bottes en peau de chèvre.

Ils m'ont amenée dans une autre clairière pleine de mousse, et d'humidité. Un cuissot de chèvre bouillait dans une marmite. Un cheval solitaire somnolait sous un arbre et trois poules picoraient la terre. La lumière de cette fin du jour était un peu poussiéreuse, comme dans les granges, et en levant les yeux j'ai vu l'étoile du soir luire à travers les branches.

Prends ça. On me tendait une tasse remplie de bouillon.

Je pensais à ce que j'étais avant, à ce que j'avais cru, avant, et tout ça n'y ressemblait pas.

Je lui ai soigné les yeux ce soir-là. J'étais contente d'avoir l'euphraise que j'ai mélangée avec du lin et j'ai dit *là, là* en les posant sur ses paupières. Puis j'ai retiré une écharde d'un talon. Pour la toux qui raclait la gorge comme des clous au fond d'un seau, j'ai mis de la camomille à chauffer dans du lait. J'ai dit *buvez ça à petites gorgées ce soir, et votre toux s'en ira sans tarder.* Il n'y a pas de plante meilleure pour la poitrine.

J'ai mangé un peu de viande de chèvre et c'était bon. Le feu crépitait. Ma jument somnolait en compagnie du cheval, côte à côte.

On en a rencontré, des comme toi, a dit Visage-prune.

J'ai levé la tête. *Des comme moi ?*

Des qui se cachent. Qui fuient. Cette forêt est pleine de gens pourchassés à cause d'une chose ou d'une autre, grave ou pas. Il a mis un morceau de viande dans sa bouche et l'a mâché. *D'un enfant mort-né. D'un cœur sauvage. De la religion.*

J'ai opiné. *Le cœur de ma mère est sauvage.*

Il m'a regardée. *Mais elle ne fuit pas avec toi ?*

Non. Parce qu'ils la suivraient. Ils suivraient sa trace et la trouveraient, et me trouveraient moi aussi.

Mes yeux se sont remplis de larmes qu'il a vues, je crois.

Nous sommes pareils, toi et nous. Tu penses peut-être le contraire, mais nous sommes pareils. Nos ancêtres sont morts de la main du bourreau pour la plupart. Et nous aussi, nous vivons en accord avec les lois de la nature, qui sont les vraies lois. Il a secoué la tête. *Les lois de l'homme ne sont pas ce qu'elles devraient être.*

Je lui ai répondu que c'était bien mon avis. J'ai mangé.

Nous sommes des Mossmen, il a dit. *Mon père était un ruffian, tout comme son père à lui, et je suis le dernier. Mais là où ils violaient et incendiaient – je sais qu'ils le faisaient, Dieu leur pardonne – moi, j'ai seulement pris de quoi j'avais besoin, rien de plus. Un œuf. Peut-être un agneau. Et seulement aux riches.* Il m'a jeté un coup d'œil comme s'il voulait que je l'approuve. Puis, pour lui-même, il a ajouté *on nous traite d'assassins mais je n'ai jamais tué personne. Ni même fait du mal à quelqu'un.*

J'ai dit *c'est comme Cora. On l'a accusée pour un enfant sorti tout bleu.*

Ça ne venait pas d'elle ?

Non.

Le bois s'est tassé dans le feu. J'ai entendu gargouiller le ventre de la jument, plein de foin.

Thorneyburnbank… il a repris. *Oui, je connais cet endroit. Le trèfle. Il y avait là-bas le meilleur bétail quand j'étais petit. Un pont voûté. Et ce cerisier…*

Il donne de bonnes cerises.

Il a hoché la tête. *Que oui ! Elles étaient au goût de mon frère. Le tout lui plaisait bien.*

L'arbre tout entier ?

Le village tout entier. Avec ses vaches grasses. Sa rivière poissonneuse. Et aussi les gens… Il a jeté au feu une poignée d'herbe. *Mon frère disait qu'ils étaient hargneux. Qu'ils étaient hargneux entre eux, et que voler des gens hargneux était moins mal que voler des gens aimables.*

J'ai riposté *quelques-uns étaient gentils*. Je pensais à Mrs Fothers avec sa meurtrissure en forme de main. À Mr Pepper qui n'avait jamais blâmé les manières de Cora ni les miennes.

Il s'est essuyé le menton d'un revers de bras. *Quelques-uns. Il y a toujours une ou deux étoiles qui luisent dans la nuit sombre, j'en conviens. Pourtant...* Il a plongé son regard dans le feu. Sa tristesse paraissait tellement grande, tellement profonde que j'allais lui en demander la cause, mais je n'ai pas eu à le faire. Il a dit *ce village, nous y avons volé. Quand j'étais tout jeune, nous y avons volé des oies. Puis mon frère a pensé que ça ne suffisait pas, alors il y est retourné pour prendre deux grosses vaches. Il les a prises à un fermier qui battait son troupeau à coups de bâton, jusqu'au sang, ça n'était pas bien. J'étais avec mon frère. Je l'aidais.* Il a levé deux doigts. *Deux vaches. On ne prenait jamais davantage qu'on avait besoin, et on ne laissait jamais quelqu'un sans rien.*

Et alors ? j'ai demandé. Mais je crois que je savais.

Ils y sont allés une troisième fois. Il a encore secoué la tête. Il est resté silencieux un long moment, j'entendais le vent souffler sur la cime des pins. Je sentais leur odeur et celle de la fumée. *Pendus haut et court à Hexham. Ça fera trois ans cet hiver.*

Je revoyais l'échafaud. Je me retrouvais là-bas et je voyais tout, la foule qui attendait, et qui applaudissait quand les trappes s'abattaient, *pan*.

Avait-il une barbe blonde ?

Il a tourné les yeux vers moi. *Oui. Tu as vu ?*

Je ne lui ai pas dit que je revoyais souvent ça, dans ma tête, la petite secousse quand la corde se tendait. *Tous les cinq étaient des vôtres ?*

Mon frère, un oncle, trois amis.

Il n'en a pas dit plus long là-dessus. Il n'a plus rien dit du tout ce soir-là, à part *ici tu peux dormir tranquille*, et je l'ai cru. J'ai dormi tranquille, sous la mante de ma mère, en respirant l'air de la nuit.

Mais de cette pendaison, non, il n'a rien dit de plus. Je sais qu'il y a des gens qui pensent que parler de la mort des autres n'est pas bien, que ça les fait mourir une seconde fois. Il pensait peut-être que son frère était mort à nouveau ce soir-là, près du feu, avec la viande de chèvre dans notre bouche. Il avait paru tellement malheureux. Il s'était frotté les yeux. Et c'est mal de voler – même une poule, deux ou trois navets – mais peu de méfaits méritent l'échafaud, et ces hommes ne le méritaient pas.

Je regrette, j'ai dit.

Il a hoché la tête. *Nous avions pris deux vaches et ils ont pris cinq vies.*

Dire comment des êtres humains sont morts, moi, je ne pense pas que ça les fait remourir. Je pense que ça les garde en vie. Mais chacun de nous pense des choses différentes.

*

C'est le seul que j'ai connu. Celui avec la tache rougeâtre sur le visage, qui avait dû lui venir à la naissance et qu'aucune plante ne pouvait faire passer. Elle s'étalait depuis le front, par-dessus un œil. Elle était couleur de prune, luisante, et elle aurait plu à Cora. Les différences lui plaisaient. Elle disait que la vraie beauté se trouvait là.

Les autres Mossmen se tenaient dans l'ombre, quand ils ne dormaient pas, mais Visage-prune restait avec moi comme s'il en avait envie. Peut-être qu'il en avait envie. Peut-être qu'il se sentait plus près de son frère en compagnie d'une fille qui avait vu sa mort cruelle. Je ne sais.

Tu viens ? demandait-il.

Où ça ?

Dans la forêt, toujours. Il suivait de vieux sentiers. Il me menait à des ruisseaux pleins d'éclairs de poissons argentés, on cueillait des baies et on ramassait du bois pour le feu. Il disait *voilà le bon moyen d'attraper les poissons*, et le secret était dans la lenteur. Il bougeait la main si lentement que le poisson la prenait pour des herbes, jusqu'au moment où d'un coup il le tirait hors de l'eau, *là ! Tu vois ?* Il me montrait comment le fumer et ôter les arêtes. Je murmurais *merci* au poisson tout en le mangeant et le Mossman souriait un peu, il disait *Corrag ! il ne peut plus t'entendre.* Près du feu, il m'apprenait à dépouiller un lapin, à préserver la peau. On réparait la petite toiture qui servait à nous abriter tous d'une grosse pluie, on la réparait avec de la mousse et des branches. Il me montrait comment il fallait faire. Et un jour, j'ai demandé *est-ce que tu connais un peu les champignons ?* Il n'y connaissait rien. Alors je l'ai emmené dans les coins les plus humides et lui ai dit leurs noms, lui ai montré leurs dessous pâles, veloutés, et j'étais contente de ça, car je sentais que jusque-là j'avais davantage reçu que donné, et donner me plaît davantage.

Et il était le meilleur pour les histoires. Il en avait de nombreuses, tellement nombreuses. Il savait peut-être que j'aimais les légendes étranges et sauvages, parce que quand on retirait les chardons accrochés dans les crinières, ou qu'on secouait les arbres pour faire tomber les larves, ou qu'on était assis devant le feu avec du bouillon, il me les contait. Je disais *parle-moi de...* Et certaines de ces histoires étaient tellement étonnantes que j'en avais le souffle coupé. Des histoires magiques, mystérieuses, de lunes rouges, ou d'un jeune garçon qui disait des choses plus sagaces qu'aucun homme mûr, ou d'une lumière verte au nord du ciel. D'une coquille d'œuf qui contenait trois œufs. Il me racontait qu'une fois, méchamment blessé, il avait perdu connaissance et été réveillé par une langue râpeuse qui léchait le sang de sa plaie, la langue d'un renard. J'ai dit *un renard ?* Mais il en était sûr.

Il racontait aussi des histoires de ruffians. Pas les siennes, car il affirmait qu'il n'avait jamais été un ruffian au vrai sens de ce mot. *Mais mon père, et son père à lui, et ses... Ils vivaient en des temps de violence, à se cacher, piller, se faufiler dans l'ombre, se battre avec les gardes-frontière, s'échapper des cachots... Ils mettaient le feu à toutes les fermes qu'ils pillaient, alors en pleine nuit le ciel devenait orange. Plein d'étincelles.*

Comme si le soleil se levait avant l'heure, j'ai dit. Mais je pensais aussi *pourquoi ?* Pourquoi un homme choisirait-il une telle vie ? Égorger et mettre le feu ? Faire du mal à d'autres ? Ça ne s'expliquait pas dans ma petite tête, et ça n'apportait rien de bon, je le lui ai dit. *Il y a d'autres manières de vivre.*

Il a soupiré. *Ouiche, c'est possible. Mais on faisait toujours comme ça par ici. Avec tant de haine dans l'air... On la sentait dans la fumée de bois, on l'entendait dans le vent... Elle est encore là. Un Écossais peut poignarder un Anglais mais il donnerait sa vie pour l'Écossais à son côté, et c'est pareil en Angleterre. Depuis mon plus jeune âge, ça n'a pas changé. Et ça ne va pas changer. Il y a eu trop de combats et de tromperies pour que l'air se nettoie un jour.* Il a haussé les épaules. *La politique...*

Ces mots m'ont donné à penser. Dans la nuit tombante et la forêt qui s'égouttait, je me suis murmuré *l'Écosse.* À part l'accent de mon compagnon, pour un peu je me serais crue en Angleterre.

Tromperies ?

Il a tourné les yeux vers moi, les a plissés. *Tu ne sais pas grand-chose des pays, hein ? Des trônes ?*

Des loyautés ? Il a secoué la tête. *Si tu vas au nord-ouest, ma petite, mieux vaut en savoir un peu plus.*

On était assis près du feu, ce soir-là. Pendant que je raccommodais une casaque décousue, il m'a dit ce qu'il appelait *les choses à savoir* et *les vérités.*

L'Écosse, c'est deux pays.

Je me suis piqué le pouce. *Deux ? L'Écosse ? Deux ?*

D'après l'Angleterre, un seul. Mais l'Angleterre se trompe. Il y a les Highlands et les Lowlands, il m'a dit. *Comme deux mondes différents.* Il a jeté dans le feu une branche de pin et j'en ai senti l'odeur, une odeur douce qui faisait penser à Noël.

Celui où nous sommes, c'est lequel des deux ?

Ici, c'est la frontière. Un pays de plus, par bien des côtés. Mais ça touche aux Lowlands pas très loin, et les Lowlands sont des terres vertes et fertiles. Davantage peuplées. Et par des gens civilisés, du moins ils aiment à le dire. Ils disent qu'ils sont plus instruits, plus au fait du monde que les autres. Ils parlent l'anglais comme nous. C'est la région royale, la défunte reine Mary se rendait dans son château de Bothwell, près d'ici, et il y a Édimbourg qui est enfumée, avec des bâtiments très hauts, mais c'est ça une vraie ville. Il a encore secoué la tête. *Je ne la verrai jamais. Je ne verrai jamais rien de plus grand que Carlisle.*

C'est grand. Cora me l'a dit.

Oui, mais pas autant qu'Édimbourg. Son château monte tellement haut, paraît-il, que du toit on pourrait voir Londres. C'est là qu'ils ont pendu un évêque au mur, et tous les nouveaux rois ou reines parcourent à cheval le Royal Mile pour se faire acclamer par les foules.

J'ai dit *je n'aime pas les rois.*

Ils ne me plaisent pas trop à moi non plus. Mais dans les Lowlands la plupart des gens sont pour l'Orange, ce nouveau roi, et... – il a pointé le doigt – *rappelle-toi ça.*

J'ai grimacé. C'était la toux du roi Orange qui avait amené le mot *sorcière* sur Cora, et je me suis remise à coudre avec force, poussant mon aiguille à travers le cuir.

Tandis que les Highlands...

J'ai levé les yeux.

C'est un autre monde. Je ne les ai jamais vues non plus, ces hautes terres, ça se trouve très loin au nord et je suis maintenant trop vieux pour les voir. Mais il paraît que c'est une contrée vraiment sauvage. Du vent et de la pluie et des tourbières, et le hurlement des loups. Et c'est un peuple plus rude qui habite dans cette sauvage contrée, parce qu'il faut une âme bien trempée pour y survivre.

Bien trempée ?

Ouiche. Brutale. Sans loi, ou pas les lois qui règnent dans les Lowlands. Ces gens-là ont leur langue à eux. Leur religion à eux. Il a bu une gorgée de son bouillon. Il y a trouvé un os qu'il a retiré et contemplé. Puis il l'a jeté au feu en disant *ils sont haïs.*

Par qui ?

Ceux des Lowlands haïssent ceux des Highlands comme les chevaux haïssent les mouches. Tu verras ça, assez vite.

Mais pourquoi ?

Il a haussé les épaules. *Parce qu'ils sont sans loi. Qu'ils ont leurs mœurs de catholiques. On dit que les Highlands sont un fardeau pour la nation... Que les clans sont barbares. Ils se battent entre eux, paraît-il, et il y a par là-haut moult gredins connus. Connus même de moi ! Ici ! Les MacDonald, surtout.*

Qui ça ?

Un clan qui a autant de branches qu'un arbre. On cause beaucoup sur les MacDonald de Glencoe, leurs lames meurtrières... leurs brigandages.

J'ai tiré mon fil. Je pensais que je savais bien peu de choses du monde. Que ma vie d'avant était bien loin, avec son houx et les grenouilles dans les prés marécageux. Une vie heureuse, m'a-t-il paru un court moment, cette vie à Thorneyburnbank. J'avais connu ce village et ses habitants. Je n'y avais jamais rencontré quelqu'un qui parlait sa langue à lui. Ma vie d'à présent s'annonçait plus dure. Plus pleine d'ombres sur mon passage.

Je me taisais. Puis j'ai murmuré *qu'en est-il de nous ? Des personnes comme moi ?* Sorcière, *par ici, qu'est-ce que ça amène ? On les pend ou on les noie dans un lac, là d'où je viens. Ou on les traîne devant un juge, et on ne les tue pas mais après elles sont pour toujours appelées* sorcière *et on leur jettera des pierres toute leur vie.*

Il me couvait des yeux. Sa manière de me regarder m'a fait me demander s'il avait eu un enfant, parce que c'était le doux regard que les parents peuvent avoir. Le sien était un peu triste. Il souhaitait peut-être que j'aie mieux que ça un jour, mieux que *sorcière* et que raccommoder des casaques dans une forêt. Il a frotté du plat de la main sa tache couleur prune. *Dans ma jeunesse, c'est vrai, j'ai vu des fièvres. Des moments de chasse aux sorcières, comme il y en avait au sud. À Fife, ils brûlèrent une femme et sur la place du marché ils piétinèrent une chose mouillée qui devait être elle. Son corps.* Peut-être qu'il a vu mon visage, car il a ajouté très vite *ça se passait à l'est. Dans les villages de pêcheurs, où c'était le pire. Alors ne va pas à l'est.*

Et au nord-ouest ?

Il a bu et remâché son bouillon. Il a avalé. *Ouiche. Ça pourrait être mieux. Tu courras peut-être moins de risques dans les terres sauvages, parce que les gens des Highlands sont plus haïs que tu ne le seras jamais, je pense.*

J'ai opiné.

J'avais envie de ciels balayés par les vents. D'être là où les loups hurlaient encore.

Chevauche vers le nord-ouest Cora m'avait dit. Peut-être qu'avec son don de double vue, elle savait. *Ne reviens pas. Nord et ouest.*

Ouiche, j'ai fait, comme lui. Et j'ai fini de raccommoder sa casaque, il avait belle allure dedans.

*

Monsieur, je vous raconte tout ça parce qu'il vous faut le savoir, vous aussi. Savoir ce qu'il en est de l'Écosse. Mais vous le savez peut-être, que ça fait deux pays, avec les basses terres qui détestent les hautes terres. Les gens civilisés qui détestent les sauvages. Les villes qui détestent les glens. *Highlands et Lowlands*. Écrivez ça.

Et écrivez aussi ce que je vais vous dire.

Que c'était pendant que je vivais avec ces Mossmen que ma mère mourut. Je l'ai vu dans ma tête. J'étais à genoux au bord d'une mare, à boire dans le creux de mes mains, quand j'ai vu mon reflet et cru un court moment que c'était elle. Autour d'elle, des éclairs luisaient dans l'eau. La lumière faisait des éclairs autour de son cou, alors j'ai su. J'ai su que son heure était venue.

Voici ce que je crois. Une corde a été passée tendrement sur sa tête, par de tendres mains, comme si le bourreau l'aimait un peu et ne voulait pas vraiment qu'elle meure. Ses cheveux volaient au vent. Ses pouces étaient liés avec soin dans son dos, et durant les derniers instants elle a regardé le ciel et pensé *il est tellement beau...* Moi aussi j'ai regardé en l'air. J'ai vu les arbres qui se balançaient et les nuages gris pareils à des vagues. J'ai respiré, comme elle respirait. J'ai fermé les yeux.

Monsieur Leslie, je lui ai envoyé tout l'amour que je ressentais. Je l'ai envoyé en Angleterre, souhaitant qu'il la trouve pour qu'en mourant sur le gibet elle se sente aimée. Par moi.

Dis-lui que je suis vivante. Dis-lui que je suis en sécurité.

Cette nuit-là, j'ai vu son fantôme.

Elle est venue dans la clairière, pouces déliés, avec sa jupe rouge qui bruissait. Elle était dans l'au-delà, où il n'y a pas de souffrance. Elle a tourné son regard vers moi et a souri.

Donc, je sais qu'elle est morte. Je sais que le ruisseau a pris possession de notre chaumière d'une saison à l'autre, que toute trace de sa vie a disparu, sauf moi.

Je suis restée avec eux pendant trois mois, trois lunaisons. Trois fois, j'ai vu grossir la lune, d'abord un croissant mince et pâle à travers les arbres au-dessus de ma couche et pour finir pareille à un gros fruit que je pourrais cueillir, tenir dans ma main. J'avais soigné les yeux du Mossman en septembre et le gel était là quand je suis repartie, le ventre plein de viande et leurs chansons dans ma tête. Car ils chantaient autour du feu des vieilles chansons de voleurs, chansons d'amour et d'amour perdu.

Il m'a appris maintes choses. Que l'Écosse était deux pays, deux religions, deux langues. Comment dépouiller un lapin en tirant d'un coup sur la peau. Il m'a donné un poignard, à garder avec moi. Il m'a aussi donné, à ne pas oublier, *les MacDonald sont un clan barbare.*

Mais la meilleure chose que j'avais apprise était peut-être ça : on ne peut connaître l'âme et la nature de quelqu'un qu'après avoir passé du temps assis avec lui, à causer. Car pour moi le mot

Mossman avait naguère signifié *menace*. À présent, c'est tristesse, et chèvres.

Et si je ne les avais pas rencontrés ? On peut toujours se poser ces questions-là. S'ils ne m'avaient pas vue avec mon sac, qu'en serait-il de moi ? Peut-être que j'aurais été moins prudente dans les Lowlands, au risque d'y perdre la vie. Que je n'aurais pas atteint les Highlands, jamais. Que je ne l'aurais pas trouvé, *lui*, ni Glencoe.

Alasdair. Il est là maintenant. Dans ma tête.

Est-ce que je savais qu'il attendait ? Mon cœur sentait-il déjà sa présence ? C'est pure rêverie. Mais quand le Mossman que j'appelle Visage-prune m'a parlé des Highlands, j'ai pensé *là-haut... Là-haut ! Voilà le bon endroit !* Où les gens sont sauvages, les arbres courbés par le vent, où les lochs reflètent le ciel. Où les hommes vivent tapis, prêts à tout. Où je pourrais vivre telle que je suis.

Va vers cet endroit. Poursuis ton chemin.

*

Je l'ai fait. Pour finir, je suis repartie furtivement.

Les arbres frémissaient sous une brise du petit matin, qui m'a soufflé *nord-ouest* à l'oreille. Et rappelé le regard de ma mère.

J'ai su qu'il fallait m'en aller. Alors, à l'heure où naissait la gelée blanche, je me suis levée. Je me suis enveloppée dans ma mante et j'ai fait signe à ma jument. J'ai regardé les quatre hommes qui dormaient par terre. Ils respiraient blottis sous leurs capes, j'ai écouté un moment leur respiration. J'ai dit *merci*. J'ai lancé un *merci* dans l'air et espéré qu'il y resterait suspendu pour qu'ils l'entendent quand ils découvriraient en se réveillant que je n'étais plus là.

Près de Visage-prune, j'ai posé de l'herbe-du-cœur car cette plante porte bien son nom, elle fortifie le cœur et le console. Il avait été le plus gentil envers moi.

Et nous sommes reparties au galop, la jument et moi.

Comme je n'avais toujours pas de bride, j'ai empoigné sa crinière et dit *va !* Hors de la forêt, à travers des champs blanchis par le givre, et sous un ciel tellement étoilé que je souriais un peu en me cramponnant. Je sentais la chaleur de ma jument, l'entendais souffler par les naseaux, et je savais que c'était un vrai départ de sorcière, la nuit, en secret.

On a quelquefois tant à dire qu'on ne peut le dire. Quelquefois, mieux vaut ne pas faire des adieux.

Jane,

Cette ville me devient plus familière. Chaque matin, après mon petit déjeuner de poisson fumé, je sors m'y promener avec mon manteau boutonné jusqu'au cou et mon cache-nez. Je suis prudent, bien entendu, car il souffle des vents de travers sur cette côte, et ils sont assez forts pour vous renverser. Je prends garde aussi à la neige. Elle s'accumule dans les coins et sur les toits. Je m'écarte des porches de crainte qu'une bourrasque ne fasse tomber sur moi un paquet de neige, ce qui ne serait bon ni pour ma toux ni pour mon humeur.

Malgré le temps qu'il fait, c'est une cité de bon aloi. Mes promenades m'amènent à passer devant un château et une belle église, et la place du marché est si vaste que tous les habitants pourraient s'y rassembler sans perdre leur liberté de mouvement. (Au milieu se trouvent deux ou trois tonneaux et du bois. Là sera le bûcher de la prisonnière, le moment venu... mais qui sait quand le dégel viendra ? Je me demande s'il finira par se produire.) J'ajouterai que la ville contient aussi quelques demeures prestigieuses, bien situées sur le bord du loch. Il doit y avoir de la fortune à Inverary, du moins chez les Campbell.

En me promenant ce matin et passant près du château, je songeais à ce nom. Campbell. Que savons-nous des clans, toi et moi ? Peu de choses, insuffisamment. Ce que je sais de cette contrée est tout frais, et inquiétant. C'est le gentilhomme d'Édimbourg qui m'a le premier averti au sujet des Highlands, où les tribus se battent entre elles, s'accrochent à leurs griefs et exercent leur vengeance des années durant. Il a parlé des Campbell. Je me souviens qu'il les a appelés à deux faces, *comme une monnaie.* Charles, *a-t-il dit ce soir-là,* il faut que vous sachiez ceci : les Campbell sont considérés soit comme des gens rusés, au service de leurs propres intérêts, soit comme avisés en matière de progrès et des moyens d'accroître leurs biens. Vous entendrez exprimer les deux points de vue, au cours de votre voyage. *Il m'a assuré qu'ils possèdent une grande partie de la région occidentale* et jamais *– a-t-il conclu en levant l'index pour mieux retenir mon attention* – jamais ils ne sont du côté des perdants...

Donc, soit on honnit les Campbell, soit on les admire. Ils sont amis ou ennemis.

De mon propre point de vue, ils sont les deux pour le moment. Cela semble peut-être paradoxal, mais comment le contester ? Ils se comportent en hôtes cordiaux, et lors de ma promenade ce matin j'ai reçu des saluts, chose toujours agréable. J'estime que les bonnes manières témoignent d'un homme civilisé. Nonobstant, ils sont ennemis en tant que partisans de Guillaume, ne voyant rien de criminel à ce qu'un Hollandais s'empare d'un trône étranger. Et l'on ne peut nier leur âpreté en affaires, ils se tiennent à l'affût et je sens que le moindre denier sorti de ma poche, le moindre mot sorti de ma bouche demeurent en mémoire. Je préférerais ne pas avoir à combattre un Campbell, Jane, par les armes ou par l'esprit.

Amis et ennemis, donc, les deux.

Mon aubergiste porte aux nues le clan Campbell, bien entendu. Selon lui, son clan est honnête et pieux, une lumière dans les ténèbres des Highlands, *a-t-il dit.* Les tribus du nord sont barbares, païennes. Je vous plains, *a-t-il ajouté,* pour la tâche que vous entreprenez. Je ne crois pas que vous les amenderez en prêchant la bonne parole. Ni par aucun autre moyen ! *Il a secoué la tête en essuyant un verre.*

Je me suis à nouveau enquis de Glencoe, et il a ricané dans le coin de sa bouche tordue. Il a répondu si nous sommes la lumière, ces MacDonald-là sont les ténèbres ! Leur chef... Grand comme deux hommes, avec une pelisse en peau de taureau et une corne qui lui servait à boire le sang. Les MacDonald de Glencoe étaient les pires de tous. *Il a craché.* Vous ne trouverez guère de gens enclins à pleurer ce repaire de bandits.

Jane, je dois ajouter que tous ne sont pas morts. Si j'en crois les chuchotements que j'ai surpris à l'auberge, des MacDonald ont survécu à cette nuit meurtrière, un certain nombre d'entre eux. De fait, mon aubergiste m'assure que beaucoup se sont enfuis dans la montagne. Comment ils ont pu survivre, je l'ignore. Cela tient du miracle, d'après tout ce qu'on raconte, car le temps était aussi impitoyable que les meurtriers, semble-t-il.

Pourtant, quelques-uns ont bel et bien trouvé refuge. Une femme occupée ce matin à pêcher sur le rivage a dit entre ses dents y en a qui sont arrivés à Appin, *bourgade côtière vers le nord. C'est un territoire Stewart (encore un clan !), et ces Stewart étant eux aussi des jacobites, me dit-on, ils abritent leurs frères en ce moment. Je me rendrai peut-être à Appin lorsque la neige cessera.*

J'ai transmis ces nouvelles à Corrag. J'ai parlé d'Appin, de la présence là-bas de rescapés, et elle s'est agrippée aux barreaux, a secoué ses chaînes en demandant qui donc ? Lesquels ? Leurs noms ? *Elle paraissait fiévreuse et ses yeux jetaient des éclairs. Lorsque j'ai répondu* je ne connais aucun nom, *elle a poussé une exclamation. C'est le diable, je pense, qui faisait rougir ses joues.*

Trouvez leurs noms, *m'a-t-elle dit.* Est-ce que les deux fils sont vivants ? Leurs femmes ?

J'ai à peine fait allusion à elle dans cette lettre.

Elle est toujours la même, loquace, petite. Prisonnière, et à juste titre, car elle me parle de voleurs et d'hommes déchus. Elle a parlé de maraudeurs vivant dans les forêts frontalières, auprès de qui elle est res-

tée quelque temps, apprenant d'eux leurs procédés. Elle dit que la camomille apaiserait une toux comme la mienne, mais quelle supercherie est-ce là ? Le diable lui souffle ces choses. Les réflexions qu'elle m'inspire se sont assombries. Je ne dois pas me laisser ébranler par son apparente gentillesse, car elle ment certainement.

Cependant, je reconnais à nouveau qu'elle a une façon de parler qui pourrait abuser un homme moins instruit, moins méfiant. Cela provient peut-être de sa voix juvénile, ou de la simplicité de son langage (je ne puis trancher, peut-être les deux ?). Mais elle a relaté sa vie dans cette forêt frontalière et, tandis qu'au retour de la geôle je marchais dans la neige, il me semblait humer des odeurs de mousse et de terre mouillée. Il me semblait fouler des pommes de pin.

Sorcellerie que cela. Je ne serai pas dupe.

J'ajoute que je m'inquiète au sujet du cheval. L'alezan que le gentilhomme d'Édimbourg eut la bonté de me prêter ne semble pas en très bon état, ce qui constitue un réel souci. Lorsque je suis allé aux écuries, il tenait en l'air un sabot postérieur. J'ignore encore pour quelle raison. Il me faut trouver un maréchal-ferrant. Une affaire coûteuse, je le crains, mais j'aurai besoin d'un cheval quand le temps s'améliorera, car le trajet jusqu'à Glencoe est montagneux et inhospitalier.

Une lettre, mon amour ? Il me tarde d'entendre ta voix, ce que je sais ne pouvoir faire. Mais lire tes mots serait aussi précieux. Je puis imaginer ton écriture – penchée, haute – mais je voudrais que tu m'en envoies quelques lignes. Me l'accorderas-tu ? Mon épouse me manque.

C.

III

« Ses feuilles appliquées
sous les pieds nus écorchés
par une longue marche procurent
un grand soulagement. »

de l'Aulne

Vous voici. Vous êtes revenu, et en savez-vous davantage sur Appin ? Sur ceux qui y sont ? Juste avant de partir hier au soir vous avez seulement glissé ces quelques mots, alors je suis restée à me demander dans le noir *qui est à Appin ? Qui est arrivé jusque là-bas ? Qui est sain et sauf ?* J'ai à peine dormi. J'imaginais mille choses sur ce qui a pu se passer depuis cette nuit sanglante. Je sais que les tempêtes de neige et le cheminement dans la montagne les auront mis à mal. Auront tué davantage d'entre eux que les mousquets.

Avez-vous des noms ?

Tendez l'oreille pour les connaître, je vous en prie. Demandez ? Et si vous apprenez des noms de survivants, vous me les direz ? Tous les soirs et tous les matins, je pense *pourvu qu'il soit en sécurité ! En voie de guérison !* Les autres, aussi, *qu'ils soient tous en sécurité.* Mais je pense surtout à Alasdair.

Je vois que la neige continue à tomber. Est-ce qu'elle tombe plus fort ?

Ça ne s'arrêtera peut-être jamais. Peut-être qu'il neigera encore et encore, tellement qu'on ne pourra plus bouger, et on gèlera, et voilà. Seuls les gens comme moi survivront, ceux qui aiment la froidure ou du moins ne la sentent pas. Nous habiterons des cavernes de neige, nous aurons la peau toute bleue et les yeux tout noirs. Peut-être.

Mais c'est là un rêve étrange que j'ai. Rien de pareil ne se passera. Cora disait en hochant la tête *le printemps revient toujours*, parce qu'elle n'aimait pas la neige. Le temps doux lui plaisait bien mieux. Les pousses vertes.

Le printemps revient toujours. Oui.

Je pense pourtant que je ne le verrai pas. Je les entends traîner du bois pour mon bûcher, même dans la neige. Ils attendent le dégel, pour sûr. Au premier jour du dégel, ils viendront me chercher et me brûleront sur ce bûcher, car le temps neigeux me protège. Mon temps à moi. Quand les oiseaux se remettront à chanter, quand les bourgeons se montreront, je ne serai plus.

Plus rien que des cendres. Un crâne noirci.

Voilà que je larmoie. Mais ça m'est permis un petit peu, je crois. Être brûlée vive… Je n'ai jamais brûlé la moindre créature vivante et jamais je ne le voudrais, même si je détestais sa nature ou ce qu'elle aurait fait. Jamais.

Comment des êtres vivants peuvent-ils brûler des êtres vivants ? Qu'y a-t-il en eux qui ne ressent rien, pour qu'ils disent *brûlez-la*, et puis tournent les talons avant que l'odeur de brûlé imprègne leur perruque ? Je ne l'ai jamais compris.

Mais je ne suis pas pareille à la plupart des gens.

*

Cet hiver-là... Ce long hiver aux lumières bleues où nous cheminions, elle et moi. Ses sabots broyaient la glace. Elle s'élançait à travers les champs couverts de gelée blanche, son galop faisait voler la neige, et elle a pris peur quand une branche a lâché sur elle son fardeau. Elle a henni, bondi et détalé. Je suis tombée dans une congère, mais la jument est revenue flairer partout à ma recherche. Je crois qu'elle regrettait d'avoir fui, car ses oreilles pointaient en avant. Elle pointait toujours les oreilles en avant quand elle était contente de voir quelque chose.

Je suçais des glaçons. Il y avait des nuits éclairées par la lune qui me donnaient le frisson. Le ciel était quelquefois tellement clair que j'étendais ma mante sur le dos de la jument endormie, parce qu'elle sentait la froidure plus que moi. Elle était née en été, voilà longtemps.

On a parcouru d'anciennes vallées à ruffians.

Bu l'eau des douves de châteaux.

Et on chevauchait surtout la nuit, parce que ce sont les heures les plus désertes. Je lui disais *nord-ouest* à l'oreille, et on repartait sous les étoiles. On avançait avec prudence dans les endroits humides. On retenait son souffle, car dans cette humidité, que peut-il se cacher ? Je pensais *pas grand-chose de bon*. Mais on galopait, aussi, à travers les terres enneigées, et les congères des vallées, et sous les arbres dénudés. Elle aimait ça. Avait-elle pu galoper, avant ? Enfermée qu'elle était, et battue ? En galopant, elle couchait les oreilles en arrière. Je sentais son effort sous moi, j'entendais son souffle et quand on ralentissait l'allure, au pas, elle avait les naseaux pleins d'écume à force de galoper. Elle s'ébrouait pour s'en débarrasser, se frottait le museau contre la jambe, et je disais *c'est bien* et *brave fille*.

J'ai failli la perdre à cause de ça.

Pas de l'écume mais du galop.

Près du château de l'Ermitage, où la défunte reine Mary avait défait ses jupes pour cet homme, ce Bothwell, la jument s'est embourbée dans un marécage. Tous les marécages étaient durcis par le gel, ou l'avaient été. On était passées dessus crinière au vent, mais celui-là n'était pas gelé. On a plongé en plein dedans. J'ai glissé à bas de son dos et grimpé sur des rochers, mais elle, avec son poids de jument, elle ne pouvait pas me suivre. Je gémissais. Ses jambes et son ventre disparaissaient dans la vase. J'ai saisi sa crinière et tiré.

Je t'en prie ne meurs pas ici, je lui ai dit.

Elle a henni.

Sors de là ! Hisse-toi !

Elle roulait ses yeux marron, ses naseaux s'ouvraient et se fermaient, s'ouvraient et se fermaient. Elle s'enfonçait de plus en plus.

Non, je t'en prie...

Mais je ne l'ai pas laissée mourir. Je me suis approchée plus près. Je lui ai murmuré des choses douces jusqu'à ce qu'elle se calme. Et là j'ai posé sur le rocher devant elle un peu de menthe qu'elle a sentie et essayé d'atteindre avec ses lèvres. Puis je suis allée derrière elle avec des chardons à la main et un rugissement à la bouche, je lui ai fouetté la croupe tellement fort que ma main me picotait, et ma gorge se fendait, alors le coup et le cri lui ont fait un tel choc qu'elle s'est soulevée et libérée de la vase.

Elle a trouvé la menthe et l'a dévorée. Elle a secoué sa crinière.

Un moment, j'étais furieuse contre elle.

Puis je n'étais plus furieuse du tout. J'ai serré les bras autour de son cou boueux. Je me disais *ne l'aime pas,* puisque je l'avais promis, mais j'aimais bien qu'elle fourre le museau dans mes cheveux, et qu'elle bave, et j'étais contente qu'elle ne soit pas morte dans ce marécage. Je me demandais si le cœur pouvait obéir à un ordre.

À présent, elle était grise sur le dessus et noire de vase plus bas. Quand j'ai tourné la tête pour la regarder, c'était comme si elle flottait, comme une moitié de cheval naviguant dans l'obscurité.

*

On chevauchait le plus souvent aux heures qui ne sont ni le jour ni la nuit. Cora les appelait *entre chien et loup*, ces heures où le monde commence à se réveiller ou à s'endormir. Dans leur lumière étrange, votre regard peut se demander *qu'est-ce que c'est donc qui bouge là-bas ?* Mais rien ne bouge. Aube et crépuscule sont à peine éclairés. Les ombres sont grêles, et quand je lançais ma jument à travers ces ombres il me semblait les rompre, mais elles se recollaient derrière nous.

Cora disait aussi que *le voile est le plus ténu, à ce moment*, que la séparation entre ce monde et l'autre monde magique faiblit à l'aube et au crépuscule. Elle murmurait *si tu tends la main, tu peux le toucher*... Je n'ai jamais ressenti ça quand j'étais une enfant. Mais là dehors sur la jument, je le ressentais. En cheminant dans la boue, sous des ciels assombris, quand les oiseaux rentraient au nid, je ressentais dans mon corps *je ne suis pas seule.* Au lever du soleil, je pensais *je suis vue.*

Vous me regardez comme si je déraisonnais. Comme si je blasphémais.

Je voulais seulement dire que ces heures-là sont mes préférées.

Et j'en ai contemplé, de ces heures... Quels crépuscules et quelles aubes ! La jument et moi, on les voyait depuis des endroits inhabituels, car on se couchait là où on pouvait. Rochers, granges et îles. Le terrier vide d'un blaireau, qui m'a laissé pendant des jours son odeur musquée. Une fois, j'ai dormi dans un arbre et senti Cora près de moi cette nuit-là.

Es-tu ici ? Es-tu avec moi cette nuit ?

Je suis avec toi toutes les nuits. Ou bien j'ai rêvé qu'elle le disait.

Et on a aussi dormi dans une église. Elle était abandonnée, en ruine. Il y avait du lierre à la place du toit et un pigeon dans les fonts baptismaux. Après trois nuits de pluie, les mèches nous collaient au cou, alors quand on a trouvé cette église abandonnée on a toutes les deux dit *oui. Ici.* Je me suis étendue sur un banc, et reposée. Je palpais les vieux livres de cantiques, je regardais le calme visage en bois de Jésus sur Sa croix et je pensais *quel doux visage Il a...* Doux, alors que tant de méchancetés avaient été faites en Son nom.

C'était un endroit paisible, et sec. Près de l'autel, la jument a lâché un petit vent suivi de ce qui le produisait, mais ce sont là des choses naturelles et je ne crois pas que ça offensait l'église. Elle offrait un refuge. La foi est refuge et amour, ou du moins Mr Pepper le disait.

Quelle église ? Quelle bourgade ?

Je n'en sais rien. Il y a tant d'églises différentes... Je sais que ce roi Guillaume est d'une religion et déteste l'autre, et que Jacques est de l'autre et déteste ce qu'il n'est pas, alors ne sont-ils pas pareils ? En cette haine ?

C'était l'église de la nature. Voilà comment je la nomme. L'église de notre mère Nature, car ses ronces enveloppaient la chaire et son sermon était un roucoulement de pigeon. Les cliquetis d'insectes sur le bois servaient de cantiques.

Il faudrait plus d'églises comme celle-là, peut-être.

On évitait les bourgades. Vous demandez leurs noms comme si je les avais traversées où y avais logé. Mais je faisais tout mon possible pour rester à l'écart des habitants, et de *sorcière.*

Quand je rencontrais des gens, c'était le plus souvent par hasard. Ils suivaient un sentier qui croisait le mien. On ralentissait, on se regardait. Mais la plupart de ceux qui voyagent la nuit ne veulent pas être vus et préfèrent donc feindre de ne rien voir non plus. J'ai rencontré un homme et sa femme, qui couraient. Je ne leur ai pas demandé pourquoi, mais elle avait le ventre rond et peut-être qu'elle n'était pas sa femme. Je leur ai adressé un clin d'œil gentil, un petit sourire. Ils en ont fait autant. On troquait des petites choses, aussi, des plantes en échange d'un œuf ou d'un croûton de pain. Et on ne disait mot, mais à la lisière d'un bois, là où ses arbres bordaient un pré gris pâle sous la lune, on se souhaitait bonne chance, avec les yeux. *Cachez-vous bien. Ne prenez pas de risques.*

J'ai aussi rencontré un homme assis sur un rocher, à l'aurore. Les jambes repliées, il regardait vers l'est. Je me suis assise à côté de lui un petit moment. Je sentais sa peine, et quand il a parlé c'était pour dire avec son accent écossais *ils racontent que j'ai perdu l'esprit.* Il n'a pas tourné les yeux vers moi. Il les fixait sur le soleil levant, ce qui m'a fait penser qu'il n'avait pas du tout perdu l'esprit, qu'il était comme moi émerveillé quelquefois par ce qu'il voyait et ne pouvait plus faire autre chose que le contempler. On a donc regardé ensemble le soleil se lever, entendu au loin les cloches annoncer le jour de Noël, et partagé le pain sec que j'avais trouvé à l'église, et du vin.

Et les covenantaires ? Est-ce que je vous en ai parlé ? Je les ai vus dans une forêt. Ne me demandez pas ce que leur nom veut dire, car je ne le sais pas bien. Mais je pense que ces gens-là étaient d'une religion pourchassée par l'autre. Je pense qu'ils craignaient pour leur vie à cause de leur manière de croire en Dieu, et donc Le priaient en grand secret, sous les arbres, la nuit. Là, ils ne pouvaient guère être découverts. Sauf par des hiboux, un renard ou deux. Et moi, pour sûr, une petite Anglaise au visage un peu triste qui voyait de la beauté dans un arbre dénudé. Qui n'avait personne à qui parler de ces gens dans la forêt, alors leur secret était à l'abri avec moi.

Jour après jour. On avait des moments de courage. C'était quand on passait devant un écriteau proposant des carottes ou du lait frais qui nous faisaient envie. Alors je léchais mon pouce pour me nettoyer le museau. J'arrangeais mes cheveux, et je frappais à la porte. Je souriais. Avec l'homme qui avait des carottes à vendre, j'ai essayé de prendre un accent écossais, il a cligné des yeux, secoué la tête et dit *pardon ?* Quand je me suis remise à parler comme d'habitude, il a reculé. Mais j'ai quand même obtenu quelques carottes, peut-être que l'accent ne compte guère s'il y a deux sous à gagner.

Dans le brouillard, on est arrivées à une ferme. Je sortais du brouillard dans une mante couleur de brouillard sur une monture couleur de brouillard. Je voulais acheter de l'avoine, parce que ma jument maigrissait. La fermière a louché sur moi et demandé *qu'y a-t-il dans ce sac ?* J'ai baissé les yeux. Du sac dépassaient des feuilles qu'elle avait vues. Je ne savais que répondre. J'ai haussé les épaules. Elle a dit *si vous avez des remèdes là-dedans, il m'en faudrait.*

Pour soigner quoi ?

Les cauchemars. Mon garçon en a tellement qu'il a peur de dormir et il est tombé malade.

Alors je l'ai secourue. Je lui ai donné de la pivoine en disant quelles sont ses vertus, elle a hoché la tête et nous a donné de l'avoine. Mais après, tandis que j'étrillais ma jument avec des chardons dans la forêt, j'ai entendu *la voilà ! Sorcière ! Elle a guéri mon petit ! Sorcière ! Sorcière !* Quelle injustice, quelle manière de rendre un bienfait... Il y avait tellement de brouillard que je ne la voyais pas mais c'était elle, assurément. Alors la jument a soupiré, levé son jarret pour m'aider à l'enfourcher, et j'ai dit *va, du mieux que tu pourras dans tout ce brouillard.* Elle l'a fait. Elle a trouvé son chemin. Et après ça je n'ai plus frappé aux portes.

On buvait l'eau des marécages. On dormait dans de vieilles étables.

Passant près d'un fossé, on pensait à s'y réfugier quand une brindille a craqué et la jument s'est cabrée. Un jeune garçon était blotti au fond du fossé. *Pourquoi tu te caches ?* J'étais en colère contre lui. Il ne disait mot. Mais dans les champs j'ai entendu des chiens qui aboyaient, et à ce bruit il s'est mis à geindre, et j'ai compris qu'il craignait pour sa vie. Alors j'ai dit *grimpe donc. Vite !* Avec nous deux sur son dos la jument a barboté à travers une rivière. Le courant était fort, nourri par la neige fondue, et les sabots cognaient sur des rochers. Mais de l'autre côté le garçon s'est senti à l'abri des chiens et il a disparu.

Un soir très mouillé, tandis qu'on pataugeait dans la boue, on a entendu un son qui ne venait pas de la pluie. J'ai regardé autour de moi, les sourcils froncés. Et là, sous une haie, il y avait un lièvre pris dans un collet. Son cou saignait et je suis descendue de la jument pour m'en occuper. J'ai dit *pauvre petit, pauvre petit,* écarté de toutes mes forces le collet qui m'a coupée au bout des doigts si bien que mon sang se mélangeait à celui du lièvre, mais au moins il a pu se libérer. Il a détalé à longues pattes. Et moi j'ai enveloppé mes doigts dans des feuilles de patience, un jour ou deux.

J'ai encore des cicatrices de ce piège. Vous voyez ?

Des cicatrices, j'en ai bien d'autres, car en fuite la vie ne va pas sans blessures. Il y a le collet et la corde. Les pierres qu'on me jetait en criant *sorcière* tandis que je fuyais, et comme elles ne faisaient pour la plupart qu'un courant d'air à mon oreille ou un petit bruit sourd sur la croupe de ma jument, *sorcière* était plus cuisant. J'ai les cicatrices des morsures d'un chien qui m'a attaquée.

Mais la vie en fuite, c'est aussi des heures de solitude, des heures tellement longues, et je crois que les blessures de l'âme sont les pires de toutes. Passer devant des foyers, comme on le faisait quelquefois. Se cacher dans les bois quand une famille approche sur la route en riant. Une famille ! Qu'était la mienne ? J'avais été assez heureuse, avec Cora, et le cochon avant que je le tue. Voilà quelle était ma famille, sans père et sans nom de famille. Rien que *Cora* et *Corrag*. *Cette femme à la jupe rouge près du ruisseau, avec sa petite...* Est-ce que ça me tracassait ? Ça ne m'avait jamais tracassée. Nous étions comme nous étions, elle et moi. Pourtant, debout à côté de la jument, je lui tenais le museau en épiant ces gens qui passaient. C'était là une vraie famille, des parents, des frères, des enfants et des femmes.

Je grattais l'encolure de la jument tandis qu'ils suivaient leur chemin.

Elle ressentait peut-être ça, elle aussi. Quand elle voyait des chevaux dans les prés, ou la porte d'une écurie, elle pointait les oreilles en avant. Jamais elle ne lançait un appel. Mais elle levait la queue et dansait sur la pointe de ses sabots, et une fois je l'ai menée à une pouliche baie dans une grange. Elles se sont touché le museau et flairées. Elles ont frotté leur croupe contre le mur, côte à côte. Et je regrettais qu'elle soit obligée de quitter son amie, mais elle l'a fait. Il nous fallait aller au nord-ouest.

C'est une solitude, cette vie la nuit, en fuite.

Je pense à un crépuscule que j'ai vu. Il était d'un gris de plume, avec du rouge. J'ai murmuré *regarde cette beauté...* Mais comme la jument était occupée à brouter, j'ai contemplé le ciel toute seule, et je savais que ce moment – seule à voir les ombres s'allonger – ressemblait à la vie de Cora. Elle avait perdu ses parents et fui, elle aussi. Elle avait fui encore et encore. Et j'espérais qu'elle avait connu un crépuscule ou deux avec quelqu'un à côté d'elle main dans la main, et non pas toujours seule.

Oui, le cœur a ses cicatrices. Il a ses fentes, alors je me demandais si ça faisait des sifflements quand le vent soufflait fort. Je me demandais si l'eau coulait de moi, les jours pluvieux. Un cœur troué.

En chevauchant dans une campagne rude, par une nuit de pleine lune, je pensais aux cœurs et aux sorcières. Je levais les yeux vers la lune et m'abandonnais à mes rêves. Quand j'ai entendu des voix.

La jument aussi les entendait, elle dressait ses oreilles. Je me suis laissée glisser à terre et approchée à pas de loup. À travers des aubépines et par-delà une branche abattue, j'ai vu briller un feu. Il répandait une lumière chaleureuse, accueillante.

Dans cette lumière, j'ai vu un lapin embroché qui rôtissait et, assis autour du lapin, un groupe d'hommes qui buvaient de la bière. Ce n'étaient pas des hommes ordinaires, car ils portaient des habits rouges et des bottes luisantes. Avec des hauts-de-chausses jaunes.

Des soldats, j'ai dit tout bas dans les feuilles.

Que faisaient-ils là ? Je n'en savais rien ni ne m'en souciais. S'ils avaient été très raisonnablement assis en rond à parler d'un ton mesuré, j'aurais peut-être osé m'avancer et demander une bribe de leur lapin en échange d'une plante ou deux. Mais raisonnable n'était pas le mot, pas du tout. Une bouteille de quelque chose passait de main en main, et ils bavaient, et l'un d'eux a dit *vous savez pourquoi qu'ils ont du whisky et qu'ils en boivent tant ?*

Pourquoi ?

Parce que le diable en boit, du whisky. Il vide son godet tous les soirs...

Ils ont éclaté de rire. *Il doit être écossais.*

Le diable ? Un natif de Glencoe, sûrement !

Ils riaient.

Là, tu médis du diable ! Le chef de ce clan-là est bien pire que lui... Et cette vallée est pire que son enfer !

Rien de tout ça ne m'inspirait confiance. Leur manière de parler du diable ne me plaisait guère, ni ce Glencoe, à les croire. En dépit de leurs boutons éclatants, de leurs habits rouges et de leur accent anglais, j'ai pensé *ne te montre pas. Fais demi-tour. Laisse-les entre eux.*

J'ai donc fait demi-tour.

Mais ma jupe s'est accrochée sur une ronce, et en m'éloignant j'ai tiré sur la branche jusqu'à ce qu'elle se tende et craque un peu avant de me lâcher. D'un bond, elle a repris sa place avec un bruissement de feuilles.

Les rires se sont arrêtés. Il y a eu un silence. Puis j'ai entendu des mots brefs et durs, un grognement, des lames qui sortaient du fourreau, et ils se dressaient.

Un d'eux m'avait vue en tournant la tête. Il avait les yeux rougis par la boisson et le feu, si bien que son visage était assorti à sa tunique, et il a dit *tiens, tiens.* Un accent anglais. Un accent anglais dans la campagne écossaise. Comme il venait vers moi, je lui ai répondu. J'ai dit *n'approchez pas,* alors il a lui aussi reconnu mon accent et dit aux autres *c'est une Anglaise. Une petite Anglaise si loin au nord... Tiens, tiens.* Et il est venu à moi.

Il a trébuché dans les aubépines. Il a tendu le bras, m'a trouvée et, en croulant sur moi de tout son poids, il m'a fait basculer à plat ventre. Je me débattais. J'ai crié et avalé de la terre. J'ai encore crié, *non non je vous en prie, non* et quand il a mis sa main sur ma bouche pour que je m'arrête je l'ai mordu très fort, alors il a lâché prise, je me suis extirpée et relevée.

Ma jument hennissait, j'ai bondi sur son dos. Mais j'ai été tirée à bas et suis tombée si lourdement que ça m'a coupé le souffle. Le poids est revenu sur moi, j'avais la joue dans l'herbe et la poitrine écrasée, et j'ai entendu un *chut* à mon oreille. *Tais-toi donc, je ne te ferai pas de mal...* Il disait ça très doucement, comme s'il n'avait pas de mauvaises intentions. Mais je savais bien le contraire. *Allons, sois gentille avec moi...*

Je ne voulais pas être gentille avec lui. Je ne serais gentille ni avec lui ni avec ses amis qui jacassaient autour du feu, et j'aurais voulu être plus forte, j'aurais voulu être grande, avoir des griffes et des crocs, pour pouvoir me dresser contre lui et le chasser à coups de pied. J'aurais voulu être une vraie sorcière capable de magie ou d'une fureur à faire s'abattre le ciel, et je pensais à la mère Mundy sur qui un ruffian avait grimpé, et pendant qu'il s'en donnait à cœur joie le chaume brûlait au-dessus d'elle, et je pensais à son piètre état après, et maintenant le soldat fourrageait sous mes jupes en disant *c'est bien*, et je détestais ça, je le détestais, et la jument aussi car elle se cabrait et grondait, et j'ai pensé *non ! Pas comme ça et pas avec lui, et pas ici*, et je ne voulais plus le laisser fourrager sous mes jupes. Il tirait sur mes jambes, alors je glissais et j'ai pensé *je ne le laisserai pas me prendre, je ne le laisserai pas...* J'ai fermé les yeux. Grincé des dents.

Clac.

Un petit bruit sec.

Une douleur brûlante, énorme. Elle m'envahissait, j'ai lentement commencé à rugir. J'ai rugi, hurlé, et ses mains se sont arrêtées. Son poids s'est ôté de mon corps. Debout, il a reculé et dit *bon sang, qu'est-ce que... ?*

Je me suis relevée, chancelante. Je trébuchais, avec mon épaule en l'air comme une aile et mon bras ballant, et tout au long je rugissais comme je l'avais fait à Thorneyburnbank, dans l'ormaie, voilà longtemps.

Dieu me vienne en aide, il a dit. Effaré par mon changement de forme.

Puis il a dit *sorcière...*

J'ai gémi. De la main gauche, je me suis agrippée à la jument. Suspendue à son flanc, j'ai dit *va ! Va, je t'en prie !* Mais elle ne m'avait jamais portée comme ça, à moitié sur elle et poussant des hurlements. Elle a tourné la tête un instant pour regarder. Et juste quand elle regardait le soldat est revenu avec ses grosses mains et son haleine chargée de whisky, et il a voulu l'attraper. Il lui a empoigné la queue pour tirer dessus. Elle a henni, envoyé des ruades, puis elle a couché les oreilles en avant, s'est ébrouée et m'a emportée vite vite vite dans la nuit du nord.

Comme on a galopé ! À quelle allure, cette nuit-là, mais d'autres nuit aussi… Ma jument s'élançait, les oreilles en arrière et le cou tendu loin, loin devant moi, la crinière entre mes doigts, et ses sabots frappaient les rochers, labouraient la boue dans le noir. Je me cramponnais. Quand on allait au galop, je me couchais sur elle. Je posais ma joue près de son épaule et regardais sa jambe lancer des éclairs blancs, blancs, blancs. Ou je suivais des yeux les herbes qui filaient en dessous, je sentais l'eau des rivières nous éclabousser, les branches accrocher mes cheveux. S'il y avait des étoiles, je levais les yeux par moments. Mais quelquefois aussi je les fermais, quand ma jument galopait sur une lande, quand elle m'offrait autour de minuit son allure la plus rapide, sauvage, dans la froidure et sous une pleine lune, je fermais les yeux et avec sa chaleur contre une joue et l'autre balayée par le vent je ressentais une magie. Je pensais *va !* Je pensais *plus vite ! Plus vite !* Et là, peu importait si j'étais sale, ou fatiguée, ou si j'avais le ventre vide ; peu importait si on me traitait de *sorcière* et si je n'avais nulle part où me réfugier, car je galopais sur ma jument, à travers des terres froides et inconnues, et je pensais *je vis. Je suis en vie, vivante.* Ma mère ne l'était plus. Ni d'autres. Mais moi oui, et tellement contente d'avoir ma jument, alors je souriais au creux de son épaule tandis qu'on fendait la nuit au galop.

À travers landes et forêts. Sur une grève, aussi, on a galopé sur le sable, du sel dans nos crinières. Et on gagnait au galop la cime des collines, si bien qu'à la venue de l'aube on avait la sensation d'être plus haut que tout le reste, des formes noires sur le ciel qui s'éclairait.

On ralentissait l'allure quand le jour se levait. On se reposait un moment pour reprendre notre souffle. En tournant la tête, on voyait luire en bas les eaux agitées, et les oiseaux revenir à l'endroit d'où on les avait fait s'envoler. Les traces qu'on avait laissées dans l'herbe.

Quel silence... Vous ne savez que dire.

Mon épaule ? Oui, elle fait ça. Elle se soulève quand ça lui prend, mais je peux aussi la forcer. Je peux la déboîter et la tendre en l'air comme une aile. Et cette nuit-là, après que la jument m'avait emmenée loin du soldat, j'ai glissé au sol et cogné mon bras contre un rocher, *clac*, encore. Ça m'a réparé le bras.

Je pleurais un peu à cause de la douleur. Je pleurais à cause de ce qui s'était passé, et de ce qui avait failli se passer. J'ai aussi pleuré en voyant la queue de ma jument, parce qu'elle était réduite à presque rien, arrachée par des mains mauvaises. Mais son museau est venu me consoler, elle a frotté sa croupe contre un arbre, et je l'ai tapotée. J'ai caressé ses grandes oreilles.

Qui aime un cheval, de nos jours ? Qui aime un animal ? Moi, j'aimais ma jument qui galopait en me portant, trois cents nuits durant. Qui fourrait son museau dans mes poches en quête de menthe ou de poires. Qui regardait des choses très fixement, quelquefois, comme si ces choses voulaient s'en prendre à elle. Je l'aimais, je savais que je l'aimais. Et de ce fait, je savais que le cœur n'est pas obéissant et que la tête ne peut l'empêcher d'aimer.

N'aime jamais, mais je le faisais déjà.

Elle fut la meilleure de mes amis, je crois.
Elle m'amena à Glencoe.

*

Dites-moi, monsieur Leslie, aimez-vous bien votre femme ? Je pense que vous l'aimez très fort. Vous parlez d'elle chaque fois que vous êtes assis là sur ce tabouret. C'est elle qui a brodé vos mouchoirs, je pense, et votre encrier a un couvercle en argent, elle vous en a fait présent ? Il est très joli. Vous dites que mes cheveux ressemblent aux siens et j'ai vu votre regard quand je tortille une mèche, comme ça.

Je savais ce que j'étais. Dès les premières fois que j'allais dans les marécages, que j'entendais coasser les grenouilles et voyais bouger les nuages, je l'ai su. *Différente. Solitaire.* J'ai su que trouver l'amour serait peut-être difficile.

Mais je savais aussi que je le trouverais. Je l'ai toujours su.

Pendant que le soldat s'échinait sur moi et que ma bouche s'emplissait de boue, je pensais – je *savais – un jour, j'aimerai de tout mon cœur un homme. Il me tiendra la main.* Et ça ne serait pas ce soldat qui me prendrait, qui me déflorerait. Non, pas lui.

Et voilà ce que je dis : quelles créatures nous sommes ! Quels pouvoirs sont en nous, en nous tous ! Comme nous savons d'avance les choses, si nous voulons bien passer un peu de temps à nous écouter nous-mêmes... Quel amour profond nous pouvons ressentir !

Vous me quittez ? Je suis un peu perdue, ce soir. Perdue au milieu de tout ça.

Je vais me blottir avec l'homme que j'ai fini par trouver. Il se nommait Alasdair. Il avait des cheveux pareils aux collines quand elles sont mouillées et que les fougères sont fanées, des cheveux roux foncé comme la terre. Il voyait la beauté d'une coquille d'œuf, et il aimait son fils. Une fois, il m'a dit *toi*...

Vous allez revenir ? Demain ?

Je nous emmènerai dans les Highlands. Vers des hauteurs. Des ciels venteux.

Ma bien-aimée,

Je suis joyeux. Il neige, et ce que j'aime est loin de moi, mais je suis joyeux. Quelle joie (le mot est trop faible pour dire ce que j'ai éprouvé) de voir ta belle écriture, de toucher le bas du feuillet où ta paume a dû se poser tandis que tu écrivais. J'ai imaginé que je sentais ta chaleur à ce contact. Je ne le pouvais pas, bien sûr, mais sous un climat hivernal tel que celui-ci nous sommes enclins à rêver de chaleur et à croire que nous la sentons. Comme tu sais, tu me manques beaucoup.

Je lis tes lignes dans mon fauteuil, près de la fenêtre. J'ai regardé quelques instants la colline et le nord-est du loch, lequel est encore pris par les glaces. Après avoir attisé mon feu, je me suis enveloppé dans une couverture et j'ai déplié ta lettre, et c'était comme si les mots sortaient de ta bouche dans cette chambre. Autrefois, je te demandai de ne pas m'appeler chéri, *t'en souviens-tu ? Je pensais que cela enlevait toute dignité et solennité, qualités dont mon père estimait qu'un homme ne doit jamais se départir. C'était bien sot de ma part. La jeunesse incite à de telles sottises. L'âge et l'exil m'ont changé, puisque assis là dans mon fauteuil j'ai lu avec gratitude le mot* chéri. *Comment ai-je jamais pu penser qu'il nuisait à la dignité ? Le mot lui-même est digne, à mon sens, car l'amour est un don de Dieu, honnête et digne, entre un homme et son épouse. Et cela m'est accordé. J'ai caressé ce mot avec le pouce.*

J'aime que nous différions. Certains hommes souhaitent une épouse qui partage toujours leur avis, la plupart des hommes en réalité, sans doute. Moi, non. Tu es l'épouse que je voulais, nulle autre, et j'aime profondément, Jane, la façon dont tes grands yeux bleu foncé voient le monde. Tu me réprimandes, me semble-t-il ? Je l'accepte. Je sais que je puis me montrer trop zélé, et égoïste.

Tu m'écris le mot « sorcière » ne lui fait-il pas du mal, et du tort à ta cause ? *Tes propos au sujet de la prisonnière (j'emploierai dorénavant ce mot, car elle est prisonnière, n'est-ce pas ? L'appeler ainsi n'a rien de répréhensible) sont conformes à ce que je prévoyais, car le terme t'a toujours déplu. Néanmoins, tu me surprends par ton éloquence et la vérité qu'elle sert.* C'est un être humain tout comme nous, *écris-tu,* mais si nous privons de nourriture et d'eau une chose vivante elle flétrira et pourrira. *Tu as raison, mon amour, et je me sens honteux de l'avoir oublié, ou de ne pas l'avoir perçu, ce qui est le cas. J'ai entendu* sorcière, *puis je l'ai vue et jugée répugnante. Qu'en disais-je dans ma lettre ? J'ai parlé de répulsion, je m'en souviens. Je prierai le Seigneur de me pardonner, car n'enseigne-t-Il pas la tolérance, et que nulle âme égarée n'est perdue à jamais ? « Car Il n'a ni mépris ni dédain pour les peines du misérable » (Psaume XXII, 24 – c'est une des pages rongées par les mites dans ta bible. J'espère qu'elle est encore lisible. Un jour, ma bien-aimée, je t'offrirai une bible toute neuve, lorsque je foulerai à nouveau le sol irlandais, ce qui sera un jour particulièrement béni).*

Je dois donc m'interdire de voir en elle une sorcière ou une possédée. Elle est malade. Et, comme pour de nombreuses maladies, un peu d'attention constitue peut-être la moitié du remède. Sa solitude, sa façon de se parler à elle-même et ses cheveux hirsutes font tous partie de la flétrissure due au manque d'amour. Il est même étonnant qu'elle ne soit pas devenue venimeuse et cruelle.

Je reconnais, Jane, qu'au cours de sa vie la cruauté semble s'être acharnée sur elle, et non avoir été son fait. Mais attendons d'en savoir plus long.

Quelle tendresse en toi… Je jette un coup d'œil à ta lettre et relis si elle parle de solitude, elle mérite vraiment la compassion, *ce sont là des mots tendres. Tu n'as jamais vu Corrag, et pourtant tu t'exprimes avec une modération qui pour un peu me ferait croire que tu la connais, que toi-même tu lui rends visite et qu'aucune de vous deux ne me le dit. Peut-être traverses-tu chaque semaine la mer d'Irlande, pénètres-tu dans la prison avec une lanterne et ton parfum de violette, t'assieds-tu sur ce tabouret... Je sais qu'il n'en est rien. Mais je sais également que les femmes ont entre elles des secrets. Hier soir, Corrag a dépeint un lever de soleil hivernal – ses ciels roses, son silence – et tu aurais aimé, je pense, entendre de telles paroles, voir un tel ciel. Tu es mon petit oiseau. Tu chantes, ton chant emplit la maison à Glaslough, même quand tu ne souffles mot.*

Voici une vérité que tu m'as apprise : si c'était toi, Jane, qui jouais avec tes mains et babillais d'une voix haut perchée, je trouverais cela délicat et charmant. Mais parce que c'est une prisonnière qui s'est comportée et persiste à se comporter ainsi, j'y vois de la folie. J'ai tort.

Ne te laisse pas, mon très cher, aveugler par Jacques. Ne présume pas la volonté de Dieu. *Tu écris bien mieux que moi, pourtant l'érudit, l'auteur d'essais. Après avoir lu ces mots, je les ai médités dans mon lit. Est-ce que je présume Sa volonté ? Son dessein à mon égard ? Je ne saurais dire. Mais tu as raison de me rappeler qu'il faut avoir l'esprit ouvert, et humble. J'ai toujours pensé que la raison de ma présence dans cette contrée était – est – le rétablissement de Jacques sur son trône. Après tout, c'est pour ce motif que l'Irlande m'a banni, appelé un traître parce que je n'acceptais pas Guillaume comme roi. Mais je puis me tromper en pensant cela. Les voies du Seigneur sont impénétrables.*

« Et moi, je suis dans la maison de Dieu comme un olivier verdoyant, je me confie dans la bonté de Dieu, éternellement et à jamais. » (Psaume LII, 10. Là encore, peut-être les mites l'ont-elles lu. Ce sont des mites chrétiennes et instruites.)

J'apprends avec regret quel temps il fait en Irlande. Cela paraîtra-t-il absurde de dire que la pluie me manque ? Tous les temps me manquent, hormis neige et glace. Si j'étais à Glaslough j'irais marcher sous la pluie, la sentir sur mon visage. Puis je rentrerais auprès de toi.

Bien entendu, je m'engage à écouter attentivement la prisonnière. Tu as raison, chacun de nous a son histoire et le droit de la relater, de la faire entendre. Tu ne vois pas en elle une scélérate, et il me faut emprunter ton regard. Je sais que la pensée de sa mort te tourmente. À vrai dire, je me demande si cette pensée ne me tourmente pas quelque peu moi aussi. Ce n'était pas le cas au tout début, car j'avais en tête que l'on ne peut laisser la vie sauve aux suppôts du diable. Mais je ne crois pas qu'elle soit de ceux-là. Elle blasphème, ce qui est un péché, et elle a côtoyé des voleurs. Mais cela justifie-t-il le meurtre ? Je ne puis me prononcer. En outre, des soldats se sont fort mal conduits envers elle. Je m'en tiendrai là, craignant de t'affliger davantage, mais je suis heureux de pouvoir dire qu'elle n'a pas subi ce qu'ils tentaient de lui faire. Même une prisonnière ne mérite pas de telles infamies.

Sombre période que celle-ci. La lumière est si chiche, semble-t-il, dans l'esprit et le cœur de nous tous. Ma bible et ton nom viennent éclairer les miens. Je dois avouer aussi qu'il y a quelque chose en elle – son amour de la vie, je pense, d'être au monde – qui allège quelque peu mes pas lorsque je sors et marche sous la neige. Je serais enclin à appeler cela ensorcellement. *Mais nous proscrivons de tels mots, à présent.*

Merci encore pour ta lettre. Je la chéris, et la garderai sur moi. Serait-il égoïste et honteux de ma part de t'en demander une autre ? Si tu trouves le loisir ?

Transmets mon amour à nos fils. Rappelle-leur qu'un père en Écosse ne signifie pas un père qui ne peut punir ou semoncer. J'espère qu'ils manifestent à l'égard de leur mère ce qu'elle mérite de se voir toujours manifester : de l'amour, et du respect.

Charles

IV

« Le botryche est (dit-on) une plante
qui ouvrira les serrures
et ôtera leurs fers aux chevaux
qui la foulent... Des paysans
que je connais la nomment Ôte-fer. »

du Botryche lunaire

Durant ces heures désertes où vous n'êtes pas avec moi, je me regarde moi-même comme si je ne me connaissais pas.

Mon visage. Ma poitrine. Et mes bras, avec leurs veines, leurs cicatrices laissées par des épines ou un chat de jadis, en Angleterre. Je regarde mes jambes comme si elles n'étaient pas les miennes. Elles sont couvertes de marques et de boue. Je saisis mes orteils, aussi, quelquefois. Je les frotte un par un et sens la tendre peau qui se cache entre eux, une peau secrète. Je pense *mes orteils*. Je les appelle *mes orteils à moi*.

Je pose mon pouce sur mon cou et j'entends mon cœur. Il bat, il bat.

Et je respire. Je m'emplis d'air, je me vide. Je m'emplis, je me vide.

Je suis sûre que le geôlier marmotte *folle* quand il me voit occupée à me palper, à regarder mon haleine former un nuage puis disparaître. *Sorcière,* qu'il marmotte. Mais il ne sait pas pourquoi je fais ces choses, pourquoi je tends mes mains devant moi. Ces mains-là. Qui sont petites, monsieur Leslie, mais songez à ce qu'elles ont tenu ou frôlé, combien de plantes, de rochers.

Je me suis toujours regardée comme ça. C'est venu de *sorcière*. Dans l'ormaie à Thorneyburnbank, ou couchée sur une grève à marée basse, je regardais mon corps comme s'il était marqué, d'une manière ou d'une autre. Comme s'il m'avait été donné la veille.

Pourquoi je suis tellement petite ? je demandais à Cora. Qui était tellement grande.

Elle haussait les épaules, disait *tu ressembles à ma mère. Elle était petite.* Mais toute créature est petite si on lui a noué les pouces aux orteils.

N'empêche...

Je me regarde encore bien plus au long de ces sombres jours et de ces nuits. Je me regarde avec des yeux vieillis et avertis, car je sais qu'au Mercat Cross on apporte du bois en le traînant dans la neige. Des cordes. Du goudron. Je sais qu'on le fait et que c'est pour moi. Je me regarde, monsieur, parce que je ne peux pas croire que je vais brûler vive et disparaître. Que ma peau va noircir et se déchirer. Que mes cheveux vont s'enflammer.

Cette peau pâle et douce entre mes orteils va brûler en premier, pour sûr. Ça commencera par le bas.

Est-ce que c'était pareil pour Cora ? Pendant qu'on lui passait la corde au cou ? Est-ce qu'elle sentait comme elle était vigoureuse, vivante ? Est-ce que son cœur battait le tambour tellement fort dans ses oreilles qu'elle ne pouvait pas croire que la chute allait se produire, le *pan*, et que ce serait sa fin ? Le chef des MacDonald disait qu'il ne se sentait jamais plus vivant qu'à la veille d'une bataille, avec son épée sur les genoux. À présent, je le crois. Quand nous pensons que notre vie risque de finir bientôt, et notre corps d'être détruit, nous voyons tout ce qui le compose. Tous ces petits poils sur mes bras. Tous mes plis.

Cora m'a faite avec un inconnu. Je proviens d'eux.

Mais je proviens aussi du vent et du ciel et de la terre et des arbres, et de ce qui a créé ces choses. J'ai toujours pensé ça. Aujourd'hui je le dis parce que ça me réconforte.

J'ai besoin de réconfort car j'ai peur, aujourd'hui. Je sais qu'on attache ensemble les tonneaux.

Qu'est-ce qui peut me réconforter ? Votre visage, que je connais à présent. C'est un visage meilleur que la plupart de ceux qui entrent ici. À présent je connais ses regards et je sais les lire. Ce regard-là. Ce regard que vous posez sur moi en ce moment. C'est de la peine, une pitié que vous essayez de cacher, car vous pensez que vous ne devriez pas la ressentir, je le sais. Pas envers une sorcière. Vous pensez peut-être *je suis un homme d'Église et je hais tous les pécheurs*, alors vous vous dites *qu'on la brûle*. Je sais. Pourtant, je vois de la pitié dans vos yeux et je crois que votre sévérité faiblit. J'ai vu de la tristesse quand je parlais de mes orteils dans les flammes du bûcher.

Je ne suis pas vraiment une mauvaise femme, hein ? Ni une putain ni une jeteuse de sorts.

Ma jument aussi me réconforte. Je la vois. Dans ce demi-jour. Je la vois tellement bien que c'est comme si j'étais sur son dos, avec ses épaules mouchetées en dessous de moi, et sa crinière épaisse, pâle. *Brave fille*. J'entends les bruits de ses naseaux charnus, et quand je me penchais pour lui dire *va !* elle comprenait toujours, et elle allait. Elle bondissait en avant, s'ébrouait et s'élançait.

*

J'ai pleuré, après ces soldats. J'ai pleuré à cause de la douleur dans mon épaule, et de leur grossièreté et de leur force. J'ai pleuré à cause de ce qu'ils voulaient, de ce que j'avais, et de ce que je n'avais pas.

Et pour sûr Thorneyburnbank me manquait durant ce voyage, oui, pour sûr. Ça me manquait, les marécages, mon lit d'enfant, les chats sous l'avant-toit, avec leur langue d'un rose argenté. Les yeux ronds de la mère Mundy, et ses histoires. Le houx qui accrochait mes cheveux quand je passais. Tout ça me manquait, pendant que je chevauchais vers les Highlands, parce que je pensais *c'était une vie à l'abri ! Je l'ai connue...* Et n'y a-t-il pas des jours où nous ne désirons qu'un abri, de la chaleur et un repas ?

Mais voyons, je disais à la jument, *cette vie-là n'était pas vraiment à l'abri...* Non, pas avec Mr Fothers et ses yeux méchants. Pas avec *les gens ont besoin d'un ennemi...* Et peut-être que je pleurais surtout à cause de ça, n'avoir jamais été nulle part à l'abri.

Alors, quand le terrain a commencé à s'élever, et qu'il est devenu plus rocheux, et que j'ai bu une eau fraîche et épaisse sur ma langue, au goût de tourbe, et que mes genoux se sont couverts d'une terre noire là où je les appuyais pour boire, et qu'il y avait de la brume sur les lochs, et que les oiseaux s'envolaient vers les pics, et que les châteaux devenaient plus petits, nichés plus haut dans des coins plus sombres, venteux, et que les foyers se faisaient plus rares et aussi les chevaux, et quand je suis descendue de ma jument pour traverser à gué une rivière, faute d'avoir trouvé un pont depuis des lieues et d'en voir un plus loin, si bien que je me demandais *un être humain est-il jamais passé par ici avant moi*, je n'étais pas effrayée. Pas du tout. Debout dans l'eau jusqu'à la taille, j'ai dit *les Highlands*. Je le savais.

Et ces gens-là, oui, on les avait traités de *brutes*. On les avait traités de sauvages, de violents. Et leurs tribus n'avaient-elles pas été appelées *barbares* ? Debout dans l'eau d'une rivière, par une nuit d'été, j'ai dit *qu'est-ce qui peut être plus brutal ? Que ce que j'ai connu ?* J'ai dit aux insectes qu'on m'avait attaquée, et craché dessus, et pourchassée, et traitée de *sorcière*, et qu'on avait fait du mal à ma jument, et que ma mère était morte.

Nous avons traversé la rivière et continué de cheminer.

À l'aube, nous entrions dans la contrée des Highlands.

Comment je pourrais en parler sans dire *sauvage* ? Ou *magnifique* ? Je n'avais jamais vu une beauté pareille. Cora m'avait dit que la beauté était dans les différences, dans ce qui ne plaisait pas à la plupart des gens ou qui leur faisait peur, car tout le reste, elle avait dit, n'est-il pas très morne ? Elle, ce qui lui plaisait, c'était un œuf avec deux jaunes dedans. C'était ce veau marqué d'une étoile au front.

Alors, en chevauchant à travers la lande de Rannoch, je pensais à elle. Là, elle se serait mise à danser. Elle se serait courbée pour prendre une poignée de tourbe, la porter à son visage. Elle aurait plongé sa jupe rouge dans les lochs, et cueilli des roseaux, et couru après les biches, bras grands ouverts, car son âme se serait sentie chez elle. Loin des gens. Loin de ces gens qui criaient *sorcière* et liaient les pouces aux orteils. Là, il y avait des étangs tellement immobiles qu'on y voyait un second ciel, et si un oiseau passait au-dessus ça faisait deux oiseaux. La bruyère bruissait quand venait un coup de vent. Il dévalait comme de l'eau sur les rochers et le flanc des collines, se secouait, perçant, presque blanc. Il sifflait à travers les crânes de bestiaux, et ma chevelure battait comme une aile contre ma joue, disant *vole vole vole,* et quand le vent s'en allait j'entendais bourdonner des abeilles. J'entendais le pas léger des cerfs, et leurs dents qui broutaient l'herbe, et je les aimais bien. J'aimais bien leur corps rougeâtre, épais, et la couronne qu'ils avaient sur la tête comme si c'étaient eux les véritables rois du monde, et non pas un Hollandais toussotant. Ni un Stuart réfugié en France.

J'entendais clapoter l'eau des lochs, et le *plop* que les poissons faisaient avec leur bouche.

Nord-ouest, toujours. Je donnais un petit coup de coude à ma jument pour l'aiguillonner. Avec le souffle du vent dans sa moitié de queue, elle s'élançait.

Nous dormions contre des rochers. Nous faisions halte sur les hauteurs pour regarder tout autour. Je me demandais de quoi nous avions l'air, la jument et moi, debout côte à côte sur ces pics, avec le vent qui balayait nos crinières et nos jupes. Je me demandais ce qui nous voyait. Je lui grattais l'oreille. *Brave fille. Ma bonne vieille.*

Et en disant ça, je savais que c'était vrai. Je savais qu'elle était vieille. Je l'avais su dès la première fois que je m'étais hissée sur son dos, pendant que Cora criait *va ! Va !* Car je me rappelais le temps où c'était un poulain. Je me la rappelais flairant le vent, dans son pré. Je cueillais des poires avec Cora qui me tenait dans ses bras, et ma mère avait dit *tu veux bien que nous partagions une poire ? Avec ce petit cheval ?* Alors on lui avait tendu le fruit. Elle était maigre, sur ses longues jambes, mais elle avait déjà sa croupe mouchetée de marron et ses oreilles de lapin. Elle avait reniflé la poire avant de la prendre. Je voyais mon visage dans ses yeux brillants, et elle se voyait dans les miens.

C'était au temps de notre enfance, en Angleterre.

Je lui ai dit ça. Qu'elle m'avait toujours plu. Que nous avions toujours été amies, elle et moi.

Et comme si elle aussi savait au fond de son cœur qu'elle était vieille à présent, et comme si elle savait que notre voyage touchait à sa fin, elle a baissé la tête et soufflé longuement dans l'herbe. Elle avait encore le museau farfouilleur d'un poulain, et faisait encore un écart quand des feuilles lui tombaient dessus. Mais ses côtes saillaient et son dos se creusait.

Un jour que des éclairs fendaient les nues, j'ai plongé le regard dans son œil. Il reflétait la lande tout entière, la lumière, et le ciel, et l'eau, et j'y ai vu de la tristesse. Comme si elle ne voulait pas quitter tout ça. Comme si elle comprenait qu'elle approchait de l'au-delà, à présent.

Je l'ai caressée. J'ai dit *je sais.*

Le dernier jour, je ne suis pas montée sur son dos. J'ai marché à côté d'elle, écarté les branches pour elle, et cherché de bons rochers pour nous abriter. Je lui donnais à manger des plantes que je cueillais au passage, et elle les mâchait en avançant. Brave fille. Il n'y en avait jamais eu de plus vaillante depuis que le monde est monde. Le ciel d'été grondait, le vent se levait, et quand une goutte de pluie s'est écrasée sur son encolure, suivie d'une autre et d'une autre, et que le vent a mugi, j'ai promis à ma jument de lui trouver cette fois-ci un endroit qui conviendrait à son repos. Une litière.

Un toit. Car était-il juste envers elle de répéter sans arrêt *nord-ouest* ? Non, ça ne l'était plus.

Le tonnerre résonnait au-dessus de nous.

Et ma tête était près de la sienne tandis que nous marchions, et ses sabots claquaient contre les pierres, et il pleuvait fort, à grosses gouttes qui rejoignaient la boue. Elles nous frappaient le crâne, nous aplatissaient les cheveux, la crinière, et la jument prenait une couleur foncée et allait tête basse, et nous trébuchions toutes les deux sous la pluie de plus en plus violente. Elle nous faisait mal. Le ciel était plein d'éclairs et tonnait.

Pauvre jument. Ses dernières heures dans cette vie furent trempées et froides. Elle s'enfonçait dans le terrain marécageux et traînait aussi son âme, et je lui disais *on va bientôt se reposer !* Mais où ? Je ne voyais rien. Je ne voyais aucun endroit qui la réchaufferait et elle était vieille, ma petite jument était vieille, et la pluie était très pénible, elle nous aveuglait, et le vent nous assaillait le corps et je ne souhaitais plus rien d'autre qu'un abri.

J'ai prié. J'ai lancé un appel dans la pluie, *faites qu'on trouve un abri. Je vous en prie.*

La main au-dessus de mes yeux pour me protéger des gouttes, j'ai regardé partout, et juste au moment où je pensais *il n'y a rien. On est perdues*, j'ai vu une petite cabane en pierre.

Ce n'était pas grand-chose. À peine une masure délabrée, mais elle avait un toit, trois murs et demi, et j'ai dit *là !* On a pressé le pas. J'ai poussé la jument par-derrière, alors elle est entrée, s'est secouée, et j'ai su en franchissant le seuil de cette cabane que c'était l'endroit où elle allait mourir.

*

Dedans, il y avait des orties et de la mousse. Le sol était sec. J'ai arraché aux pierres des poignées de mousse, ramassé des vieilles bruyères pour faire une litière douce à ma jument et je lui ai dit *tu vas te coucher là*. Elle a soufflé très fort. Immobiles, elle et moi, nous avons laissé le temps à nos oreilles d'entendre que maintenant l'orage était un peu assourdi. J'ai lissé son pelage mouillé. Je lui ai dit qu'elle était à l'abri dans cette cabane aux murs épais et moussus, et qu'elle pouvait s'endormir.

Alors la jument grise que j'appelais *mon amie* a poussé un soupir aussi profond que toutes les mers et vallées. Ses genoux ont fait un petit bruit comme des cailloux et elle a basculé. Elle est tombée dans la mousse, puis a roulé très doucement sur elle-même, la tête posée parmi les bruyères sèches, et son corps moucheté s'est rempli d'air.

Je me suis étendue moi aussi. Les mains sur son ventre, je lui ai parlé. Je lui ai raconté nos histoires. Je lui ai raconté toutes nos meilleures histoires, comme celle de l'église en ruine, pleine de feuillages, et celles des forêts, et du givre qu'on foulait au galop, et des rivières en crue qu'elle traversait en me portant sur son dos. Du lièvre pris au piège. Du jeune garçon qu'on avait emmené hors de portée des chiens. De la nuit qu'on avait passée dans une grotte, elle et moi, dormant par terre nez à nez.

Je disais *tu te rappelles... ?* Alors elle battait des paupières, comme elle faisait souvent.

Et puis elle a lâché un souffle, un souffle très long, fatigué qui disait que l'au-delà attendait et qu'elle y allait à présent. Sa lèvre du bas tremblait. J'ai approché mon visage de son museau. J'ai fait passer ma respiration de mes narines dans ses naseaux, et j'ai regardé au fond de son œil brillant, mi-clos. Je ne voulais pas qu'elle me quitte. Je me rappelais comment elle avait mâché le foin dans son écurie les nuits de pleine lune, et plongé malgré lui Mr Fothers dans des fossés où l'attiraient des feuilles de ronces et des prunes. Je pensais à ses hennissements, et comme elle comprenait bien *va !*

Non, je ne voulais pas qu'elle me quitte. J'ai pensé *reste avec moi...*

Mais la vie finit forcément par s'en aller. La vie ne peut pas rester.

Alors, je l'ai appelée *brave*. Je lui ai dit *brave dame*, et j'ai tapoté son pelage. Pour sa dernière nuit j'ai posé la tête sur son ventre, et dans mon sommeil j'ai vu ce qu'elle avait vu en poussant son dernier souffle : une rivière avec un oiseau solitaire perché sur le bord, et un pré plein de foin.

Elle était froide quand je me suis réveillée. J'ai retiré les épines de sa crinière, l'ai démêlée et arrangée bien à plat. J'ai posé un baiser sur son nez. Dehors, le ciel était pâle et il n'y avait plus de vent, il ne pleuvait plus.

Je savais que je ne pouvais pas m'attarder là, à la pleurer.

Nulle magie ne ramène les morts, et je pense que ceux qui viennent de mourir ont besoin de tranquillité pour faire eux-mêmes leurs adieux, pour laisser derrière eux leur forme terrestre et glisser dans l'au-delà. Je le crois très fort.

La pluie avait fait des petits lochs, clairs comme du verre. L'air sentait le propre. Je me suis lavé le visage dans l'eau d'un ruisseau et j'en ai bu, et j'ai vu que vers l'est le ciel s'éclairait de rose. C'était bon et paisible à contempler. J'ai sincèrement dit merci à ce qui nous voit de là-haut en des moments pareils, un merci pour la nature de ma jument, et une prière de veiller sur elle à présent. Quand je me suis retournée, j'ai vu de l'autre côté de la tourbière l'ombre de la cabane dans le demi-jour. La brave fille n'avait jamais connu meilleur lieu de repos – même Mr Fothers n'aurait pu remplir son écurie d'une mousse tellement douce et de bruyère – et ça me réconfortait qu'elle soit morte dans un très bon abri pour un cheval.

Je regardais. Et tandis que je regardais, son fantôme est sorti dans les vapeurs du matin. Elle secouait sa crinière, broutait l'herbe.

Je suis repartie vers le nord avec des crins argentés sur ma jupe.

*

J'ai passé vingt jours sur la lande de Rannoch. Je marchais la nuit, parce qu'il y avait moins de vent et que la lune croissante donnait assez de lumière. Les tourbières dans l'obscurité me sont devenues familières. Je me servais de pierres pour les traverser. Je mangeais des racines. Certaines tiges contiennent un jus sucré qu'on peut sucer, et ça me suffisait pendant une ou deux lieues. Mais des branches et des épines s'accrochaient à ma mante, et je ressentais une grande fatigue dans mon corps après une année de cheminement *nord-ouest*. Je m'arrêtais sur les hauteurs et me tenais très immobile. Je m'accroupissais au bord des lochs où les gouttes de pluie faisaient des ronds, et je me disais en les écoutant *je suis faite pour être ici. Pour voir cette pluie.*

Je n'en pouvais plus de vagabonder. Près d'un rocher couvert de lichen, j'ai dit *je vais marcher une nuit de plus. Et là où m'amènera une nuit de marche, je resterai.* Ce n'était pas un sort que je jetais. C'était simplement une âme fatiguée qui parlait. Je l'ai dit à la lande, mais elle le savait déjà.

Vous vous montrez patient. Depuis combien de jours vous m'entendez babiller ? Et vous n'avez jamais dit *plus vite, Corrag,* ou *j'en ai assez*. Je pense que vous serez content de la suite, car c'est mon arrivée. C'est le vrai commencement.

Bon monsieur Leslie, avec votre plume d'oie.

Écoutez donc. J'ai atteint le glen par une nuit de pleine lune après que ma jument s'en était allée.

Il y avait encore de la magie au monde, et encore des loups dans les endroits solitaires. L'histoire des covenantaires était presque finie, Guillaume venait d'être couronné roi et raclait ses poumons de protestant, et le mot *jacobite* était un nourrisson encore humide de sa dure naissance. Les hommes que j'ai aimés étaient encore en vie, tout comme ceux que je n'aimais pas. Jamais encore je n'avais respiré l'haleine d'un cerf. Je me croyais sagace mais je ne l'étais pas, non, loin de là.

J'avançais comme la reine de la pluie et du vent, de la fatigue, dans une jupe tellement boueuse que je pesais deux fois plus lourd. Je traînais derrière moi des branches avec leur mousse et des araignées. Comme ces araignées tissaient leurs toiles parmi mes cheveux pendant que je dormais, des phalènes étaient prises dedans. J'avais les cheveux pleins d'ailes et de fils blancs et en marchant je sentais leurs pattes sur mon visage. Des chardons restaient accrochés à mon ourlet. Mon corselet couvert de saletés et de boue séchée faisait des craquements. Ce n'est pas une jolie créature qui aboutit dans le glen.

Quand même, j'y ai abouti. Et arrivée à Glencoe, j'ai pensé *voilà, c'est ici.*

Ne demandiez-vous pas tous ces jours à entendre ce nom ?

Glencoe, Corrag ! Parlez-moi de Glencoe... C'est Glencoe qui m'amène...

Eh bien je vais en parler. J'en parle maintenant.

Voilà, c'est ici. J'étais sûre de ça. Car le cœur reconnaît l'endroit où il est chez lui quand il le trouve, et après l'avoir trouvé, il y reste.

Ma chère Jane,

Cette lettre sera plus brève que la précédente. Elle le devra, la pendule m'indiquant une heure bien plus avancée que je ne le voudrais. La faute m'en incombe, car au sortir de la prison je n'ai pas immédiatement regagné mon auberge. J'étais songeur, j'ai marché devant moi et me suis retrouvé sur la grand-place de la ville. C'est là que la prisonnière sera brûlée vive, dès le dégel, et j'ai vu le bois qui s'y entasse. On s'est efforcé de l'abriter sous de la toile, parce qu'il neige encore. Il y avait aussi, clouée sur un poteau, une pancarte portant l'inscription sorcière *et* ordalie par le feu. *Nulle mention de la date, ce qui signifie simplement que l'on attend le premier jour de ciel dégagé, et que la neige cesse de tomber.*

J'ai exprimé mes sentiments envers ceux qui n'ont pas notre foi. Mais ce serait un homme dur – inhumain, oserai-je dire –, celui qui poserait les yeux sur le bois entassé là sans que cela l'émeuve quelque peu.

Il est onze heures passées, et la chandelle s'amenuise. Corrag (ni dans mes pensées ni dans mes actes je ne l'ai appelée sorcière *depuis ta lettre, mon amour) a parlé aujourd'hui de la contrée des Highlands, et de la lande sauvage qu'elle a traversée avant d'atteindre Glencoe. Je n'ai pas couché par écrit un seul mot de son récit, car je me sentais moi aussi perdu dans cette immensité. Je n'ai rien écrit parce que mes oreilles et mes yeux étaient sur la lande venteuse. Elle rend si bien compte des choses, Jane – elle ne sait ni lire ni écrire, et pour dénombrer les jours qu'elle a passés sur cette lande elle s'est servie de ses doigts et de ses orteils. Mais elle sait parler. Elle a le don de s'exprimer, et je n'appellerai pas cela de la sorcellerie. Je dirai que c'est un don que Dieu lui a accordé, lorsqu'Il l'a créée, et avant qu'elle s'éloignât de Son nom.*

Mon aubergiste, voyant mon retour tardif ce soir, a demandé la putain enchaînée s'est-elle enfin confessée ? A-t-elle fait apparaître le diable devant vous ? *Sur quoi il a produit un son dans sa gorge, une sorte de raclement, comme s'il allait vomir. Je crois qu'il espérait une moisson de nouvelles, d'histoires à narrer aux buveurs. Mais j'étais fatigué, Jane, et j'ai répondu* non, pas du tout.

Ce qui est la vérité. Elle a parlé de la lande de Rannoch, et ses mots étaient profondément sentis. Elle a parlé d'une mort, sur ces hauteurs, la mort d'une jument envers laquelle elle éprouvait de l'affection. Une bête est une bête, comme on sait. Mais je crois que cette jument fut le seul être vivant qui demeurât auprès d'elle durant toute une année ou davantage, qui ne lui fût pas enlevé, ni ne la traitât de gueuse, *et lorsqu'elle a relaté la mort de sa jument elle avait les larmes aux yeux. Elle a connu, j'en conviens, une existence solitaire.*

Jane, elle me fait penser à toi. Non par la solitude, certes (car tu n'as jamais paru esseulée, et nos fils ne le permettraient jamais), ni par l'apparence (excepté la chevelure, son abondance et sa couleur). Mais Corrag prend plaisir aux minuscules signes de vie que la plupart d'entre nous ne perçoivent pas, étant trop pressés : une abeille dans une corolle, le son qu'un poisson produit avec sa bouche. Et je sais que tu es toi aussi sensible à de telles choses délicates. Tu écoutes les oiseaux chanter, et te souviens-tu de notre promenade sur la côte, peu après la naissance de nos garçons ? Tu en rapportas un galet, et lorsque je te demandai pourquoi, tu répondis il m'aurait manqué, *comme si ma question te paraissait étrange. Je songeais à cela, ce soir.*

J'ai songé à mon père, aussi. Je me suis interrogé sur ce qu'il aurait fait, se voyant offrir un tabouret à trois pieds dans une geôle, devant cette fille. Sa sévérité aurait-elle faibli, comme elle l'insinue à mon sujet ? Je connais la réponse, bien entendu. Ni les morts ni les naissances ne l'ébranlaient, et jamais il n'aurait faibli face à une prisonnière condamnée au bûcher en tant que sorcière. *Il aurait hâté l'exécution ou s'en serait chargé lui-même.*

Mon amour, je pense aussi à notre deuil. J'avoue que cette mort silencieuse est présente dans ma tête et mon cœur, ce soir. Près d'un an s'est écoulé sans que nous parlions du décès de notre fille, et j'en comprends la raison : quelle mère aimerait à parler d'une telle perte ? Mais je puis te l'assurer ici par écrit, je n'ai nullement oublié. Ne crois pas que j'ai oublié.

Pardonne-moi. Tu souffres suffisamment de mon absence et je ne voudrais surtout pas raviver ton chagrin.

Je vais mettre un peu de lumière dans cette lettre.

Le récit de Corrag nous a amenés à Glencoe. Je pense que demain j'en apprendrai davantage sur ces MacDonald, et de la bouche d'une personne moins aveuglée par le parti pris que le sont les Campbell. Et même si elle ne m'apprenait rien encore sur eux, je suis sûr qu'elle me parlera du glen et des montagnes qui l'entourent. Je ne tire de mon aubergiste, ou des autres à qui je m'adresse, autre chose que sombre endroit. Un repaire de voleurs.

J'espère donc obtenir à partir de demain des informations qui me permettront d'envoyer à Londres une missive bien préférable aux précédentes, ne quémandant pas des fonds (ou ne s'en tenant pas à cela), mais affirmant que ce massacre fut commis sur l'ordre de notre roi actuel, et que je puis le prouver. Je puis le prouver. *Voilà une pensée qui m'encourage. N'éclaire-t-elle pas ces lignes ?*

Je veux maintenant, comme toujours, parler de toi. Es-tu en bonne santé ? À la vue de mon écriture, ressens-tu ce que je ressens lorsque je vois la tienne ? J'espère que tu as en t'endormant la certitude que je reviendrai auprès de toi. Jane, je reviendrai.

Demain, je t'écrirai à nouveau. Je vais retourner sur la place, où l'empilement de tonneaux et de bûches enneigés me frappera beaucoup moins fort au grand jour. Je serai moins chagriné et me reconnaîtrai moi-même. Et puis je conduirai le cheval au maréchal-ferrant, car bien que je n'aie guère de quoi le rétribuer, cette bête est en peine et cela ne peut qu'empirer. Dans la forge, au moins elle aura chaud.

La bougie s'est éteinte. Je vais donc mettre fin à ma lettre, et me dévêtir à la lueur du feu.

Je suis bien loin, mais avec toi.

Charles

TROIS

I

« Considérez-le comme un trésor. »

du Sureau

J'aime avoir été là-bas. J'aime avoir vu cet endroit avant le malheur, avoir parcouru le glen et m'être lavée dans ses ruisseaux. La plupart des gens ne le verront jamais. La plupart ne connaîtront même pas son nom ou ne l'écriront jamais, et s'ils l'écrivent ils parleront de sa noirceur, de son malheur, de ses morts et d'une trahison. Ils diront *Glencoe ? Y a eu des meurtres...* et ce sera tout, car sauront-ils autre chose ? Non, ils ne sauront pas comment les ombres des nuages passaient en été au long de la vallée, sur les vaches et la bruyère, sur les lochs, et sur moi.

Bien avant que le sang coule dans la neige à Glencoe, la lune l'éclairait. C'est dans une vallée tranquille que j'ai pénétré une nuit, les cheveux pleins de boue et de phalènes. Une vallée sous les hauteurs, pour les voir je penchais la tête tellement en arrière que ma bouche s'ouvrait un peu, et j'écartais les bras pour ne pas tomber. Je levais les yeux de plus en plus haut. Encore plus haut.

L'air était frais, on y sentait le souffle de la mer. Il avait une odeur de terre comme les plantes la nuit, et d'eau, et aussi les bruits de l'eau, et tandis que je me tenais là immobile à le humer, j'ai su dans tout mon être que c'était l'endroit où ma mère m'envoyait, encore vivante et debout en jupe rouge devant sa chaumière, quand elle avait dit *nord-ouest, à présent ! Nord-ouest !* J'ai su que c'était l'endroit que ma jument avait vu sous ses cils blancs, et vers quoi elle galopait. Sans bride, comment je pouvais la guider ? La diriger ? Elle m'emmenait où elle choisissait d'aller, et j'ai su qu'elle avait choisi cet endroit.

Quand Visage-prune ou d'autres me parlaient des Highlands, j'avais pensé *oui.* Comme si quelque chose en moi, profond, femelle, en savait plus long qu'eux tous. Comment expliquer ça ? Je ne peux pas. Je sais seulement que quand ils disaient *c'est une contrée sauvage* ou bien *ces hommes sont des barbares*, je pensais *là-bas. C'est là que je dois être. Va là-bas.*

Vous le voyez, cet endroit ? Avec le regard de votre esprit, qui est notre regard le plus perçant ? Une vallée tellement étroite, aux flancs tellement escarpés que c'est comme si on entrait au fond d'une main à moitié fermée. Certains disaient que ça leur faisait peur, comme un poing en rochers. Certains disaient que les montagnes paraissaient si hautes qu'elles pouvaient s'écrouler et écraser un homme. Mais moi je n'ai jamais eu cette sensation. À Glencoe, j'ai ressenti de la douceur. C'était une main entrouverte où je pouvais me blottir, et qui me protégerait.

Elle me veut ici, voilà ce que je me suis dit. Car ne m'appelait-elle pas ?

J'ai marché dans les hautes herbes et bu l'eau d'un loch.

Puis je me suis étendue au milieu des rochers, enveloppée dans la mante de ma mère, j'ai fermé les yeux et dormi.

*

J'ai dormi toute la journée. Je dormais et ce n'est pas la lumière qui m'a réveillée. C'est le souffle d'une vache. Elle avait une haleine mouillée, et derrière sa tête aux poils rudes j'ai vu des rochers et le ciel.

Des rochers et le ciel. Voilà des petits mots. Si je dis qu'il y avait *des rochers et le ciel,* on croirait que ce n'est pas grand-chose. Mais alors on se trompe. Les rochers peuvent avoir mille couleurs, du gris, du brun, du violet-gris, du bleu foncé. Ils peuvent avoir sur leur flanc de la mousse et des lichens, des cascades ou des marques laissées par des cascades. Assise là, j'ai vu toutes ces choses. J'ai vu leurs différentes couleurs et leurs formes découpées sur le ciel. Quand je me suis levée pour descendre la pente entre les bestiaux, j'ai posé les mains sur une pierre en bas de la corniche du nord, et je l'ai palpée. Elle avait en elle une vieille chaleur, et une sagesse, et j'ai pensé *bonjour...* Elle était râpeuse comme la langue d'un chat. Et comme tous les ciels que j'ai pu voir là-bas, le ciel était venteux.

J'ai marché. Je m'enfonçais dans la vallée. Il y avait des marécages à traverser, mais je traînais encore les branches accrochées à ma jupe. Elles-mêmes accrochaient d'autres branches et ça faisait une lourde charge à tirer, de plus en plus lourde parce qu'elle ramassait de la terre à chaque pas. J'ai regardé dans mon dos. C'était une traîne de loques et de bouse, et je me suis retournée pour m'en débarrasser, mais ma jupe a tourné elle aussi, on aurait dit un chien qui court après sa queue. Je ne pouvais pas attraper les branches. Je tendais les bras, je me penchais mais elles s'éloignaient à mesure que je me penchais. Un petit moment, j'ai tourné comme ça sur moi-même.

Je me suis arrêtée, il fallait réfléchir.

Une araignée pendait de mes cheveux au bout de son fil.

Et tandis que je la regardais j'ai entendu un bruit. C'était un bruit que je connaissais, qu'on entend dans toutes les vallées si on écoute un peu : le bruit d'une chute d'eau. Je me suis traînée dans cette direction. Le bruit est devenu plus fort, la bruyère a disparu et j'ai eu devant moi un ruissellement d'eau éclatante.

Pareille à du verre, j'ai pensé. Comme elle brillait, et claquait sur les rochers ! Comme elle paraissait propre ! Comme elle se répandait…

Je me suis déshabillée. J'ai posé mon sac et détaché ma mante. Mon corselet était noué et raide de vieille boue, mais mes doigts en ont eu raison, et je suis sortie de ma jupe pour la première fois depuis des mois. J'ai ôté mes brodequins, mes bas. Puis j'ai baissé les yeux sur ma chemise. C'était un paquet de crasse, de sueur et de sang, il y avait même dessus de la bave de jument, l'histoire de ma vie d'avant.

J'ai enlevé ma chemise.

Voilà, j'étais complètement nue. Ça faisait toute une année ou davantage que je n'avais pas été nue, et j'ai fermé les yeux, senti la brume sur ma peau. Je suis restée comme ça un moment, immobile, à sentir ça sur moi, l'humidité et le courant d'air de la chute d'eau. J'avais envie de pleurer sans savoir pourquoi, le souffle de l'eau, peut-être ? Comme si je le reconnaissais, ou qu'il m'avait manqué ? Comme si mon corps était plein de gratitude ? C'était peut-être à cause de Cora. Car je savais qu'elle aurait fait pareil, si elle était venue là. Elle aurait arraché sa jupe, ouvert les bras.

Je me suis approchée d'un aulne pour retirer les araignées de mes cheveux et les poser sur ses feuilles. Je les prenais une par une et leur disais *là, tu seras bien…* Et après avoir mis en sécurité toutes ces petites vies, j'ai retenu mon souffle et me suis avancée sous la cascade. C'était tellement froid et fort que j'ai poussé un cri étranglé. Jamais je n'avais connu une eau aussi forte, elle martelait autour de moi, sur moi, plus durement qu'aucune pluie. C'était presque douloureux. Ça me meurtrissait presque, mais je n'ai pas bougé, parce que je me sentais vraiment lavée, comme si cette eau lavait tout le temps passé, chassait toutes les traces des tanières de renards, des tourbières, des galops et des chagrins. Debout, je laissais l'eau s'abattre sur moi. Je la sentais remplir mes cheveux.

Quand j'en ai eu assez du martèlement, je me suis baignée. J'ai sauté de la cascade dans l'étang profond. Je flottais comme une étoile. J'ai tiré à moi mes nippes et les ai lavées une par une, les trempant, frottant les taches contre les rochers et raclant la boue avec mon pouce. Je fredonnais. Je me suis curé les ongles avec des épines. Des oiseaux voletaient au-dessus de moi, et le soleil passait à travers les feuillages, et c'était un bon endroit privé pour faire toute ma lessive.

On l'appelle *le Mélange des eaux*. Je l'ai appris par la suite.

Quand ma jupe a pris une couleur nouvelle, et que mon corselet a été plus propre, je les ai mis à sécher sur des rochers. Je les ai étendus au soleil.

Et moi aussi je me suis étendue. J'ai étalé mes cheveux et tiré la mante en travers de moi pour être moins nue. *Ma troisième vie,* je me suis dit, et j'ai reniflé, souri. J'ai levé les yeux vers les rochers et le ciel.

Les choses nous viennent comme des présents. Oui. Des présents s'offrent à nous et il ne faut pas les négliger, parce qu'à travers eux le monde nous dit *voilà, c'est bien...* La cascade était un présent. Et aussi les vaches, avec leur chaleur et leurs bons yeux. À genoux sous celles qui avaient vêlé, je les tétais à la mamelle, et quand on a mangé froid durant des mois rien n'est meilleur que le goût du lait tout chaud. Alors je devenais une espèce de veau humain. La vache tournait la tête vers moi comme si elle se demandait *qu'est-ce que... ?*

J'ai toute une collection de présents, offerts par ces jours-là. Le soupir d'une fleur qui se referme.

Et puis *pouf, pouf...*

La quatrième nuit, j'ai entendu ça. Je me reposais dans un fourré de bouleaux et d'aubépines, presque endormie, quand j'ai entendu un bruit de pas. Je me suis redressée. Je n'y voyais pas grand-chose, car la lune décroissait. Qu'est-ce que c'était que ce bruit ? Mon cœur battait, battait. Je savais. Je me disais *des pas !* Mais il y en avait beaucoup, beaucoup de pieds qui cheminaient à travers les tourbières. Des pieds lourds. Et lents.

C'étaient des vaches. Mais pas des vaches qui paissaient. Là, elles marchaient très résolument, en une file longue et solennelle. Mères et petits longeaient le flanc de la montagne avec précaution, en contournant les rochers et les trous, et peut-être arrachant au passage quelques touffes d'herbe pour les manger. Leur pelage était d'un noir argenté au clair de lune, je croyais voir des lueurs dans leurs yeux et j'ai murmuré *où allez-vous ?* Parce que ces vaches avançaient d'un air déterminé. Elles avançaient comme si elles savaient où elles devaient aller.

Je les ai suivies. Je me suis levée mais suis restée baissée pour les suivre. Les vaches ont pénétré en bon ordre dans une ravine entre deux pentes escarpées. Il y avait là un ruisseau, et des bouleaux. Je touchais les troncs en marchant. On montait, la ravine se resserrait de plus en plus et je me demandais *où est-ce qu'elles vont ?* Car deux rochers énormes bouchaient le haut de la ravine. *On ne peut pas aller plus loin.*

Mais on le pouvait. Une sente étroite passait entre les deux.

J'étais ébahie. J'ouvrais de grands yeux et j'ai souri en voyant les vaches traverser les rochers comme des fantômes, en balançant leurs queues. J'ai suivi. Et grâce à ça j'ai trouvé mon endroit à moi.

Au commencement, je l'ai appelé *le vallon secret*. Parce qu'il était bien caché. C'était un petit pré niché entre deux collines et défendu par un barrage en rocher. Qui pouvait savoir qu'il était là ? Comment je l'aurais trouvé, sans ces vaches ?

Des bouleaux, de l'eau et un ciel étoilé.

Fait pour une fille traitée de sorcière, j'ai pensé, *qui veut se reposer et être en sécurité.*

Nous avons tous besoin d'une maison. Nous avons tous besoin d'un toit et d'un âtre, pour finir. C'est ce qui avait amené Cora à Thorneyburnbank, à habiter une chaumière avec du houx qui barrait la porte et des poissons pris dans le toit, et à fréquenter l'église, un temps. Quant à sa fille aux yeux gris, elle a bâti de ses mains une cabane avec des pierres, des roseaux et de la bruyère dans un vallon secret des Highlands qui était défendu par deux rochers, et où on cachait les vaches volées. Où elle a trouvé la tranquillité qu'il lui fallait. Où le vent berçait les bouleaux la nuit, et c'était un bruit apaisant.

Le vrai nom gaélique de cet endroit, c'est *Coire Gabhail*. Essayez pour voir. *Corry Garl*. Je ne connais aucun nom plus étrange, mais c'est une langue étrange, du moins pour une oreille anglaise.

Tous ces mots qui sortent de la gorge comme de la musique. Cette manière de parler pareille à la rivière, rapide, profonde. *Sassenach.* On m'appelait ainsi, à Glencoe. *Ça signifie l'Anglaise en gaélique,* Alasdair m'a dit, *et ne l'es-tu point ? Anglaise ?* Oui, j'étais anglaise. Ils me jetaient tous ce mot comme une pierre, au commencement. Mais après, ils le disaient comme si c'était un mot précieux. Leur voix se faisait plus douce. Ils penchaient la tête sur le côté pour m'appeler *Sassenach...*

Coire Gabhail.

Le vallon secret.

Mais je l'ai bientôt appelé *mon endroit à moi*. Sur le côté à l'est du vallon, j'ai trouvé des pierres en demi-cercle. Au milieu, j'avais la place de tournoyer, de me tenir debout et de me coucher, alors j'ai hoché la tête et jour après jour je m'y suis bâti un abri. Je coupais de l'herbe et de la bruyère avec mon poignard, et comme je savais que la bouse de vache était solide une fois séchée, j'en ramassais plein ma jupe qui me servait de corbeille pour l'apporter jusqu'à mes pierres. J'ai fabriqué un toit comme le Mossman m'avait montré un an avant. Posé sur des murs. Ils ne sentaient pas mauvais, rien qu'une douce odeur de vache qui ne m'a jamais dérangée. Cette odeur-là, elle est dans maints endroits.

Je grimpais les pentes qui entouraient ma cabane et je la regardais d'en haut. En la voyant, je me disais *c'est chez moi.* Je cueillais une plante ou deux par-ci par-là, et dans le glen j'ai trouvé une tourbière où on avait creusé peu de temps avant. De la tourbe séchait à côté. Elle avait été découpée et empilée, et j'ai regardé autour de moi avant de prendre deux ou trois morceaux. Car j'en avais besoin, comme les autres. J'avais besoin de cuire des choses et de me chauffer.

Je m'étais fait un bon abri. Il avait même une fenêtre fermée par une couche de terre herbue que je pouvais relever ou baisser à ma guise. Un coin du toit était très mince, presque à nu pour laisser la fumée sortir au lieu de m'étouffer, mais pas mince au point que la pluie passe à travers. J'avais fait tout ça et j'étais fière.

Regardez, j'ai dit aux vaches quand ç'a été fini. Elles paraissaient hésitantes, mais moi je ne l'étais pas.

Je serai heureuse ici, j'ai dit en m'asseyant jambes croisées sur mon sol sous ma toiture de chaume tandis que dehors la pluie mouillait le bétail et les rochers. J'ai contemplé la pluie. Quand il a fait trop noir pour la voir, je l'ai écoutée.

Un jour où des feuilles sèches tourbillonnaient en tombant des arbres, j'ai trouvé sur les pentes d'une colline au sud une biche tuée depuis peu, encore chaude. J'étais triste de la voir comme ça, avec la flèche dans son flanc, mais en même temps j'ai vu ce que je pouvais en faire. Je l'ai dépouillée très soigneusement de sa peau. Je la tranchais avec mon couteau, une besogne difficile. C'était triste, et sanglant, mais la biche était morte, et sa mort serait encore plus triste si elle ne servait à rien du tout. Alors j'ai emporté la peau chez moi. Je la laisserais sécher pendant des jours au soleil de l'automne qui commençait. Le moment venu, je la mettrais sur le sol de ma cabane.

Et j'ai aussi pris un peu de sa chair. Juste assez. Je l'ai grillée et pour la première fois depuis des semaines et des semaines j'ai mangé de la viande. Et ensuite des cassis, qui m'ont amené Cora en tête.

Je pensais beaucoup à Cora durant ces jours. C'était peut-être parce que maintenant je ne fuyais plus, ou que j'avais un foyer où j'étais seule, ou que la chaleur et la bonne nourriture réveillaient ce qui dormait au fond de moi, je ne sais pas bien. Mais je pensais à elle, sur les pentes. Et un an après que Cora s'était balancée au bout d'une corde, mes larmes ont coulé. J'ai enfin pleuré sa perte. Contre un rocher couvert de lichen, je me suis écroulée et je l'ai pleurée. Je pleurais à cause de sa mort, et de la vie terminée trop tôt, trop cruellement. Je pleurais à cause de tous les autres qui étaient partis comme elle.

Et j'ai aussi pleuré ma jument. Dans ma cabane, je me suis rappelé le velours de ses naseaux, son menton poilu, ses yeux. J'ai déversé ma tristesse très bruyamment et l'ai essuyée sur mon bras. Après ça, dans le silence, j'ai souri, car c'était à sa vie que je pensais, pas à sa mort. À sa vie hennissante, avec ses landes et ses poires mûres, et j'avais la chance de l'avoir connue, cette vie, de l'avoir partagée avec elle.

Le commencement. Des jours tranquilles.

Est-ce que j'étais en train de me remettre ? Oui, je pense. Je faisais un nœud sur les choses du passé, parce qu'il y en avait tellement d'autres qui m'attendaient. Il y en avait tellement à venir.

Vous me regardez d'un air triste. Pourquoi donc ? Voyez ce que j'ai trouvé. Voyez où j'ai habité, et l'endroit que j'ai appelé *chez moi*. Allez à Glencoe. Levez les yeux vers ses crêtes, et vous comprendrez, vous comprendrez quel présent c'était de vivre là. Quel présent, de suivre ces vaches. J'avais du lait, un âtre et une peau de biche pour me coucher. Et si je criais mon nom les rochers me le répétaient. *Corrag*... Les chouettes le hululaient.

Solitaire ? Moi ?

Jamais, et toujours. Ça venait de *sorcière,* rien que ce mot. Quand est-ce que je n'ai pas du tout été solitaire au fond de moi ? Guère souvent. Voir la beauté vraie de la nature peut chasser la solitude, car les soleils couchants et les lumières d'hiver vous font dire en vous *je ne suis pas seul,* vous le sentez devant tant de splendeur. Mais ça peut aussi la rendre plus aiguë. Elle est douloureuse quand on voudrait avoir quelqu'un avec soi. En voyant cette beauté, on pense quelquefois *ça ne compte pas autant qu'eux.*

Et pauvre ? Vous croyez qu'à Glencoe j'étais pauvre ? Loin de là. Sans argent, oui. Mais est-ce que l'argent peut donner la vraie richesse ? Les gens semblent courir après les faveurs ou un titre, comme si c'était ça l'important, comme si une monnaie ou deux apportait le bonheur. Comme si le monde naturel et la place qu'il nous offre ne valaient rien, comparé à une bourse bien remplie ou au titre de *comte,* de *duc.* C'est peut-être vrai pour eux. Pas pour moi, à aucun moment. J'étais plus riche que jamais, assise jambes croisées parmi les dernières digitales, à regarder une grosse abeille vivre sa vie. Elle s'enfonçait dans une fleur, il n'y avait plus que son derrière qui dépassait, elle s'arrêtait de bourdonner, puis elle ressortait lentement avec un bourdonnement plus fort et des ailes poudrées. Elle allait de fleur en fleur. Et moi qui l'observais pendant des heures, je pensais être plus riche grâce à elle que si on m'avait couverte d'or.

Pauvre ? Non. Solitaire ? Un peu, au fond de moi.

Quand même, il y avait de la magie dans cet endroit, je vous assure.

Je la sentais partout. Je la sentais dans les moindres choses que je voyais, un caillou qui bougeait sous mon talon, les gouttes de pluie. J'avais le temps, à présent. Jusque-là, le temps m'avait paru aussi fragile et passager qu'une toile d'araignée chassée par le vent. Ma deuxième vie avait été *va ! va !* Et quand avais-je eu le temps de me coucher à plat ventre pour regarder un escargot ramper sur un rocher, laissant sa trace pâle ? Jamais. J'étais trop pressée de fuir. Je galopais à travers la boue et les terres sauvages, emportée par ma jument qui s'ébrouait, et les moments de répit, je les passais avec elle, à retirer les orties accrochées à sa queue. Pas de temps pour les escargots. Ni pour des heures sous la pluie, à voir le creux d'une feuille devenir un lac minuscule.

Je détestais le mot *sorcière* et je ne l'aime pas davantage maintenant. Mais si j'ai pu mériter qu'on m'appelle ainsi, c'est à ces moments-là. Mes cheveux volaient au vent tandis que je me dressais sur les crêtes, et je hantais les bois où les champignons poussaient. Je contemplais les nuages, guettais les cerfs et passais de longues heures – des après-midi entiers – près de la cascade où je m'étais baignée, à regarder les feuilles d'automne tomber et s'en aller vers la mer. Elles rebondissaient, tourbillonnaient. Un jour, j'ai dit *magie*. Dans la ravine qui menait à mon vallon, je me suis arrêtée. Le vent agitait les bouleaux et il me semblait les entendre parler. S'ils parlaient, ils disaient *magie*. *Une magie. Ici.*

Je la trouvais partout. Je grimpais jusqu'aux crêtes où je restais assise pendant des heures, à regarder, comme une reine regarderait son royaume et se dirait *c'est bien.* Tout était bien. J'ai appris de cette manière quelle forme avait le glen, combien il était long et étroit, et entouré de montagnes. À l'ouest, je voyais luire la mer en tirant sur mes yeux. J'ai aussi appris quelle était la couleur des pentes, le brun roux des vieilles fougères. Les feuilles se teignaient de cuivre. Je passais comme ça des heures et des heures, assise sur les crêtes.

Et en rentrant chez moi un soir, j'ai entendu au loin un rugissement. Je me suis arrêtée. Je me demandais *qu'est-ce que c'est ?* Ni le tonnerre ni une trompe. En levant les yeux du côté d'où venait le rugissement, j'ai vu un cerf. Il bramait. Contre le ciel grisâtre, il était très sombre, et je voyais sa large ramure, et les nuages que faisait son haleine. J'ai pensé *est-ce un cri de bienvenue ? Pour moi ?* Peut-être pas. Mais j'ai préféré le croire, parce que je m'étais sentie solitaire, assise là-haut. Le vent m'avait enveloppée dans mes cheveux. Le loch avait reflété la lumière de la fin du jour, et j'aurais voulu qu'un autre être vivant le voie aussi. Aucun n'était apparu. Mais voilà qu'il y avait un cerf, tellement magnifique. *Il m'accueille,* je me suis dit. Sur quoi il a poussé un autre rugissement, avec son haleine blanche.

Je crois aussi que je me remettais. Ces premiers temps à Glencoe étaient des jours sans pareils. Comme si j'avais enfin trouvé ce que je cherchais depuis bien des années. Je sentais tomber ma carapace et m'occupais de moi. Je crois que je n'avais pas écouté mon chagrin, jusqu'à Glencoe, ni été clémente envers moi-même. Je crois que jamais je ne m'étais vraiment permis d'être triste en pensant à Cora. Quelle sévérité ! Mais au milieu des fougères brunies, avec l'air pur, et l'apaisement qu'on ressent dans les endroits sauvages et propres, je devenais plus douce et me la suis rappelée. Là-bas, je l'ai pleurée. J'ai aussi pleuré ma jument.

Tout ce que j'aimais m'entourait, rivières, rochers. Les bêtes. Les bruits du vent. Et je leur en étais reconnaissante. J'étais reconnaissante, car parmi eux je pouvais guérir les blessures en moi, les pertes, le chagrin. Ce que mon âme avait de meurtri, je pouvais le soigner et le nourrir dans ma cabane, ou sur les hauteurs, et qui en fait autant ? De nos jours, qui prend le temps de soigner son âme ? Peu de gens, à mon idée. Je vais vous dire, monsieur Leslie : je pense que peut-être, avec la vie qu'on mène, à gagner son pain, se laver, se chauffer, livrer ses petites batailles quotidiennes, on oublie son âme. On ne s'en occupe pas, comme si elle avait moins d'importance que tout ça. Et elle n'en a pas moins, je crois.

*

Mais qu'est-ce qui reste toujours pareil ? Qu'est-ce qui ne change pas ?

Ça faisait un mois tout au plus que j'étais dans la vallée. Et voilà qu'est venue une journée de couleur brune. Je me la rappelle, les feuilles qui s'envolaient, les fougères qui ployaient et prenaient le roux foncé de l'automne. La plupart des gens n'aiment guère cette saison-là, l'humidité dans l'air, le brun. Mais moi elle ne m'a jamais déplu. Pourquoi nous déplairait-elle ? Les flaques qu'elle met dans le creux des troncs abattus font le bonheur des oiseaux, et les mois d'après l'herbe pourra reverdir grâce à cette saison. Elle argente les toiles d'araignées. Quand je serai morte, le brouillard me manquera, ça me manquera de marcher dans le brouillard, de le humer.

Donc, je marchais. Je voulais cueillir des baies et passer une journée sur les collines humides de l'automne. Et je pensais que je verrais peut-être à nouveau le cerf, ou d'autres cerfs, ou un aigle ou deux.

Je n'ai vu aucun de ceux-là.

Mais j'ai vu des maisons.

Des maisons sont apparues. Elles me sont apparues parce que, en longeant la crête vers l'ouest, j'ai fait halte et regardé en bas. Une fumée de cheminée. Je me suis dressée résolument. Elle était noire dans la lumière du soir et je l'ai contemplée en retombant sur mes talons. *Pour sûr.* Comment ça pouvait m'étonner ? Dans une vallée où coulait une eau si claire et vive, où paissait du bétail, où les baies abondaient sur les buissons, il y avait forcément des gens. Forcément, ils avaient avant moi trouvé cette vallée et pensé *oui. Ici.*

Alors ils étaient là. Une maison au bord du loch. J'ai mordillé ma lèvre et me suis dit *une seule maison, ce n'est pas trop grave.* Mais quand j'ai soupiré et regardé à l'ouest vers la mer où le soleil se couchait, j'en ai vu d'autres, d'autres cheminées, d'autres maisons petites et basses, sans fenêtres. Beaucoup d'autres.

Des gens. Ce qui, peut-être, annonçait *sorcière.*

J'étais inquiète. Ça m'a empêchée de dormir, je me mordillais les pouces. Je cherchais dans ma tête tout ce qu'on m'avait raconté sur le peuple gaélique, j'essayais de me rappeler les bonnes choses plutôt que les mauvaises. Mais qu'est-ce qu'on m'en avait dit de bien ? *Ces gens sont des barbares...* Et voilà.

Cora disait *le diable n'existe pas, il y a seulement les coutumes diaboliques de l'homme.*

Alors je reniflais. Je pensais *ça ne vaut pas mieux.* Mais au coin de mon âtre, avec une chouette qui hululait dehors, j'ai aussi pensé *Cora n'aurait pas peur de ces gens. Elle serait comme elle est. Elle ne les craindrait pas du tout. Elle descendrait. Elle regarderait à leurs portes sans se soucier qu'ils la voient. Elle secouerait sa chevelure. Elle balancerait sa jupe rouge.* Je disais ça aux vaches, qui m'écoutaient. *Est-ce que je ne suis pas sa fille ?* Et elles ouvraient de grands yeux.

Alors, à l'aube, je suis descendue. J'ai traversé les gros rochers pour aller en bas dans le glen. J'ai couru furtivement jusqu'à la maison toute seule au bord du loch, et je l'ai épiée de derrière un bouleau. Je n'entendais personne parler. Ni marcher. Mais j'ai entendu un homme qui ronflait très fort. Et un chien qui bâillait – ce petit geignement aigu –, et après qui se grattait l'oreille. Je me suis approchée. Je humais les odeurs du foyer – tourbe, laine mouillée, viande, le chien, des gens pas très propres. Des volailles, aussi, et quand j'ai été tout contre les murs de la maison, j'ai entendu le *cloc* que fait une poule au nid. Elle était là, dans le chaume. Ses yeux avaient ce voile laiteux qui couvre les yeux des poules quand elles dorment, et je me suis dit *ça fait combien de temps que je n'ai pas mangé un œuf ?* J'ai tout doucement levé le bras vers elle. En glissant la main sous ses plumes, j'ai palpé la coquille toute chaude. Je m'en suis emparée. La poule a gloussé à tue-tête, le chien s'est réveillé et j'ai déguerpi.

Je courais à toute vitesse, les cheveux au vent. J'ai couru, regagné le vallon, j'ai cuit l'œuf, et je me suis assise sur ma peau de biche, les genoux serrés contre ma poitrine. Je me sentais très près de quelque chose. Mais quoi ? Je ne savais.

Du vol ? Non ! Je n'ai jamais été une voleuse.

Le soir, je suis retournée à cette maison pour y déposer un remède. J'y ai déposé des petits morceaux de chêne, car si on le brûle et respire ses vapeurs, elles peuvent calmer les ronflements. J'ai mis ça sous la poule. Je me disais que la femme viendrait chercher des œufs et penserait *voilà-t-il point que notre poule, elle pond du chêne ?* Et elle attacherait peut-être plus de prix au remède qu'à des douzaines d'œufs, si son mari arrêtait de ronfler et qu'elle dormait mieux. Je l'espérais. Cette idée me plaisait.

*

Je devenais plus hardie. Connaître les rochers, les bonnes prises pour la main, les sons produits par les animaux me rendait hardie. Savoir où étaient les maisons, les plantes, les endroits d'où la vue s'étendait au loin. Et les meilleurs pour m'y asseoir.

J'avoue que j'ai pris davantage qu'un œuf. Une nuit, j'avais emporté une marmite d'une maison à l'ouest. Parmi les arbres, j'avais trouvé des maisons bien bâties, avec une ou deux fenêtres, et une odeur plus propre. En coulant le regard par une porte j'avais vu à l'intérieur tout un tas de marmites. Ils en possédaient tellement, et moi je rêvais d'en avoir rien qu'une. J'ai laissé du guérit-tout en échange, c'était honnête. Le nom ne dit-il pas toutes les vertus de cette plante ? Je mangeais à présent des champignons et des mûres, je faisais bouillir des racines et chauffer du lait, et j'avais même confectionné un bon ragoût avec un ou deux lapins. Tout ça me remplissait le ventre. Quand je me baignais, je le palpais : une forme nouvelle, et moins dure.

J'avais aussi trouvé au bas de la corniche du nord un rocher qui me plaisait. Il était petit et à l'écart des autres. Quand je m'asseyais en appuyant mon dos contre lui, il s'y prêtait bien, et de là j'avais une vue que je pouvais contempler pendant des heures. L'automne était magnifique, sauvage. Et c'est assise là, avec mon capuchon sur la tête, que j'ai aperçu des gens.

Enfin.

Des hommes. Ils étaient trois à longer la rivière l'un derrière l'autre. Je me suis tenue immobile. Je ne les quittais pas des yeux. Par moments ils disparaissaient derrière des arbres, mais pour peu de temps. Trois hommes avec des couleurs pareilles aux collines, des couleurs de terre mouillée. Ils avaient des ceintures qui jetaient des éclairs, et j'ai pensé aussi *ils marchent vite.* Plus vite que je ne marchais jamais.

Je me suis demandé *où vont-ils ?*

Puis j'ai pensé *je sais où ils vont.*

Ils ont tourné pour passer entre les deux collines. Comme ils commençaient à grimper dans la ravine qui menait à mon vallon, j'ai dit à mon rocher, et à l'espace, *non...*

J'ai couru.

Je ne voulais pas qu'ils trouvent ma cabane et la détruisent en cognant sur les murs ou brûlant la toiture. Je ne voulais pas qu'ils fouinent chez moi, qu'ils voient mes plantes et mon petit feu. Mes trésors que j'avais rangés dans un coin, un caillou qui ressemblait à un œuf, un fer de ma jument, une plume de chouette, mes quelques sous. Il y avait dans la cabane mon panier rempli de baies, et s'ils les mangeaient ? C'était ma cueillette de toute une journée. J'ai retroussé ma jupe pour mieux courir.

J'avais peur, oui. Mais pas de ces hommes en eux-mêmes. Je ne pensais pas qu'ils étaient cruels ou violents comme avaient été les soldats. J'avais peur qu'ils me forcent à quitter l'abri que je m'étais trouvé, peur de perdre ma cabane, alors où est-ce que j'irais ? Je n'en pouvais plus de vagabonder sans fin. Ma jument était morte, mon cœur était fatigué et en atteignant le glen j'avais pensé *voilà l'endroit qui est fait pour moi.* Je ne voulais pas m'en aller. Mon petit rocher me plaisait. J'aimais m'asseoir devant ma cabane, sur le seuil, et voir les biches sur les pentes. J'aimais les étoiles. Le goût de l'eau que je buvais dans le creux de mes mains. Je ne voulais pas m'éloigner de tout ça.

Je courais et me disais *non.* Je ne partirais pas.

En montant vers le haut de la ravine, j'ai vu les traces de leurs pas.

Quand je suis arrivée dans le vallon, je les ai vus là, debout. Près de ma maison. Un d'eux en faisait le tour, à tâter avec la paume la solidité des murs. Un autre qui avait une barbe comme une queue de renard se courbait pour regarder à l'intérieur.

Ma jupe bruissait tandis que j'avançais vers eux. Ils se sont retournés et m'ont regardée approcher. Alors mon cœur a frémi, car c'étaient des hommes énormes, trois hommes énormes, et je me rappelais la main du soldat sur ma cheville et sa voix qui chuchotait *tais-toi donc...*

L'homme à la barbe rousse m'a parlé. Mais pas en anglais. Il parlait la langue des Highlands et je ne comprenais pas un mot.

J'écarquillais les yeux. Je battais des paupières.

On se regardait, eux et moi. Ils ont parlé entre eux.

Il s'est à nouveau tourné vers moi pour me demander *qui es-tu ? Tu viens d'où ?*

Vous savez l'anglais ? Je croyais que personne par là ne connaissait cette langue.

En entendant mon accent, il a penché la tête sur le côté à la manière des oiseaux qui guettent les vers. *Des Lowlands ?*

Non. De Thorneyburnbank. Près d'Hexham.

En Angleterre ?

Oui.

Il a tourné le dos et dit quelque chose en gaélique. Les deux autres étaient bien plus vieux que lui, grisonnants, trapus, pareils à du bois qu'on a laissé dehors de saison en saison. Ils avaient le même aspect d'avoir traversé tous les temps. Des années à plisser les yeux au soleil, sous la neige, sous la pluie. Je n'ai jamais rencontré des ours, mais je les vois dans ma tête. Ces hommes ressemblaient à des ours, je crois. Leurs mains ressemblaient à des pattes.

Mon cœur battait très vite et fort.

Il y a des rumeurs, sur toi.

Sur moi ?

Sur une fée aux cheveux noirs qui vole des marmites et des œufs chez nos bordiers. Sur une créature mi-femme mi-enfant qui a dépouillé la biche tuée de frais par mon cousin, il avait besoin de cette peau et t'aurait poursuivie s'il avait su que tu étais un être humain. Nos vaches donnent moins de lait depuis que tu te mêles de les traire. Tu t'es construit ça – il a tapé mon mur d'un coup de pied – *sur nos terres, dans un endroit que nous sommes seuls à connaître, et nous découvrons maintenant que tu es anglaise.*

Un ours a dit *Sassenach*...

Alors je me suis vue. Je me suis vue comme ils me voyaient, une petite voleuse aux cheveux emmêlés, avec une masure en bouse de vache et des poissons qui séchaient sous l'auvent. J'ai vu mes mains sales. Je me demandais *que répondre*, mais qu'est-ce que je pouvais répondre ? Ils pensaient *sorcière*, je le savais. Je pouvais mentir, mais les mensonges ne résistent pas longtemps et leur effet est dur à nettoyer. Il y a eu trop de mensonges.

Je suis venue dans le nord pour être plus en sécurité, j'ai dit. *Pour avoir une vie tranquille. Un foyer.* J'ai essayé de sourire un peu. *Je ne veux pas faire de mal.*

Ils me regardaient. Ils ont marmotté entre eux, en gaélique, et j'attendais. Parler avec les vaches était plus simple.

Être plus en sécurité ? Ici ?

J'ai connu des dangers. Ma vie a été menacée dans le sud, des gens criaient sorcière *et me jetaient des pierres.* J'ai soupiré. *On m'a dit d'aller vers le nord-ouest, alors je suis venue ici...*

Le plus grand et le plus gris des ours a lancé des mots secs en gaélique. Les deux aînés ne savaient pas l'anglais, apparemment, le roux était le seul. Il leur parlait par-dessus son épaule, sans me quitter des yeux.

Sorcière ? Nous n'en manquons point.

Comme le bétail, nous bougions d'un pied sur l'autre.

Tu as des plantes là-dedans. Dans ta cabane.

Oui.

Des remèdes ?

J'ai hoché la tête.

Il a ruminé un moment. Il regardait les nuages au-dessus des collines. Puis il a encore parlé dans cette langue de rivière à ses amis, qui lui répondaient. Après quoi, d'une voix qui sonnait comme s'il en avait assez de moi et mieux à qui s'adresser, il a dit *prends donc moins de lait, tu n'as qu'une bouche à nourrir, nous en avons beaucoup plus d'une. Et des remèdes en échange des œufs, ce n'est pas un marché honnête pour une famille qui n'a que de vieilles poules pondant de moins en moins chaque semaine.* Il a tâté ma toiture comme si elle était mal faite, ou très bien, je ne savais pas trop. *Veille à ne point nous tracasser et nous ne te tracasserons point.*

Ça me convenait. J'ai dit que je boirais moins de lait, que j'avais eu très faim, mais plus maintenant.

Alors qu'ils s'en allaient, l'homme roux s'est retourné pour demander *ton nom ?*

Corrag.

Quoi ?

Corrag.

Ton nom entier ?

Rien que Corrag. C'est mon seul nom, parce que je n'ai jamais eu un père.

Ma réponse l'a fait réfléchir. *Moi je me nomme Iain MacDonald, j'ai un père et il est le chef de notre clan. Voici notre bordier d'Achtriachtan à qui tu as pris des œufs, et voici le vieux Inverrigan, c'est la marmite de sa femme que je vois dans ton âtre. Mets fin à tes petits vols, Sassenach. Si tu cherches vraiment une vie tranquille, nous ne nous verrons plus.*

Après quoi ils se sont éloignés.

Je me répétais *MacDonald ?* Je sentais un nœud dans mon ventre. Je crois que mes yeux s'ouvraient rond comme l'eau quand on y jette une pierre, et je me suis dressée sur la pointe des pieds pour crier dans leur dos *on est où, ici ? Comment ça s'appelle ?*

Juste avant qu'ils soient hors de vue, Iain MacDonald à la barbe comme une queue de renard et aux yeux perçants m'a répondu *Glen of Coe. Et ton toit ne tiendra point tout l'hiver.*

Ils étaient partis. Il ne restait que les traces de leurs pas et l'odeur que presque tous ces gens devaient avoir, car de quoi d'autre auraient-ils pris l'odeur ? Ils sentaient la laine mouillée, les vaches, la fumée de tourbe et la sueur.

Après, la chouette a hululé ce nom. Le ruisseau qui dévalait la colline près de ma cabane disait *Coe,* sans fin. Le vent dans les arbres et le brusque battement de la patte d'un lièvre sur son oreille, que j'ai entendu un soir sous les bouleaux, disaient *Glen of Coe Glen of Coe.* J'entendais ça dans la voix du cerf quand il bramait sur son rocher au-dessus de ma cabane : *Coe,* il disait. Son haleine faisait un nuage tandis qu'il rugissait.

De la peur ?

Non. J'en ai souvent ressenti. J'ai bien connu la peur, comme la fois où l'homme ivre s'est jeté sur moi, ou quand j'ai su que les pieds de ma mère se débattaient en l'air, tournaient sur eux-mêmes puis devenaient immobiles. Mais *Glencoe* ne m'effrayait pas.

Je le disais à mon feu. Je lui murmurais *Glen of Coe*.

*

Il y a des gens qui parlent du destin. Moi, je n'utilise pas ce mot. Je pense que nous avons des choix à faire. Je pense que c'est nous qui traçons le chemin de notre vie et qu'il ne faut pas mettre tous nos espoirs dans les songes et les étoiles. Peut-être pourtant que les songes et les étoiles peuvent nous guider. Et la voix du cœur est forte. Toujours.

L'écouter, voilà mon conseil. Si mon récit doit s'arrêter, prenez ça comme la seule chose que j'ai à dire sur la vie et la manière de la mener (car ma vie ne touche-t-elle pas à sa fin ?). La voix du cœur est la voix de la vérité. C'est plus facile de ne pas l'entendre, parce qu'elle donne quelquefois un avis qui nous contrarie, et risquer de perdre ce que nous avons est bien dur. Mais quelle vie menons-nous si nous refusons d'écouter notre cœur ? Une vie qui n'est pas vraie. Et la personne qui la vit n'est pas vraiment nous.

Je dis là seulement ce que je pense. Peu de gens pensent ça.

Il est tard ? Oui.

Il fait tellement noir que je ne vous vois presque plus. Rien que votre perruque blanche et votre plume d'oie.

Jane chérie,

Elle parle de présents, elle dit que le monde en est riche et qu'il faut les reconnaître quand nous les voyons. Pour elle, ce furent une cascade et un vallon caché. Jane, il me semble qu'un présent m'est venu. À savoir, le maréchal-ferrant, qui a une barbe aussi abondante que les algues sur cette côte, et aussi longue. Comme tous les habitants d'Inverary que j'ai rencontrés, il est cordial et fait bien son métier, mais tandis que protégé par son tablier il s'activait au milieu des étincelles, j'ai pensé que je trouvais là un homme non dénué de tristesse. Lorsque j'ai mentionné Glencoe et les meurtres qui y ont été commis, il a secoué la tête avec mélancolie.

Mais là, j'anticipe.

Sa forge étant à une demi-lieue de la ville, il nous a fallu, dans la neige, marcher assez longtemps. (T'ai-je dit combien je suis content de mon manteau ? Je n'en ai jamais eu de meilleur, et je me souviens avec gratitude du jour où nous l'avons vu, toi et moi. Je suis sûr qu'il empêche ma toux d'empirer.) Cependant, la forge se trouvait là au bout du chemin, rougeoyante, nous entendions le bruit du marteau frappant le métal, et il y avait une âcre odeur de fumée et de fer. Cela aurait pu rebuter un homme moins résolu. Le cheval paraissait inquiet, ses oreilles tressaillaient.

Or ce lieu s'est montré plein de chaleur, celle de son feu, du labeur suant, des animaux, et aussi de l'accueil sincèrement aimable que m'a fait le maréchal-ferrant. Peut-être ne reçoit-il guère de visites. Ou peut-être (et c'est plus vraisemblable, car il a parlé de sa famille et devisé librement avec moi) n'a-t-il pas autant de sollicitations qu'il le voudrait. Certes, peu de gens partent en voyage par ce temps. Moins de voyageurs, cela signifie un moindre besoin de ferrer leurs chevaux, ou d'ajuster une grille.

Il m'a serré la main, et en examinant le cheval il lui tapotait la croupe. Il a loué sa vigueur et son bon état, et je me suis surpris à laisser entendre que l'animal m'appartenait, ou plutôt, qu'il appartenait à Charles Griffin. (Combien ces mensonges se multiplient, Jane ! Mais c'est pour une noble cause.) Apparemment, les quatre fers sont irrécupérables et il faut donc les remplacer par des fers neufs. Il apparaît aussi qu'une enflure affecte un sabot postérieur. Je crains que tout cela ne soit coûteux, mais ne parlons pas finance ce soir.

Comme Corrag, le maréchal-ferrant possède le don de s'exprimer. Il a le doux accent de cette région d'Écosse, et je me demande si la vie entière passée auprès des animaux n'a pas davantage adouci sa voix, tant elle est musicale. Courbé en avant, avec un sabot sur ses genoux, il a dit je crois vous reconnaître, monsieur. N'êtes-vous point le gentilhomme irlandais venu pour apprivoiser les clans du nord ?

J'ai acquiescé, et il a fait claquer sa langue. Il a déclaré une affaire lamentable, tout ça.

À quoi songez-vous, monsieur ? *lui ai-je demandé.*

À Glencoe. *Il a levé les yeux.* Aux actes horribles qui y ont été commis, voilà trois semaines à peine. Vous avez sûrement entendu parler des meurtres ?

J'ai répondu que je savais deux ou trois choses – les hommes ont été tués dans leur sommeil, par leurs hôtes. Des soldats, je crois ? Ce n'est peut-être qu'une rumeur…

Il s'est essuyé les mains sur son tablier. Ouiche. Elle court, pour sûr. Mais il y a de quoi la nourrir, avec un tel péché…

Un péché ? *Cela m'a fait m'avancer. Je me suis posté derrière le cheval, près de sa queue, pour mieux entendre le maréchal-ferrant.* Monsieur, *ai-je dit,* à en croire certains commentaires ces hommes méritaient le traitement barbare qu'ils ont subi. *J'ai levé les mains et ajouté* je suis peu informé sur cette contrée, et n'ai pas encore conçu ma propre opinion…

C'était un clan turbulent, j'en conviens. Des voleurs. Des rebelles. Mais… *Il a grimacé, ses traits se sont raidis.* Les soldats ont égorgé des enfants, oui, ils ont fait ça. Un petit garçon ! Un tout petit a été pourfendu.

Vous y étiez ? *Car il parlait si net, si hardiment.*

Moi, non. Mais j'ai ferré la monture d'un soldat qui y était. Il me l'a amenée la semaine dernière. Une belle jument noire, de bonne origine.

Un soldat ? Tout seul ?

Il a secoué la tête. Plusieurs, mais ils sont tous restés dehors sur le chemin, à grelotter. Il n'y a que leur capitaine qui est entré. Et je vais vous dire, ils avaient des taches de sang sur eux, sur leurs hauts-de-chausses, leurs chemises. Et aussi de poudre à mousquet, et de tourbe. Quant au meurtre du petit garçon, je tiens ça de la bouche même du capitaine. Il l'a vu, et ça l'a marqué.

Marqué ?

Le maréchal-ferrant a pointé le doigt sur sa tempe. Là-dedans. Ça le poursuivait. Le rongeait. Je crois que c'étaient des hommes affreux.

Affreux ?

Il s'est levé, a étiré son dos. Je vous le dis parce que vous n'êtes pas quelqu'un des Lowlands. Vous n'êtes point écossais. Vous serez parmi nous avec un regard différent, étranger, et je sais que vous espérez répandre la parole de Dieu dans ces montagnes sauvages. Alors entendez-moi, si vous le voulez bien : tout ce que leur clan a pu faire de barbare ne méritait point une pareille tuerie. Et une pareille tuerie ronge ces soldats, je vous le jure. Ils traînaient Glencoe pendu à eux.

Glencoe pendu à eux ! N'est-ce pas une expression frappante ? Je voulais l'interroger encore, mais comme je tentais de le faire il a dit cet animal est plus atteint que je le pensais. Vous voyez cette ampoule ? Ici ? *Sur quoi nous avons parlé de l'alezan, et du mauvais temps. Une tempête de neige a accompagné mon retour à l'auberge. Si un tel temps m'éprouve en ville – avec de la venaison, un bon fauteuil et un feu pour me réconforter –, que m'infligerait-il dans un glen désolé ? À Glencoe ?*

Un sombre endroit, *avait dit le maréchal-ferrant en tapotant le cheval.*

Mais Corrag l'a perçu autrement. Elle m'assure que la vallée était emplie de lumière.

Au lit maintenant. Ma tendre épouse, je me retire. Que devrais-je penser de ces meurtres ? J'entends des échos si divers... Des hommes de bien, massacrés, comme dirait la prisonnière ? Ou est-ce l'œuvre d'hommes de bien, par qui le monde a été débarrassé d'une engeance pécheresse ? Il est difficile de le savoir, en vérité. Mais j'ai la conviction, Jane, que Guillaume est impliqué, car c'étaient assurément ses soldats dans ce glen. Et qui commande les soldats du roi, sinon le roi ?

En éteignant la chandelle et m'enfouissant sous les couvertures, je songe à cette créature assise dans son cachot, enchaînée. Comment peut-elle ne pas souffrir d'un tel froid ? Elle m'affirme qu'elle ne le sent pas. Elle dit que nous avons tous une saison en laquelle nous brillons le plus, et que l'hiver est la sienne.

Je me demande donc quelle est notre saison à nous deux. Car nous avons la même toi et moi, je pense. Je pense que nous sommes des créatures de l'été, quand le soleil illumine le sentier à travers bois, qui embaume, et que nos fils jouent autour de nous. Je pense que ce sont là les moments de plus grande joie dans ma vie.

Tu me manques, et j'implore ton pardon car je sais qu'après avoir replié cette lettre tu vas t'affairer seule dans la maison. Je reviendrai, bientôt.

Charles

II

« … et de plus, si vous attachez
un taureau, aussi furieux qu'il soit,
à un figuier,
il deviendra vite docile et doux. »

de la Figue

Alors, est-ce que Iain MacDonald a fait le chemin du retour à votre auberge avec vous ? Dans votre tête ? Cet homme tellement roux qu'il ressemblait à un renard. Au soleil, ses cheveux flamboyaient. Il avait des taches rousses sur les mains et le nez, et je savais par ma mère quelles plantes pouvaient les enlever. Mais elles n'étaient pas vilaines à mes yeux. Ces taches-là, j'y vois le soleil qui les a semées. Une lumière mouchetée.

On dit qu'il a hérité les couleurs de son père. Avant de devenir blanc comme neige sur sa tête, le chef des hommes de Glencoe – ils l'appelaient *Le MacIain* – était pareillement d'une rousseur de renard, flamboyante. Je pensais aussi *ils ont le même nez*. Et ils avaient la même manière de parler, un peu brutale mais sans méchanceté. Ils ne me traitaient pas de *sorcière,* mais me priaient de ne pas les tracasser. Le chef a grondé *nous avons déjà assez de tracas*.

Mais le fils cadet du MacIain n'était pas comme eux. Dans son aspect. Pour ça, on disait qu'il tenait davantage de sa mère, les yeux bleus, et de moins haute taille que Iain mais plus large, plus fort et plus hardi dans ses mouvements, si bien qu'il me paraissait plus grand. Il avait les cheveux roux, mais pas du même roux que son frère. Les siens étaient plus foncés. *Pareils aux collines*, j'ai pensé. Pareils au flanc des collines mouillé à l'automne, avec les vieilles fougères et les bruyères humides. Je pensais à ses cheveux quand je saisissais des branches ou des touffes en courant. Je disais *Alasdair* quand j'étais sur les crêtes et regardais autour de moi tout ce roux foncé et ce brun.

Vos souliers sont mouillés.

Rien qu'au bout.

C'est-il le dégel ? Qui commence ? Un petit peu. Je me disais que ça se pouvait, car tandis que je pensais à eux tous hier soir, que je pensais à leurs plaids[1]et à leur odeur de laine mouillée, j'ai entendu un *floc*... *Floc*...

Alors il me faut parler.

Des MacDonald qui vivaient là-bas. De la vallée, et des pieds qui la foulaient. Grand nombre de ces pieds ont disparu à présent, dans la mort, il faut donc que j'en parle. Pour les ramener de la mort, ou les rendre moins morts.

C'est Iain qui m'a dit *personne qui est né hors du glen ne peut le connaître vraiment*. Je l'ai vu sur les pentes, peu de temps après la venue de l'automne, quand les feuilles tombaient. Il plissait les yeux en disant ça, parce que le soleil était bas. J'ai vu les rides sur son visage, les vieilles cicatrices. *Pas même toi*.

1. *Plaid* : cette couverture de laine servait de manteau aux Écossais. *(NdlT)*

Mais il se trompait. Le glen, je le connaissais bien. Avec le temps, j'ai su comment chacune des collines se découpait sur le ciel, et quelles étaient leurs couleurs. Je retroussais mes jupes pour les gravir. Là où il y avait des sentes de biches, je les prenais, et là où les biches avaient laissé des creux, je m'y couchais. J'apprenais leurs bruits de vent. Leurs plantes.

Je pense le connaître, je lui ai répondu. Effrontée.

Il a secoué la tête et s'est retourné. *Sois prudente. Je ne te le dirai pas deux fois.*

Prudente, toute femme l'est par nature, quand elle est un peu différente des autres. J'étais prudente. Je savais qu'il fallait l'être, car les endroits sauvages ne pardonnent pas à qui les croit aisés. À Thorneyburnbank, le vieux Bean avait disparu du fait d'un vent d'hiver féroce, ou de quelque renard ou deux, parce qu'il s'était imprudemment aventuré au loin. Dans les Highlands, c'étaient les rochers qui guettaient. Maintes ravines pouvaient être trompeuses. Elles pouvaient attirer en ayant l'air de mener à d'autres vallons, par des ruisseaux ou des bouleaux, pour que des hommes se risquent à les gravir, mais alors c'était sottise. Elles ne menaient qu'à des rochers. Ou pire, elle ne menaient même à aucun rocher, rien qu'à de la brume. J'ai failli périr comme ça. Je grimpais une pente au-dessus de ma cabane en fredonnant, je suis tombée et c'est un bouleau qui m'a sauvée. Les cailloux roulaient dans le vide, je me cramponnais à la branche et je voyais mon toit de mousse et de pierres très loin au-dessous de moi, entre mes chevilles qui pendaient comme des fruits. J'étais contente d'avoir ce bouleau. Je me serrais contre son écorce, je la humais. Je me le rappellerais en passant par là. *Le bouleau de la vie sauvée.*

Des histoires me venaient aux oreilles. On n'avait pas toujours un bouleau près de soi quand on glissait et tombait. Iain disait que la rivière charriait quelquefois des corps de leurs ennemis emportés par le courant à la fonte des neiges, un Campbell, ou un Stewart d'Appin au temps où les Stewart leur étaient hostiles. *Nous n'avions pas eu de ses nouvelles depuis l'hiver*, et voilà que s'en présentait la cause pourrissante. Un jour, ils ont repêché un mort de Breadalbane, l'ont sanglé sur une vache qui lui avait été volée et ont ramené la vache à sa pâture d'avant. J'ai détesté ça. Pauvre gardien du troupeau, de lever les yeux et voir son parent pourrissant sur le dos d'une vache. Mais est-ce que j'avais mon mot à dire ? Le mot : cruel ? J'étais anglaise et toute seule. Je vivais sur leurs terres, et puis j'avais vu d'autres cruautés et entendu parler d'actes encore plus cruels.

Tu ne peux le connaître. N'essaie pas si tu tiens à ta vie, pour ce qu'elle vaut.

Oh, Iain était souvent vif avec moi. Il s'adressait à moi du même ton qu'à ses chiens ou au bétail, et il levait les yeux au ciel en me parlant comme si les nues avaient bien plus d'importance. Il ne me faisait pas confiance. Je crois qu'il entendait mon accent anglais et le détestait, au commencement, car cet accent signifiait *protestants*, et *Guillaume*, et maintes choses d'Angleterre. Des batailles livrées, ou à livrer. Des vies perdues.

En Angleterre ?

Oui. Et j'avais vu son visage quand j'avais dit ça.

Pourtant, je connaissais le glen. Que oui. Montrez-moi la forme des collines et je vous dirai leurs noms. Je leur ai donné des noms à moi avant de savoir leurs noms gaéliques. Dans ces premiers temps, à l'automne, j'allais de plus en plus loin, je grimpais de mon mieux leurs pentes et je les nommais d'après ce que je voyais dessus ou de là-haut. Biches, jacobée. Un chat sauvage qui se hérissait.

Le vrai nom de celle-là, c'est *Beinn Fhada*, mais moi je l'ai toujours appelée *le Mont au chat*.

C'était comme ça. Et c'est encore comme ça, mes noms enfantins contre leurs noms gaéliques. Vers le bout de la vallée à l'est, près de la lande de Rannoch, il y avait une montagne à la couleur plus sombre que les autres – noire dans les tempêtes, et luisante –, alors c'était *le Pic sombre*, quelquefois. Mais quand par mégarde j'ai posé le pied sur une pointe de flèche nichée dans la tourbe, elle m'a entaillé le talon et fait saigner, alors c'est devenu *la Pointe de flèche*, un temps. Après, j'ai connu les femmes qui vivaient sur cette montagne. J'ai connu leur saleté et leur tristesse. J'ai su comment là-haut le vent s'emparait de l'âme et la secouait, alors c'était aussi *le Pic de Gormshuil*. Je lui donnais tous ces noms.

Quoi ? Alasdair s'est exclamé, quand je lui ai dit ça. *Le Pic sombre ?* Il a souri à moitié, grimacé à moitié. *Pour nous, c'est Buachaille Etive Mhor...*

Peut-être. Mais j'aimais mieux mes noms à moi.

Et plus avant dans la vallée, là où les pentes montaient de plus en plus haut, il y avait *la Cime aux chardons*, parce qu'ils bruissaient tout autour de moi quand je m'y étais assise, et le passage au-dessous qui menait à d'autres montagnes, je l'ai appelé *Passage des biches* parce que j'en voyais beaucoup qui foulaient sa tourbe, oreilles couchées, yeux mi-clos dans le vent. En hiver, un oiseau s'est envolé des hauteurs à l'ouest, un oiseau blanc, trapu. Je ne l'ai jamais revu, mais de son fait cette colline était pour moi *le Mont de l'oiseau blanc*.

Le Mamelon, aussi, car elle avait une forme de femme.

Une cascade est devenue *la Queue de la jument grise*, tellement elle lui ressemblait.

Et la corniche. Si un jour on ne connaît Glencoe que pour ses hauteurs, ce sera sûrement de la corniche que la plupart des gens parleront. Quelle corniche ! Énorme, et sombre, et dentue. Elle se dressait au nord tout au long de la vallée, alors je l'ai appelée *Corniche du nord*, un temps. Dans ma tête, je me disais *je vais marcher sur la Corniche du nord*, ou *la Corniche du nord est couverte de givre aujourd'hui.* Mais ça a changé. Ça a changé quand j'ai levé les yeux sur elle, un soir, tandis que je la longeais en courant. Là, à ce moment, j'ai eu le souffle coupé. J'ai trébuché. Elle est devenue *la Corniche église.* C'était son nom. Pour moi. Tellement elle ressemblait à une église ! Pas par sa couleur (car elle était brunâtre presque partout, et non grise comme les pierres des églises), ni par sa forme puisqu'elle n'avait pas de clocher. Je l'appelais ainsi pour sa grandeur. Elle était tellement imposante… Elle avait la grandeur qui peut arrêter vos pas et vous réduire au silence, qui attire en même temps qu'elle effraie. J'étais saisie d'un respect craintif, je crois. Ce soir-là, j'ai eu les larmes aux yeux en la voyant si haute et éternelle. Je tremblais presque en la contemplant. Et ensuite je baissais la tête quand je passais près d'elle, comme près de toutes les églises, en pensant *elle n'est pas pour moi* et n'ayant pas envie de la connaître mieux, mais je sentais tout de même sur moi son ombre longue et fraîche. Je comprenais bien pourquoi d'autres gens pouvaient être liés à elle par de l'amour. Pourquoi ils ne la quitteraient pas du regard et la défendraient toute leur vie.

C'est pour ça que je l'appelais *la Corniche église.* Elle me faisait me sentir toute petite. Et elle faisait du glen une espèce de sanctuaire protégé, ce qui va aussi avec ce nom : personne ne pourrait jamais la gravir. Elle était trop haute, trop escarpée.

Son nom gaélique est *Aonach Eagach*. Je le sais à présent. Alasdair m'a appris leurs vrais noms, et en me les disant il se servait de ses mains comme pour palper chaque son. Nous étions assis devant mon âtre. À la lumière du feu, il avait les cheveux couleur d'or foncé tandis qu'il disait *Beinn Fhada, Bidean nam Bian, Aonach Dubh*... en pinçant ces mots entre le pouce et l'index. *À ton tour*. Alors je faisais connaissance avec eux, dans ma bouche à moi. Ses mots dans ma bouche.

Mais je lui ai aussi appris mes noms.

Les trois collines dressées au sud, qui regardaient bien en face la Corniche église, étaient mes préférées. Je vivais parmi elles. Comme mon vallon caché se nichait derrière, je grimpais souvent jusqu'en haut. Je les connaissais de mieux en mieux. Je me blottissais dans leurs creux, je léchais leurs cascades. Je confiais mes secrets à leurs vents et ils les emportaient, alors eux aussi me connaissaient.

Les Trois sœurs, je lui ai dit timidement.

Elles ont un autre nom, le vrai. Je viens de te dire...

Je sais. Mais moi je les appelle comme ça.

Des mois après – des mois, monsieur Leslie –, j'ai entendu Le MacIain parler d'une belle biche blanche qu'il avait tuée quand il était tout jeune, sur les hauteurs venteuses de Beinn Fhada, et il portait encore sa peau à ce jour. J'ai dit *Beinn Fhada ?* Car une biche blanche a de la magie dans le cœur, ou davantage que la plupart. Il a vidé sa coupe, fait un geste de main comme si mes mots étaient des mouches qui l'ennuyaient, puis il a ajouté *la sœur de l'est. Celle-là des trois.*

Alors j'ai souri en pensant qu'ils ne se fiaient peut-être pas trop à la petite Anglaise, mais voilà que mes noms anglais leur plaisaient.

*

Iain m'avait donc trouvée. Lui, et ces deux ours. Ils avaient flairé, grogné, et dit *Sassenach*. Ils avaient vu mes plantes et s'en étaient allés.

Les gens changent un endroit. L'air n'est plus pareil quand trois hommes y sont passés. La trace de leurs pas est restée des semaines près de mon seuil, leur odeur de laine mouillée flottait encore dans l'air, et aussi leurs mots : *ton toit ne tiendra point*. Ça m'inquiétait. Ce soir-là, j'ai tourné autour de ma cabane en tâtant les murs, regardé dedans. J'avais fait de mon mieux et ce n'était pas en vain, car l'herbe, les branches et la bouse m'avaient abritée de l'humidité. Le coin plus mince du toit laissait sortir la fumée. J'avais été contente. Au chaud.

Mais quelques jours après, le gel est venu. Je me suis réveillée en pleine nuit, pas à cause du froid qui ne me dérange jamais. À cause d'une étrange lumière dans ma cabane, bleuâtre et inconnue. J'ai rampé jusqu'à ma porte de terre herbue, l'ai soulevée. Et voilà qu'il avait surgi, mon premier gel des Highlands. D'un bleu fantomatique, immobile.

C'était très beau, à mes yeux. Les collines me regardaient de leur haut et étincelaient. Mais ça m'a aussi amenée à penser que Iain avait dit vrai, mon toit ne suffirait pas. Il était trop mince. Les pluies allaient tomber, fort et de travers comme elles font en Écosse, sans répit. Et puis la neige. Je craignais que couchée sous ma peau de biche, des songes plein la tête, j'aie le toit qui s'effondre sur moi, avec un lourd paquet de neige. La froidure me convient, mais je n'aime guère être réveillée brutalement. On a tous un besoin de sommeil.

Donc, un matin d'octobre envahi par le givre, je suis descendue dans la vallée. J'ai gagné la forêt sur la rive de la Coe, et ramassé des branches. J'en ai fait un fagot pour les porter jusqu'à ma cabane. La tâche était rude, alors je me suis arrêtée en chemin pour me reposer un peu. En me reposant, j'ai levé les yeux. Et sur la pente au-dessus de ma ravine, il était là, le cerf. Sa ramure. Il m'épiait depuis une autre colline qu'avant et il tenait un de ses sabots en l'air, comme s'il avait soudain fait halte en me voyant. On s'observait, lui et moi.

J'ai compté ses bois. Cinq du côté gauche, quatre du côté droit.

Il a remué la queue avant de s'éloigner au petit trot.

J'ai rêvé de sa couronne, cette nuit-là. Sous mon nouveau toit plus solide, j'ai rêvé de ses bois, de son œil brillant. Et je pense que c'était un songe profond, car le matin à mon réveil j'ai trouvé d'autres empreintes de pas dans le givre devant ma cabane. Des empreintes humaines. Bien plus grandes que ma main posée sur elles, et je sentais l'odeur de laine mouillée.

Je me suis félicitée d'avoir renforcé mon toit et mes murs.

*

Il y avait aussi une colline appelée *Protège-moi*.

Mon nom à moi, bien sûr. Donné une nuit de ciel étoilé, parce qu'en passant au pied de cette colline j'avais levé la tête et demandé *protège-moi... J'ai peur.*

Et elle n'y manquerait pas.

Je dormais à moitié. Couchée sur mon flanc, enveloppée dans la peau de biche, j'écoutais les soupirs du feu. Dehors, une chouette a hululé et je me suis retournée. Le hululement semblait lointain, comme les choses éveillées quand on glisse dans le sommeil.

Sassenach !

Le coup frappé contre ma porte a fait trembler la cabane.

J'ai glapi. Je m'étais sentie à l'abri, au chaud. Je rêvais, et à présent voilà que je trébuchais pour me mettre debout, mes cheveux s'accrochaient à la toiture, et j'entendais un cheval s'ébrouer dehors. *Sassenach !*

Ce n'est jamais une bonne nouvelle qui s'annonce la nuit avec un coup violent à la porte et un cheval écumant, et en sortant j'ai trouvé Iain MacDonald revenu sur mon seuil, les mains sur les hanches après sa chevauchée à bride abattue. *Tes plantes*, il a dit.

Je me suis frotté les yeux.

Quel usage elles ont ?

Lesquelles ? Elles ont maints usages. Elles peuvent soigner le mal de dents, les cauchemars, les fluxions. La goutte, le hoquet, les…

Les blessures ? Méchantes, à la tête, qui font couler beaucoup de sang qu'on ne peut arrêter ?

Je l'ai regardé dans les yeux. À présent, je comprenais pourquoi il se montrait tellement brutal. Cette hâte. J'ai dit *oui.*

Va les chercher.

J'ai fait vite, car je connais bien mes plantes. J'ai pris de la prêle, de la menthe et du cerfeuil, et demandé *qui est blessé ?*

Mon père.

Le chef ?

Ouiche.

Et c'est en me hissant sur sa monture avec lui, devant lui, et en empoignant la crinière grasse, que j'ai pensé *sans pitié.* Je me rappelais *leur chef a la férocité au cœur, même pour des gens des Highlands*, et nous avons dévalé la ravine puis tourné vers l'ouest dans la vallée. La boue jaillissait sous les sabots. Son cheval soufflait bruyamment comme ma jument, et j'avais peur, monsieur, mon cœur battait fort, mes mains tremblaient, et tandis que nous galopions sous le ciel étoilé j'ai levé les yeux vers lui. Et vers les arbres. Nous sommes passés devant une colline large et pâle que je n'avais jamais vue avant, et je lui ai demandé *protège-moi.* Puis elle a disparu comme un fantôme.

Il m'emmenait tout au bout du glen, à l'ouest. Il y avait là-bas des lumières qui brillaient de plus en plus, et je sentais de la fumée de tourbe. Des maisons ont surgi de chaque côté, des cheminées, des âtres, des chiens. Des gens. Dans l'ombre, je voyais des formes humaines qui me voyaient passer. Je me cramponnais à la crinière, retenais mon souffle.

Protège-moi. Sois avec moi.

Le cheval a ralenti et secoué la tête. Iain MacDonald a lâché sa bride, sauté à terre, et moi je me suis laissée glisser, ce qui a relevé ma jupe alors j'ai vite tiré dessus pour la rabattre et être convenable. J'ai tapoté mes cheveux.

Il a dit *viens.* Comme s'il parlait à un chien.

C'était la maison la plus grande que j'avais vue de toute ma courte vie. Jamais je n'avais vu une maison aussi haute, ni aussi éclairée. En voyant sa largeur, sa force, je me suis demandé comment elle pouvait se trouver dans une vallée, pas dans une ville ou à Hexham. Comment elle pouvait être là ? Elle était en pierre, surtout. Mais il y avait du verre aux fenêtres – du verre comme dans les Lowlands – et le toit était couvert d'ardoise bleu foncé. J'écarquillais les yeux. En sentant une odeur de pins, j'ai su qu'ils nous entouraient. J'entendais le bruit que fait l'eau agitée par le vent, alors j'ai su que la mer était derrière moi, dans les profondeurs de la nuit.

Je regardais. Je ne bougeais pas.

Iain était déjà devant la porte et quand il m'a vue plantée là il a répété *viens !* entre ses dents. Puis il a frappé deux coups sur le battant, l'a poussé et a disparu.

J'ai pensé à *va-t'en !* De tous les mots que je connais, *va-t'en* est parmi ceux que je connais le mieux. *Fuis.*

Pourtant je l'ai suivi, je n'ai pas fui. J'ai respiré à fond plusieurs fois, lissé ma jupe et avancé jusqu'à la porte. Ma main avait peur de la pousser mais ma tête disait *Corrag, pousse cette porte. Le monde est avec toi, et Cora*. Donc, je l'ai poussée. Et de même que je n'avais jamais vu une maison aussi grande, la porte s'est ouverte sur la salle la plus grande de ma vie entière. Les salles du roi devaient être comme ça, avec un revêtement de chêne sur les murs, et encore du verre, et des coupes en argent. Il y avait des ramures de cerfs tout autour et une corne de vache accrochée à une lanière en cuir et sur le sol une peau de loup avec ses crocs, des trous à la place des yeux. Des vraies bougies en cire qui répandaient une lumière tellement éclatante que mes paupières battaient. Un feu ronflant. Des miroirs. La senteur de miel des bougies.

Je humais aussi des odeurs de chiens et de sueur. De viande. D'alcool. Je humais du vieux cuir, et parmi toutes ces odeurs une autre que je reconnaissais sans pouvoir mettre le doigt dessus, une odeur métallique.

Cò tha seo ?

Une voix. J'ai regardé autour de moi en clignant des yeux. Une douzaine de personnes pour le moins étaient au fond de la salle. Je me suis abrité les yeux de la lumière des bougies et j'ai vu des visages, éclairés à moitié ou en plein. Des hommes à la peau tannée qui ne me lâchaient pas du regard.

J'ai fait un pas en arrière.

La voix de Iain a résonné. Il disait *approche-toi.*

À ce moment j'ai pensé *du sang.* C'était ça l'odeur, du sang, du sang frais. Iain m'a empoignée par l'épaule pour me dire, à l'oreille, *là ! Va à lui. Là.*

Je ne voulais pas lever les yeux et pourtant je l'ai fait.

Oui, il était là. Celui qu'ils nommaient *Le MacIain,* mais j'en avais entendu parler de maintes autres manières. *Un boucher,* Visage-prune avait dit. Et les soldats, *le diable vaut mieux que lui. Il dévore son ennemi, pas vrai ? Il a pourfendu une bonne centaine d'hommes...*

Il était assis, avec une entaille au crâne.

Je le regardais. Je ne voulais pas aller à lui, mais Iain m'a poussée. *Va !*

J'y suis allée. Et quand j'ai été tout près, que la blessure m'est apparue plus clairement, j'ai oublié l'énormité de cet homme, et le verre, et les bougies, et la douzaine de visages, car la plaie était mouillée de rouge. Le rouge ruisselait le long des joues, jusque sur sa poitrine. Sa chemise en était trempée, et le reste de son visage était très pâle. Il fixait les yeux sur moi. Des yeux bleus, rougis sur les bords. Je voyais dedans les petites veines. Ses lèvres se sont descellées.

Tu es l'Anglaise, il a dit. Puis, pour lui-même ou peut-être à ceux qui se tenaient à côté de lui, il a murmuré *est-ce une fillette ?*

J'ai examiné la blessure. Je pensais *examine la blessure, et soigne-la,* et tandis que je scrutais les matières qui étaient fendues net, j'ai dit *votre fils est venu me chercher.*

Mon fils ? Lequel de mes fils ?

Iain a enlevé son manteau, secoué ses cheveux. *Elle a des plantes. La cabane dans le Coire Gabhail est la sienne.*

Cette blessure était faite par une lame. Une blessure tellement franche, profonde et longue que j'ai laissé échapper un petit gémissement comme si j'avais été blessée moi aussi, car presque personne n'y aurait survécu.

Oui, il a dit. *Plus profonde d'un pouce et je serais mort, je crois.*

Je me suis déplacée pour voir chaque partie de la plaie. Elle était béante comme une bouche, je voyais les veines, et des saletés. Y avait-il de l'os ? J'ai vu du blanc parmi le reste. D'autres en auraient blêmi et perdu connaissance, mais pas moi. Pas la vaillante que j'étais.

J'ai dit *il me faut de l'alcool et de l'eau. Davantage de linge. Du linge propre. Une aiguille et du fil.*

Le chef a grondé *apportez tout ça ! Apportez-lui tout ça ou je vais mourir ici !* On a couru de tous côtés. Il s'est retourné vers moi, avec un regard perçant. Le sang luisait sur sa moustache. Son visage portait les marques de vieilles blessures et il lui manquait une dent, délogée par un coup de poing ou la crosse d'un mousquet. *Guéris-moi,* il a dit. *Sans quoi c'est toi-même qu'il faudra guérir.*

Quelle manière de donner un ordre ! En voilà une chose à dire ! J'aurais pu pleurer de frayeur mais je me suis retenue. J'ai pensé aux dangers que j'avais connus, et surmontés, des dangers plus redoutables qu'un homme ensanglanté, de très haute taille et à la parole tranchante. *Je vais surmonter ça,* j'ai pensé, *oui, je le surmonterai.* La main d'une dame a posé près de moi une bassine d'eau, des morceaux de linge et une bougie. J'ai pensé *je vais le guérir* et noué mes cheveux par-derrière. J'ai versé de l'alcool sur la plaie pour la nettoyer. Le chef a tressailli et lâché une imprécation, alors j'ai dit *excusez-moi,* mais comment faire autrement ? Ensuite, j'ai étalé mes plantes et les ai parcourues du bout des doigts. Je me suis demandé *du troène ?* Non, c'était trop léger, une plante de femme, elle agit le mieux sur le sang des femmes. Je humais toutes leurs senteurs. Je fermais les yeux pour réfléchir, et dans mon dos la salle était silencieuse. Personne ne disait *vite, vite*. Ils attendaient, comme s'ils savaient que tout repose sur le bon choix d'une plante. C'est le plus décisif.

L'herbe-aux-charpentiers. Je l'ai nommée, prise en main. Après l'avoir émiettée, j'en ai mis un peu dans de l'eau et j'ai dit *buvez*. Il s'y est plié. Il a avalé mon mélange. Puis il a fermé les yeux, et j'ai étanché sa plaie, qui allait de l'oreille jusqu'en haut du crâne.

Le feu crépitait, mais c'était le seul bruit.

Qui a fait ça ? j'ai demandé.

Iain a dit *tu n'as point à le savoir*.

Je me suis tue un moment. Puis j'ai encore demandé *quand ? C'est important. J'ai besoin de savoir quand il a été blessé pour connaître la bonne manière de soigner la blessure. Avec quelles plantes.*

Cet après-midi. Il était descendu à Glenorchy.

Combien d'heures ont passé depuis ?

Une autre voix m'a répondu. La voix d'un autre. Elle venait de l'ombre sur ma droite et disait *trois heures. Pas plus. J'étais avec lui.*

Mais cet homme me l'a payé, hein, je le lui ai fait payer ?

Oui, père.

Le chef a poussé un *ha*. Qui a amené une petite toux pénible.

Pour moi-même, j'ai marmotté *trois heures ?* La blessure était tellement profonde. Et tellement sanglante que la plupart des gens en seraient morts avant une heure de temps. Trois heures, et il saignait encore. Combien de sang avait-il encore en lui ? Il était énorme : assis, sa tête arrivait à la hauteur de ma tête à moi, et sa poitrine était cinq fois plus large que la mienne, mais sa peau était blême et nous avons tous besoin de notre sang. *Il saigne trop*, j'ai dit.

J'ai pris un morceau de linge, l'ai couvert d'une pâte de prêle et de menthe. Puis j'ai essayé de l'appuyer contre la plaie. J'appuyais fort, mais ma main était trop petite pour cette longue plaie. Elle ne pouvait pas l'étancher en entier. Une si petite main.

J'ai dit *il me faut la main de quelqu'un. Une main ?*

Des personnes se sont approchées. Je sentais leurs ombres, la chaleur de leur corps, et une main s'est tendue. Je l'ai prise, c'était la main large d'un homme, sa main droite, je l'ai prise et plaquée sur l'emplâtre. Je lui ai écarté les doigts, appuyé sur le pouce et je voyais toutes les marques sur sa peau, meurtrissures, cicatrices, entailles à moitié refermées qui faisaient des creux plus foncés que le reste de la main. Je voyais les ongles. Un d'eux était noir, pour sûr écrasé par quelque chose. Un autre était fendu. J'ai dit *continuez d'appuyer là votre main. Comme ça.*

Comme ça ?

Je n'ai pas levé les yeux vers lui. La blessure m'occupait l'esprit. Ma main à moi tenait une aiguille dans la flamme d'une bougie pour qu'elle soit propre et qu'elle traverse mieux les chairs. Puis je l'ai enfilée. J'y ai mis le temps parce que je tremblais un peu, à cause de tout. Mais après avoir sucé le bout du fil je suis enfin parvenue à le passer par le trou de l'aiguille.

Voyons ça à présent, j'ai murmuré.

J'ai doucement soulevé la main de cet homme, pour regarder. Il y avait moins de sang. La plaie saignait encore, mais moins fort. C'est une plante souveraine contre les saignements.

Alors j'ai recousu le chef MacIain. Je l'ai fait avec lenteur, petit point par petit point. Je retenais mon souffle, ne pensais à rien d'autre que *le recoudre, le guérir,* et le feu crépitait.

La salle était plus apaisée, maintenant. Les gens s'étaient assis ou adossés aux murs. L'homme à mon côté a reculé dans l'ombre et il y a eu un grand silence. Je retenais toujours mon souffle. Je croyais que le chef dormait, car ses yeux étaient fermés et son souffle très régulier, mais tandis que je cousais il a parlé. Il a dit *il paraît que tu cherches la sécurité. Que tu es venue ici pour cette raison.* Il a ri, d'un rire étouffé et lent.

Je cousais.

L'as-tu trouvée ? Ici ? Vois donc le sang sur toi...

Il a ouvert un œil. Mon regard a plongé dans sa couleur bleue. Le feu et les bougies aux murs s'y reflétaient.

J'ai murmuré *on est davantage à l'abri ici que presque partout.*

Ha, il a fait. *Un cloporte se cache parmi les cloportes, c'est ça ? Tu crois que tu seras moins noire au milieu d'autres choses noires ?*

Je ne comprenais pas. Sa respiration est devenue sifflante, et je me suis arrêtée de coudre. Sa femme a approché une coupe de ses lèvres, il a bu, après quoi il a dit *qu'as-tu entendu raconter, je me le demande ? Sur les MacDonald de Glencoe ?*

Je l'ai laissé se calmer. Puis j'ai piqué mon aiguille dans sa peau et me suis remise à coudre. Qu'est-ce que je pouvais répondre ? Mieux vaut toujours la vérité. *Que vous êtes des voleurs. Que vous vous battez.*

Nous nous battons tous ! Tous les clans sont des voleurs ! Si nous ne volions point de bétail, ils prendraient le nôtre et nous mourrions de faim ! Et si nous combattons davantage que la plupart, c'est pour sauver notre glen, car les autres ont toujours voulu qu'il soit à eux et ils viennent avec leurs couteaux pour s'en emparer. Là-dessus, il a marmonné. *Les Campbell, le plus souvent. Toujours l'œil à leurs poches... Et ils ont juré leur amour à un autre roi que nous.*

Le mot était venu. *Roi.* Un des mots qui me terrifiaient. Qu'amène-t-il jamais de bon ?

On nous traite de papistes, tu as entendu ça, hein ? Ce clan papiste de Glencoe... Nous ne sommes pas très riches, mais nous avons la colère. La force. La foi ! Il s'est tapé sur la poitrine. *Nous avons des cœurs qui lutteraient jusqu'à la mort, et là est la vraie richesse, oui, elle est là.* Il a appuyé son dos contre le mur. Il a un peu toussé, s'est enveloppé dans son plaid. *Ces gens voulaient ma mort, alors ils m'ont fendu le crâne d'un coup d'épée. Mais je suis encore en vie. Et mes fils ont leur épée à la main...*

Je me taisais. Ce n'était pas le moment de babiller.

Alors le chef s'est penché très lentement, et en inclinant la tête sur le côté il a dit *et toi ? Qui est ton roi ?*

La salle a remué. Sa femme a élevé la voix en gaélique et je me suis demandé si elle aussi détestait qu'on parle de rois. Peut-être que toutes les femmes détestent ça parce qu'elles savent où ça mène : leurs hommes enfourchent leurs chevaux pour aller guerroyer. Et les font veuves au nom du roi.

J'ai répondu *je n'ai aucun roi.*

Aucun ? Nous en avons tous un. Guillaume occupe le trône. Tu ne penses pas qu'il est ton roi ?

J'ai regardé mon aiguille. Je réfléchissais. Puis j'ai dit *ni l'un ni l'autre n'est important. Pour moi. Aucun des deux ne croit ce que je crois. Aucun ne voudrait que je vive.*

Il a pesé ses mots. *Les rois sont importants.*

Pas pour moi.

Ils sont importants comme Dieu est important. Il m'a demandé *qui est ton dieu ?*

De la manière que la plupart des gens ont un dieu, je n'en ai pas.

Le chef a entrouvert son second œil. Il a fixé les deux sur moi. Son regard était violent, enflammé, et le feu crachait, et je me demandais comment ça se pouvait que je sois là, dans les Highlands, en train de recoudre un chef sous des bougies en cire. Il m'a murmuré de tout près *pas de dieu ?*

Derrière moi, Iain a dit *elle est seule, monsieur. Elle ne vit point avec les autres.*

Quels autres ? j'ai demandé.

Mais le chef a répété plus fort *pas de dieu ? Aucun ?* Il a grimacé. *L'été dernier nous avons chevauché jusqu'au col de Killiecrankie, moi, mes fils que voici, nos bordiers et cousins. Pour le roi Jacques, nous avons combattu à la main contre des habits-rouges armés de mousquets, et nous en sommes sortis vainqueurs. Vainqueurs ! Nous avons combattu pour lui, tué pour lui, à cause de sa religion qui est la nôtre. Nous avons perdu Bonnie Dundee sur le champ de bataille, et puisse le Seigneur sauver son âme, mais il est mort pour son roi et pour Dieu, avec joie.* Je me sentais toute petite sous son dur regard bleu. *Toi, tu vis pour quoi ? Pour quoi es-tu prête à sacrifier ta vie ?*

J'ai gardé le silence.

Pour tes poignées de plantes flétries ?

Les mots me manquaient. Faute de trouver mes mots, j'ai dit très bas *vous ne me connaissez pas, monsieur.*

Non ! Je ne te connais pas ! Et pourtant tu vis sur nos terres ! Les nôtres ! Dans une cabane faite de mousse et de bouse avec des plumes près de la porte ! Tu te baignes dans nos ruisseaux et voles les œufs de nos poules et maintenant tu dis que tu n'as point de dieu ?

Mes yeux me picotaient. À présent, je n'avais plus du tout de mots en tête. Je n'ai jamais brillé quand on me crie dessus.

Le MacIain l'a vu, je pense. Il s'est adossé. Il a tendu la main pour qu'on lui donne encore du whisky. Il est resté immobile tandis que je cousais toujours, et pour finir il a grimacé un sourire, un sourire sagace. *Sorcière ?* il a dit. *Ha. Sorcières et Écossais… Nous avons chacun reçu nos coups, hein ?*

Il s'en est tenu là.

Il avait fermé les yeux et n'a plus rien dit. Il dormait, je pense, appuyé contre son dossier.

Je me suis lavé les mains dans une bassine. J'ai ramassé mes plantes et dénoué mes cheveux. Au moment où j'allais sortir, il y avait deux hommes près de la porte. Tous deux étaient roux, et grands.

Iain a dit *Alasdair va te ramener.*

Il pleut, l'autre a dit.

Alors je l'ai regardé. Pour la première fois, j'ai regardé cet homme, sa barbe rude et roussâtre, ses cheveux roux foncé qui lui tombaient sur les yeux. J'ai regardé sa haute taille, ses épaules larges, et j'ai vu comme ses jambes étaient solides, d'une vie passée en montagne et à chevaucher. J'ai vu sa bouche. J'ai vu ses yeux très bleus. Ils me fixaient à travers les cheveux, c'était un regard hardi, et jamais de ma vie je n'avais croisé un regard pareil – ardent, plein de force –, mais en même temps c'était comme si je le connaissais. Comme si j'avais déjà vu ces yeux-là. Les miens ne s'en détachaient pas. Puis je les ai baissés et j'ai vu ses mains. J'ai vu l'ongle fendu et les cicatrices sur la main droite.

J'ai murmuré *non.*

Iain a soupiré, paraissant fatigué de moi. *Il est tard, et ça fait loin. Il va te ramener à cheval.*

Non, monsieur.

J'avais besoin d'être seule. Besoin de respirer l'air de la nuit. De marcher sous la pluie, seule avec mes pensées, et de me nettoyer le visage dans une flaque. Comme font les sorcières.

Je retourne chez moi à pied.

Iain s'est écarté pour me laisser passer. *Faudra-t-il soigner de nouveau la blessure ?*

J'ai hoché la tête. *D'ici un ou deux jours.*

Alors nous comptons sur toi.

Et je suis partie. J'ai dépassé les maisons pour aller là où il faisait sombre et frais. À genoux au bord de la Coe, j'ai bu dans le creux de mes mains. J'ai rabattu mon capuchon et dit *il pleut* ainsi qu'il l'avait dit. *Il pleut. Il pleut. Il pleut...*

Toute la nuit, la pluie a fouetté mon toit et ma porte de terre herbue.

Il y a dans notre vie des jours qui nous changent. C'est ce que je crois.

Je crois que le monde changea pour Cora quand sa mère fut noyée. Je pense aussi que le veau au front marqué d'une étoile lui apporta des tourments et la changea, donc elle a connu au moins deux de ces jours.

Moi ? Je pense en avoir connu une centaine, une centaine de jours qui m'ont amenée à me dire *je suis différente à présent*, différente de ce que j'étais avant. *Nord-ouest* m'a changée. Et le soldat. Les cinq chatons à moitié noyés m'ont changée à leur manière, parce que j'ai senti si clairement où étaient le bien et le mal que ça m'a rendue forte, et clairvoyante. Les grands espaces sur la lande de Rannoch m'ont parlé, je le sais. Comme la jument, et sa mort. Et maintes choses que j'ai vues, surtout des choses de la nuit.

Et vous. Je crois que vous aussi vous m'avez changée. Avant de vous connaître, monsieur Leslie, je pensais que tous les hommes d'Église souhaitaient me voir la corde au cou et les pieds dans le vide. Ces hommes-là, je les avais fuis. Je m'étais terrée. Souhaitez-vous ma mort ? Peut-être. Vous êtes tellement digne, avec tous vos boutons, vos beaux souliers à boucles. Mais alors vous le cachez bien. Vous vous assoyez devant moi jour après jour dans ce cachot, et c'est faire beaucoup plus que les autres.

Oui, vous m'avez changée. Gormshuil m'a dit *il viendra* et voyez, vous êtes venu.

Ce soir-là aussi m'a changée.

Cette blessure, et le chien qui dormait près du feu, et ces bougies dans leur chandeliers en argent sur les murs revêtus de chêne... *Il pleut,* et *qui est ton roi ?* Tout ça m'a changée. M'a faite meilleure. M'a faite ce que je suis.

Et qu'est-ce donc que je suis ? Certains diraient une créature hirsute et solitaire, avec le diable à son côté. Une misérable. Un gâchis de souffle et de vie. Mais ce n'est pas la vérité.

Le lendemain du jour où j'ai vu pour la première fois cette maison, je me suis éloignée. J'ai marché au hasard vers le sud, par-delà les crêtes venteuses, et plus bas. Jusque dans une autre vallée. Son loch était tellement immobile qu'on aurait dit du verre. Il y avait tant de poissons dedans qu'ils venaient au creux de ma main et j'en ai pris quelques-uns pour les manger ou les garder en vue des mois d'hiver, mais je laissais la plupart se sauver. Je sentais leurs nageoires contre ma paume. Je voyais leurs couleurs rose et or.

Quels présents, j'ai pensé au bord de l'eau. *Chaque jour.*

Et le soir venu, quand j'ai regagné ma cabane en traînant mes jupes, j'ai trouvé là deux poules. Qui picoraient la terre autour du noisetier.

Alors j'aurais peut-être des œufs à moi. C'était un *merci*, ou un *pardon*, en forme de plumes rousses.

*

Je suis faite pour certains endroits, comme vous savez. Le MacIain m'a demandé *pour quoi es-tu prête à sacrifier ta vie ?* Et je n'ai pas répondu. Mais tandis que je le recousais, j'aurais pu dire *pour ce monde*, je pense. *Pour de la bonté. Pour les moments simples, quotidiens que nous cessons de voir alors qu'il ne le faudrait pas, une marmite où l'eau bout, ou une fleur plus ouverte que le jour d'avant. Parce que j'aime vraiment ces moments-là. J'aime les endroits comme un marécage ou une grotte.*

Voilà ce que j'aurais dit si j'en avais eu le courage. Si les mots m'étaient venus.

Mais je n'ai pas dit ça. Je me suis tue. Ce que j'ai fini par dire n'était qu'un seul mot, et plus tard. Je l'ai dit au coin de mon feu. *Lui.*

Je sais. Tellement vite, monsieur Leslie, tellement soudain.

Mais assise là, les genoux repliés contre ma poitrine, j'en étais déjà sûre : *lui. Lui.*

Lui.

Ma bien-aimée,

Nous sommes en plein à Glencoe maintenant, la prisonnière et moi. Y parvenir nous a pris six ou sept après-midi, et j'ai passé tout ce temps sur un tabouret dont mon dos se souvient douloureusement tandis que j'écris, mais maintenant elle me dévoile le glen, elle dévoile les hommes et les femmes qui, à ce jour, sont peut-être morts ou estropiés. Quoique je fusse dans la pénombre, et elle sur la paille humide, elle a déployé la vallée devant moi avec toutes ses brumes et ses collines, si bien que je me serais cru là-haut sur les rochers. Oui, elle sait parler. Au début, je trouvais qu'elle parlait trop, de façon surabondante et futile. Elle peut assurément se répandre en propos précipités. Mais ici même, Jane, assis à ma table, il me semble encore entendre tomber la pluie.

Elle parle des MacDonald. En outre, elle parle du MacIain, un personnage fort connu dans ce pays. Si son nom ne t'est jamais venu aux oreilles (et je ne pense pas qu'il le soit. Comment cela se pourrait-il ? Rares sont les hommes dont la notoriété atteint notre village, n'est-ce pas ? Puisse-t-il en être longtemps préservé – Glaslough, avec ses haies, ses oiseaux et sa tranquillité), laisse-moi te dire qu'il est le pire d'entre eux. Il a mené des actions sanglantes sur les terres des Campbell, pillé à maintes reprises des bateaux qui mouillaient à l'ouest près de la côte, et à en croire les rumeurs il était d'une telle sauvagerie qu'il buvait dans le crâne de ses ennemis. Certes, il y a des rumeurs plus fondées que d'autres. Mais quant à ses prouesses au combat et la loyauté qu'il suscitait, nul doute n'est permis. Ni quant à sa haute stature : on le décrit comme un géant.

Je n'ai rencontré ici à Inverary nulle âme qui ne ressentît de l'effroi à ce seul nom.

Et pourtant – pourtant ! – Corrag m'apprend qu'elle lui a sauvé la vie, d'une certaine façon. Elle m'a conté, Jane, comment elle fut contrainte de recoudre la blessure qu'il avait à la tête après un affrontement. Il lui aurait dit guéris-moi sans quoi c'est toi-même qu'il faudra guérir, *mots brutaux d'un homme brutal. Il s'emporta, semble-t-il, au sujet des rois et de la foi, et je sais depuis longtemps (comme le sait toute l'Écosse) qu'ils étaient farouchement jacobites, lui et son clan. Je n'entrerai pas dans le détail des soins qu'elle lui donna, car elle a parlé de ces plantes dont elle fait commerce. Mais elle le recousit en effet, et ne me suis-je pas toujours étonné de voir ce que deux ou trois points peuvent sauver ou améliorer ? Je la dirai courageuse, tout au moins. Petite, bien intentionnée et courageuse.*

Ces plantes, Jane. Comment dois-je les considérer ? J'ai toujours jugé qu'en user comme remèdes relevait de la sorcellerie. Néanmoins, elle dit que si Dieu a créé les plantes, leurs vertus sont un présent de Dieu et n'ont donc rien de diabolique. Son argument ne manque pas de bon sens. Elle affirme n'avoir jamais fait de mal à une créature vivante, hormis celles qui lui servent à se nourrir, et elle semble attristée chaque fois qu'elle parle du moindre poisson qu'elle a mangé. Bref, je vois de la bonté en elle.

Pour ce qui est de ma tâche, j'amasse des informations. La pile de mes feuillets s'épaissit, car je couche par écrit une part substantielle de ce dont elle parle, et comme tu le sais (et le vois) mon écriture n'est pas aussi menue que mon père l'aurait espéré. Chaque soir, avant de me retirer, je relis les notes prises ce même jour, car les mots de Corrag me dépeignent ces hommes, et les Highlands, et sa propre existence. Elle a mentionné une expédition armée à Glenorchy et je sais que la chose est vraie, ayant entendu relater des faits similaires (à Stirling, ai-je entendu), un pillage accompli et féroce. C'est apparemment leur coutume, car je sais aussi qu'ils ont mis à mal un lieu nommé Glen of Lyon. Pas un foyer qui ne fût incendié dans cette vallée, paraît-il, et cela à l'approche de l'An Nouveau, donc une souffrance particulièrement cruelle. L'ouest des Highlands semble abonder en histoires de clans qui s'affrontent, d'expéditions armées et de crimes.

J'ai pris quelques notes sur les fils MacDonald. Le MacIain en avait deux, Jane, deux jeunes hommes semblablement roux et fougueux. J'ai écrit (je le vois tandis que j'écris ceci) « ont-ils survécu à cette nuit sanglante ? » Qui connaît la réponse ? Personne qui le sache de façon certaine. J'incline à penser que tous deux sont morts, car n'auraient-ils pas été recherchés ? Et occis ? Il est en effet évident que Guillaume voudrait voir disparaître ce clan, s'éteindre la lignée.

Voici un mois, Jane, appeler une montagne la Corniche église *comme elle le fait aurait à mes yeux frôlé le blasphème. J'aurais porté un jugement sévère. Mais elle en a parlé très délicatement, sa façon de voir est très délicate, en cela qu'elle voit et ressent ce à quoi nous sommes le plus souvent devenus insensibles. Elle dit que cette corniche lui inspire de l'humilité, ainsi que les églises. Elle a employé le mot* grandeur. *À son insu, elle manifeste une sorte de piété – en vérité, elle tient des propos plus élevés que certains représentants de mon sacerdoce dont je tairai le nom.*

Comme cette créature est simple ! Comme elle est solitaire !

Il me semble marcher en sa compagnie au bas de la corniche. Par temps clair, nous voyons des aigles.

Charles

III

« [Ses feuilles sont] plus larges en bas
qu'à l'extrémité,
un peu dentelées sur les bords,
d'un vert triste, et emplies de veines. »

de l'Hysope

J'ai toujours en moi l'idée que vous ne reviendrez pas. Même à présent. À présent que nous causons comme font des amis, ou presque. Je ne pense plus que vous pourriez me percer avec une aiguille, ou me cracher dessus, et j'ai confiance en vous, mais le soir je vous regarde mettre votre manteau, fermer votre mallette avec dedans l'encrier et la bible, et je me dis que je vous vois peut-être pour la dernière fois. Que vous ne reviendrez pas.

Alors je suis contente quand vous revenez. C'est bien, et qu'y a-t-il de bien dans la vie d'une créature qui attend sa mort ? Pas grand-chose. J'ai mes petits réconforts, mais ce sont surtout des souvenirs. Il me faut les tirer de moi, les réveiller. Vous voir surgir me réconforte, et j'avoue que je n'aurais jamais cru qu'un homme d'Église pourrait m'apporter un apaisement, pourtant c'est ce que vous faites. Sachez-le.

Je pensais à ça hier soir, alors j'ai promis à la paille et à l'araignée dans sa toile que si vous reveniez je vous le dirais. Que vous êtes un réconfort. Que je suis contente quand vous entrez ici.

Vous êtes fatigué. Je crains de vous raconter des choses qui ne vous intéressent guère, est-ce que c'est vrai ? Est-ce que je ne vous raconte pas ce qu'il faudrait ? Est-ce que je parle trop, ou pas assez ? Je peux me dépêcher d'arriver à la fin, si vous voulez, et comme ça vous pourrez dormir ou suivre votre chemin, je le comprendrai et je n'y verrai pas un manquement à la parole donnée, car les MacDonald m'ont montré quelles passions peuvent enflammer le cœur des hommes. Quelle ardeur les soulève au nom du *roi*, et de la *foi*.

Quand je les connaissais mieux, et que je me sentais l'une d'entre eux ou presque, j'ai entendu le bordier d'Inverrigan prier pour le retour de Jacques avant de prier pour la santé de sa famille, comme si Jacques était plus important. Mais il l'était peut-être. Car en quoi nous croyons est ce qui nous façonne, nous et notre vie, et Angus MacDonald d'Inverrigan, au visage tacheté de roux, pensait que le monde serait meilleur avec un Stuart sur le trône. Que le retour de Jacques guérirait sa famille des frissons et des douleurs. *Ramenez donc le roi Jacques sur son trône, et rendez à l'Écosse la lumière des Stuarts pour qu'elle chasse les ténèbres*, disait-il à genoux, les yeux fermés.

Vous demandez *qu'est-ce qu'Inverrigan ?*

C'était une poignée de maisons. Quelques foyers dans les bois au bord de la Coe. Les MacDonald vivaient comme ça, monsieur, pas tous au même endroit mais dans des hameaux dispersés. Chacun avait un nom. *Achnacon*, c'était les maisons à la courbe de la rivière, là où on dit que Fionn le guerrier élevait ses chiens de chasse. *Achtriachtan* était au creux de la vallée, près du loch où dormait un taureau d'eau qui sortait, les nuits de pleine lune, pour paître et se secouer. Ce n'était pas vrai, pour sûr. Un taureau d'eau ? Mais les légendes peuvent avoir tellement de force qu'elles font l'effet d'une vérité. Et les hommes d'Achtriachtan racontaient très bien les légendes. On les appelait *bardes* et *poètes*, et ils s'assoyaient au coin du feu. Ils avaient un chant sur Killiecrankie, un autre qui parlait des leurs ayant combattu pour Montrose, d'autres encore contre tous les Campbell, et des ballades sur leurs origines, car les gens des Highlands savent tous d'où ils viennent. Tous ces chants étaient en gaélique. Je ne peux pas vous en chanter un seul mais je pourrais les fredonner, bouche fermée.

Carnoch, aussi. Le plus gros des hameaux. Il se trouvait près de la mer, sentait le sel et faisait face au soleil couchant. La maison du MacIain était là. Ses fils habitaient à côté. C'était un bel endroit où vivre, monsieur Leslie.

Je dis *c'était*. *C'était* un bel endroit. Parce que aucun de ces hameaux n'existe plus.

Dire ça et y penser me rend très triste. Mais la dernière fois que j'ai vu ces maisons elles étaient en feu. Elles flambaient sous la neige, la fumée les noircissait. Des soldats se ruaient de l'une à l'autre en braillant *il en reste ? Il en reste ? Pas un ne doit nous échapper !* Dans les bois d'Inverrigan, il y avait neuf personnes qui gisaient, ligotées et mortes. La neige tombait sur leurs taches rousses. Leurs yeux se couvraient de neige.

Où j'en étais de mon récit ? J'avais recousu la tête du chef, je crois ?

Je vois encore son visage. Son nez, et la dent qui manquait. Il est mort à présent. Ils l'ont abattu dans sa chambre à coucher, alors qu'il s'habillait pour aller rejoindre ses hôtes. Il criait qu'on leur apporte du vin, car il disait toujours *ne suis-je pas hospitalier, Corrag ?* et quand il a tourné le dos ils lui ont tiré dessus. Donc il est mort et disparu.

Mais voilà deux hivers, il était en vie. Et moi je marchais sur les crêtes venteuses de Glencoe, je m'agrippais avec les doigts pour me hisser sur les rochers, laissant dans la neige fine l'empreinte de mes pieds et de mes mains. Du haut des Trois sœurs je pouvais contempler le monde entier ou du moins en avoir la sensation. Vers le nord, par-delà la Corniche église, je voyais des crêtes et encore des crêtes. Des neiges et encore des neiges.

Je suis partie pour Carnoch avec ma mante attachée sous le menton et les pieds enveloppés de peau de lapin parce que ça gelait dur. Mon haleine faisait des nuages, je serrais mes plantes tout contre moi et j'avais passé une nuit entière à me démêler les cheveux. Je les avais lissés à l'aide d'un chardon et m'étais récuré le museau.

Sois calme, je me disais en avançant.

Sois calme, et sois bonne.

Le village paraissait plus petit au grand jour. Plus petit, et plus boueux. Je voyais dans la brume des gens qui venaient me dévorer du regard, moi et mes yeux gris, ma petite taille. Des chiens grondaient. Des enfants criaient.

Quand j'ai frappé à la porte, la dame est venue m'ouvrir, les cheveux plus grisonnants sous le soleil d'hiver et le visage plus ridé. Elle a baissé les yeux sur moi. Elle a penché la tête, l'air de se demander *qui est cette... ?* Et puis elle m'a reconnue. Elle a souri. Elle m'a souri, à moi, et quand m'avait-on adressé un sourire ? Jamais, autant que je me souvienne.

Bonjour Corrag, elle a dit. *Il va mieux. Viens donc.*

Il occupait le même siège comme s'il ne l'avait pas quitté, ne s'était pas levé une seule fois. Le chien dormait toujours, la tête posée sur ses pattes. Toujours des bougies, et du feu dans la cheminée, alors j'ai pensé *est-ce que je rêve ? Tout est pareil.*

Ils ont parlé en gaélique.

Puis, d'une voix sortie des profondeurs, il a dit *ah ! voilà mon infirmière.*

Il avait changé de couleur, une roseur lui teintait les joues, et ses yeux n'étaient plus bordés de rouge. J'ai incliné la tête. J'ai presque fait la révérence, car comment est-ce qu'on salue un homme tellement grand et fort, à la voix tellement grave ?

Assois-toi, il m'a dit. *Enlève de ma tête ce paquet ridicule et dis-moi où en est ma guérison.*

Je l'ai fait. Je me suis nichée à côté du chien, près des genoux du MacIain. J'ai levé les bras pour retirer l'emplâtre d'herbe-aux-charpentiers et de prêle, et j'ai regardé. Mes points étaient très noirs, et pas très réguliers, mais ils avaient tenu. Autour, la peau était bleu foncé, encore enflée par endroits. Mais il n'y avait pas de jaune ou de noircissement. Je ne voyais ni ne sentais aucune infection, alors je me suis écartée et j'ai souri.

J'ai dit *ça paraît mieux qu'avant.*

Ha ! Mieux ? Mon crâne était fendu en deux. Paraître pire ferait de moi un homme mort.

C'est enflé, et pas très beau à voir. Mais l'odeur n'est pas mauvaise et une croûte commence à se former.

Une croûte ?

C'est ce qu'il faut. En dessous, la peau va se recoller.

Nous avons, lady Glencoe et moi, préparé un nouvel emplâtre devant le feu. Elle écrasait les plantes pour en faire sortir le jus. Je me demandais si on ne l'avait jamais traitée de *sorcière*, parce qu'elle avait l'air d'en savoir long et s'entendait à manier les plantes.

Le chien s'est étiré, retourné et recouché.

J'ai dit *merci, pour mes poules*.

Ah ! les poules. Tu n'auras plus besoin de prendre les œufs de mes cousins, maintenant.

J'ai rougi. *Non.*

Je suis Le MacIain, il a déclaré avec un geste large du bras, *celui qui égorge et assomme, comme on dit, mais j'ai aussi du cœur. Je ne suis pas sans gratitude quand elle est due.* Fermant les yeux, il m'a laissée poser l'emplâtre sur sa blessure. *L'autre soir, tu m'as peut-être sauvé, Sassenach. Je sais que la plaie était profonde et j'ai vu mourir des hommes pour moins que ça. J'avais déjà pris de rudes coups et je leur ai survécu. Mais je ne suis plus très jeune, et cette blessure-là...* Il a rouvert ses yeux très bleus. *Ma langue ne t'a point ménagée. Je le sais.*

Vous avez de la vigueur en vous.

C'est vrai. Il a redressé son dos. *Oui. Mais ce n'était pas le moment de le montrer. Les poules sont un présent.*

J'ai opiné. Il me demandait *pardon* à sa manière, une manière orgueilleuse, sans dire le mot mais en tournant autour. *Merci.*

Ach, remercie mon fils, il a dit. *C'est lui qui te les a portées. Il est sorti par ce temps avec dans chaque main une poule qui battait des ailes. Il a délaissé sa femme et son coin du feu pour grimper sur les hauteurs en défiant la tempête... Mais c'est tout lui. Il a toujours été ainsi, fougueux jusqu'à la sottise. Il apprendra ou il périra, peut-être les deux.*

Je l'écoutais. Et je pensais à la brutalité de Iain envers moi, à ses yeux perçants de renard. J'ai dit *j'en suis reconnaissante à Iain. Je vais choyer ces poules.*

Il a fait *non* d'un signe de tête et bu dans sa coupe. *Je parlais d'Alasdair. Est-ce que je suis guéri ?*

Je ne lui ai pas répondu. J'ai ramassé mes plantes et je lui ai dit que je reviendrais dans une huitaine de jours pour retirer de sa peau les points que j'avais faits, mais il s'est dressé de tout son haut, plus haut que moi, même assis.

Tu reviendras avant, il a riposté. *Tu mangeras avec nous. Et boiras. Je veux en savoir davantage sur mon infirmière anglaise, sur ses connaissances. Tu reviendras avant.*

Je me suis reculée, en balbutiant comme un enfant qui hésite.

Ce n'est pas une question que je pose, il a dit.

*

J'ai pensé *va sur les hauteurs, sois sauvage*. Parce que je ne connaissais aucune autre manière de me réfugier. Les endroits avaient toujours beaucoup compté pour moi, et je savais comment ils étaient, alors je suis allée dans ceux qui m'apaiseraient, où il y avait de l'air, de l'eau qui coulait fort. Je restais assise sans bouger sous la neige fine, mouillée, et je la sentais tomber sur moi. Je pensais *il a délaissé son coin du feu. Il a délaissé sa femme.*

Tu es faite pour certains endroits, Corrag, pas pour les gens. Ne l'oublie pas.

Mais en suivant un sentier qui me ramenait à ma cabane, j'ai trouvé des plumes blondes dans la neige. Je me suis arrêtée. Elles tournaient lentement sur elles-mêmes, et j'ai pensé *elles viennent de mes poules*, car elles avaient leur couleur, leur douceur. À genoux, je les ai palpées. J'en ai appuyé une sur ma main. Alors j'ai su qu'Alasdair était passé par là.

J'aimais bien ces poules. Vraiment. Elles étaient douces, et penchaient la tête quand elles me regardaient. Elles pondaient de gros œufs à la coquille crémeuse.

Le soir, je répandais un peu de grain pour elles. Et un jour, en les voyant picorer, écarter leurs ailes, je me suis dit *du grain...* Je n'en avais guère. J'avais ramassé des épis tout l'automne, qui les nourrissaient bien. Mais ça ne durerait pas longtemps. Et en vérité je n'avais presque rien du tout à part mes plantes qui étaient des remèdes, pas une nourriture. J'ai regardé autour de moi. Quelques poissons séchaient à la fumée sous la toiture et je gardais dans un coin une poignée de champignons. Trois ou quatre vieilles baies. Je ne m'inquiétais pas pour moi, car je pouvais vivre de très peu de choses, mais ces poules étaient un présent. C'était à moi d'en prendre soin, maintenant. Je ne voulais pas qu'elles aient faim.

Je vais m'occuper de vous, je leur ai dit.

J'ai parlé aux poules un moment. Et comme je parlais, je n'écoutais pas. Je pensais aux poules, à rien d'autre.

J'ai senti une odeur. Il y avait ma fumée de tourbe et les plantes, mais c'était une autre odeur. Elle entrait d'un coup, comme soufflée du dehors, et les poules ont tressailli comme moi. Nous avons toutes tourné la tête.

De la pourriture, j'ai pensé.

C'était l'odeur d'une plante qui pourrit, voire d'une viande pleine de vers.

Je suis allée à la porte, me disant que peut-être un animal avait péri près de ma cabane dans le premier gel, que c'était ça que je sentais et qu'il fallait faire quelque chose. J'ai mis le nez dehors.

Une femme était là.

J'ai lâché une exclamation, je crois, parce que je n'avais entendu aucun bruit de pas ou de jupe. Et par temps de gel, on entend le moindre bruit. Même une feuille qui tombe à terre. Un oiseau qui se cure les ailes. J'ai mur-muré *comment...*

Ton nom ? elle a dit.

J'écarquillais les yeux. Devant sa haute taille, sa maigreur. Je la regardais et me demandais quel âge elle pouvait avoir, elle avait la peau tannée et ridée, mais c'est trompeur. Ça en raconte plus long sur la manière de vivre que sur la durée de cette vie, alors j'ai regardé si ses cheveux grisonnaient. Mais des cheveux, elle n'en avait guère. J'ai vu un châle de laine crasseuse. En plus, sa bouche était pincée, comme faite pour cracher. Je savais quelle espèce de femme c'était, ou croyais le savoir. La mauvaise.

J'ai demandé *votre nom à vous ?*

Elle a eu un regard acéré. Ses ongles s'accrochaient dans ce châle répugnant. Elle serrait les lèvres tellement fort que je ne voyais pas ses dents, mais j'aurais parié que c'étaient des chicots. Oh oui, je connaissais son espèce. Elle était ce que les gens s'imaginent quand ils entendent *sorcière* – sale, mal embouchée, une créature effrayante. C'est de ça que vient le mot *sorcière*.

Je ne voulais pas me nommer.

Je te connais, elle a dit. Oiseau aux yeux fouineurs.

Moi aussi je vous connais. Un mensonge. Je ne la connaissais pas, et pourtant je pensais sentir qui elle était, j'avais pensé au plus profond de moi que je ne pouvais pas être la seule âme à se cacher par là. *Elle ne vit point avec les autres,* Iain avait dit à son père dans la lumière des bougies en cire. Je l'avais entendu tandis que je cousais. Je me le rappelais. *Les autres.* Cette femme.

Cette créature à l'odeur infecte s'est alors avancée vers moi. Elle m'a dépassée et s'est courbée pour entrer dans ma cabane.

J'ai poussé un cri. Je l'ai suivie en disant *ici, c'est chez moi ! Vous n'avez pas le droit d'entrer chez moi comme si c'était chez vous !*

Elle ne pouvait pas se tenir droite à l'intérieur, elle était trop grande. Mais elle a essayé. Elle s'est redressée jusqu'à ce que ses cheveux touchent la toiture. Mes poissons qui séchaient ont répandu quelques écailles.

Ah... elle a fait. *Des plantes.*

Iain avait fait pareil. Comme si la seule chose marquante aux yeux de quiconque dans ce glen, c'était mes plantes. J'ai dit *oui* d'un ton rétif.

Lesquelles ?

Lesquelles ?

Quelles plantes ? Là, j'ai mieux entendu sa voix. Elle avait une voix douce d'Écossaise et le même accent que les MacDonald, comme si l'anglais n'était pas sa langue maternelle. Comme si elle avait appris à le parler.

D'où êtes-vous ? j'ai demandé.

Vous avez de l'herbe-aux-poules ?

J'ai répété *d'où êtes-vous ? Dites-le-moi. D'où vous êtes, et où vous vivez à présent.*

Elle m'a regardée en face. Peut-être à cause de la lumière du feu, ou parce qu'elle se tenait voûtée comme une vieille, elle m'a paru moins effrayante. Plus humaine. J'ai vu de la tristesse en elle, un court moment. Pareille à l'ombre d'un oiseau, elle est passée sur elle et s'est envolée.

De Moy. Ça fait loin.

J'ai hoché la tête. *Et à présent ?*

Sur ce qu'ils appellent le buachaille. Le rocher pointu à l'est.

Je le connaissais. C'était le pic noir du côté est de la vallée. Là où une pointe de flèche m'avait entaillé le talon, et où j'avais vu un aigle se lisser les plumes sur la branche d'un aulne.

Je n'ai pas demandé pourquoi elle était venue dans le glen. Ni pourquoi elle avait quitté cet endroit nommé *Moy*. Je pensais *elle se cache*. Car la plupart des personnes vivant seules que j'ai rencontrées au cours de ma vie se cachent des autres gens.

Vous avez de l'herbe-aux-poules ?

Ha, j'ai dit. Les gens veulent seulement de l'herbe-aux-poules pour l'effet qu'elle a, elle les abrutit, les fait rêver debout, et j'ai toujours été contre ça. Cora me l'avait appris. Elle disait que ça vous possède, une fois qu'on y a goûté, que vous n'arrêtez plus de courir après.

En dépit de sa bouche pincée et de sa puanteur, j'ai ressenti de la compassion pour elle, à ce moment. J'ai pensé *la pauvre. D'être comme elle est.* À tripoter son châle et quêter cette plante.

De l'herbe-aux-poules, j'en ai.

Ses yeux se sont ouverts tout grands, et un sourire a montré ses chicots.

Alors, monsieur Leslie, dans ma cabane, un jour d'hiver, j'ai donné à une femme nommée Gormshuil une poignée d'herbe-aux-poules et elle s'est mise à trembler en la prenant, elle lui a parlé comme si la plante pouvait l'entendre. *Oui...* Mais je ne l'ai pas donnée pour rien, non monsieur. J'ai demandé quelque chose en échange. J'ai demandé du grain pour mes poules, et aussi pour me faire à manger.

Elle a sursauté. *Du grain ?*

C'est un marché honnête, j'ai dit. *L'herbe-aux-poules est plus difficile à trouver que du grain. Croyez-moi.*

Je l'ai regardée partir. Elle marchait sans bruit et a bientôt disparu dans la brume. Je pensais *ce n'est pas ça qui me rapportera du grain*, car était-il possible de se fier à cette femme ? Je doutais qu'elle se nourrisse. Je doutais qu'elle trouve beaucoup de joie dans le monde, ou de beauté, ou qu'elle traite bien les gens. Je doutais presque qu'elle soit venue là, dans la brume, tellement elle ressemblait à un fantôme. Mais son odeur demeurait.

J'ai quand même eu du grain.

Deux jours après, elle est arrivée avec un sac et ses yeux d'oiseau. Il y avait du grain dans le sac. J'y ai plongé mon regard, et quand j'ai relevé la tête elle n'était plus là, j'ai vu une corneille à sa place. On raconte que les sorcières se transforment en autre chose, quand ça leur plaît, et je sais que c'est un mensonge. Je sais que ça ne peut pas se faire. C'est seulement quand les os se conduisent de travers, ou quand vient le haut mal et que les femmes se tortillent. Mais la corneille avait un drôle d'air. Elle a penché la tête, croassé deux fois, et j'ai imaginé que c'était un *merci*, ou *tu vois ? Du grain pour toi.*

Elle s'est envolée. Je l'ai suivie des yeux. Et quand je les ai baissés sur les empreintes de pas dans la neige, j'aurais voulu qu'elles ne soient pas celles de cette femme. Qu'elles soient les empreintes de quelqu'un d'autre.

*

Dites ce qu'il vous plaira. Dites *vieille gueuse*. Elle en avait l'aspect et l'odeur. C'était une créature moitié humaine à qui l'hiver convenait, mais pas comme il me convenait à moi, car Gormshuil n'était pas née en cette saison et ne voyait pas la beauté d'un arbre dénudé. Non. L'hiver lui convenait parce qu'elle n'avait aucune pousse verte en elle, ni espoir, ni amour, ni rêveries. Elle était aussi maigre que de la neige fondue. Aussi fuyante.

Je me disais quelquefois qu'elle avait jadis été une enfant. Une fille, une femme mariée.

Jadis, je disais à mes poules, *elle a été heureuse, jadis. Il faut me le rappeler.* Mais ainsi qu'il est difficile quand on voit un pré en hiver de se le rappeler tout fleuri, c'était difficile avec Gormshuil.

Pourquoi je parle d'elle ? Parce qu'elle a vécu. Parce que en vivant elle a comme nous tous laissé sa marque sur le monde, et qui est là pour parler d'elle ? Alors je le fais. Et peut-être que vous ferez pareil car elle a joué son rôle dans le massacre, monsieur. Son nom vaut la peine de l'écrire.

Nous avons tous notre histoire, nous en parlons et nous la tressons avec l'histoire des autres, c'est comme ça, non ? Mais elle ne parlait jamais de la sienne. Elle était repoussante et solitaire, et quand je pense à elle je vois de l'herbe-aux-poules entre ses dents. Elle vivait sur un pic. Elle s'accroupissait près d'un feu avec deux autres femmes qui avaient à moitié perdu l'esprit, et le cœur fermé à double tour. Quelle vie est-ce là ? Plus triste que l'était la mienne. Beaucoup plus triste. Pleine de vieux rêves.

Gormshuil, de Moy. Vous entendrez dire d'elle maintes choses, et rien que du mal. Mais peu de gens, monsieur, sont entièrement mauvais.

*

Ces nuits d'hiver... Je levais les yeux vers les flancs énormes des rochers qui m'entouraient, et je voyais leurs sombres couleurs, du gris, du noir, du bleu. Puis je rentrais au coin du feu chuchotant. Mais je sentais encore leur présence. Dans ma cabane, j'avais encore la sensation que les montagnes me regardaient. Je sentais leur hauteur et leur masse obscure. Je pensais à leur âge, à ce qu'elles avaient vu, et en me couchant près de mon âtre je pensais *elles ont de la lumière en elles*... Comme des choses vivantes. Leur givre scintillait sur moi, et leur haleine était glaciale.

Il y a des gens qui détestent pareilles pensées. Ils se tiennent à l'écart des montagnes comme si elles leur voulaient du mal. Tandis que moi, quand je vois une haute colline ou un ciel étoilé, ou toute chose de la nature qui semble trop imposante, je me dis *ce qui a créé ça m'a créée moi aussi. Je suis tout aussi unique. Nous sommes façonnés par la même main*... Cette main, appelez-la *Dieu*, si vous voulez. Appelez-la *le hasard*, ou *la nature*, peu importe. Les montagnes de Glencoe et moi, nous existons, nous sommes là. La lune qui est pleine ce soir et vous, monsieur Leslie, vous êtes là tous deux avec votre lumière.

Peu de jours après Gormshuil et son sac de grain, j'ai revu Alasdair. J'étais sur les hauteurs et regardais en bas. Il se tenait près de ma cabane puis a tourné autour comme si je me cachais peut-être par-derrière. Il est resté immobile un moment, l'air de réfléchir. Il ne portait aucune arme, et pas non plus de poules. Rien que lui, avec son plaid, ses cheveux roux foncé.

Du haut de mon refuge, je l'ai suivi des yeux tandis qu'il s'en allait. Il a dévalé la ravine pour regagner Glencoe, et je voyais les traces qu'il laissait dans la neige.

Je suis descendue.

J'ai touché le rocher que je l'avais vu toucher. J'entendais les bruits qu'il avait entendus – le ruisseau, mes poules – et je pensais *reviens*.

Ma bien-aimée,

Je vais à nouveau te parler du maréchal-ferrant, car il m'a livré une ample moisson d'informations que j'ai notées, et dont une bonne part devrait être féconde pour mes frères jacobites à Londres, à Édimbourg et ailleurs. J'ai écrit tout l'après-midi, et encore un moment à mon retour de la prison. Ma main en est quelque peu endolorie, mais pas au point de m'empêcher de t'écrire mes pensées et mon amour pour toi.

Ma très chère, je puis te l'assurer, l'alezan se rétablit. J'ai même l'impression que son séjour à la forge lui a plu, car il manifeste une curiosité toute neuve. Il a fouillé dans mes poches avec ses lèvres, liberté qu'il n'avait jamais prise auparavant – peut-être le maréchal-ferrant (ou l'un de ses enfants ? je crois qu'ils sont nombreux) lui a-t-il donné du sucre ou de la menthe pour s'en faire un ami. Je déconseillerais cela, mais c'est une bonne monture qui m'a obligeamment servi jusqu'ici.

Et si un enfant s'est lié d'amitié avec un cheval, en ai-je fait autant avec son père ? Cela se peut. Il y a longtemps, me semble-t-il, que je n'ai rencontré un homme aussi honnête, humble et aimable que ce maréchal-ferrant. Il tenait à nettoyer le tabouret avant que je m'assoie dessus, comme si j'étais un visiteur important, ce qui de toute évidence n'est pas le cas. Je ne suis que moi-même. Mais il m'a fort bien reçu, et en un tel climat et des temps aussi durs, je lui en suis reconnaissant.

Je l'ai complimenté sur sa compétence, car le cheval ne paraît plus souffrir de son pied. Et le maréchal-ferrant m'a remercié. Il a dit je m'enorgueillis de ce que je fais. À cause d'un cheval bien ou mal ferré, des royaumes peuvent être conquis ou perdus.

En effet, *ai-je répondu*. L'orgueil qu'un homme puise dans sa tâche est chose pieuse. Je l'ai toujours dit.

Tout en tournant sur la braise un morceau de fer rougeoyant, il a objecté mais il n'en faut point trop. Parce que ça peut devenir un vice, monsieur.

Un péché mortel, comme nous le savons.

Nous avons hoché la tête, et médité un moment la question. Le chef de ce clan était connu pour ça. Pour son orgueil. Trop d'orgueil. Ça vous est-il venu aux oreilles ?

Non, monsieur, *ai-je dit.*

Och – *il a tiré du feu le fer* –, un homme orgueilleux ! L'orgueil a fini par le tuer, sachez-le.

L'orgueil ? J'inclinais à penser que ce sont ses pillages et autres crimes qu'il a expiés en mourant, que les soldats l'ont châtié pour les forfaits auxquels il n'a jamais cessé de se livrer.

C'est l'opinion la plus répandue, *a-t-il dit.* Et la sauvagerie des hommes de ce clan les a menés au désastre, pour sûr. Mais leur orgueil, monsieur... Le MacIain fut orgueilleux jusqu'au bout. Il refusait de prêter serment à un Campbell, et voilà ce qui régla le sort de ses hommes.

Je l'ai interrogé sur ce serment. Car j'avais auparavant surpris des chuchotements qui courent à ce sujet, Jane, mais rien de plus, et là je sentais que je pourrais être mieux informé.

Un serment. D'allégeance. N'en avez-vous point entendu parler ? *Il a haussé les épaules avant de poursuivre.* C'était l'ordre du roi Guillaume. Il a peut-être ses égarements mais il n'est point idiot, il sait pour qui les gens des Highlands se battent, et qu'ils complotent contre lui. Alors il a exigé qu'on lui prête serment ici à Inverary, avant le premier jour de jan-vier. Que tous les clans rebelles s'engagent à être loyaux envers lui, et lui seul. Qu'ils répudient leurs actions jacobites.

Je me suis penché. Et si un clan s'y refusait ?

Ces hommes-là connaîtraient tout le poids des forces du roi, en tant que traîtres. Et comme le vieux chef MacIain ne voulait rien jurer à un Campbell, rien d'autre que de la haine, il a préféré se rendre à Inverlochy. Ce qui n'était point le bon endroit. On ne pouvait y prêter serment...

Sur ce, je me suis levé et approché de lui. Ils ne l'ont donc pas fait ? Les MacDonald ont été mis à mort pour n'avoir pas prêté ce serment ?

Ils l'ont prêté, monsieur. Oui, mais... *il a secoué la tête* – six jours trop tard.

Tu vois ? J'en apprends davantage chaque jour. J'en apprends davantage sur cette contrée, ses mœurs et ses lois. Davantage sur Guillaume, et rien de ce que j'apprends ne plaide en sa faveur, cela abonde toujours dans notre sens.

De quelle haine cette tribu de Glencoe devait être l'objet, pour se voir ainsi massacrée ! Comme ce clan devait être fort et impressionnant, pour qu'on l'ait autant détesté ! Je ne doute guère des sourires qui ont fleuri à Londres et Édimbourg, à la nouvelle de ce retard à prêter serment, car cela n'est-il pas le signe d'une trahison ? Un acte de défi envers ce roi Orange ? S'il leur fallait une raison de massacrer ce clan, ils l'avaient. S'ils cherchaient un prétexte pour le mettre en déroute et s'emparer de ses terres, eh bien oui, l'orgueil l'a fourni. Six jours de retard ont fourni ce prétexte.

En revenant à pied de la forge, je me suis senti vivant, Jane, et plein d'espoir, et il se pourrait que j'écrive au roi Jacques lui-même, en France, pour lui communiquer ce que j'ai appris jusqu'ici. Ces informations semblent peser si lourd ! Elles tachent de sang les mains du Hollandais.

Mais la parole du maréchal-ferrant ne suffit pas. Il n'était pas sur place, dans le glen. Il n'a pas connu les MacDonald ni vécu parmi eux, et n'a pas vu de ses yeux les meurtres en question.

Je suis aujourd'hui un homme différent de celui qui est arrivé à Inverary tout grelottant et vieilli. Je t'ai écrit la haine que m'inspirait la prétendue sorcière. *J'ai écrit des mots méprisants, des mots implacables, et n'ai-je pas approuvé la mort qui l'attendait ? Sur le bûcher ? Je ne suis plus le même homme à présent. La pensée de sa mort me tourmente – je ne puis le cacher ou feindre qu'il en soit autrement. Corrag parle beaucoup de bonté, et sous les guenilles, la saleté, le sang, je vois combien elle est délicate et frêle. Elle parle aussi de son penchant pour un homme du nom d'Alasdair, le fils cadet du chef, et un gredin d'envergure (mais certes pas à ses yeux). Quelle menue créature en mal d'amour elle devient lorsqu'elle prononce son nom…*

J'ai le mal d'amour moi aussi, pour toi. En cela nous sommes donc semblables, la prisonnière et moi. L'un comme l'autre, nous nous languissons d'une personne qui est au loin, et dans nos moments de silence nous pensons à son visage, à sa voix. Te manqué-je autant ? Et penses-tu aussi, ma bien-aimée, à celle que nous avons perdue ? Notre fille me vient à l'esprit chaque nuit, comme tu le fais. Ma plus grande crainte est que tu souffres sans m'avoir à ton côté, que tu pleures notre défunte enfant dans le noir, et seule.

Mon cœur est avec toi, nulle part ailleurs. Il est avec toi et ne te quitte pas.

Ce sont des jours bien étranges que ceux-ci. Je m'y tourmente, et je change. J'ai passé une bonne part de la journée avec ma bible sur les genoux. « L'Éter-

nel dit, je ramènerai à moi mon peuple. Je le chérirai de tout mon cœur » (Osée XIV, 4) Comment faut-il l'entendre, aujourd'hui ?

Avec mon amour constant,

Charles

IV

« La confiture mélangée
à de l'Aromaticum Rosarum
est un très bon cordial
contre les évanouissements, pâmoisons,
faiblesse et palpitations du cœur. »

de la Rose

Je me suis inquiétée toute la nuit pour mes poules.

De si bonnes poules. Au plumage clair, couleur d'œuf. Quand le temps était doux, elles se perchaient dans le noisetier et fermaient les yeux, avec cette drôle de paupière laiteuse qu'ont les volailles, si bien que je me demandais si elles aussi, à leur manière, elles avaient un don de double vue. En hiver, elles nichaient dans la cabane, près de moi. Elles gloussaient en dormant.

Cette nuit, dans mon cachot, j'ai dit *qu'est-ce qu'elles deviennent à présent ?*

J'ai dit ça dans le noir et les murs m'ont renvoyé ma voix. Mais vraiment, qu'est-ce qu'elles deviennent ? Il tombe encore un peu de neige. Pas autant qu'avant, et elle est mouillée, mais c'est quand même de la neige. Est-ce qu'elles survivent ? Les poules d'Alasdair ? Je leur donnais à manger en hiver ce que j'avais glané pendant le mois où les feuilles tombaient, des tiges, des cosses, des graines. Et un peu de gras. Mais à présent que je suis ici, enchaînée, comment je pourrais les nourrir ?

J'ai peur qu'elles meurent de faim là-haut dans la montagne.

Et mes chèvres ? Avec le temps j'ai eu des chèvres. Trois, avec des petites dents et des lèvres qui plongeaient dans mes poches, et elles s'égratignaient la tête sur les ronces, et où elles sont maintenant ? Maintenant que mon feu est éteint, qu'elles ont perdu leur abri ?

Je me dis *elles sont en vie.*

Je dis *elles sont tout pareil qu'avant. Oui.* Les poules grattent sous la neige. Les chèvres, comme elles savaient que j'étais partie et que je ne reviendrais pas, elles ont grimpé très haut. Sur les crêtes. Elles foulent les crêtes en fermant les yeux à moitié, contre le vent, et la neige blanchit leur pelage. Elles survivront. Mes chèvres feront des petits, au printemps. Leurs petits feront à leur tour des petits.

Peut-être que dans maintes années il y aura encore des chèvres à Glencoe. Pas en grand nombre, mais quand même. Elles brouteront sur les pentes escarpées. Et si, peut-être, quelqu'un dit *des chèvres ? Ici ? Des chèvres sauvages ?* quelqu'un d'autre répondra *ah... oui. Elles viennent des chèvres de Corrag. C'était une bonne personne qui est morte de mauvaise manière et ne méritait pas d'être brûlée. Mais elle est morte. Et ces chèvres-là viennent des chèvres qu'elle avait, alors souvenons-nous d'elle quand nous les voyons. Regardons-les en prenant un peu de repos...*

Ça me plairait bien. Je m'abandonne à ces rêves, dans le noir.

J'espère pour elles que c'est la vérité.

Une ferme ? Non. Mais avec le temps, ça m'a fait l'effet d'avoir davantage qu'il me fallait, presque d'être riche. J'avais deux poules, trois chèvres, et une chouette qui me racontait ses secrets par les nuits sans lune. J'avais des araignées qui tissaient leur toile dans le noir. Le cerf, aussi, avec sa ramure. Il revenait et revenait encore.

Le monde respirait autour de moi, se repliait, se déployait, et que demander de plus ? *Qu'y a-t-il de mieux ? Que tenir cette petite place dans le monde ?* Je posais cette question en regardant le givre couvrir les pentes, où la fumée monter de mon feu.

Il n'y a rien de mieux, je me disais.

Des journées passaient sans que je voie personne, pas un seul être humain, et je disais *il n'y a rien de mieux. Rien de mieux du tout.*

Je suis retournée à Carnoch contre mon gré, et en même temps j'en avais envie. Les deux.

Sous leurs bougies en cire, Le MacIain m'a dit *notre clan a toujours combattu...*

Il se remettait. Il s'était reposé, il buvait, et comme le vent mugissant et le gros temps le retenaient près de son feu, il avait les joues empourprées et les yeux brillants. Dans sa maison de Carnoch, la salle était remplie de gens. Plus remplie que jamais, ils étaient bien trois douzaines là-dedans, et il y avait des odeurs de miel, de laine mouillée, de tourbe et de chiens qui se grattaient dans les coins. Je sentais aussi les odeurs des gens, la sueur et le whisky. J'ai pensé *je respire le souffle des MacDonald*.

Toujours combattu, il a dit en remplissant sa coupe. *Et les hommes se sont battus pour ces collines depuis le premier temps où ils les ont trouvées et voulues à eux. Les Irlandais étaient ici avant nous. Un nommé Fionn avec ses guerriers et ses chiens. Ils combattirent des milliers d'hommes pour garder la vallée, et quand ceux de Fionn moururent, on dit que la montagne les recouvrit et qu'ils sont encore là maintenant à dormir, leur épée au côté, sous les rochers et la terre. Un jour ils se relèveront. Ils combattront pour ce qu'il faut défendre.* Il a lentement porté la coupe à ses lèvres et il a bu.

J'imaginais tous ces hommes endormis.

Il a avalé son whisky. *Iain Og nan Fraoch a conquis la vallée, après. Il venait des îles. Et c'était un fier MacDonald...*

Ils le sont tous ! a dit une voix. Ils ont ri.

Mais ne sommes-nous point les plus fiers ? De tous les MacDonald ? Dans notre manière de vivre et de combattre ? Le silence est tombé dans la salle. Les yeux se rivaient sur le chef qui avait les yeux rivés sur eux, et quand il les a de nouveau tournés vers moi il a dit plus doucement *nous tenons de lui notre nom. Nous – les MacDonald de ce glen – avons pour nom les MacIain, car nous descendons de lui. Le jeune John de la Bruyère a engendré notre lignée dans cette vallée, avec ses forêts et ses collines, et tant de poissons dans les rivières qu'il lui suffisait d'y plonger la main... On dit que par les nuits d'hiver on peut entendre son chien aboyer...*

Il savait raconter une histoire, cet homme-là. Ce chef.

Tous l'écoutaient. Depuis le berceau, ils connaissaient tout ça, de qui ils descendaient, et ce que veut la légende. Mais ils écoutaient comme s'ils l'entendaient pour la première fois, comme si ça faisait partie de leur religion que d'entendre l'histoire de Fionn et de ses chiens. Il y avait aussi celles des peuples du Nord et des rois irlandais. D'un amour malheureux. De batailles. La tourbe se tassait en brûlant.

J'entends encore la tourbe se tasser. Je sens sa fumée.

Vous ne voulez pas approcher le tabouret ? J'en ai long aujourd'hui à dire sur eux, ces *papistes*, ce *clan maudit*.

*

C'était la dernière nuit du mois de décembre. Dans mon vallon, je buvais l'eau d'une flaque sous sa glace craquelée, comme un chat, accroupie et les mains à plat. En entendant un cheval souffler par les naseaux j'ai tourné la tête et vu Iain. Il était sur son cheval avec une biche sanglée derrière lui, morte, et il a dit *Tu es attendue. À Carnoch*.

Je me suis redressée sur les chevilles et essuyé la bouche. *Ce soir ?*

Oui. Ce soir.

C'est Le MacIain ? Sa blessure ? Ou une autre ?

Il a étouffé un rire moqueur et secoué la tête. Puis, très lentement comme si j'étais simple d'esprit, il a dit *non… C'est Hogmanay. Hein, le dernier jour de l'année ? Tu es invitée, alors tu vas venir.*

Alors j'y suis allée. Comment je pouvais faire autrement, moi qui vivais sur leurs terres ? Je me suis rafraîchi le visage avec de l'eau, j'ai frotté du romarin sur mes cheveux pour sentir bon et je suis allée à la grande maison de Carnoch, où la rivière rejoignait la mer. Je connaissais le chemin, à présent. J'ai dépassé la colline que j'appelais Protège-moi et longé la rive de la Coe.

Dans cette seule salle aux murs couverts de chêne, avec sa cheminée, ses bougies en cire, le verre et le whisky, il y avait plus de gens que j'avais pu en voir dans Hexham tout entier, ou au long de mon voyage. En entrant là, je ne voyais rien d'autre que cette foule, des tailles et des ventres et des bras. Leurs plaids me frottaient, je me faisais marcher dessus, et ils riaient, ils buvaient, et j'ai pensé *va-t'en. Tu n'es pas à ta place parmi eux. Va retrouver dehors, la glace et l'air vif.* Mais au moment où je tournais les talons, une jeune dame aux cheveux blonds s'est approchée de moi et m'a souri. Elle a baissé mon capuchon. Elle a dit *ne cache point ces yeux-là...* Puis elle a caressé mon épaule, cligné de l'œil et s'est éloignée.

Après ça, j'ai senti qu'on me voyait. Sans mon capuchon, je sentais que les gens se retournaient pour me regarder de leur haut. J'avais le feu aux joues. J'ai adressé un sourire timide au bordier d'Inverrigan mais il n'a fait que me regarder fixement. Un garçon aux oreilles en feuilles de chou m'a appelée *la fée* quand je suis passée près de lui, un vieux a claqué sa bouche édentée comme si j'étais bonne à manger, et j'aurais voulu ne pas être venue du tout, parce qu'il y avait trop de gens, que je manquais d'air, et qu'est-ce que je faisais là ? Je n'étais pas une MacDonald. J'étais toute petite et j'avais les ongles sales.

Mais Le MacIain est arrivé. Il a fendu la foule, empoigné ma mante et dit *ma Sassenach ! Mon infirmière anglaise qui n'a point de roi...* Et d'une seule main il m'a soulevée en l'air.

Toute la nuit, je suis restée assise à son côté.

Les autres gens étaient assis par terre ou sur des sièges ou même sur la table magnifique, couverte de victuailles et de coupes remplies de whisky. Mais moi, il m'avait posée sur un tabouret à côté de lui, en disant *ne dois-je pas nourrir celle qui m'a guéri ? Veiller à sa santé ? Ha !* De là, j'observais ce qui se passait. Je voyais les visages. Cette espèce d'ours à qui j'avais un jour volé un œuf découpait un cuissot rôti et riait très fort. Des enfants venus d'Achnacon couraient partout en se livrant bataille avec des bouts de bois, des femmes coiffées de curraichd en lin chuchotaient ensemble, Iain embrassait près du feu une fille aux joues roses, un homme à moitié ivre jouait de la cornemuse et deux autres se querellaient en gaélique jusqu'à ce que leurs épouses les obligent à s'arrêter, le chien Bran mâchonnait un os, et un homme-ours énorme, du nom de MacPhail, s'est battu dehors avec un de ses semblables, ils sont rentrés ensanglantés mais là-dessus ils ont échangé une poignée de main et vidé une coupe. J'écarquillais les yeux encore et encore, parce qu'il y avait tellement de choses à voir. Tant de vies.

Alasdair m'a regardée par-dessus le bord de sa coupe.

Le MacIain a dit *as-tu déjà vu une assemblée pareille ? À celle-ci ?*

Non, j'ai répondu. C'était la vérité.

Point de fêtes en Angleterre ? Point de belle maison comme la mienne, pour se réunir dedans ? Ça lui a fait plaisir que je secoue la tête. Il a souri et déclaré *aucun clan ne vaut le nôtre... Nous ne sommes guère nombreux, mais nous combattons avec cœur et honneur.* La main levée pour imposer le silence dans la salle, il a dit *notre clan a toujours combattu...*

Puis il m'a parlé de la bruyère, et de Fionn.

Il y avait des galettes d'avoine ou d'orge et du fromage et de l'atholl brose. Il y avait la biche qui rôtissait, et davantage de bière que j'en avais jamais vu, et lady Glencoe m'a mis une coupe de whisky dans la main en me disant *bois donc.* Je l'ai portée à mes lèvres. Mais rien que de humer le whisky, j'ai toussé.

Et puis il y avait de la musique, une musique pleine d'entrain alors les gens dansaient et tapaient des mains, et une poterie s'est fracassée avec des vivats qui ont fait aboyer Bran, et je voyais Alasdair rire en compagnie d'autres hommes, et les enfants somnolaient sur les genoux de leurs mères. Un homme poilu est venu à moi et a dit *une danse, petite bestiole ?* Il me tendait la main. Mais je n'ai pas dansé. Je suis restée assise, avec mon whisky. Je regardais les couleurs tournoyer, les plaids se balancer, et quand la gigue s'est arrêtée Le MacIain a crié quelque chose en gaélique qui a ramené le calme dans la salle. Ils se sont posés, sur des sièges ou les uns sur les autres. Puis j'ai entendu une musique plus douce. Elle venait de la dame blonde qui m'avait dit *ne cache point ces yeux-là.* Debout dans l'ombre, les bras en croix sur sa poitrine, elle chantait d'une voix tellement frêle et fantomatique que j'avais le cœur serré et les yeux qui me piquaient. Ça me faisait penser à Cora, car elle aussi chantait, jadis.

C'était un chant gaélique. Mais un chant d'amour. Je le devinais aux intonations qu'elle avait et à les voir tous l'écouter avec des larmes aux yeux, comme moi. *L'amour pour l'Écosse*, j'ai pensé, pas pour une personne, mais pour une contrée de terres sauvages et d'air libre. Pour ses rochers. Je sentais que c'était ça, et après avoir chanté la jeune dame s'est assise près d'Alasdair. Elle a tiré son bras autour d'elle pour se blottir contre lui. Il a posé un baiser sur les cheveux blonds.

J'ai baissé les yeux. Bran a appuyé la tête sur mon genou en clignant, je lui ai dit qu'il était un brave chien, oui, un très brave chien. Tandis que je tapotais Bran et que les bougies s'amenuisaient, l'horloge a sonné.

L'an 1691 commençait. Alors les MacDonald de Glencoe ont levé leurs coupes et récité une prière, qui à mon idée était pareille à la plupart des prières. À mon idée, ils demandaient à Dieu son aide en cette nouvelle année, une moisson abondante, une bonne santé, du courage au combat. Tous les cœurs demandent ces choses-là, à leur manière, la religion ou la langue n'y changent rien.

Moi aussi je les demandais. Assise sur mon tabouret j'ai demandé, au monde, de quoi nourrir mes poules et de l'amour et de beaux ciels et de protéger ces gens car ils ne m'avaient jamais jeté des pierres ni traitée de *gueuse*.

La salle est restée paisible un court moment. Et puis la cornemuse a résonné et Le MacIain a crié *apportez du whisky, ici !* Alors la danse et les chants ont repris.

Je suis partie. Je me suis enveloppée dans ma mante et esquivée. J'avais hâte de retrouver ma cabane, le silence au coin de mon feu.

J'ai passé la porte et relevé mon capuchon. J'ai entendu mon nom.

Corrag ?

Il était sur le seuil. Il avait surgi derrière moi. Il tenait une main posée sous l'auvent comme pour s'assurer de sa solidité, et appuyait le front contre son bras levé. Son autre main pendait. Il a dit *tu t'en vas ?*

Oui.

Il me regardait très hardiment, sans battre des paupières. *Nous n'avons jamais fait connaissance toi et moi,* il a dit. *Pas de la bonne manière. Et je ne t'ai point remerciée d'avoir guéri mon père. Nous avons tous pensé que c'était sa fin, avec cette blessure, mais…* Il a souri. *Je suis Alasdair Og.*

Og ?

Ouiche. Ça signifie le jeune. Mon nom me vient du Mac-Iain.

Lui aussi se nomme Alasdair ?

C'est son nom. Il a penché la tête sur le côté, en me regardant. Il m'a vue chercher l'effet que faisait *Og* dans ma bouche. Il a dit *tu t'appelles Corrag, je crois ?*

Oui.

On cause beaucoup de toi, le sais-tu ?

Je ne le savais pas mais ça ne m'étonnait guère. Sur les femmes de notre espèce, maintes langues cancanent dans l'ombre, toujours. J'ai peut-être rougi. Et je me suis enveloppée dans ma mante, comme pour partir, parce que face à ses yeux bleus ma langue à moi hésitait sur quoi lui répondre.

Mais il a repris la parole. Il a demandé *qu'est-ce qui t'a amenée ici ? À cet endroit entre tous ?*

Votre frère a dit qu'il me fallait venir...

Non. Il a encore souri. *Je ne parle point de cette maison. Qu'est-ce qui t'a amenée dans notre glen ?*

Là, j'ai souri à mon tour. Presque éclaté de rire. J'ai regardé au loin et secoué la tête, car ça paraissait à présent être une vieille histoire, et une histoire étrange, trop étrange pour la raconter. À lui, avec les cheveux qu'il avait.

Ce serait long ? Trop long ?

Oui.

Il a opiné.

On est restés comme ça un moment à bouger d'un pied sur l'autre. Alasdair a levé les yeux vers l'auvent, caressé le bois avec sa main. Puis il l'a baissée. Il s'est appuyé contre le montant de la porte, et je pensais que je devrais peut-être m'en aller, parce que le silence durait entre nous. Derrière lui, la musique continuait.

As-tu assez mangé ? il a dit. *La table est bien garnie...*

Oui.

Un nouveau silence. Alasdair a pris son souffle. *Alors, où avais-tu fêté ton dernier Hogmanay ? Ce n'était point dans un glen des Highlands, je pense, d'après ton accent.*

Je me suis redressée. Je l'ai regardé sombrement. Est-ce qu'il me taquinait ? Est-ce qu'il connaissait la réponse et se moquait de moi ? Son frère était moqueur, ça je n'en doutais pas. Et son père aussi. J'ai cherché sur son visage un sourire narquois ou un sourcil levé, mais il n'y en avait pas trace. Alasdair me rendait mon regard comme s'il souhaitait vraiment savoir.

Alors j'ai dit *j'étais sur ma jument grise dans les Lowlands. À minuit, on passait devant une auberge et j'ai entendu les gens pousser des vivats. La lune était pleine cette nuit-là, et on a longé au galop une grève à marée basse, on ne s'est pas arrêtées avant le lever du soleil, et voilà ce que je faisais.* J'ai haussé les épaules. *On galopait. Sous les étoiles, un ciel rempli d'étoiles comme je n'en avais jamais vu.*

Il ne bougeait plus du tout. Le bruit et la danse derrière lui, il est resté immobile. À me regarder. Ses yeux brillants m'ont donné à penser que dans sa tête il voyait cette grève. Le reflet du sable.

Il a ouvert la bouche pour parler, mais à ce moment un bras est venu entourer sa taille, il a tourné la tête et la chanteuse aux cheveux blonds a fait un pas en avant. Elle était plus grande que moi, avec des formes plus rondes. Elle avait les formes qui conviennent à une femme, et en se serrant contre Alasdair elle a dit *toi* – elle lui appuyait sur la poitrine le bout de son doigt et souriait –, *tu laisses entrer le froid dans la maison...*

Puis elle s'est retournée vers moi. Son visage rayonnait. Elle ne grimaçait pas devant mes cheveux emmêlés ou ma jupe en haillons. Elle a dit *je m'appelle Sarah. Et je me réjouis de voir une nouvelle femme chez nous, les hommes sont trop nombreux ! Tous ces hommes...* Quel sourire que le sien. Un sourire plein de lumière.

Nous avons souri tous les trois. Nous avons souri avant de nous séparer, en nous souhaitant une bonne année, puis je me suis étroitement couverte de ma mante et esquivée dans l'obscurité.

Sous les bouleaux de la ravine, j'ai fait halte un moment. Je sentais l'air de la nuit. Je le respirais.

J'ai dormi avec une poule de chaque côté de moi.

L'hiver était donc là, ma saison. La froidure de ma naissance. Et quel hiver sauvage c'était dans les Highlands ! La glace craquait, et les premiers temps les flocons de neige ne tombaient pas, ils flottaient en l'air. Ils glissaient autour de ma tête tandis que je revenais du glen, les bras chargés de tourbe. Quand je me regardais dans les lochs assombris je voyais de la neige sur mes cheveux.

En voyant ça, je pensais *c'est le commencement.*

Oui, ce n'était que le commencement. Ces flocons légers n'ont pas duré. Cinq jours après Hogmanay, le vent s'est mis à souffler. Il jetait la neige contre la corniche du nord et hurlait dans mon vallon, tellement fort que mon toit tremblait. Les ciels gonflaient et se ruaient, comme ils font sur la mer. Et je marchais loin, car l'hiver n'était-il pas toujours trop magique pour manquer une occasion de le contempler ? Il ne m'avait jamais fait peur. Alors j'allais là où je savais que je trouverais de la beauté, au bord d'une eau à moitié gelée ou sur les hauteurs où il y avait des biches. Elles se blottissaient contre les rochers, clignaient des yeux dans le vent. J'ai vu courir un lièvre, tellement rapide et couleur de neige qu'on aurait dit du vent ou des flocons qui volaient, et seuls son œil noir et le dessous de ses pattes montraient que ce n'était pas ça. *Un lièvre des neiges...* J'en voyais un pour la première fois. Après qu'il a disparu, j'ai regardé ses traces. Le vent me faisait tournoyer quand je grimpais sur les crêtes, et quand je me couchais par terre des flocons se posaient sur ma langue. Toutes ces choses. Petites et sans danger.

Mais avec le temps il y a eu moins de neige. Peu à peu, les bruits de l'eau sont revenus, le ruisseau qui tombait en cascade dans mon vallon s'est fait entendre, il coulait fort. J'ai bu dedans, pas à genoux ni dans le creux de mes mains, mais agrippée à un rocher, penchée jusqu'à lui la bouche ouverte. Je souriais tout en buvant. Je sentais le goût du vieil hiver. Je buvais le nouveau printemps.

Jour après jour, des pousses vertes se montraient. La neige se trouait et les plantes perçaient, consoude et agripaume. Les voir, c'était retrouver des amies. Je m'accroupissais vers elles, en pensant *qui a besoin des gens ? Les gens ne sont pas souvent comme vous êtes,* je voulais dire humbles, bonnes et douces à toucher. Je les cueillais et les faisais sécher. Ou je les effeuillais, ou les mettais dans du sel. Ou encore je les laissais pousser en terre.

C'est un de ces jours aux eaux vives que Gormshuil est revenue. Elle a surgi en haut d'une colline, pareille à un arbre, décharnée et très droite. Je l'ai regardée descendre, et tandis qu'elle s'approchait je voyais sa maigreur, les veines bleu foncé sous sa peau. En dépit de son odeur, je me suis inquiétée. Elle était pâle comme la mort, alors j'ai dit *voulez-vous rester là un moment ? Manger un œuf ou deux ?* Il faut offrir un peu de bonté à une âme plus mal en point que la nôtre. Mais elle ne venait pas en quête d'œufs, ni de chaleur, ni d'une amie. D'une voix frêle, enfantine, elle a dit *de l'herbe-aux-poules...* Et je lui en ai donné. Sans rien demander en échange.

Gormshuil, j'ai dit, *si jamais vous avez besoin de quelque chose à manger...*

Mais elle a secoué la tête. Elle a souri, parce qu'à présent elle tenait en main l'herbe-aux-poules, et sa peau était aussi transparente qu'une aile de phalène, et elle m'a dit *tu es pareille qu'une épouse ! Une épouse !* Et en regrimpant sur les rochers, elle marmonnait toute seule comme si elle avait perdu l'esprit. *Je ne suis point une épouse.*

Il n'y a pas qu'elle qui est venue.

Les oiseaux chantaient sans fin. Ils se perchaient sur le cerisier et chantaient, ou ils se nettoyaient les ailes avec l'eau des neiges fondues, et un après-midi, tandis que je lavais ma mante dans le ruisseau, je me suis rendu compte que cette musique-là m'avait manqué. Dans les profondeurs glacées, j'avais seulement entendu une chouette. Mais le printemps approchait et les oiseaux m'entouraient. J'ai chanté en leur compagnie. Je fredonnais tout en frottant ma mante.

Et au moment où je la tordais pour faire sortir l'eau, j'ai remarqué que les oiseaux s'étaient arrêtés de chanter.

J'ai pensé *voilà Gormshuil qui revient.* Mais ce n'était pas elle.

Sur les pentes du nord, où il y avait encore de la neige, j'ai vu le cerf. Immobile, il ressemblait à un rocher. Mais sa ramure était large, et pâle, et je voyais aussi ses traces qui descendaient de la crête. Il ne bougeait pas, il observait. Alors je l'observais sans bouger moi non plus.

J'ai demandé *il n'y en pas d'autres avec toi ?*

Il paraissait solitaire. Et maigre, à cause de l'hiver. Son pelage avait l'aspect mâchuré qui vient avec l'âge, ou la maigreur. Au son de ma voix, une oreille s'est couchée en arrière. J'ai pensé *il est magnifique* parce que je n'avais jamais vu de si près un cerf vivant, et voilà qu'il demeurait immobile devant moi, et son haleine fumait hors de sa bouche chaude et pleine d'herbe. Des dizaines de couleurs jouaient dans son pelage, et son regard était fort, et il dressait sa couronne. Un long moment, il n'y a eu que lui et moi, et le ruisseau.

Puis les deux oreilles se sont couchées. Son poitrail et ses pattes de devant se sont mis en mouvement, et il a fait demi-tour dans la neige. Il est parti à grands bonds, s'éloignant de moi pour regagner l'abri des hauteurs, et j'ai dit *où t'en vas-tu ? Pourquoi ?* Car je m'étais tenue coite.

Il m'a vue, je pense.

J'ai trébuché. Je n'avais pas entendu que quelqu'un venait vers moi dans l'herbe. Avec le bruit de l'eau, des arbres se balançant, et le cerf que j'interpellais, je n'avais pas entendu ses pas ni son plaid qui lui battait les jambes. J'ai repris mon équilibre, appuyée contre un rocher.

Excuse-moi, il a dit en levant la main. *Je te dérange ?*

J'ai fait signe que non.

Il a patienté. Il patientait tandis que je lissais ma jupe et reprenais mon souffle.

Tiens, il a dit. Il me tendait un panier. Un linge le recouvrait, et quand j'ai soulevé ce linge j'ai vu de la viande, sombre, salée.

C'est de la venaison. Il nous en restait d'Hogmanay plus que suffisamment. Il souriait, sans doute de la mine que je faisais, tellement il y en avait. *Mais évite peut-être de la montrer à ton ami.*

J'ai froncé les sourcils. *Mon ami ?*

Lui. En souriant, il a indiqué de la tête le cerf qui n'était plus qu'une forme découpée sur le ciel, encore à nous guetter, une oreille en avant et l'autre en arrière.

*

Alasdair Og MacDonald. Voilà quel était son nom complet.

Mais j'en ai d'autres, il a dit. *Le Rouge, à cause des cheveux, mais aussi des batailles, car mon sang a coulé de la main de ceux que j'ai tués. Je me bats bien. C'est ce que je fais le mieux de tout, je crois. Là-bas à Argyll on m'appelle le rescapé, depuis une empoignade où tout jeune j'avais affronté des Campbell. J'en étais sorti avec quelques os cassés mais je leur en avais cassé à eux aussi. Le rescapé... J'ai entendu ça. Le chiot. L'efflanqué.*

Je tisonnais le feu tandis qu'il parlait. L'après-midi avançait, la lumière de janvier déclinait sur les collines. Il s'était assis au seuil de ma cabane, rien qu'à moitié dedans. Les poules picoraient près de lui.

Le chiot ?

Ma mère dit que je répondais moins à mon nom qu'à un sifflement, quand j'étais petit. Elle dit que le chien comprenait mieux le gaélique.

Ça m'a plu.

Nous portons beaucoup de noms, en tant que clan. Les MacIain ou ceux de Glencoe, surtout, mais si tu demandes à un habitant des Lowlands... Il a grimacé. *Il y a des noms chargés de haine. Une tribu papiste. Ces gibiers de potence...* Les yeux baissés, il a frotté le talon de sa cuaran dans la terre.

J'ai dit *oui, je sais.*

Comment on nous appelle ?

Comment ils sont, les noms. J'en ai un tas. Le mien est Corrag, en premier. Mais on m'a appelée plus souvent autrement. Gueuse. Sorcière. Créature du diable.

Sassenach.

Je l'ai regardé. *Ça, je ne sais pas ce que ça veut dire.*

Anglaise, il a répondu en souriant. Il a quitté des yeux sa cuaran et croisé mon regard. *Ça veut dire anglaise. Ne l'es-tu point ?*

Si. Je viens de Thorneyburnbank. C'est un village avec un pont voûté et un cerisier. Il y a le mur des Romains, pas loin, et du vent qui souffle fort... Je suis née là-bas. Je suis née par une nuit glacée. J'ai vu cette glace, et d'autres glaces.

Mais te voilà chez nous à présent, il a dit.

J'ai réchauffé un peu de viande dans la marmite, avec des herbes. J'y ai ajouté une galette d'avoine mise de côté et rassise, mais je n'avais rien pour servir ça, il fallait le prendre à même la marmite, avec nos doigts. Pourquoi j'aurais eu de la vaisselle ? J'étais toujours toute seule.

J'ai dit *je n'ai point de vaisselle.* Mais il ne fronçait pas les sourcils, ne paraissait pas s'en soucier.

Comment se porte votre père ?

Alasdair mangeait. Il mangeait comme font les hommes, vite, sans lever les yeux, et en puisant dans la viande avec la galette. J'observais ses mains tandis qu'elles puisaient. *Il se porte bien. Il a mal à la tête, je crois, mais davantage à cause d'Hogmanay que de sa blessure. Toujours l'indomptable qu'il est.*

J'ai regardé le feu. Doucement, j'ai dit *il y a des histoires qui courent.*

Sur lui ? Ouiche. Plein d'histoires. C'est le Highlander le plus connu depuis Bonnie Dundee, pour sûr. Ça tient d'abord à sa haute taille et son allure. Et puis à ses prouesses. Tu as vu un vieil homme tassé dans son siège avec un chien à ses pieds, mais Le MacIain a pourfendu une douzaine d'hommes en un seul combat, sans personne à ses côtés, c'est la vérité. Il a fait une descente sur Glenlyon tellement rapide qu'ils se sont tous sauvés pieds nus, s'ils ont pu se sauver. Il y en a qui brûlèrent dans leur maison en feu. Alasdair m'a jeté un coup d'œil. *Il s'est battu aussi contre des Anglais.*

Des Anglais ? Parce qu'ils étaient anglais ?

Parce qu'ils se joignaient aux Campbell, dans le sud. Ce clan-là nous a toujours haïs, et considérés comme des ennemis. Des fauteurs de troubles.

Des voleurs ?

C'est ce qu'ils disent. Mais tous les clans pratiquent le vol, comprends-tu ? Même les Campbell. Non... – il a mâché son morceau de viande *– ça se rapporte à plus profond que ça. Ça se rapporte à Dieu, et à la politique. À l'idée qu'on se fait de l'Écosse, et à ce qu'on espère pour elle. Dans notre* *pays*, il a dit, *les hostilités mettent longtemps à s'éteindre.*

Je me taisais. J'ai réfléchi avant de murmurer *tellement de haine ici...*

Il a levé les yeux. *Point davantage ici qu'ailleurs. Tu le sais bien. La haine, c'est ce que tu as fui, non ? Tu craignais pour ta vie ?*

C'était vrai. *Mais je n'ai jamais fait de mal à quiconque. Je ne me suis jamais battue contre personne.*

Jamais ? Jamais du tout ?

J'ai haussé les épaules. *Pas avec mes mains. Pas l'arme à la main.*

En entendant ça, il a gonflé les joues et soufflé, soupiré. *Pour sûr. Tes mains sont trop petites pour se battre.*

Tandis que les siennes... Je les ai regardées. Je connaissais sa main droite, ses cicatrices en demilune, ses marques. Je la voyais déchirer la galette d'avoine et me rappelais le moment où je lui avais écarté les doigts sur l'emplâtre, en disant *appuyez. Comme ça.* Ce moment-là paraissait remonter à un autre temps.

Peut-être qu'un jour, j'ai dit, *il n'y aura plus de haine. Plus rien de sombre. Plus de batailles.*

Tu y crois ? Il a secoué la tête. *Aussi longtemps qu'il y aura de l'envie ou de la cupidité, il y aura de la haine. Aussi longtemps que Guillaume occupera le trône.*

Guillaume ? Tu le hais ?

Il nous hait tout autant ! Parce que nous refusons de l'appeler notre roi. Nous refusons de nous incliner devant lui, ou de nous soumettre à sa loi, et il le sait.

À cause de la religion ?

Ouiche, à cause de la religion. Parce qu'il n'a pas la même que nous et notre nation. Il a honte des Highlanders et nous traite de fauteurs de troubles, de barbares, de fardeau pour son trône, mais quand nous a-t-il rencontrés ? Est-il venu dans notre glen, ou un autre ? Jamais. Son regard s'est durci. *Je te parle en anglais. Sais-tu pourquoi ?*

Non, je ne le savais pas.

Parler cette langue n'est pas le fait de tous parmi nous. Les plus vieux ne la parlent point. Mais Le MacIain fut envoyé à Londres quand il était enfant, il fut forcé d'y aller, car le gouvernement pense que si les clans oublient leur langue à eux ils oublieront aussi leur foi, et à ses yeux ce sera un jour béni. Il a encore secoué la tête. *Ces gens-là veulent faire de nous des bâtards, Sassenach. Changer nos mœurs et nous rompre le dos. Nous devons préserver notre langue ancienne, parler davantage le gaélique. Et lutter contre ce roi, contre tous ceux qui le servent, et les tuer s'il le faut...*

Je l'écoutais. Assise près de mon feu avec les poules, je regardais la lumière s'assombrir derrière sa tête. Je m'interrogeais sur la couleur de cette lumière. Ce n'était pas du gris. Ni du bleu foncé.

J'ai demandé *vous en avez tué beaucoup ?*

Ouiche. Quand il m'a fallu le faire. Quand on a cherché querelle au clan ou qu'on l'a insulté. J'ai combattu à Killiecrankie et ma dague en a pourfendu quelques-uns sur ces pentes.

Je ressentais une longue, profonde tristesse. J'écoutais le vallon, mon feu, les bruits qu'Alasdair faisait en mangeant. Le vent. Je pensais à tout le chemin que ce vent avait parcouru, aux arbres qu'il avait courbés au passage, aux oiseaux qu'il avait portés.

Alasdair me regardait. *Te voilà bien silencieuse,* il a dit. *Qu'as-tu donc à l'esprit ?*

Que c'est pour ça que vous êtes venu, pour me parler de vos guerres. Des hommes que vous avez tués. Pour m'amener à me dire que je ne devrais pas être ici, que je n'aurais jamais dû aller vers le nord-ouest...

Je suis venu chez toi avec de la venaison. Pour te l'offrir.

J'ai hoché la tête et rougi. *Oui, je sais.*

Nous restions assis près de l'âtre. Le feu veillait à lui-même comme un chat, et nous paraissions tous deux captivés par le rougeoiement de la tourbe.

Puis il a dit *ton nom… C'est un nom étrange.*

Il me vient de ma mère. Elle s'appelait Cora. C'était son vrai nom, mais à force qu'on lui jette à la figure hag, *gueuse, elle pensait quelquefois que c'était plutôt ça, son nom. Alors elle les a réunis pour faire le mien,* Cora et hag. J'ai vu qu'Alasdair réfléchissait. *Elle était souvent narquoise. Elle a ri quand je suis née.*

Sais-tu ce que ça signifie ? Dans notre langue ?

Corrag ?

Oui. Le sais-tu ?

Je l'ai interrogé du regard, car je n'en savais rien. Et je ne comprenais pas sa question. *Ça signifie quelque chose ?*

Il a levé un doigt. À la lueur du feu, il a levé l'index et l'a lentement pointé vers moi, mon visage, mes yeux. *En gaélique*, il a répondu, *voilà ce que c'est.*

Le doigt ?

Le doigt. Tu portes un nom gaélique, Sassenach. Alors tu as peut-être eu raison de venir ici, d'aussi loin.

Vous en souvenez-vous, monsieur Leslie, je disais qu'il y a des moments qui changent la vie, soudain ? C'était un de ceux-là, je pense. Quand Alasdair a levé son doigt comme il l'a fait. Je le voyais dans le crépuscule venu derrière lui. Une forme obscure, un visage obscur.

À son départ, je l'ai remercié. *Pour la viande*, j'ai dit.

J'espère qu'elle va te durer. Il y en a beaucoup.

Vous en avez gardé suffisamment ? Pour votre épouse et votre famille ? Je peux me contenter de bien moins.

Nous n'en manquons point, Sarah et moi.

J'ai hoché la tête et souri.

Nous nous sommes dit au revoir. Vite.

*

Regardez. Vous voyez ? Mon doigt. Pas grand-chose à voir. Il est tout petit et sale, avec un ongle cassé, et il est un peu noueux à force que je m'agrippe aux rochers et à la bruyère pour me hisser sur les crêtes, mes orteils aussi, ils sont noueux. La jument m'a mordue une fois en me prenant pour de la nourriture et mon doigt porte encore la marque de sa dent, là. Elle ne l'a pas fait exprès. Ça saignait, mais j'avais de la renouée dans le sac de Cora.

Corrag signifie *doigt*.

Savez-vous ce qu'ils disaient ? Les habitants d'autres glens qui avaient entendu parler de moi mais ne me connaissaient pas ? Ils savaient seulement que j'avais mes plantes et des yeux gris comme un fantôme et que je grimpais les pentes dans la tempête, et ils disaient *Corrag ? Ah... C'est parce qu'elle pointe le doigt pour vous jeter un sort. En vous pointant le doigt dessus, elle vous transforme en pierre...*

Ça vous reviendra aux oreilles. C'est ce qu'ils vous diront, les Cameron du nord et peut-être un ou deux Stewart. Un homme du nom de Breadalbane disait qu'on lui avait dit qu'au bout de mon doigt il y avait une lumière qui pouvait faire du mal aux gens, comme la foudre. Mais il était à moitié idiot. Alors qu'est-ce que vous leur répondrez ?

Répondez *non, elle n'a jamais pointé le doigt sur personne, jamais jeté un sort.* Car je ne l'ai jamais fait.

Je regardais mon doigt, après la visite d'Alasdair. Je voyais ses parties fripées, ses plis, et je pensais *comment ça peut être mon nom ? Mon vrai nom ?*

Ça ne me plaisait pas. Ni ce que mon nom signifiait ni la petitesse de mes mains.

Mais à présent j'aime bien les deux. Je les connais et je les aime bien.

Corrag ? Pourquoi Corrag ?

Parce qu'elle fut courageuse. Elle montra le chemin.

*

Je sais qu'il me faut avoir de la gratitude, et j'en ai.

Mais il me manque, monsieur Leslie. Tout au long des heures que je passe éveillée, il me manque. La nuit, je rêve de lui, je crois être à côté de lui, ou assise devant ce feu tandis qu'il parle et mange sa viande, et puis je me réveille et il me manque. Il me manque encore plus fort.

Vous ne me quittez pas déjà ? Je sais qu'il est tard. Mais si vous me parliez de l'Irlande, et de ses ciels ? De vos fils et de votre épouse ?

Je les verrai peut-être dans mes songes.

Parlez-moi jusqu'à ce que je m'endorme.

Ma bien-aimée,

Je ne puis te remercier assez pour ta lettre. La seule vue de ton écriture m'apaise, et lorsque je te lis, j'ai la sensation que tu es ici à Inverary, avec moi. Je voudrais de tout mon cœur que cela soit, comme tu le sais. Lorsque je lis ma bible le soir près du feu, je regarde le second fauteuil de cette chambre, dans lequel je ne me suis jamais assis, et j'imagine comment tu serais si tu l'occupais. Peut-être broderais-tu. Ou aurais-tu sur tes genoux un petit roman. J'ai vu maintes choses au cours de ma vie, Jane. En tant qu'évêque. En tant qu'exilé. Mais les plus précieuses, je les ai vues en tant qu'époux.

C'est ce que j'ai dit à la prisonnière.

Ce soir, elle est devenue agitée et il m'a semblé qu'elle pleurait, dans l'obscurité. Ce n'était pas sa mort qui la tourmentait (certes, cette angoisse la saisit par moments), non, c'était plutôt sa vie, je pense. Peut-être voit-elle le bien qui existe dans le monde, la lumière là où sont les ténèbres, car qui d'autre pourrait se remémorer qu'un soldat tenta de la souiller (tu comprendras le sens de ces mots : il s'agit de la pire souillure qu'un homme puisse infliger à une femme) et décrire ensuite un lent coucher de soleil ? Elle voit les beautés que nous négligeons le plus souvent. Mais ce soir elle avait le cœur lourd. Je pense que parfois, elle exhume tout ce qu'elle a perdu et le contemple, dans le noir.

Tandis que je rangeais ma plume, elle m'a demandé si vous me parliez de l'Irlande ?

Je suis donc resté encore un moment. À son tour, elle m'a écouté. Je lui ai dit que nos garçons grandissent de jour en jour pour devenir des hommes forts et instruits, et que ta voix lorsque tu chantes est le plus doux des sons que je connaisse. Comme je lui offrais Glaslough, le lierre et les jardins, les chemins qui s'emplissent de fleurs au printemps, elle a demandé quelles sont ces fleurs, mais l'ai-je jamais su ? J'ai répondu mon épouse les connaît. *Sur quoi elle a un peu souri, disant* oui, les femmes les connaissent.

Elle m'a interrogé à ton sujet, Jane. Je ne lui ai pas donné de toi une description trop éloquente, car ce serait comme chanter les louanges d'une rose à une humble fleur sur un rocher. Cela paraîtrait injuste. Mais elle me posait des questions, par exemple qu'y a-t-il en elle qui fait que vous l'aimez ? *Et comment lui répondre ? Je ne saurais par où commencer.*

En écrivant ces lignes, j'entends de l'eau s'égoutter. C'est dehors, et les gouttes tombent du toit sur l'autre toit au-dessous de moi, celui de la cuisine, je crois. Cela annonce probablement le début du printemps, ce qui signifie pour la prisonnière que sa mort approche. On apporte sur la grand-place davantage de bois et des cordes, et mon aubergiste m'assure que cette perfide enfant du diable (ces mots sont les siens) n'en a plus pour longtemps. Une semaine au mieux, dit-il. (Ils préfèrent la fin de semaine, pour l'ordalie par le feu. Je pense que cela multiplie les spectateurs.)

Je lui ai aussi demandé qui est le shérif de cette ville. Qui est en position, ai-je demandé, de recevoir un serment pour le roi ?

Il a nommé un certain Ardkinglas.

J'irai donc trouver cet homme afin de le questionner. Il doit être l'un des derniers à avoir vu Le MacIain avant son assassinat, et cela m'intéresse d'entendre ce qu'il dira de lui.

Je vais me retirer avec ta lettre. De la pluie tapote les vitres, de la pluie et non de la neige. Par conséquent, je serai sûrement en route vers le nord avant la fin de cette semaine.

C.

V

« Les fleurs sont blanches et très menues ;
plus tard viennent
les petites gousses contenant la graine,
qui sont plates
et presque en forme de cœur. »

de la Bourse-à-pasteur

Si vous n'êtes jamais allé dans les Highlands, monsieur, vous ne pouvez connaître les biches et les cerfs.

Il y en avait beaucoup à Glencoe. Tout comme il y avait là des hommes qui brûlaient de la tourbe et grimpaient sur les hauteurs, il y avait des biches et des cerfs. Grands comme des chevaux et couleur coquille de noix, ils trottaient dans les marécages pour m'empêcher de les suivre et de me noyer. Je voyais sur les crêtes leurs formes attentives. Tandis que j'étais couchée dans ma cabane, ils broutaient dehors, car j'entendais le bruit de l'herbe tranchée sous leurs dents, et à l'aube leurs crottes se glissaient entre mes orteils.

Ils étaient prudents. Ils l'étaient devenus par force, car ne leur avait-on pas tiré des dizaines de flèches dans la croupe, ou des lames sur la gorge ? Alors ils vivaient avec prudence. Quand je fredonnais sur les pentes au printemps, jupe retroussée, ou que je cueillais des plantes, j'en croisais quelquefois un troupeau et pour sûr ils m'avaient entendue et vue longtemps avant que je les voie. Le cou dressé, les oreilles en avant. Le regard qu'ils rivaient sur moi était tellement perçant ! Plus perçant que n'importe quel reproche. L'animal et moi pouvions un long moment river les yeux l'un ou l'une sur l'autre, chacun guettant le tour que l'autre allait peut-être lui jouer. Les biches, surtout, pouvaient rester comme ça jusqu'à ce qu'on se demande si c'était vraiment une biche, ou un rocher qui avait la même forme. Mais dès que je bougeais peut-être un pied ou penchais la tête, elles s'enfuyaient. *Trotte trotte,* avec leur derrière pâle.

Les biches et leurs petits avaient des manières soigneuses.

Les cerfs étaient moins soignés, d'aspect. Leur cou était épais et lourd. Quelquefois, la bave leur pendait du museau, ou ils avaient de la mousse dans la ramure comme s'ils venaient de livrer bataille. Et ils perdaient leurs bois. Au printemps, leurs bois se cassaient et mouraient, puis les nouveaux qui poussaient prenaient la forme de ceux qui étaient tombés. J'ai trouvé sur Protège-moi une moitié de bois parfaite et je l'ai emportée dans ma cabane. Le soir, elle faisait une ombre. J'espérais que le cerf qui l'avait perdue connaîtrait une vie longue et heureuse.

Ils brâmaient, aussi. En entendant ça, peu après mon arrivée, je m'étais dit que le cerf me souhaitait la bienvenue. Je n'avais jamais entendu un son pareil à ce rugissement profond et rauque. *Pourquoi ?* j'ai demandé une fois à Alasdair. Alors il m'a parlé des cerfs qui se battent l'un contre l'autre, nouant ensemble leurs ramures comme des mains.

Ils se battent ?

Pour les biches. Pour les conquérir.

À Glencoe, même les cerfs se battent, je me suis dit. Et j'ai levé les yeux au ciel.

Oui, il y en a beaucoup, des cerfs et des biches. Vous les verrez quand vous serez à Glencoe, ou au moins vous verrez les empreintes toutes nettes de leurs sabots sur les tourbières, et leurs crottes pareilles à des grains de raisin colleront à vos semelles. Vous secouerez le pied pour vous en débarrasser.

Mon cerf m'avait épiée, je pense. Je pense qu'il m'avait vue arriver dans la vallée, traînant mes jupes, les cheveux pleins de phalènes. Quand j'ai bâti ma cabane, je pense que ça s'est reflété dans ses yeux, car il se tenait toujours aux aguets. Plus que les autres.

Après, je l'ai cherché du regard sur les crêtes. En récurant ma marmite dans le ruisseau, ou en me récurant moi-même presque nue dans les flaques de neige fondue, je parcourais des yeux les pentes des collines, au cas où je verrais un groupe de cerfs occupés à brouter. Mais il n'était jamais avec eux. Je le savais, parce que je connaissais sa ramure étrange, pas pareille des deux côtés. Et l'épaisseur du pelage gras sur son cou.

Peut-être qu'il est parti. Peut-être qu'il est mort.

Et puis il est revenu.

Je faisais sécher au soleil de la menthe rouge. Elle foisonnait au bord du Loch Achtriachtan, où vivait le taureau d'eau qui en sortait à la pleine lune. Lui, je ne l'ai pas vu, mais au moment où j'arrachais une touffe j'ai senti une paire d'yeux fixés sur moi, et c'était le cerf qui me regardait, sur le Mont au chat. J'ai murmuré *bonjour*... Comme s'il m'avait entendue, il s'est enfui.

Mais tandis que de retour à ma cabane j'étalais les brins de menthe comme on étale la lessive, il est revenu. Je me suis redressée. Le soleil brillait très fort, alors j'ai abrité mes yeux pour mieux le voir descendre la pente très prudemment. Il s'approchait. Il a secoué sa queue deux fois. Les pentes du Mont au chat peuvent être traîtresses, mais il ne glissait pas.

J'ai répété *bonjour*. Il s'est arrêté.

Je savais que c'était lui parce qu'il avait sept bois du côté droit et cinq du côté gauche.

On s'est regardés pendant un bon moment. Je voyais ses sabots fendillés, sa bouche pâle, ses yeux. J'ai aussi vu ses narines s'ouvrir et se fermer, et il a lentement baissé la tête en se penchant en avant, alors j'ai pensé *il hume la menthe. Il la hume...*

Je me suis accroupie pour en ramasser quelques brins.

Tiens, j'ai dit.

Il a relevé la tête. Son regard est devenu méfiant, comme si je l'offensais. Mais son nez humait l'herbe. On est restés longtemps comme ça, moi avec le bras tendu, disant *tiens*, et lui avec la tête dressée. J'espérais qu'il prendrait ma menthe. Mon corps avait envie qu'il vienne plus près de moi, qu'il prenne la menthe dans ma main. *Rien qu'une fois. Prends-la...* Je voulais sentir sa chaleur, et qu'il laisse des traînées de bave derrière lui. Comme la jument avait fait. Comme font tous les animaux.

Tiens...

Mais les cerfs sont des créatures sauvages. Et il était encore plus sauvage que les autres, solitaire, avec la ramure qu'il avait. La menthe le tentait, je le savais, mais pour lui la distance entre nous était énorme, et moi trop humaine, alors il a fait demi-tour.

Il a grimpé la pente puis disparu. En baissant les yeux sur les petites feuilles vertes dans ma main, j'ai ressenti de la tristesse, un court moment.

Pourtant, j'étais sûre qu'il reviendrait, car j'avais vu la tentation dans son regard. Je connaissais ce regard-là.

*

Le printemps fut bienfaisant, monsieur Leslie. Il est bienfaisant pour toutes les âmes, et pour les plantes, pour toutes les plantes qui ont dormi durant l'hiver. Je sortais de ma cabane, respirais à fond et m'élançais vers les crêtes où la neige m'avait empêchée d'aller. Je soulevais des pierres. Je trouvais de la bétoine et de l'achillée, et des insectes, et dans la forêt d'Inverrigan j'ai même trouvé de la tanaisie, c'était la première fois depuis Thorneyburnbank. À genoux, j'ai palpé les feuilles. Ça m'a fait penser à Cora. Je me suis rappelé quand j'étais une enfant et l'accompagnais. Elle disait toujours que les feuilles de tanaisie était aussi douces qu'une fourrure de lapin, ce qui indiquait que c'était une bonne plante. Surtout pour les brûlures du soleil et les douleurs aux jointures. Ça m'a rendue triste, parce qu'elle me manquait. Mais en même temps elle était là, à travers une senteur, à travers les plantes. Elle redevenait présente sur terre, près de moi. Je la rencontrais dans maints endroits, par ce temps.

Je rencontrais aussi d'autres gens et je commençais à les reconnaître.

Des enfants du hameau d'Achnacon, au visage tacheté de roux, étaient suspendus la tête en bas aux branches d'un aulne au moment où j'arrivais là. Ils m'ont hélée. Comme ils balançaient les bras, j'ai demandé *êtes-vous des chauves-souris ? Dans cet arbre ?* Ils ne parlaient pas l'anglais et un fou rire les a pris. Leurs cheveux ont frôlé les miens quand je suis passée au-dessous. Et un jour que je puisais de l'eau dans la Coe, j'ai vu le vieil ours d'Inverrigan occupé à pêcher en compagnie de ses fils, debout dans la rivière, immobiles comme des oiseaux. Et près de la Corniche église, j'ai croisé Sarah. Elle m'a saisi le poignet et demandé *comment te portes-tu ?* Elle posait cette question comme si elle voulait vraiment le savoir. Je me suis assise avec elle. Elle se caressait le ventre, et quand le soleil est sorti des nuages elle a fermé les yeux et souri. *Du soleil,* elle a murmuré, *enfin*. Nous avons donc baigné un moment dans ses rayons, elle et moi.

Je lui ai dit *je me porte bien. Très bien.*

Tout le monde avait l'air de bien se porter, pendant ces semaines-là.

Un jour de bourgeons verts et d'eau éclatante, de nouvelles vaches sont venues. Tandis que je chassais la poussière de l'hiver à coups de bâton sur ma peau de biche, j'ai entendu des sabots piétiner les rochers. Je me suis retournée. Une douzaine de vaches noires bavant de l'herbe pénétraient dans le vallon. Il y avait aussi des hommes, des MacDonald. Boueux, les joues rouges, ils soufflaient fort et tapaient sur la croupe des vaches pour les faire avancer, et j'ai pensé *les vaches de qui... ?* Car c'étaient des vaches volées. Amenées dans un vallon secret où ceux à qui ils les avaient prises ne pourraient pas les trouver et les reprendre. Je connaissais leurs coutumes, à présent.

J'ai observé ces hommes. Alasdair n'était pas parmi eux. Il n'y avait là que ceux qui parlaient seulement le gaélique, ceux qui ressemblaient à des ours. Ils ne m'ont pas regardée. Ils sont passés tellement près de moi que je sentais l'air qu'ils remuaient, l'odeur de leur sueur, mais ils n'ont pas dit mot et ça m'a chagrinée. *Pourquoi ils ne veulent pas me sourire ? Me saluer ?* J'étais plantée là, les bras ballants.

Mais tandis qu'ils s'éloignaient, celui à la cicatrice en travers du menton s'est retourné, si bien qu'il a marché à reculons un petit moment. Et il a levé la main. Il m'adressait un signe de main. Alors j'ai levé la mienne.

Les petits moments, monsieur, c'est ça qui peut changer un monde.

*

On ne me laissait pas souvent à ma solitude, durant ces mois. À peine un jour passait sans que je reçoive une visite, ce qui me faisait plaisir quelquefois, mais d'autres fois j'avais envie de calme et de silence. Je n'osais plus ôter mes vêtements pour me laver, de crainte qu'on me voie. Je n'avais pas grand-chose à cacher – des os et une peau blanche, guère davantage – mais quand même, ce n'est pas bien de se montrer dévêtue. C'est un moment privé.

Un homme est venu me tendre son pouce avec une mauvaise écharde, et je l'ai soigné.

Bran m'a trouvée, il haletait et a levé la patte sur le noisetier. Mais il est reparti très vite, et il n'y avait personne avec lui. Ou s'il y avait quelqu'un, ce quelqu'un n'est pas descendu jusqu'à ma cabane. Et tout ce que j'ai vu en levant les yeux vers les pentes, c'étaient des rochers et des touffes d'herbe.

Ça me plaisait de voir des gens. Que des gens viennent à moi. Quand même, j'ai dit à mon reflet dans une mare tourbeuse *pour toi, ce sont les endroits qui comptent. N'aime jamais. Ne le cherche pas, lui, dans les ombres. Ne murmure pas son nom.*

Alors je suis allée au loin. Un jour où la brise soufflait, j'ai décidé de marcher vers la lande. La lande de Rannoch, où ma jument était morte et où j'avais vu sortir son fantôme. Où j'avais erré comme mariée à mes guenilles, à ma peine et ma fatigue, quand Glencoe m'était inconnu. Où j'avais mené une autre vie.

Je me suis arrêtée au bout de la vallée, à l'ouest, pour la contempler. J'ai vu ses abeilles s'animer, et son ciel où les nuages couraient. Puis j'ai gagné la montagne qui se dressait à côté de moi, *le Pic sombre*, peut-être, ou *la Pointe de flèche*, car mon talon gardait la marque de l'entaille. Mais je me suis dit *grimpe là-haut ! Pense à la vue...* Elle était dure à escalader. Je m'agrippais avec les doigts. À certains endroits, je voyais la bruyère loin au-dessous de moi, entre mes pieds, et alors je me répétais *tiens bon ! Va plus haut !* Et j'imaginais la joie que m'offrirait la crête quand j'y parviendrais tout endolorie, le grand air et la vue, la vue !

Mais ce n'est pas de la joie qui m'attendait, sur la crête. J'ai senti une odeur.

J'ai ralenti le pas. Là, en haut de ce pic noir et déchiqueté, se tenait Gormshuil.

Ça m'a arraché une exclamation. Les mains sur mes hanches, j'ai dit *vous ? Ici ?* Car l'escalade avait été tellement dure ! Il m'avait fallu me cramponner, sauter, me balancer d'un rocher à l'autre. Et cette femme quatre fois plus âgée que moi, trois fois plus grande et qui paraissait ne rien manger, elle était pourtant là, avec sa peau transparente et sa cape élimée que le vent malmenait. En guise de réponse, elle s'est écartée. Et derrière elle, j'ai vu des pierres entassées pour faire un abri, et un âtre et des os et de vieux morceaux de toile. Et aussi deux autres femmes, assises à côté.

Par politesse, je n'ai pas tourné les talons. Je me suis accroupie sur une pierre et j'ai souri à ces nouveaux visages. Elles étaient aussi maigres et pâles que Gormshuil, mais plus jeunes toutes les deux, à mon idée. Une d'elles avait le visage très abîmé, des os qui avaient été cassés car son nez était aplati et sa mâchoire de travers. Ses dents du bas avançaient et elle parlait avec difficulté. *Doideag*, elle a craché. *Je suis de Mull. Une île, au sud*… Elle a tendu le doigt. L'autre femme se taisait. Le menton appuyé sur ses genoux, elle regardait le bout de ses pieds. Je crois que je n'avais jamais vu une tristesse comme celle qui pesait sur elle, et Gormshuil a dit entre ses dents *celle-là, elle a perdu sa langue.*

Perdu sa langue ?

Elle en a une mais ne s'en sert point. Elle ne peut point. Le choc lui a ôté la parole.

Le choc ?

Un bateau a sombré. Le Laorag. De Tiree. Et ils étaient tous là à se noyer autour d'elle, à lui agripper les cheveux, et elle nageait en traînant des mains de morts sur ses jupes… Ils ont tous péri, sauf elle.

Ça n'avait rien d'agréable d'être assise là, en haut de la Montagne sombre, avec ces femmes tellement étranges, qui menaient une vie tellement sauvage que même Cora ne s'en serait pas accommodée. Autour de leur âtre, la terre était jonchée d'os rongés et de plumes, et le vent rabattait sur moi leur puanteur. Il n'y avait aucun endroit fait pour dormir, seulement des rochers et un paquet de toiles boueuses. Aucune verdure à part mon herbe-aux-poules. Je l'ai vue, posée sur une pierre.

Gormshuil me regardait. Elle me regardait comme si elle ne me connaissait pas, ou comme si elle me connaissait peut-être mais peut-être pas. *Tu es différente*, elle a dit, l'air de me le reprocher.

J'ai froncé les sourcils. *Non*. J'étais pareille qu'avant.

Pas elle. Elle était pire, à mon idée. Elle avait des plaies près de la bouche. Aux coins de ses lèvres, des croûtes rouges s'écaillaient quand elle parlait, et ça venait de l'hiver. J'ai pensé que la consoude aurait pu la soigner.

Tu es différente, elle a répété. *On sème des graines partout, et voilà qu'elles percent hors de terre...*

Paroles obscures. J'ai secoué la tête. La bouche de Doideag a produit un bruit qui ressemblait à celui que faisait Bran quand il se léchait, elle mangeait quelque chose dans sa main. Sa mâchoire était toute tordue et les os cassés pointaient sous ses joues.

J'ai dit *il fait beau. J'ai vu davantage de gens ces deux dernières semaines que tout au long de ma vie, je crois. Occupés à pêcher dans la Coe. À tisser. J'ai vu les garçons s'exercer à manier l'épée, et...*

Gormshuil a dit *à marauder.*

Marauder ?

Ouiche. Voler. Piller sans frein dans le sud. C'est ce qu'ils font...

Elle savait ces choses-là. Elle a poussé sa langue dans les trous de sa denture, comme si elle réfléchissait, et peut-être bien qu'elle réfléchissait. Mais dans sa tête, la cervelle grisonnait. Elle était embrumée par l'herbe-aux-poules et la vieillesse, pour sûr. *Ils vont prendre et prendre encore. Ils vont encore amener ici du bétail. Du fourrage. Des chevaux... Ça finira par causer leur perte,* elle m'a dit, *tous ces vols.* Elle a haussé un sourcil et serré les plantes dans sa main. *C'est un voleur, le plus jeune. Le tien.*

Le mien ?

Le tien. Sa graine pousse, et ses vols aussi. Les vaches du Glen Lyon, celles-là. Trouvées en train de boire dans la rivière, alors il les a prises, au crépuscule. Oh, il y avait eu du grabuge avec lui. La sauvagerie des cœurs. Flamboyante comme ses cheveux, et on l'a mis aux fers à Inverlochy pour le punir, l'été dernier, il a fallu que la reine s'en mêle pour le libérer. La vraie reine ! Elle ne durera point. Elle est plus forte que son mari mais une peste l'emportera...

Gormshuil, j'ai dit, *que racontez-vous là ?*

Elle m'a regardée fixement. *Tu sais*... Et puis, *une petite chandelle brille plus fort dans un endroit sans autres chandelles*... Elle a détourné les yeux vers la lande de Rannoch où les ombres des nuages couraient sur les rochers, et elle l'a contemplée. *Tu viendras me trouver*, elle a dit, *quand il y aura un loup*.

J'ai secoué la tête. *Un loup ?* C'était pure déraison, à présent.

Quand il hurlera. Tu reviendras...

Un loup ? Une idée m'a saisie. *Vous avez le don de double vue ?*

Les loups ne dureront point. Non, non...

Je me suis penchée. *Est-ce que vous l'avez ? Le don de double vue ? Gormshuil ?*

Elle a oublié ma présence, après ça. Elle s'est levée et mise à errer dans les cailloux et la poussière, tripotant un oiseau mort tout en marmonnant. Je l'observais. Et j'ai senti un pouvoir en elle. C'était peut-être l'herbe-aux-poules qui lui montait à la tête et la remplissait de songes. Ou peut-être sa haute taille et ses vieux os qui la faisaient paraître étrangement sagace.

Je me posais la question. Je ne trouvais pas la réponse. Mais après avoir dévalé de rocher en rocher et pris le chemin du retour à ma cabane, je suis tombée sur l'ours d'Achtriachtan en train de ramasser de la tourbe dans le glen. Je suis allée à lui. Très doucement, j'ai demandé *les vaches ? Où est-ce qu'elles ont été volées ?*

Il a bien compris mon anglais. *Glen Lyon. Au sud-est.*

Et comment Gormshuil pouvait-elle le savoir ? Avec la vie qu'elle menait, à l'écart, embrumée par l'herbe-aux-poules ?

Cette nuit-là je me suis enveloppée bien serré en me couchant près du feu.

*

Le don de double vue. Même vous, monsieur, vous avez entendu parler de ça, qui fait qu'une personne connaît l'avenir, le voit et en est sûre. Cora avait ses accès par terre. Son dos se cambrait, et quand c'était passé elle se prenait la tête à deux mains, elle disait *je crois que j'ai un cou fait pour la potence,* ou *prends garde aux veaux marqués...* C'est comme ça qu'elle a vu *nord-ouest,* je pense. Elle a vu sa corde, et *va-t'en !*

Cora les vendait quelquefois, ses prédictions, sa double vue. Elle revenait d'Hexham avec une poignée de sous et elle achetait de quoi manger, ou un ruban pour ses cheveux. Mais pas Gormshuil. Elle ne vendait rien. Elle restait loin des maisons, cachée sur les hauteurs, et dans les histoires des MacDonald elle était une revenante qu'on entendait gémir à la pleine lune. Laissant sur sa trace dans l'herbe des fils de la vierge. Lady Glencoe a parlé de la *bean nighe,* une femme faite de vapeurs qui lavait ses vêtements dans la Coe quand la nuit était noire, et son nom signifiait que la mort rôdait non loin. En les écoutant, je savais que c'était de Gormshuil qu'ils parlaient. J'ai dit *c'est une vraie femme, elle n'est pas faite de vapeurs. Je l'ai rencontrée, et elle sent mauvais.* Mais les croyances peuvent être plus fortes que la réalité, quelquefois. *Ne t'en approche point, Sassenach,* a dit lady Glencoe. *Elle porte la mort en son sein.*

Une sorcière. Une voyante. Vieille bique.

Mais Gormshuil était un être humain. Comme les deux autres. Elles étaient faites d'un peu de chair et de beaucoup d'os, avec un cœur caché à l'intérieur. Doideag se grattait et éternuait. Laorag de Tiree avait ses menstrues car j'avais vu les taches sur sa jupe quand elle était passée toute raide devant moi. Et une fois, j'ai surpris Gormshuil en train d'épier un Cameron d'une lointaine vallée, qui venait vers Glencoe et chantait en marchant, et elle l'a suivi un bon moment. Pourquoi ? Je pense le deviner. À mon idée, elle avait envie de quelque chose de chaud avec lui, mais ne l'a pas demandé ni n'a fait aucune tentative.

Je parle trop longuement de tout ça.

C'est pour dire qu'en dépit du don de double vue et de leur puanteur et de leur vie sauvage, elles étaient des êtres humains. Elles avaient été des filles, des sœurs, des épouses, alors quand je les regardais, avec leurs yeux pleins d'herbe-aux-poules, je me demandais *que s'est-il passé ? Quel coup dur ?* Parce que personne ne peut choisir de mener une vie pareille. Personne ne vit en haut d'une montagne à moins d'avoir connu un grand malheur, blessure, perte ou peur sur peur.

Doideag, je pensais que des poings l'avaient démolie. Un homme, ou plusieurs, l'avait battue et laissée pour morte, car je voyais ses os déformés et je les entendais craquer quand elle marchait. Celle qui venait de Tiree était tellement triste et solitaire qu'elle en avait perdu sa langue, et elle souffrait de rêves tellement affreux qu'une nuit il m'a semblé l'entendre crier. Des rêves de naufrages.

Et Gormshuil ? Je ne saurai jamais quel était son malheur. Mais pour en étouffer tous les échos elle se bourrait d'herbe-aux-poules.

Une fois, je l'ai entendue qui disait *l'amour*... C'est tout. Elle n'a rien dit de plus. Pourtant, à sa manière de le dire – lente, avec un lourd clignement de ses yeux bordés de rouge –, elle semblait regretter qu'il l'ait trouvée, et délaissée.

Regarde le mal que ça leur a fait. Regarde ce que les hommes ont fait.

Mais à quoi servent les mots ? J'ai compté les jours où je ne voyais pas Alasdair.

Je le cherchais sur les collines. J'errais dans les bois, et quand un oiseau s'envolait d'un buisson je pensais *lui ?* Non, ce n'était pas lui.

Il a quand même fini par venir. Il descendait des pentes du Mont au chat et j'ai d'abord entendu les cailloux qu'il faisait rouler en bas. C'était comme de la pluie. Ça crépitait, et en me retournant j'ai vu les cailloux rebondir contre les rochers, jusque sur les vaches, alors je me suis demandé *qu'est-ce qui... ?* J'ai levé les yeux, il arrivait.

Il a dit *j'étais au loin. Trop longtemps, à mon avis.*

Ses cheveux brillaient davantage au soleil et il m'a paru plus large qu'avant. Il a tiré de sa poche la coquille fine, mouchetée de bleu d'un œuf. Une demi-coquille. Elle avait encore en dessous le voile blanchâtre, avec un petit filet de sang, et j'ai pensé à l'oiseau qui était sorti de cette coquille. Il l'avait cassée pour se libérer. Alasdair me l'a mise dans la main.

Nous avons marché. Nous ne sommes pas restés près de ma cabane, car l'après-midi était doux et lent. Maints insectes voletaient et les vaches balançaient la queue en broutant.

On va bientôt les déplacer, il a dit. *On va les mener paître sur la lande de Rannoch. Il y en a trop, ton vallon est trop petit pour elles.*

Mon vallon ?

Oui. Ton vallon à toi.

Nous sommes allés à cet endroit qu'ils appelaient le Mélange des eaux. Un jour, voilà mille ans de ça, j'y avais lavé ma mante et suspendu des toiles d'araignées dans les arbres. À présent, la chute d'eau ne faisait plus son bruit de tonnerre ni de la brume, parce que la neige avait fini de fondre et qu'aucune pluie n'était tombée.

Alasdair a demandé *comment ça a été pour toi ces jours-ci ?*

Très bien. J'étais occupée. Les plantes revivent au printemps, alors j'ai fait ma récolte.

Il a hoché la tête, mais je n'étais pas sûre qu'il m'avait entendue. Son regard paraissait ailleurs.

Ma mère m'a appris à les reconnaître. Elle avait cheminé un peu partout, et cueilli ses plantes au passage…

Il a dit *j'ai eu tort de parler comme ça, la dernière fois. J'ai parlé trop vivement. C'est mon habitude, et je devrais y prendre garde. Les histoires de guerre ne sont point au goût des femmes.*

De cette femme-ci. Je lui ai adressé un petit sourire. *Je suis pour soigner les blessures, pas pour les faire.*

Il a hoché la tête. *Je me le rappellerai. Peut-être que tu cours, et que je combats.*

Peut-être que vous devriez moins combattre. Des batailles, il y en a en abondance et nulle cause ne s'en trouve mieux, autant que je voie.

Il a presque ri, puis détourné les yeux. *Ta nature ne ressemble guère à la mienne. Elle ne ressemble à celle de personne ici. J'ai vu ça, tandis que tu recousais notre père. Je crois que tu préfères les fleurettes aux épées,* il a dit. Pour me taquiner.

Et les coquilles d'œuf.

Ouiche. En la voyant, j'ai pensé à toi.

J'ai souri. Je regardais sa main dans les herbes et me demandais pourquoi ma nature était toujours à part, à moi seule. Cora avait eu la même, non ? Mais personne d'autre après, personne de Glencoe. *Ma nature déplaît à votre frère*, j'ai dit.

À Iain ? Ce n'est point que tu lui déplais. C'est qu'il se méfie.

Il se méfie de moi ? Pourtant, j'ai guéri Le MacIain.

Pour sûr. Je le sais. Notre père le sait. Le clan le sait bien, il a dit. *Mais regarde-toi. Écoute-toi donc ! Le bruit a couru un temps que tu étais une espionne, Sassenach.*

Au service de qui ?

De ce roi hollandais. Des Campbell. Envoyée chez nous avec les yeux que tu as, et ta voix enfantine, pour nous enjôler ou tendre l'oreille à ce que nous pourrions comploter. Pour leur donner des informations sur ce clan jacobite… Tu as parlé de n'avoir point de Dieu, ni de roi…

Je ne suis pas une espionne.

Je sais, il a dit. *Je sais. Mais je n'ai jamais entendu quiconque parler ainsi. Notre clan entier combat et vit pour ramener le roi Jacques sur le trône. Nous sommes tous partisans de la royauté, et toi…* Il a poussé un long et lourd soupir. *Comprends mon frère. Il sera le chef de ce clan, un jour, et tant de menaces nous guettent ! Tant d'ombres…*

Lui et moi, nous avons écouté la cascade. Nous avons écouté le silence qui tombe quand deux personnes voudraient dire quelque chose, mais tardent à le faire. Il y avait une lumière tellement éclatante sur les eaux que c'était difficile de penser à des ombres ou à des ennemis ou à la guerre. C'était difficile de croire à mes vies passées, avec les chats couleur de cendre, ou devant les rouges levers du soleil d'hiver qui me coupaient le souffle. Ça me paraissait tellement loin dans le temps.

Sarah attend un enfant, il a dit. *Elle s'en est doutée un peu après Hogmanay mais elle en est sûre à présent. Il grossit vite. Elle est…* d'un geste de la main, il a montré la forme que prenait le ventre de son épouse.

J'ai souri. *Oui, je sais.*

Ah bon ?

J'ai haussé les épaules et pointé le doigt. *J'ai des yeux.*

C'est vrai.

Nous avons échangé un hochement de tête. Puis, en silence, au milieu des chants d'oiseaux et des mouches, nous sommes retournés à ma cabane. J'ai cherché parmi mes plantes de l'agripaume qui est souveraine pour les femmes. Elle soigne le mal au cœur et les tourments, et apaise toutes les douleurs. Alors j'en ai donné à Alasdair. Je lui ai dit *Sarah peut préparer un bouillon avec les feuilles et le boire à petites gorgées. Ou en brûler un peu dans le feu, et sa fumée lui fera du bien. Cette plante-là vient de la Corniche église. Elle pousse près d'un rocher là-haut.*

Il avait un sourire ahuri. *D'où ça, elle vient ?*

Alors je lui ai raconté. J'ai rougi et je lui ai raconté comment j'appelais les collines que je parcourais et que j'aimais et que je reconnaissais par leur forme. J'ai parlé de chacune, et il souriait en m'écoutant. Ça l'a fait rester un peu plus longtemps avec moi pour m'apprendre leurs vrais noms gaéliques, il s'est assis devant le feu. Au lieu de s'en aller avec l'agripaume, il est resté pour me murmurer *Gear Aonach. Aonach Dubh. Sgorr na Ciche*. Il disait ces noms très lentement. Et il se servait de ses mains comme s'il cueillait tous les sons.

À ton tour, Sassenach.

Aonach Dubh.

Je faisais de mon mieux. J'essayais d'imiter les mouvements de sa bouche. Au coin du feu, nous disions les mêmes mots.

Comme le jour tirait à sa fin, Alasdair s'est levé. Il a pris l'agripaume et, sur le pas de la porte, il s'est retourné avec lenteur. Il a dit *tu n'as point laissé un homme derrière toi ? Un mari ?*

Non.

Se balançant d'un pied sur l'autre, il a regardé la plante. *Et tu as toujours été en sécurité ?*

Je ne comprenais pas sa question. J'écarquillais les yeux. Quand est-on vraiment en sécurité ?

Au long de ton voyage, il a dit. *Tu es petite, et toute seule, et tu n'as point coutume de te battre...* Il a remué sa mâchoire. Il avait en tête des mots qu'il ne voulait pas dire.

Alors j'ai compris. J'ai compris de quoi il parlait. Le soleil était très bas, et nous regardions tous les deux très fixement l'agripaume et les poils minuscules au bout de ses feuilles, et je me souvenais du soldat qui disait *tais-toi donc... Sois gentille avec moi.*

J'ai dit *non, pas toujours.*

Où ça ? Où as-tu été le moins en sécurité ?

J'ai reniflé. *Le jour d'avant que j'arrive dans les Highlands, on m'a fait du mal.*

Quel mal ?

Pas trop grave. Pas ce que cet homme essayait de me faire.

Alasdair s'est tendu. J'ai vu ses épaules se raidir, et il a soufflé d'un coup. Il a dit *tu seras en sécurité ici. Oui. Je te le promets.*

Les au revoir, entre lui et moi, n'ont jamais été notre fort. C'était chaque fois pareil, nous restions plantés là, à pousser des cailloux du bout du pied, jusqu'à ce qu'il tourne le dos et s'en aille très vite.

*

Je réfléchissais sur cette question qu'il m'avait posée. Je me tripotais les ongles et me tortillais les mèches. Couchée dans le noir avec mes vieilles poules dodues, je pensais *pourquoi il m'a demandé ça ?* Et *elle attend un enfant.*

Il avait dit que ma nature ne ressemblait à celle de personne. *Mais je suis quand même un être humain, et je ressens les choses humaines.* Je savais ce qui faisait la beauté de quelqu'un. Je l'avais vue en regardant une femme attacher ses cheveux sous son bonnet, ramener dessous les boucles blondes, moi qui avais les cheveux noirs et pas de bonnet. La veille, je m'étais penchée pour boire dans le loch et relevée avec des algues et un escargot accrochés sur moi. Toute la journée, je ne l'avais pas su. L'escargot pendait comme un fruit à mes cheveux. Il les couvrait de sa bave argentée, et comme je l'avais transporté en haut des Trois sœurs il avait vu des choses qu'aucun autre escargot ne verrait.

Je me suis tournée sur le côté, les genoux repliés. Mon cœur répétait *lui, lui*... Mais ma tête lui disait d'arrêter son babillage, car ça servait à quoi ? *Endors-toi, Corrag. Arrête de ressentir ce que tu ressens.*

Vous ouvrez de grands yeux. Ils me regardent à travers vos lunettes comme si j'étais la putain qu'ils ont tous dit que j'étais, car *putain* vient vite après *sorcière*. Quel mot horrible. Quelle corde à nouer autour d'une fille, car une fois qu'il a été brandi contre elle il laisse sa marque. J'ai sa marque sur moi. J'en sens encore la brûlure.

Putain. Ça me fait penser au temps où je vivais en Angleterre, où nos chats gris s'étiraient, et où ma mère revenait à l'aube, à moitié dévêtue et le rouge aux joues. *Putain* était une pierre qu'on lui jetait. On chuchotait *putain* tandis qu'elle passait dans la rue en me tenant par la main, et un jour elle se l'était dit à elle-même, *putain*, elle l'avait murmuré en regardant son visage dans un miroir. Elle paraissait tellement triste, à ce moment-là... Elle palpait la peau près de ses yeux, comme ça.

C'est un mot qui sort de la crainte, toujours. Car seules les femmes à forte tête, au cœur sagace osent défier ces lois-là, je pense. Et tous les habitants de Thorneyburnbank craignaient Cora, parce qu'ils savaient qu'elle se connaissait et menait la vie qu'ils n'osaient pas mener, et les autres se demandaient peut-être tout au fond, avec le loup qui hurlait en eux, comment ce serait de passer une nuit de pleine lune sur la lande, car leur loup à eux ils le tenaient en cage, à moitié mort. Alors Cora était la *putain*. Ils savaient ce que ça pouvait faire de soulever cette jupe rouge foncé.

Mais je suis moi, non ? L'enfant de ma mère, pour sûr, mais aussi moi. Et vous m'avez écoutée assez longtemps pour savoir que j'ai d'autres manières de laisser mon loup courir en liberté. En m'asseyant jambes croisées sur une crête dans la nuit, et attendant, attendant, attendant jusqu'à ce que se lèvent le soleil et le jour.

Vous savez que les endroits comptent beaucoup pour moi. Mais les gens comptent encore davantage.

J'avais besoin d'un amour, monsieur Leslie. *N'aime jamais*, mais j'en avais besoin, je voulais le trouver, et qu'il soit de la bonne espèce. Je me disais *je ne suis pas solitaire* et le plus souvent je ne l'étais pas, parce que les mouvements des arbres et la pluie apportent un grand réconfort, et que ma jument et mes poules ont été de bonnes amies. Mais de temps en temps je sentais un vide à côté de moi. Couchée dans la bruyère, je tournais la tête et en observant cette bruyère qui me frôlait – sa couleur, sa senteur – j'aurais voulu que quelqu'un soit lui aussi couché dedans, à contempler les nuages avec moi.

N'ai-je pas toujours tâché d'être bienfaisante ? Envers tout ce qui vit ?

Gormshuil l'avait appelé *le tien*... Mais il n'était pas à moi.

Voilà ce que je vais dire. Si *putain* est du feu, je suis de la glace. Si *putain* est comme minuit sans étoiles ni lunes, sans comètes au sillage de lumière fantomatique, moi, je suis claire. Je suis de la blancheur du lait.

Jane,

Je marche là où elle marche, je vois ce qu'elle voit. Quel don ! J'écris ceci dans ma chambre, comme toujours. Mais elle parle avec tant d'éloquence de sa vie sauvage, dans la bruyère et parmi les rochers, que je m'y sens plongé. Est-ce de la sorcellerie ? Ce don ? Ses propos s'incrustent en moi. Je me suis promené ce soir sur la rive du loch, mais il me semblait que c'était la rivière Coe et que les maisons devant lesquelles je passais étaient des collines. À mon retour dans cette chambre, j'aurais presque souhaité, en dépit de son bon feu et de ses tentures, et de mes livres, qu'elle fût pleine d'étoiles et loin d'ici. Les récits de la prisonnière me font l'effet d'une magie.

Je soupçonne que cela provient en partie de mes accès de mal du pays. Il me rend vulnérable, je pense. À Édimbourg, j'avais un espoir et une force dont je manque ici, d'une certaine façon. Quoique Corrag me procure ce que j'en attendais, au sujet de ces meurtres, je ressens une tristesse, un poids que je ne puis définir. Peut-être cette tristesse est-elle ce qui me fait pénétrer si profondément dans ses récits. Je conviendrai avec elle que le monde naturel – les saisons, la pluie absorbée par la terre – est un baume. Il se peut que nous en soyons trop éloignés.

Passons à Ardkinglas.

Il est en effet le shérif de cette ville. Colin Campbell d'Ardkinglas, un petit homme replet au teint très pâle, plus pâle encore que pour la plupart des habitants de ce pays. Je me suis demandé, lorsqu'il m'a accueilli, s'il n'était pas malade. Les cernes sous ses yeux m'ont poussé à dire est-ce que je vous dérange, monsieur ? Je pourrais revenir…

Mais il a secoué la tête et répondu non, non. Entrez donc. J'ai toujours du temps à la disposition d'un homme de foi, comme vous l'êtes. Votre accent m'indique que vous venez de loin ?

Sa demeure est magnifique. Si j'avais jamais douté que la fortune accompagnât les Campbell, ces doutes eussent été dissipés par son salon, plus somptueux qu'aucun de ceux que j'ai pu voir à Édimbourg. Un feu énorme dans la cheminée, Jane ! De taille à rôtir un cochon, et sa lumière chaleureuse baignait les vitrages et les lambris. Mon hôte m'a offert du whisky que j'ai poliment refusé, car cette boisson peut saper la détermination et je pense avoir besoin de toute la mienne. Il s'en est versé un verre, mais ni le whisky ni le feu, dirai-je, n'ont amené la moindre couleur à ses joues. Il était d'une pâleur spectrale.

Que puis-je faire pour vous ? *a-t-il demandé.*

Je me suis présenté sous mon nom d'emprunt et lui ai dit mon prétendu dessein (que Dieu me pardonne ces mensonges, mais je les fais en Son nom et dans l'intérêt de la nation). J'ai longuement exposé mon vœu de délivrer le monde de tous les mécréants, hérétiques et païens, suivant la voie que Dieu m'a tracée. Certes, la sincérité n'était pas absente de mon discours. J'y mets toujours un peu de moi, et j'ai poursuivi en disant que j'avais entendu parler de sa propre piété et étais donc assuré de trouver auprès de lui l'aide la plus courtoise.

En effet, a-t-il répondu. Je vous aiderai là où je le pourrai. Nous souhaitons tous un monde civilisé.

J'ai remarqué à ce moment qu'il avait bu son whisky jusqu'à la dernière goutte et s'en versait un autre verre.

Me permettez-vous, monsieur, de vous interroger au sujet de Glencoe ?

Eh bien, Jane, je l'ai vu tressaillir. Et le mot tressaillir *est trop faible – il a grimacé, s'est courbé comme si le seul nom de cette vallée l'accablait. Il a dégluti, puis s'est redressé.* Si les ténèbres sont ce dont vous voulez nous délivrer, c'est dommage que vous n'ayez point été ici voilà un mois.

J'entends dire qu'un massacre a été commis en ce lieu. Par les soldats du roi ?

Il m'a mesuré du regard. Son visage s'est radouci. Oui – je ne puis espérer que l'on ne parlera point de ces meurtres, tels qu'ils furent… Une affaire brutale. Nulle créature ne mérite une embuscade de cette sorte… Comment justifier cela ?

Je me suis enquis du serment.

Le serment ? *Il a hoché la tête. Et vidé son verre d'un trait.* Oh ! ils sont venus. Le MacIain est venu. Il est venu jurer allégeance à Guillaume, ainsi que l'exigeait le décret. Je l'ai eu ici, ici même ! Où vous êtes assis maintenant ! Le pauvre homme… Il avait chevauché lieue après lieue par un temps affreux, à peine mangé, et il n'était plus très jeune, monsieur. Plus très jeune.

Il venait trop tard, me dit-on ?

En effet. Il est d'abord allé à Inverlochy la veille de l'An Nouveau. J'étais fâché contre lui, monsieur Griffin. Je l'ai semoncé, lui ai demandé « pourquoi Inverlochy ? ». On sait bien que le colonel Hill qui gouverne le fort est un ami des Highlanders et les soutient de son mieux, mais il ne pouvait recevoir le serment ! Il fallait que ce soit moi, monsieur ! C'était ma fonction, à moi seul ! Et pourtant Le MacIain avait pris le chemin du nord… *Il a rempli son verre une nouvelle fois. Il a regardé le whisky, l'a fait tourner dans le verre.* De mon vivant, monsieur, je n'oublierai jamais comment était cet homme, debout là dans ce salon. La neige sur ses épaules. Les larmes…

Les larmes ? Le MacIain pleurait ?

Ardkinglas a encore hoché la tête. Il me suppliait. De recevoir son serment, en dépit du retard. Il a dit : « La neige m'a retenu ! Mais mes hommes et moi sommes au service du roi à présent. » Il suppliait. C'était saisissant de voir un homme d'une telle stature, d'unc telle fierté, avec une telle réputation de sauvagerie, qui pleurait devant moi.

Vous avez accepté qu'il prête serment ?

Oui. Il l'a fait. Nous nous sommes serré la main et il est parti, se croyant sauvé. Croyant que son clan – *il a dégluti* – était sauvé...

Pourquoi ne l'était-il pas ? Puisque vous aviez reçu son serment ? Un petit retard devrait être pardonnable.

Ardkinglas a répondu je pense qu'ils y ont vu leur chance. De se débarrasser des hommes de Glencoe.

Qui, ils ?

Mais il n'en a pas dit plus long.

J'étais étonné, d'entendre parler des émotions du MacIain. Des émotions, chez un guerrier ? Mais, ainsi que Corrag me l'assurerait, nous sommes tous des êtres humains, et pouvons ressentir tout ce qui est humain. Il aimait les siens, je l'ai compris. C'était aussi un homme d'esprit, d'après le récit de Corrag.

J'incline à penser qu'Ardkinglas ne buvait pas autant, avant Glencoe. J'incline à penser qu'il était un peu moins pâle.

Au moment de prendre congé, j'ai dit veuillez pardonner mon impertinence, monsieur. Mais la prisonnière ? Faut-il qu'elle périsse dans les flammes du bûcher ? Cela semble aussi cruel et barbare que les mœurs guerrières des Highlands. La mort ne pourrait-elle lui être épargnée ? Ou, au moins, que ce soit sur la potence ?

Il a acquiescé. Je sais. Je ne connais aucune imputation portée contre elle en bonne et due forme, monsieur. Mais ce n'est point moi qui la tiens enfermée.

N'êtes-vous pas le shérif ?

Certes. Mais avez-vous entendu parler d'un certain Stair ? *a-t-il demandé.* Le seigneur de Stair ? John Dalrymple ? La sorcière est emprisonnée sur son ordre. C'est lui qui ordonne qu'elle soit brûlée, et je me soumets, ainsi qu'il se soumet au roi...

Elle n'échappera donc pas au bûcher ?

Non. *Il a pris une gorgée de whisky, l'a avalée.* Comme si nous n'avions pas vu couler suffisamment de sang...

J'aurai au moins essayé. J'aurai fait de mon mieux pour la sauver. J'ai demandé au shérif de lui laisser la vie, que puis-je faire de plus ?

Une autre lettre de toi ? Pour me parler des petites choses de tous les jours. Des fleurs que tu mets dans des vases, et où sont ces vases. Dans notre salon ? Ou sur la table du vestibule ? Mais je suis sot, quelles fleurs pourrais-tu cueillir à cette saison ? Vous n'avez pas de neige, dis-tu, mais le temps est encore froid et mauvais. Les bulbes sont encore repliés dans la terre.

Parle-moi de tes broderies. Du bruit que font ou ne font pas nos fils en mangeant leur souper, attablés côte à côte. Parle-moi de tes ablutions du soir. Des pensées qui te viennent, avant que tu souffles sur la bougie pour l'éteindre.

C.

VI

« Un homme qui mange de la menthe,
on dit que sa plaie
ne guérira jamais, et cela fait long. »

de la Menthe

Quand on est privé de ciel, on pense aux ciels qu'on a connus par le passé.

Je le sais, parce que je suis privée de ciel, ici. Il n'y a que des pierres et de l'humidité ; qu'une toile d'araignée déchirée, plus de pattes pour la réparer. Alors je pense à mes ciels passés. Aux plus beaux que j'ai vus, ce qui pour moi ne veut pas dire seulement les ciels bleus, ou ceux sans nuages de l'été. Ils sont bien. Mais ce n'est pas à eux que je pense, sous mes chaînes.

Je pense aux ciels de l'Écosse, toujours. J'ai vu des levers de soleil merveilleux dans ma première vie, en Angleterre, mais j'étais trop jeune pour les contempler comme le fait la femme au cœur remué. En Écosse, j'avais le cœur remué. J'avais les yeux davantage en éveil, et un besoin, et c'est quand je chevauchais vers le nord sur ma jument que j'ai pour la première fois levé des yeux grands ouverts. Dans les moments entre nuit et jour, on voyait des ciels tellement beaux que je me disais que c'était un présent, une espèce de promesse dans les airs. Après avoir cheminé à travers un brouillard mouillé des Lowlands, on a trouvé un soleil rouge qui se levait sur la terre marécageuse. Un matin rouge et gris foncé. Je le vois encore.

Ou le ciel fendu de Rannoch. La pluie s'était arrêtée, et ses derniers nuages ont été fendus par un large rayon de soleil qui tombait soudain sur les lochs. Il les faisait briller comme de l'argent, par endroits. Je contemplais ça. Je pensais *garde-le en toi,* comme si je savais qu'un jour je n'aurais plus de ciel à contempler.

Le ciel venteux de la vallée.

Les centaines de milliers d'étoiles qui giclaient dans le noir.

Et je pense au coucher de soleil que nous avons vu du haut du Mamelon, Alasdair et moi. Je n'ai pas tourné les yeux vers lui, mais je sais que son visage en était illuminé. Je sais que la lumière était rouge, qu'elle luisait sur nos cheveux et que si je le regardais, il serait éclatant, et moi aussi s'il me regardait, et j'aurais les yeux brillants. Je pensais *regarde-moi. Tourne la tête, parce que, en ce moment, un tout petit moment, je suis jolie. C'est rare, mais en ce moment je suis jolie. Debout à ton côté.* Mais nous avions tous les deux le regard rivé sur le coucher de soleil. L'horizon était doré, et rougeoyant.

Il a dit *les îles de l'ouest sont quelque part par là-bas. La terre de mes ancêtres.*

Je me souviens.

Vous entendez ce *floc, floc* ?

Il augmente. Le bruit est plus fort. Je pense que ça dégèle vraiment sur la place du marché, à présent. La neige fond, pour sûr, elle s'en va des tonneaux, des cordes, du pieu, du bois entassé.

Plus pour longtemps, le geôlier a dit. Il est ivre aujourd'hui. Il a trébuché près de ma porte, il est tombé et s'est mis à jurer. J'en ai entendu, des jurons, mais les siens étaient les pires de tous. Il disait des choses horribles sur Dieu, et heureusement que vous n'étiez pas là.

Qu'est-ce qui est pire ? Blasphémer, ou comploter contre le roi ?

Est-ce que le mot *sorcière* est pire que *jacobite* ?

Je n'en sais rien. C'est vous et les vôtres, monsieur, que Guillaume déteste tellement qu'il veut en débarrasser son pays, mais c'est moi qu'on va brûler.

Ces MacDonald. Leur cause, qui est aussi votre cause. À quoi ça mènera, *jacobite ?* Jacques reviendra-t-il jamais pour être roi ? L'avenir nous l'apprendra. Il le sait. Un jour – dans cent ans, ou deux cents, ou trois cents – les gens parleront des *jacobites* et sauront ce que ça voulait dire, ce que ça a fait. Ils sauront comment ça s'est terminé... si ça s'est terminé.

Nous aurons disparu d'ici là. Vous et moi.

J'aurai disparu avant vous, pour sûr.

La politique bourdonnait comme les abeilles, au mois de juin. Elle était dans l'air et je l'entendais, chuchotée au bord de la rivière ou criée sur les pentes. Le mot *Achallader* résonnait, alors même mon cerf secouait la tête et il restait loin de moi. Je le voyais sur les hauteurs. Il avait perdu ses bois, mais je savais que c'était lui. Il se tenait immobile, un sabot levé.

Ce mot ne me disait rien. J'étais trop occupée à présent, avec tous mes animaux. J'avais sept poules, car l'une des deux premières avait croisé un coq et voilà. Trois des œufs couvés n'ont pas éclos, mais des cinq autres il est sorti des poussins tout jaunes qui couraient se blottir sous le croupion de leur mère quand une vache approchait. Ils ont grandi, ils sont devenus des poules. À leur tour, elles grattaient la terre et pondaient leurs œufs. Toutes les sept passaient ces longues nuits d'été perchées dans le noisetier.

Et j'avais aussi des chèvres. Le bordier d'Inverrigan, dans la forêt à la courbe de la Coe, m'a donné deux chèvres. Il m'en a fait présent parce que, un jour que sur la pointe des pieds j'enfonçais doucement une baguette dans un nid d'abeilles, j'ai entendu un petit garçon crier mon nom. *Corrag ! Corrag !* Il a tiré sur ma manche et parlé en gaélique. Comme je sourcillais en disant *je ne sais pas le gaélique*, il a tendu le bras puis montré ses dents, alors j'ai compris. J'ai porté de la livèche à Inverrigan. Son père était couché, et j'avais déjà vu des dents noircies, senti plus d'une haleine putride, mais jamais des dents aussi noires ni une haleine aussi putride que les siennes. J'ai grimacé. Et il a grimacé tandis que je palpais ses gencives. Mais il a grimacé encore plus fort quand j'ai arraché le chicot car il n'y avait aucun remède pour une dent tellement pourrie. J'ai tassé de la livèche sur le trou et gratté autour avec mes ongles. Il souffrait encore quand je suis partie. Mais deux jours après j'avais deux chèvres qui somnolaient près de ma cabane, la tête appuyée sur le dos l'une de l'autre, et je savais que c'était un *merci*, que le bordier d'Inverrigan s'était remis à mâcher sa viande. En plus, j'ai eu du miel, car le garçon m'avait de nouveau trouvée devant le nid d'abeilles, et montré comment voler le miel sans leur faire de mal.

Il a plongé le doigt dedans, l'a sucé, m'a regardée avec un sourire rayonnant.

J'avais donc des poules et des chèvres, et un cerf. Des toiles d'araignées sous la toiture. La chouette qui était sauvage mais hululait dans le noir comme si elle était à moi. Et puis toutes les vaches volées.

Par ce temps doux, ces longues journées, je vagabondais plus que jamais. Je partais de bonne heure et revenais tard. J'allais loin au nord, où était la montagne la plus grande de toutes, butée et couverte de brume. J'allais au sud jusqu'à la mer. Dans le glen, je me frayais un chemin à travers les boutons d'or et les herbes qui me montaient jusqu'aux genoux, et quand une tige s'accrochait entre mes orteils et se rompait, je me courbais pour sauver cette fleur. Je la glissais au coin de mon oreille ou l'emportais dans ma cabane. Pourquoi la laisser se faner sur la colline ? Si bien que pendant les mois d'été il y avait des fleurs chez moi, séchées ou presque, surtout des boutons d'or qui brillaient autant que des bougies, alors assise sous mon toit de chaume je pouvais me raconter que j'habitais un palais et comme ma salle était belle avec sa lumière dorée.

Boutons d'or, jacobée, sauge. Le commencement de l'été amène les plantes qui ont des vertus souveraines, et c'était une bonne chose parce que les MacDonald se livraient plus que jamais à leurs expéditions et leurs pillages. Peut-être que ce temps-là les échauffait. Ou que c'était le mot jacobite qui leur faisait bouillir le sang et pousser des rugissements, je ne sais pas bien. Mais j'avais plus d'une blessure à guérir. Un des ours étant trop énorme pour entrer dans ma cabane, je l'ai soigné dehors. Le MacIain était venu avec lui. Tandis que je recousais l'ours, il s'est penché vers nous et a dit *ces points sont plus petits que ceux que tu as faits pour moi. Il te plaît davantage ? Ou je te déplais ?* Et il a cligné de l'œil.

Il pillait lui aussi, comme s'il n'avait jamais été blessé. Six mois avant, je recousais près du feu la plaie qui lui fendait la tête, mais en enfourchant son cheval devant moi il a dit *qu'est-ce que je devrais faire à ton avis ? Moisir dans un siège au coin de la cheminée ? Ne point aller à Achallader ?* Je craignais que mon ouvrage ne résiste pas à ses chevauchées, ou que la chute d'une branche ou un coup lui rouvre la tête, et il périrait. Mais *je suis un MacDonald, de la lignée de Iain nam Fraoch qui combattit le Fionn...* et je savais que le coin de sa cheminée ne le retiendrait pas longtemps.

Il est donc allé à cet endroit nommé Achallader. Je l'ai vu partir. Avec ses deux fils, et quelques autres. Tous les neuf sont passés au-dessous de moi dans le chaud soleil de juin, le bourdonnement des insectes et l'odeur d'herbe.

Au retour, ils n'étaient plus que huit.

Iain est venu me chercher. Il a craché dans les buissons, soufflé fort et dit *dépêche-toi. La blessure saigne beaucoup.*

C'était la vérité. En arrivant près du blessé, j'ai trouvé davantage de sang dans l'herbe et sur ses vêtements qu'il lui en restait dans les veines. Il avait les cheveux châtains, le menton creusé par une cicatrice, et un jour il m'avait adressé un signe de la main. Il l'avait agitée et j'avais fait pareil.

Peux-tu le sauver ? a demandé Iain.

La blessure était à sa jambe. On avait enfoncé et retourné une dague dans la chair fine, bleuâtre au creux du genou, et la veine était déchirée. J'ai écarté les lambeaux d'étoffe. J'ai appuyé aussi fort que je pouvais un paquet d'herbe-aux-charpentiers, faisant de mon mieux, encore et encore. Mais ses yeux fixaient le ciel. Il ne respirait plus.

J'ai secoué la tête. *Non...*

Je m'en souviens. Je me souviens des femmes qui lavèrent le mort en silence, du bruit de l'eau dans la bassine. Elles bandèrent délicatement son genou. Elles fermèrent ses yeux froids. Dans le doux crépuscule d'été, elles le portèrent hors de la maison près du loch, et les cornemuses le pleuraient, et on allumait des torches, et tous les habitants du glen descendirent jusqu'à l'endroit où la Coe rejoint la mer. Je serrais mes bras contre moi. Ils couchèrent MacPhail dans un bateau qui s'éloigna sur les flots. Une île l'attendait.

Il va être enterré là-bas, Alasdair m'a dit. *À Eilean Munda. C'est une terre sacrée, et pour les plus vaillants de notre clan.*

Je regardais. La dernière lumière du soir emplissait le ciel.

Comme s'il devinait mes pensées, il a dit *ce n'était point une bataille, Sassenach. Ni un pillage. Nous étions convoqués à Achallader pour nous réunir avec d'autres chefs, pour parler avec un Campbell... Il nous a offert de l'argent. Notre allégeance au roi Guillaume vaut une somme princière, semble-t-il.*

Il voulait vous acheter.

Ouiche. Mais nous avons refusé. Alors il y a eu du grabuge.

J'étais triste. Je n'avais pas sauvé MacPhail parce que c'était impossible, je le savais. Mais je ressentais quand même une tristesse profonde, dans mes os, tellement profonde qu'elle n'avait pas de mots. Cette perte...

La cornemuse s'est tue, une brise se levait.

Nous restions immobiles. Sarah est venue à nous, la main posée sur son ventre. Après m'avoir baisé les deux joues, elle a dit *c'était sans espoir, Corrag. On a tous vu la blessure. Ne pense point que c'est ta faute.*

Ils m'ont invitée à aller chez eux, prendre du pain. Mais comment j'aurais pu ? Je n'étais pas assez forte. J'avais toujours pensé que mon cœur était fort et ce n'était pas vrai. J'avais toujours pensé que je ne me battais pas, que je n'étais pas faite pour ça, mais peut-être que je m'étais toujours battue. Je me battais d'une autre manière, voilà tout. Ils sont partis, et j'ai attendu dans l'obscurité jusqu'à ce que le bateau revienne, sans le corps, enterré à présent dans la terre salée de l'île.

*

Achallader. Écrivez-le. Un homme fut blessé à mort, dans cet endroit. L'argent de la corruption fut repoussé, et une dague troua la chair. Je n'en sais guère davantage, mais ça suffit, ça en dit long. Ce qui s'est passé là-bas a précipité les malheurs qui ont suivi.

J'ai du chagrin pour lui. Pour MacPhail.

Je ne le connaissais pas. Mais nous avions échangé un signe de la main, et j'étais penchée sur lui tandis qu'il se mourait, j'ai entendu son dernier souffle. Je l'ai senti sur ma joue, et on dit que le dernier souffle d'un homme est sa vérité, son âme.

Je me suis tournée vers la mer. J'y puisais un petit réconfort, parce qu'elle était sans fin, qu'elle s'étendait vers d'autres contrées, des contrées que je ne verrais jamais. En la contemplant, j'essayais de voir l'au-delà. Comme si les morts étaient seulement partis ailleurs, dans un endroit que je ne pouvais voir, un endroit juste derrière les bords de la terre, aussi réel que la grève où je m'assoyais. Voilà ce que j'ai pensé sur la rive du Loch Leven. Il y avait des mouettes, et les vagues portaient des coiffes blanches, et Eilean Munda me rendait mon regard. Je ne pensais pas aux rois. Je ne pensais pas aux catholiques, ni à Dieu, ni aux jacobites. Je ne pensais qu'à la perte, et à l'amour. Au mouvement des marées, et à la veuve de MacPhail qui avait gémi quand le bateau était revenu sans lui. Au bruit de l'eau dans la bassine.

Sarah m'a trouvée là.

Elle s'est assise à côté de moi et a dit *vraiment. Ce n'est point ta faute.*

Il m'avait fait un signe de la main, j'ai répondu. *Alors que tous les autres étaient passés sans me regarder, sans dire bonjour, il a levé la main.*

Oui, c'était un brave homme. Un grand cœur, aussi grand que lui... mais tu ne pouvais pas le sauver.

J'ai hoché la tête. Je le savais, au fond de moi. *Pourquoi est-ce que rien n'est facile ? Ni bien ? Ça ne l'est jamais.*

Sarah a hoché la tête elle aussi. *Oui, on a ce sentiment. Mais ça passera, avec le temps. Ça ne peut pas durer éternellement. Et...* – elle m'a donné un petit coup de coude – *je ne te reconnais pas quand tu parles ainsi. Ne vois-tu point du bon dans la moindre petite chose ? C'est ce que dit mon époux.*

Nous regardions la mer. Une mouette a glapi sur un rocher couvert d'algues, et j'apercevais au loin le petit bateau qui avait jeté l'ancre pour la nuit. Dans le ciel, il y avait du rouge et du gris et de la lumière.

C'est bien d'être enterré dans cette île, elle a dit. *Il y a une chapelle. On raconte que saint Munda est allé là-bas, en a fait un endroit sacré. Nous y enterrons ceux qui brillent le plus par leur courage. Ceux qui nous sont chers.*

Ça me plaisait. J'ai souri. *Sa traversée a été calme.*

Oui. C'était signe que le Seigneur acceptait qu'il meure. Des hautes vagues et une mauvaise traversée signifieraient, dit-on, que le monde est en pleurs, en fureur, et ne veut point que cette personne-là le quitte. Deux oies sauvages volaient au ras de l'eau, elle les a suivies des yeux et a dit *jamais encore je n'ai vu la mer en fureur. Le dixième MacIain fut enterré ainsi. La pluie tombait tellement fort qu'elle brisait les pierres, c'est ce que m'a raconté Alasdair. Il l'a vu s'en aller, quand il était tout jeune.*

Je ne crois pas que nous le quittons vraiment, j'ai dit.

Le quittons ?

Le monde. Ce monde. Je me suis mise à murmurer. *Je ne crois pas que nous partons très loin.*

Sarah a souri. *Voilà. Là, c'est ta voix à toi qui parle. Alasdair m'a raconté que tu disais de telles choses. Il aime ta manière de parler, et moi aussi.*

Nous voyions luire dans l'eau les éclairs que faisaient des harengs. Nous sentions la brise sur notre peau, et nous étions deux femmes assises côte à côte. J'ai demandé *comment vous portez-vous ? Tous les deux ?*

Elle a poussé un petit souffle. *Tendrement. En grossissant. Je suis prête. Mais,* elle a ajouté, *fatiguée de ces histoires de rois... Il n'est question que de ça chez nous. Mon époux ne parle que de ça, semble-t-il, des guerres et de Jacques. Pourquoi en parler aussi longuement qu'ils le font ? C'est ce que je leur dis, mais à quoi sert de donner mon avis ? Je ne suis qu'une femme...*

Un petit son m'est sorti de la bouche avec mon sourire, presque un rire. *Ma mère disait que si la politique était faite par les femmes le monde serait plus paisible.*

Je m'accorde avec elle, là-dessus. Sarah s'est raclé la gorge. *Ces temps sont difficiles,* elle a dit.

Mais vous allez bientôt enfanter.

Elle a secoué la tête. *Je ne pensais point à ma grossesse. Ce sont des temps difficiles pour nous tous. Des temps difficiles pour les Highlands, et pour tous ceux qui demeurent fidèles à Jacques. Alasdair se tourmente. Il parle moins et réfléchit davantage. Quelquefois, il ne peut dormir et va marcher en remuant ses pensées. Il doute de sa cause, je crois, et que puis-je lui dire ? Moi qui viens du camp ennemi ?*

J'ai sursauté et elle l'a vu.

Campbell, elle a dit. *J'en étais une. J'ai été élevée dans le Sud.*

J'écarquillais les yeux. *Vous êtes une Campbell ?*

Étais. De naissance. Mon père est d'Argyll, Le MacIain l'a haï et il le lui rendait bien. C'était ainsi. Mais comme ni l'un ni l'autre n'est idiot ils ont essayé de former une alliance. Nous avons été l'alliance, Alasdair et moi.

J'ai battu des paupières. *C'était de la politique ?*

Elle a ri. *Ce mot ! Tu vois ? Il nous poursuit ! Non, point de la politique, mais ce n'est point non plus par affection que nous nous sommes mariés. Nous n'en ressentions guère, au commencement. Je le trouvais trop impulsif. Je le voyais de nature aventureuse, à la différence de moi, et bien trop assoiffé de sang ! Toujours l'arme à la main… Mais l'amour nous est venu, à sa manière.*

Je me répétais *Campbell.* Dans ce glen, je n'avais entendu parler des Campbell qu'avec hostilité ou rancœur. Défiance. Et Sarah en était une, ou l'avait été. Elle m'avait donné un baiser, quand nous nous étions rencontrées, et demandé *comment te portes-tu*, comme si elle voulait vraiment le savoir.

L'ombre d'un nuage est passée sur nous, ombre suivie de lumière.

Vous ne regrettez pas d'être partie de chez vous ? j'ai demandé.

Il y a des gens qui me manquent un peu. Mais à présent, chez moi c'est ici, avec Alasdair et l'enfant que j'attends. J'étais une Campbell par ma naissance mais je suis à présent une MacDonald. Elle a peut-être remarqué mon silence. Je crois savoir cacher ce que je ressens, mais peut-être pas si bien que ça. Car elle s'est penchée sur le côté, comme pour voir mon regard, et a dit *les habitants de Glencoe n'y sont pas tous nés.*

Non ?

Non ! Beaucoup viennent d'ailleurs.

Ne se nomment-ils pas tous MacDonald ?

Elle a hoché la tête. *C'est vrai, pour la plupart. Mais si on est au service d'un clan, et qu'on l'aime, et qu'on marche sous sa bannière, on peut prendre son nom. Il en va ainsi. Si un homme n'hésite point à se battre pour les MacDonald, il est l'un d'entre eux.* Elle m'a jeté un coup d'œil. *Tu comprends ?*

Je comprenais.

MacPhail – qui repose là-bas dans cette île –, il n'est point un MacDonald par sa naissance, il est venu d'ailleurs. Mais pour les Highlanders, l'important c'est qui on déclare aimer et qui on sert. Non point un titre ou un autre qu'on a hérité. Ça, c'est la règle en Angleterre et dans les Lowlands, mais comment peut-on naître noble ? La noblesse, il faut la gagner soi-même. Elle a caressé son ventre. *Ce sont nos choix qui font de nous ce que nous sommes. Voilà tout.*

Elle était gentille. Elle était sagace, et bonne. Elle n'avait jamais de sa vie eu peur des *sorcières*, et elle me l'a dit. Sarah m'a pris la main pour la poser sur son ventre et j'ai senti son enfant bouger – son enfant à lui aussi –, et c'était comme quand les rêves s'agitent en nous. Ils se retournent, se poussent tout contre notre peau, alors nous les sentons, et comment les maîtriser ? Nos rêves ont leurs battements de cœur à eux. Nos souhaits...

J'avais envie de dire *pardonnez-moi, je vous en prie. Je pense tout le temps à votre mari. Je voudrais ne pas penser à lui, seulement je n'y peux rien.* Mais je me suis tue.

C'est elle qui a encore parlé. *Corrag ?* Nous nous levions. Nous allions nous séparer, rentrer chez nous, quand elle a dit *tu m'assisteras ? Quand viendra la naissance ? J'aimerais que tu sois là.*

J'ai ouvert de grands yeux. *Moi ?*

Oui. Avec tes plantes, et ton calme. On t'appelle la guérisseuse, le savais-tu ?

Je l'apprenais. Ça me faisait un nom de plus à porter. J'ai dit oui. *Pour sûr, je serai près de vous.* Et j'étais heureuse qu'il ait une femme tellement éclairée, tellement généreuse, car il ne méritait rien de moins, et j'étais contente qu'elle ait un homme capable de voir la beauté d'une coquille d'œuf et de la garder dans sa poche, car elle méritait cet homme-là.

Ils vont bien ensemble.

Voilà les choses que je me suis dites. Je me suis forcée à fredonner tandis que je prenais le chemin du retour dans la chaleur lourde, les nuages d'insectes, les grondements de tonnerre.

La mort et une naissance annoncée. Les deux le même jour, mais la vie est comme ça, je pense. Elle commence et elle finit, et nous autres nous vivons entre les deux, de notre mieux. Nous vivons dans la paix et le contentement, si nous le pouvons, avant que la mort vienne nous chercher et dise *c'est ton heure.*

La mienne approche. J'ai toujours su qu'elle viendrait, car même si je ne ressemble pas aux autres je suis un être humain et mon corps ne durera pas éternellement.

Cette coquille d'œuf qu'il m'a donnée, mise dans la main ? Je pense que la mort est pareille, les restes d'un corps d'où le meilleur s'est envolé en liberté. Je me suis penchée sur MacPhail. J'ai vu ses poils gris dans les sourcils, ses dents, sa cicatrice en travers du menton, et j'ai senti son dernier souffle, chaud et fatigué et sagace. Et sa veuve, plus tard, appuyait le poing contre son cœur en pleurant. Elle disait *il est parti.* Mais quand nous nous sommes croisées une semaine après, je lui ai murmuré *puis-je vous assurer de quelque chose ? Il n'est pas parti. Il est encore avec vous.*

Voilà ce que Cora m'a appris, tout comme la mort douce de ma jument et les os que je trouvais dans les tourbières, et voilà ce que criaient les griffes d'une chouette tandis qu'elle était enlevée très très haut dans les nues. La manière de mourir peut nous faire peur. Nous pouvons craindre la douleur, et je la crains, tellement fort... Mais le mot *mort*, c'est comme *ailleurs*, il parle d'un autre endroit, l'endroit où sont les autres.

À dire le moins, monsieur, il y a cette vérité : une vie laisse toujours des traces. Des enfants, des récits, des paroles sorties de la bouche de cette personne. Les noms qu'elle a donnés à des endroits. Les empreintes qu'elle a laissées dans la terre, les marques sur une écorce. Les gens qu'elle a aimés, et à qui elle l'a dit.

Je sais que tout ça est vrai. J'en suis sûre, et je me le rappelle. Cora m'a dit *je serai toujours avec toi*. Alors après ma mort je serai toujours à Glencoe, car il n'y a aucun endroit en ce monde que j'aie aimé autant que celui-là.

Mais quand même, je suis triste. Brûler vive me fait peur, et je suis triste parce que l'au-delà peut bien m'accueillir, être splendide et paisible, mais Alasdair me manquera. Les petites choses terrestres me manqueront. Je regretterai de les quitter.

*

Peu de jours après la mort de MacPhail, Alasdair est venu à ma cabane et m'a demandé *comment tu vas ?* Il a cherché la réponse sur mon visage. Il est resté un bon moment, et nous avons parlé du monde, de notre manière de le voir, la sienne et la mienne. Je lui ai parlé de la jument, de l'Angleterre, et des ciels sauvages. De ma mère menée à la potence. Il m'a raconté des histoires aussi vieilles que son clan, a dessiné sur ma main une carte des Îles de l'Ouest, et quand il s'est levé pour partir il a dit *comment vis-tu avec tous ces souvenirs ? Tu as eu tellement de coups durs !*

J'ai souri. *D'autres ont enduré pire !*

Quelques-uns. Mais la plupart des gens ont un sort bien meilleur. La plupart ne vivent pas seuls comme toi.

Ça, je le savais. Et j'ai dit *oui, j'ai eu mes jours de désolation. Mes jours de solitude. Quelquefois, je me demande ce qu'il peut advenir du monde, avec tellement de pertes. Mais il y a aussi de la beauté sur terre. En quantité.*

Il m'a regardée fixement. *Personne n'est comparable à toi*, il a dit.

Ça doit se trouver.

Non.

Sur quoi, il est parti. Il est parti, et j'ai grimpé sur les crêtes pour le suivre des yeux dans la ravine puis au long de la vallée. La pluie m'aplatissait les cheveux, trempait mes vêtements, et tandis que je restais là-haut à contempler, ma tête me disait *va-t'en, maintenant, va te mettre à l'abri*, mais mon corps ne voulait pas bouger. C'était comme deux créatures, la tête étant le chef qui ordonne au cœur de renoncer alors que le cœur n'en a pas encore assez des montagnes ni de la pluie. *Va-t'en, maintenant. Va.*

Oui, il me manquera. Encore plus que tout le reste.

Jane,

Elle n'a pas le moindre sens de la politique. Elle sait parler des plantes ou des instincts, mais pour peu qu'on l'interroge sur les rois elle boudera et secouera la tête. Elle n'y comprend rien, cela lui déplaît et elle a une façon de faire la moue, derrière sa crinière de cheveux, qui est enfantine et lui donne un air très innocent.

Elle est à la fois enfant et femme, Jane. De taille et de forme, elle est semblable à une fillette – et les habitants de Glencoe, paraît-il, la prenaient pour une sorte de fée. Je le croirais presque, car elle a une apparence singulière et pourrait être perçue comme un de ces tours que vous joue votre esprit, ou une fluctuation de la lumière. Ses gestes sont rapides. Elle a la manie de tirer sur ses orteils et de palper la peau entre eux, ce qui me rappelle nos fils lorsqu'ils étaient tout petits, jouant avec leur propre corps comme s'ils ne l'avaient jamais vu auparavant. Et n'oublions pas sa voix. Ce serait celle d'une fée si elles existaient, haut perchée, aiguë.

Mais indéniablement, Jane, la vie que cette créature a connue, les traitements qu'elle a endurés (et endure encore) et les sentiments qu'elle a entretenus sont loin d'être enfantins. Je connais peu de gens qui aient subi une telle solitude et tant de souffrance. En outre, je pense qu'elle est éprise. Je l'entends parfois tandis que j'approche de son cachot. Dans la pénombre, je l'entends murmurer, et c'est le nom de cet homme qu'elle répète indéfiniment. Alasdair, dit-elle de sa voix haletante.

Ce qu'il ressentait – ou ressent – à son égard, je l'ignore jusqu'à présent. Il était marié, et j'ose donc espérer qu'il adhérait aux lois dictées par Dieu et les respectait, ainsi que ses propres vœux (mais qui sait ce qui est respecté dans les Highlands ?). Néanmoins, laisse-moi te dire, Jane, qu'en dépit de son odeur et de son étrangeté, je soupçonne qu'elle pourrait inspirer à un homme des sentiments profonds. Ils ne me sont pas étrangers, j'en éprouve, j'éprouve ceux d'un père. Je les reconnais, car lorsque je vois ses poignets mis à vif par les chaînes cela me rappelle les genoux écorchés, les nez ensanglantés et les mains râpées de nos enfants au temps où ils apprenaient à marcher ou couraient trop vite. J'avais envie de m'agenouiller auprès d'eux, chaque fois – et il en va ainsi avec elle. Je voudrais la consoler, comme un père. Mais pourrait-elle avoir éveillé des sentiments d'une autre sorte chez Alasdair ? C'est difficile à dire. Je n'ai jamais rencontré personne qui lui ressemble.

J'ai écrit à ce Dalrymple, seigneur de Stair. Je lui ai demandé de faire appel à sa conscience. Trop de sang a déjà coulé, *ai-je écrit.*

Donc, j'attends. Le délai se borne à cinq jours pour que ma lettre lui parvienne à Édimbourg, et qu'il y réponde. Mais on a vu se réaliser de plus merveilleux exploits en ce monde – tels que nous. Toi et moi. Ne sommes-nous pas une œuvre merveilleuse ? Une bénédiction ?

Combien je voudrais que tu sois ici ! La neige fond, les oiseaux commencent à chanter davantage.

Charles

VII

« Elle est aussi douce que Vénus elle-même. »

de la Pêche

Je donnerais cher pour être de retour là-bas. Être là-bas et pas ici. Quand j'enfonçais mes mains dans le sable il me restait sous les ongles pendant des jours ou des semaines, et à présent je voudrais avoir ce sable. Je garde une vieille cicatrice, de ce temps. Là, vous voyez ? Je m'étais accrochée à une épine sur Protège-moi. Je courais, elle m'a déchirée et après je saignais tellement que ça traversait deux feuilles de patience appuyées dessus. La cicatrice est blanche comme du lait, maintenant. C'est guéri. Mais je voudrais que cette écorchure soit toute fraîche, sanglante et rouge, parce que je serais donc de retour à Glencoe, sans mes chaînes, et lui, il serait assez près pour que je le voie, sur les crêtes ou au bord de l'eau. Ou dans les blés car au moment de la moisson j'y ai vu Alasdair. C'était avant le baiser, il était encore à venir.

Mes yeux ne le reverront jamais, monsieur Leslie. Jamais plus.

Je sais que j'ai parlé des traces que nous laissons derrière nous, et de ne pas craindre la mort. Mais la nuit dernière j'aurais voulu qu'il soit avec moi, que son visage soit ici, près du mien, et qu'il m'apprenne tous ces noms gaéliques. *Aonach Dubh. Coire Gabhail.* Il me manque tellement, c'est pareil à de l'eau, ça vient par vagues. Elles se ruent sur moi et j'en suis trempée. C'est pareil qu'être empoignée. Ça me laisse pantelante, la bouche ouverte comme les harengs pris dans les filets. Juste avant de vous voir, je ressentais ça. Juste avant.

Vous avez glissé un penny au geôlier dans le couloir, je l'ai entendu. J'ai entendu son grommellement. Et ça s'est rué sur moi. La peur s'est ruée sur moi, elle m'a empoignée par le cou tellement fort que je ne pouvais plus respirer, et j'ai pensé *je veux revoir Alasdair*, et *je ne veux pas mourir*, et j'ai pleuré – j'ai lâché un sanglot – et *regardez*. J'ai encore des larmes qui coulent. Encore la voix déchirée comme une loque.

Vous venez vous asseoir près de moi ?

Laissez-moi le temps de m'essuyer le visage, et de me calmer.

Quel piètre accueil je vous fais là... Une créature dégoûtante, en pleurs, sans le plus petit linge pour se nettoyer. Vous méritez mieux que ça.

Où j'en étais de mon récit ? Un homme avait poussé son dernier souffle. Le droit de s'appeler *MacDonald*, on le gagnait. L'enfant d'Alasdair bougeait sous une peau aux taches de son.

*

Je ne trouvais pas le sommeil durant ces nuits d'été. Parce qu'elles ne faisaient pas l'effet d'être la nuit. Il y avait trop de lumière, trop de gris et de jaune pâle et de bleu foncé dans le ciel, trop de reflets argentés sur les lochs. Je les nommais *fausses nuits*. Je les nommais ainsi, que pouvaient-elles être d'autre ? Couchée dans ma cabane, je voyais clairement ma main. La lumière bleuâtre, fantomatique qui venait du dehors m'empêchait de dormir, alors je serrais mes bras autour de moi, les genoux repliés. Tout contre mes genoux, j'avais de l'obscurité.

Oui, monsieur. Des fausses nuits. Et si même comme ça je ne trouvais pas le sommeil, je grimpais jusqu'à la corniche du nord, je m'assoyais là-haut pour humer l'odeur de terre humide et propre des nuits d'été, et la rosée, et sentir la brise légère, et contempler l'étrange demi-lumière sur les rochers et les arbres. Je pensais au clan, qui dormait. Je pensais à mes chèvres, roulées en boule. Ou bien, à moitié dévêtue, je m'allongeais dans l'eau des ruisseaux, elle affluait sur moi. Je sentais le monde tourner, et le temps s'écouler. Une de ces nuits, je suis allée escalader le Pic sombre, sans bruit, en tâtant chaque pierre du bout du pied avant de le poser dessus. Sur la crête, les femmes étaient endormies. Elles étaient couchées çà et là comme des enfants, sur le côté, la bouche ouverte. Je les entendais respirer. Je voyais tout ce qu'elles avaient vraiment d'humain, leurs cheveux emmêlés, leurs mains sales. Les pieds de Doideag étaient enveloppés dans son châle, alors j'ai pensé *elle a froid aux pieds la nuit* et ressenti une grande pitié pour ces femmes. Quelle vie avaient-elles eue ? Quelle vie c'était là ?

Je marchais encore et encore, toutes les nuits.

Et une fois, monsieur Leslie – rien qu'une fois –, au moment où je m'assoyais en haut de la corniche alors que les vraies nuits revenaient et qu'un souffle annonçait l'automne, j'ai vu une lumière verte. Elle était frêle, légère. Elle voletait comme une aile de papillon dans le lointain où la terre rejoignait le ciel, et je l'ai contemplée, et je me suis demandé si je rêvais. Je n'avais jamais rien vu de pareil. J'ai dit *Cora ?* Car je pensais à elle. Je pensais que c'était peut-être encore un de ses tours qu'elle me jouait. Ou je l'imaginais assise à côté de moi dans la fraîcheur de cette corniche à moitié éclairée, ses cheveux au vent comme les miens, et contemplant cette lumière verte. Je lui ai demandé *qu'est-ce que c'est ? Cette lumière au nord ?* Mais elle ne pouvait me répondre. Elle était dans l'au-delà.

Le MacIain en a parlé. Un jour, devant sa cheminée, il a parlé de cette lumière verte et j'ai donc su qu'elle était réelle, que d'autres l'avaient vue. Il a dit que Dieu était avec la tribu de Glencoe et avec tous les Highlanders, et que c'était Sa parole qui apparaissait dans le ciel – un souffle d'or vert, une lumière mouvante. *Regardez-la, et soyez attentifs. À la puissance divine.*

Voilà ce qu'il a dit.

Moi ? J'étais attentive quand je l'ai vue. J'ai toujours été attentive à mes chances, à mes moments de bonheur. Blottie sur cette corniche, je savais que voir une lumière comme celle-là, voir toute beauté étrange et secrète est un présent doucement donné. Il y a aussi de la beauté à comprendre ça, je crois. Je ne suis pas grand-chose, monsieur, mais assise là-haut, dans la brise du soir et face à cette verte lumière du nord, je me sentais très belle. Je me sentais éclairée. Bénie.

J'ai pensé *Cora*, un court moment.

Mais je pensais surtout à *lui. Lui.*

Les derniers jours d'été. Comme moi, les chèvres ne trouvaient pas le sommeil. Leurs queues martelaient la terre durcie et je sentais le courant d'air que ça faisait. Et par-dessus ce martèlement, j'ai entendu mon nom.

C'était Iain, et je savais pourquoi il venait me chercher. *Corrag !*

Oui, j'ai répondu.

On a couru. À part sur ma jument, je ne suis peut-être jamais allée aussi vite que ça, le sol filait en dessous de moi, mais je n'ai pas trébuché ni glissé, ni n'ai craint de le faire. Le plaid de Iain se rabattait sur lui tandis qu'on dévalait à travers les ombres, entre les murs de rochers.

Leur maison à Carnoch était basse et il y faisait chaud. La salle était pleine de la fumée de tourbe, et de gens, et j'ai demandé *où est Sarah ?* J'ai vu Alasdair, debout près d'une toile qui pendait du toit jusqu'au sol, et il est venu à moi, m'a dit *l'enfant ne sort point...*

Il va sortir, je lui ai dit.

Sarah geignait, couchée sur le dos dans sa chemise. J'ai poussé les hommes dehors. Je leur ai parlé sans ménagement, disant *je ne veux pas de vous,* même à Alasdair. Je les ai poussés vers la porte et j'ai tiré la toile pour assurer à Sarah un peu de discrétion. Il n'y avait plus qu'elle, moi et lady Glencoe avec sa coiffe blanche. C'était à présent un endroit rien qu'aux femmes, comme devraient l'être tous ceux où une naissance arrive.

Laissez-moi voir, Sarah, j'ai dit.

Je me suis occupée d'elle. J'ai pris mes plantes et les ai triées. Je disais à lady Glencoe *vous voulez bien faire brûler ça ?* ou *mettez ça dans de l'eau. Qu'elle la boive.* On œuvrait ensemble avec aisance, et elle a apporté d'autres bougies que j'ai placées près des pieds et des hanches de Sarah. Qui a poussé une plainte. Elle s'ouvrait grand et c'était à vif et j'ai dit *je vais vous aider. Je vous le promets.*

Lady Glencoe m'a demandé *as-tu déjà veillé sur une naissance ?*

Une fois. Pour une chienne.

Une chienne ?

Je lui ai jeté un coup d'œil. *C'est suffisant. Vous êtes là, et moi aussi. Nous allons l'aider.*

Lady Glencoe était une bonne infirmière, elle prenait sans dire un mot les plantes que je lui indiquais, les pilait ou les trempait dans l'eau comme je l'en priais. Elle a massé avec du coquelicot les gencives de Sarah pour endormir la douleur, et nous avons ensemble lavé ses parties. L'odeur de la lavande qu'elle mettait dans la flamme des bougies purifiait l'air et pouvait apaiser un peu la jeune mère. Je lui ai dit *frottez-lui doucement le ventre*, ce qu'elle a fait. Et à sa bru, j'ai dit *il faut maintenant que vous tâchiez de pousser, Sarah*, car j'apercevais dans l'ouverture une petite tête mouillée, de couleur sombre, avec du sang. Elle a poussé très courageusement. Elle poussait et je disais *c'est bien* et lady Glencoe lui caressait les cheveux et lui murmurait à l'oreille et la pauvre Sarah criait, gémissait davantage que tout ce que j'avais entendu dans ma vie, des gémissements désespérés, aussi, comme si elle était à bout de forces, qu'il ne lui restait plus rien d'autre que ce souffle. Je répétais *poussez*, et ça me serrait le cœur de voir tant de sang, mais il fallait faire sortir l'enfant. Et enfin, il est venu ! La tête était là, je voyais une petite oreille, et j'ai clamé *je vois la tête, Sarah ! Il faut que vous poussiez encore*, à quoi elle a répondu *je ne peux pas* et lady Glencoe et moi avons insisté et elle a respiré très fort, crié puis poussé en silence cette fois, la mâchoire nouée et la tête levée alors j'ai vu sa pâleur, comme si elle avait froid mais je savais qu'elle était brûlante et j'ai pris entre mes mains la petite tête aux cheveux mouillés et j'ai chuchoté *poussez* et voilà, le reste est sorti, luisant pareil qu'un chiot, et c'était un enfant que je tenais. Je tenais une chose rose sous les matières qui le souillaient, avec son cordon sur le côté ainsi qu'il doit être, et ça avait un visage, minuscule, chiffonné, un nez et un petite bouche, et je l'ai soulevé, j'ai serré cet enfant contre ma poitrine comme si c'était le mien, comme s'il s'ajustait tellement bien à moi qu'un court moment j'ai été sa mère et il était mon fils et je lui tapotais le dos et le berçais.

Crie, je lui ai murmuré, *tu es là.*

Et le cri est venu. Un frêle cri d'oisillon, un oisillon perdu, effrayé qui voulait sa vraie mère. Il voulait sentir son odeur et que ce soit elle qui le tienne. Alors je l'ai porté à Sarah. Elle était à moitié morte, affreusement pâle, et je lui ai mis son enfant dans les bras. J'ai dit *Sarah ? Regardez. Vous avez un fils.* Il lui restait assez de vie pour le voir, pour sourire comme je n'ai jamais vu personne sourire. Elle a tendu les bras et a pris son fils.

Nous avons encore brûlé de la lavande. J'ai enduit Sarah avec des plantes douces et je l'ai un peu recousue. Mes points de couture devaient lui faire très mal, mais elle avait son fils. Je pense qu'on peut supporter toute la douleur du monde quand on voit son nouveau-né sain et sauf.

Elle s'est endormie. Paupières closes, elle avait l'air très paisible et lady Glencoe s'est levée pour emporter les bassines pleines de linge et de sang.

Je n'ai pas entendu Alasdair dans mon dos. Mais il est passé à côté de moi très lentement en retenant son souffle, de crainte de réveiller la mère et l'enfant. Il s'est approché d'elle et accroupi doucement. Je ne lui avais jamais vu un regard pareil, comme si tout ce qu'il avait trouvé beau jusque-là n'était qu'un fantôme de ce qu'il avait sous les yeux. Chaque ciel plein d'étoiles n'avait été que l'ombre de sa femme épuisée qui dormait avec leur fils sur sa poitrine.

Je n'avais pas à être là. Plus maintenant.

J'ai fini ma couture et rabattu la chemise de Sarah. Silencieusement, je suis allée vers le rideau et au moment où je le tirais derrière moi, j'ai vu Alasdair lui baiser la joue. La chambre était à présent un endroit de tendresse fait pour eux trois, personne d'autre. Je savais que c'était bien ainsi et me suis esquivée.

Les habitants de Glencoe ont fait la fête, ensuite. Ils ont allumé un feu dans un champ à côté d'Achnacon, le plus grand feu que j'aie vu de ma vie, et je les entendais se héler d'une maison à l'autre. Et les cousins arrivaient, tout le clan arrivait. Il y avait des rires, de la bière et des tambours.

Lady Glencoe m'a dit *nous célébrons la vie par-dessus tout.*

Je comprenais ça. Elle m'a touché le bras un court moment avant de rejoindre les autres dans le pré éclairé par le feu et ses étincelles.

Cachée dans l'ombre, je regardais. Je restais seule.

Mais un souffle est tombé sur moi. Sentant la présence d'un homme debout tout près, je me suis retournée. *J'ai lieu de te remercier à nouveau, je pense*, il a dit, et il a posé la main sur mon épaule comme s'il savait que j'étais bonne et venais d'accomplir quelque chose de bien. *C'est un fier garçon qu'elle a donné à mon fils*, il a dit. *Tu vas boire avec nous, Corrag.*

J'ai répondu *merci, mais...*

Il a pointé le doigt. *Tu vas boire !*

Et j'ai bu. Ça m'a coupé le souffle mais il faut reconnaître qu'après je me suis sentie détendue. Le MacIain rugissait près du feu avec ses hommes, et Iain enlaçait son épouse sous un frêne. Alors, mon gobelet à la main, je suis allée me mêler aux autres. Je passais parmi eux sans qu'ils me voient pour la plupart, car ils dansaient, mais quelques-uns me regardaient en penchant la tête sur le côté. Dans mon esprit, j'entendais *sorcière*, mais personne ne l'a dit. Au lieu de ça, ils criaient à travers les hameaux *c'est un garçon*, et ils ont envoyé un homme à la barbe neigeuse allumer un feu sur la crête d'An Torr pour annoncer que l'enfant était venu au monde sain et sauf. La fête dépassait tout ce que j'avais pu voir. Dans le pré à côté de l'endroit où la rivière débouche entre les rochers, ils ont allumé un autre feu et les familles arrivaient de leurs maisons, d'Achtriachtan où j'avais pris la marmite et la cuillère et d'Inverrigan où j'avais trouvé des œufs. J'ai vu le grand Ranald le barbu, avec sa cornemuse. J'ai vu l'homme de Dalness dans le glen voisin soulever par les chevilles un petit garçon que ça faisait rire aux éclats, et la famille aux cheveux roux du hameau d'Achnacon dansait ensemble, ils dansaient tous ensemble. Quelques-uns me saluaient. En me croisant, une dame qui elle aussi portait un enfant dans son ventre m'a souri. Elle ne parlait pas l'anglais et mon gaélique n'allait pas loin, mais elle a posé la main sur ma joue, ce qui valait mille mots. C'était un *merci,* à mon idée. C'est ce que fait une personne quand elle désire voir plus clairement un visage, le *voir* vraiment.

Je me rappellerai toujours son geste.

Ivre ? Non. Mais nombre d'entre eux l'étaient. Au bout d'un certain temps, les femmes ont regagné leurs foyers et laissé les hommes se répandre en paillardises et en fanfaronnades, à qui se battait le mieux, qui avait dépouillé le plus de Campbell, ou chantait le plus longtemps. Iain avait un large sourire que je ne lui connaissais pas. Un bordier a dansé tout seul au son de la cornemuse, et la foule l'acclamait et tapait du pied.

Voilà ce que j'en dirai. Je crois qu'ils dansaient pour célébrer une nouvelle vie, oui, mais aussi pour célébrer la vie, toute vie. Car leur monde était plein de mort. Les hivers pouvaient suffire à les tuer, en plus de leurs petites guerres entre clans et de leurs complots. Alors quand la vie prenait le dessus, ils se réjouissaient.

J'ai abandonné mon gobelet sur une pierre.

Ma jupe retroussée en forme de cloche pour grimper jusqu'à Coire Gabhail, j'ai jeté un dernier coup d'œil derrière moi vers la maison où Sarah dormait puis à la lune qui brillait très fort puis au feu et aux hommes qui riaient tout autour. Alasdair était avec eux. Il n'était plus dans la chambre mais debout près de ce feu. Il m'a regardée. Il avait un sourire aux lèvres et ça n'était pas de me voir, pour sûr, il souriait encore d'une plaisanterie de son père. Mais tandis qu'il me regardait le sourire a quitté son visage. Nous sommes restés un moment les yeux dans les yeux, lui et moi.

Je savais qu'il pensait *merci*. Je le sentais dans son regard.

Voilà ce que je me suis dit en retournant chez moi. Je longeais les tourbières, cheminais entre les arbres, et je pensais à son baiser sur la joue de Sarah, un lent, un vrai baiser. J'ai levé les yeux vers les étoiles. Près de ma cabane la chouette m'a hélée, disant *tout est pour le mieux, et dans l'ordre des choses*, ce qui était la vérité. Le monde accueillait une vie nouvelle. Une femme était mère à présent. Un homme était père.

J'ai un peu pleuré, dans ma cabane. Doucement. J'étais fatiguée, et voir naître un enfant est tellement merveilleux et étrange que la plupart d'entre nous en ont les larmes aux yeux. Il n'y a pas de mots pour le dire, je crois. C'est comme toute la beauté du monde entier, ça. Une vie nouvelle.

Je dormais à côté des chèvres et l'une d'elles m'a léchée, ce qui m'a fait pleurer encore un peu. Mais j'ai fini par trouver un bon sommeil.

Ça me réconforte, oui. Ça me réconforte de penser à cette naissance, quand il y a eu tellement de morts. Tellement de mort est venue à Glencoe. Tellement de sang a coulé, plus tard, que je marchais ou m'agenouillais dedans, et je pensais au premier cri tout frêle de leur fils. Sa voix avait pris place dans le monde. Elle en faisait partie maintenant, autant que le vent ou la terre. Et je me rappellerai toujours ce que j'ai ressenti en le serrant contre moi, niché au creux de mon cou comme s'il y avait toujours eu là un vide que seul un nouveau-né pouvait remplir.

Il a survécu au massacre. Sarah l'a sanglé sur sa poitrine dans une couverture. Je l'ai vue s'enfuir au milieu de la tempête de neige avec d'autres femmes, d'autres petits enfants, et Iain hurlait *courez ! Par là !* Je les ai vus, et je pensais *ils sont sauvés...* Et puis j'ai pensé *et Alasdair, où est-il ? Il n'est pas avec eux,* et *lui, il n'est pas encore sauvé.*

Mais je vais trop vite. Trop loin.

Quand on parle des MacDonald de Glencoe je pense au feu près d'Achnacon, et à la fête. Je pense à ce que j'ai ressenti parmi eux, qu'ils ne faisaient qu'un, un seul être, et qu'en aidant à la naissance de l'enfant d'Alasdair et de Sarah j'avais amené au monde un enfant qui était le leur à tous. Voilà ce que je ressentais. Il y avait dans le pré toute la joie de cette naissance. Ils savaient que la mort n'était jamais loin, mais une vie commençait et les remplissait de joie. Je veux me les rappeler comme ils étaient là. Avec la lumière du feu et les cornemuses.

*

Peu de jours après, il est venu. J'étais dehors dans mon vallon sous les première gouttes de pluie. Elles tombaient enfin, et le tonnerre grondait, et en me retournant je l'ai vu approcher dans l'herbe.

Il avait les cheveux mouillés, les épaules aussi, et il s'est mis à dire *il est beau... Ses pieds... Ses yeux...* En parlant de son fils, il levait les mains devant lui comme s'il le tenait. J'étais contente. J'étais contente de son bonheur, car il en rayonnait. J'étais contente que tout soit pour le mieux.

Je l'ai dit. Je lui ai dit *je n'ai jamais rien vu d'aussi beau. Que lui. Vous avez de la chance.*

Oui, il a répondu. *Merci pour ce que tu as fait.* La pluie rendait ses cheveux plus foncés.

Puis Alasdair est reparti, et tandis qu'il s'éloignait j'ai pensé *quelle lumière tu répands ! Quel présent, pour là où tu es, pour ceux qui sont avec toi.*

Je le ressentais très simplement, sans souffrance, sans regret profond.

*

Oui, ça va aller. Je me suis entendue aujourd'hui, et je sais que je n'avais guère d'entrain, que je ne parlais pas comme je l'ai fait le plus souvent. J'ai le cœur aussi lourd qu'une pierre. Ce n'est pas ma mort qui lui pèse, ou pas autant, c'est la perte. La simple perte de ce que je n'ai jamais eu et n'aurai jamais.

Mais ça va aller. Je vais plutôt penser à ce que j'ai eu, et ça me réconfortera. Comment je pourrais me montrer ingrate ? Vous êtes venu. Je vous en suis très reconnaissante, alors je vais penser à vous un long moment, et puis aux rivières, peut-être, ou aux couchers de soleil à Glencoe. À ma jument.

Est-ce que je vous ai remercié ? Je le fais à présent. Je vous suis reconnaissante, monsieur Leslie. Je suis contente que vous soyez venu à moi, car tout en paraît moins dur.

Ayez chaud ce soir. Ne vous refroidissez pas.

Jane,

Dans cette lettre-ci, il ne sera pas question de la prisonnière. Je ne te relaterai pas ce qu'elle a dit aujourd'hui, car cela nécessiterait trop de temps, de lumière et d'encre, toutes choses qui me sont très mesurées. Je vais écrire ce que j'aurais dû t'écrire depuis longtemps, ou ce dont j'aurais dû te parler. Nous sommes deux arbres aux branches entrelacées, toi et moi – et cependant il y a des secrets que nous taisons. Un secret.

Ma bien-aimée, je ne veux surtout pas t'affliger. Mais ce soir je n'ai pensé qu'à toi et à la fille que nous avons perdue. Notre petite enfant, dont la naissance et la mort remontent à près de cinq ans. Oui, je sais, tu souhaitas que nous tirions un trait, que nous ne parlions plus d'elle. Tu dis, alors, que mieux valait ne plus en parler afin qu'elle repose en paix, mais nous pensons à elle, comment ne pas le faire ? Je me souviens d'elle. Ne crois pas que ma foi et mon devoir ont effacé ces souvenirs. Certes non. Je ne l'ai pas vue autant que tu l'as vue, mais je me souviens de ton visage à toi. Je vis ta honte, et ton chagrin. Nous n'en parlâmes jamais.

Nous avons la chance que nos fils soient vivants et en bonne santé, *avais-tu dit.* La plupart des femmes perdent un enfant ou deux. Ce sont les voies de Dieu.

Mais pourquoi n'en parlâmes-nous pas davantage ? Pourquoi te sentais-tu honteuse ? Quelle honte y avait-il à cela ? Durant les jours et les semaines qui suivirent, tu frémissais à mon contact, comme s'il te faisait mal ou que tu éprouvais le sentiment que je devrais toucher d'autres choses plus dignes de moi. La vie continue, Jane. Notre fille est venue au monde étranglée et bleue, mais c'est parfois inévitable. Certains enfants représentent un échec à nos yeux, mais pas à ceux du Seigneur.

As-tu imaginé que je t'aimais moins à cause de cela ? Que tu puisses le penser me tourmente. Il était difficile de te parler de notre deuil, car je redoutais d'accroître ainsi ta douleur démesurément. Mais je vais le faire à présent, par écrit. Je vais écrire ce que je n'ai jamais dit, et aurais dû dire dès l'instant où nous avons su ce qu'il en était : je ne t'aime pas moins. Je t'aime encore plus, Jane, pour cela même, pour la fermeté du petit visage que tu montras à nos visiteurs, alors que ton cœur devait être brisé. Tu étais si fragile durant ces semaines-là ! Et pourtant tu te tenais droite, tu offrais du thé.

Nul n'est à blâmer. Je te connais, ma très chère, je sais que tu te sentis fautive. Je te voyais dans le jardin, les yeux rivés sur l'herbe, et je sais que tu te jugeais responsable de ce que notre fille n'eût pas survécu à sa naissance. Tu ne l'étais pas. C'est Dieu qui a voulu qu'elle ne connût pas d'autre vie qu'en ton sein. À soi seul, cela constitue déjà une bonne vie.

Parler d'une mort ne l'aggrave point ni ne change ce qu'elle inflige. Notre petite enfant ne souffre pas à nouveau lorsque nous parlons d'elle. Notre fille a disparu, mais pourquoi ne pas en parler ? La faire revivre, d'une certaine façon ?

Sois clémente envers toi-même. N'essaie pas de pénétrer le mystère divin ou la volonté de Dieu, qui dépassent notre entendement. Ne dénombre pas les années, comme je sais que tu le fais. Nous avons quatre fils d'une telle vigueur et vivacité que j'en rends grâce au Seigneur quotidiennement. Quatre fils, et une épouse telle que toi. Que demander de plus ? Jamais je n'aurais espéré la moitié de cela, la moitié de toi. Jane, sois clémente envers toi-même.

Je lis ma bible autrement, ces jours-ci. Les pages sont humides, ce qui rend la lecture plus difficile. Mais tandis qu'auparavant j'y cherchais principale-

ment des conseils, ce n'est plus ce que j'en attends. Je cherche une preuve, la preuve que mes secrètes pensées sont nobles, méritantes. Car je passe par des moments étranges, Jane, comme il ne me semble pas en avoir connu auparavant.

« Les bontés de l'Éternel ne sont pas épuisées, Ses compassions ne sont pas à leur terme, elles se renouvellent chaque matin aussi sûrement que le soleil se lève » (Lamentations III, 22-23).

Je vais maintenant prendre mon souper, puis me mettrai au lit.

Tout de moi est à toi, même d'ici, en Écosse.

Charles

VIII

« Si ses vertus vous font vous en éprendre
(comme elles n'y manqueront point
si vous êtes avisé),
ayez toujours à portée de main un sirop
à boire, ainsi qu'un onguent
et une pâte à appliquer sur la peau. »

du Lycope

Hier, j'ai parlé d'une naissance. J'ai parlé d'une vie nouvelle alors que la mienne est presque finie. Je vous ai raconté comment, au milieu de tout le sang et des matières, un nouveau MacDonald est venu au monde, avec les yeux nuageux de sa mère mais les cheveux roux de son père, et j'étais tellement contente qu'il soit en vie ! J'étais contente de ses mains minuscules et roses.

Je suis moins abattue aujourd'hui. J'ai vraiment pensé à toutes les bonnes choses que j'ai vues et ressenties dans mes autres vies. Je me les suis rappelées une par une et j'ai passé la nuit à ça. Je me suis rappelé que j'ai sauvé des vies, en disant *fuyez vers Appin, ne faites aucune confiance à ces hommes*, et ces mots sortis de ma bouche ont sauvé maintes vies tour à tour.

Mais je vais trop vite. Ça, il me reste à vous le raconter bientôt.

Une naissance, un petit enfant, et est-ce que j'en avais rêvé pour moi ? Jamais, aussi loin que je me souvienne. Je ne me rappelle aucune poupée, à Thorneyburnbank, ni avoir cherché quel nom je donnerais à mon enfant imaginaire. Je crois que je n'ai jamais pensé à être mère, car il faut d'abord trouver l'amour. Il faudrait qu'un homme m'aime, et me prenne pour femme, et me déshabille près d'un feu... rien que lui et moi. Ça se passe comme ça. Il faudrait qu'il vienne sur moi, et qu'il me remplisse, et nous sèmerions tellement de baisers l'un sur l'autre que nous finirions par sourire et nous arrêter. Voilà ce que j'espérais. J'espérais très fort connaître l'amour, et le ressentir, mais je ne pensais pas le trouver. Je n'ai jamais rêvé d'avoir des enfants. Cet espoir-là paraissait hors d'atteinte.

Mais à présent que je vais mourir, il m'est permis d'en rêver. Vous imaginez ça ? Moi ? Toute ronde comme une mûre avec un enfant dans le ventre ? Je me demande si je pourrais encore marcher. En me mettant debout, je basculerais en avant comme les vieilles personnes. Et comment je pourrais pousser dehors mon enfant, petite souris que je suis ? Le chef MacIain a dit *pourquoi est-ce une fillette qui me soigne,* car il croyait voir une fillette. Et pour sûr la plupart des gens le croyaient eux aussi.

À mon idée, je n'étais pas faite pour ça. Il faut que je me le dise, que le monde ne m'a pas donné la forme qui convient pour être mère. Un cœur et une tête, oui, mais pas un corps comme celui de Sarah. Ça me rend triste dans un coin de moi. Mais je l'accepte et je le comprends, nous ne sommes pas tous pareils, et tant mieux. Parce que les différences me plaisent. J'aimais bien le Mossman qui avait une tache couleur de prune au visage, et ma drôle de jument.

Et pourtant je me le suis imaginé, je me l'imagine. Je plonge l'orteil dans des rêves qui ne se réaliseront jamais, mais quel mal y a-t-il à le faire ? Sous mes chaînes ? J'avais une fille et je lui chuchotais des histoires au creux de l'oreille. Je lui montrais une goutte de rosée dans les feuilles. Son père la balançait en la tenant par les pieds et elle riait encore et encore.

Je ne suis pas mère. Je ne le serai jamais. Et c'est là un monde que je ne connaîtrai pas, ce qui me rend un peu malheureuse aux heures désertes et quand il pleut. Mais pour autant je ne suis pas moins une personne, pas moins une femme, ou une sorcière. J'ai aidé le petit enfant d'Alasdair et de Sarah à venir au monde. Dans cent ans, il y aura beaucoup de gens qui ne seront en vie que grâce à moi. *Grâce à Corrag.*

Qui ça ?

C'était une petite créature qui vivait dans les collines. On la brûla sur un bûcher à Inverrary à cause de ce qu'elle fit pour nous sauver. Ces chèvres sauvages viennent de ses chèvres.

Alors elle mourut pour nous ?

Oui.

Peut-être que je suis mère de cent mille choses.

*

Je me suis tenue à l'écart de Carnoch ce mois-là. Je préférais être à nouveau en tête à tête avec moi-même, ou en compagnie de mes chèvres. J'espérais voir le cerf, mais il n'y avait pas un souffle d'air, les rochers étaient chauds et la bruyère en fleurs. Alors il restait sur les hauteurs. Il restait là où l'ombre d'une brise chassait les mouches, et pendant longtemps je ne l'ai pas vu.

Il me manquait, peut-être. Ou bien la créature sauvage en moi avait envie comme lui de vent et de vues étendues, car je grimpais souvent vers les crêtes. Le temps se prêtait à l'escalade, la lumière de cette fin d'été était claire, nette et tous les rochers brillaient à mes yeux. Je les sentais, je les voyais. Je regardais leurs ombres avancer sur le fond de la vallée. Je quittais ma cabane au petit matin quand l'herbe était encore humide de rosée et ne revenais qu'à la nuit tombée. Là, je humais l'arrivée de l'automne. Il y avait dans l'air son haleine froide, feuillue.

Quel présent tu es... Sur les collines, je pensais à Alasdair.

Je pensais à l'enfant, aux serments, à Dieu.

Un jour où il faisait lourd, je suis allée au Pic sombre. La bruyère était sèche, mourante, et elle s'accrochait à ma jupe tandis que j'escaladais la pente, tirant sur les touffes qui bruissaient, si bien que les femmes m'ont entendue venir. Doideag a dit *n'es-tu point trop gentille pour être ici, avec nous ? Trop propre ?* La parole acérée. Sa mâchoire cliquetait.

Je cherche Gormshuil. Elle est là ? Et comme si ça pouvait faire s'ouvrir ses yeux veinés de sang, dans la cachette où elle devait dormir, j'ai ajouté *je lui apporte de l'herbe-aux-poules.* Je l'ai montrée, vert foncé dans ma main.

Gormshuil est apparue. Elle a rampé hors d'un tas de pierres comme un cloporte, et s'est redressée. *De l'herbe-aux-poules ?*

Oui.

Alors tu veux quelque chose, elle a dit. *De la viande ?*

Non, pas de la viande.

J'ai fait quelques pas avec elle, sans aller loin et sans descendre parce que j'aimais bien la brise et la vue sur la lande. Mais nous avons marché un peu, et je sentais son silence. J'ai demandé *qu'est-ce que vous pouvez voir ?*

Voir ?

Il y a tant de choses que je voudrais savoir maintenant. L'enfant, vivra-t-il en sécurité, et longtemps ? Où est mon cerf ? Ce mot, jacobite, qu'est-ce qu'il va amener, et l'hiver sera-t-il mauvais, et comment je peux...

Arrête. Qu'est-ce que tu ressens ?

Je l'ai regardée en face. La vieille bique sagace qu'elle était. Avec sa bouche pincée et ses yeux perçants. *Vous m'apprendriez ? Le don de double vue ?*

Là, Gormshuil a souri. Elle a étalé ses chicots, et poussé une espèce de sifflement. *Le don de double vue ? L'apprendre ?*

Oui.

Ça ne s'apprend point. Ce qui doit venir viendra. Tu vois ce que tu vois, petite, et ça se passera...

Quoi ? Qu'est-ce qui se passera ?

Elle a froncé les sourcils comme si ma question était idiote. *Tout ! Tout vient et puis s'en va.*

Qu'est-ce qui vient ? Dites-le-moi ? Qu'est-ce qui s'en ira ?

Elle a humé l'herbe-aux-poules qu'elle serrait dans son poing. *Les rois vont et viennent. Mais je ne suis point sûre qu'Orange demeurera Orange...*

Guillaume ? J'ai secoué la tête.

Och, elle a fait. Puis elle a détourné la tête comme si elle n'était pas pleine de nuages et de tristesse, comme si elle n'empestait pas. Elle a contemplé la lande, un court moment. *Ce n'est pas toujours un don bienvenu, Corrag. Pas quand des malheurs s'annoncent.*

Des malheurs ?

Elle s'est retournée face à moi. Elle avait de nouveau ses yeux de vieille sorcière sardonique, et elle a levé un doigt vers mon nez, appuyé dessus. *Je pense qu'un loup hurlera son nom. Un lion rugira. Et c'est tout ce que je vais te donner, ma petiote.*

Apporte-moi encore de l'herbe-aux-poules, ne tarde point.

*

L'automne arrivait. Je reconnaissais les odeurs de l'automne. Depuis ma première vie, en Angleterre. Je reconnaissais ses odeurs coupantes, mouillées et terreuses, et il amenait des baies, des fruits. L'herbe croissait, l'enfant croissait, ainsi que les gens sur les collines, courbés en avant. Les ronces nous égratignaient, les mûres et les prunelles nous tachaient les doigts, et dans les coins les plus humides nous ramassions des champignons. C'étaient les femmes qui faisaient ça. Je voyais les épouses et leurs filles, cheveux noués derrière la tête. Une fois, j'ai cru voir Doideag de Mull, à la bouche édentée et au regard triste, mais par un temps brumeux les yeux peuvent se tromper.

Les champignons me rappelaient ma jument. Je la revoyais y goûter et retrousser les lèvres sur ses dents d'un air contrarié. Ce qui lui plaisait, c'était les pommes et la menthe. Si bien que le pommier aussi me la rappelait. Il était près d'Achnacon, tout tordu de vieillesse mais couvert de fruits, et l'homme aux taches rousses qui habitait là m'a fait signe et montré l'arbre et dit *prends !* Alors j'ai cueilli une pleine brassée de pommes, avec gratitude. J'ai déposé du guérit-tout sur son seuil.

Je suis restée à l'écart de Carnoch pendant des semaines.

Mais Alasdair est venu. Il a compris, je crois, que je me tenais au loin, car il ne m'a pas trouvée à ma cabane. J'étais occupée à cueillir des baies sur le Mont au chat, et toute tachée par le jus, et lui il avait la même couleur que ces collines à l'automne, roux foncé, rouge et or. La peau parsemée de roux après un mois de soleil. Il paraissait fatigué. J'ai pensé *lui.*

Du bout de sa botte, il a fait rouler un caillou. *Ça fait longtemps.*

Je n'ai pas répondu.

Viens marcher avec moi, il a dit.

Alors nous nous sommes frayé un chemin à travers les bruyères, vers l'ouest. Cet après-midi d'octobre, avec les oies qui fendaient le ciel et les rochers encore chauds du soleil d'été, il m'a emmenée au Mamelon de Glencoe, à l'ouest de la corniche du nord. Quand il marchait devant et que je le suivais, je regardais comment étaient ses cheveux, et les jambes vigoureuses que lui avait données sa vie passée sur les collines et à se battre. Quand c'était moi qui marchais devant, j'espérais qu'il regardait seulement le sol ou le ciel, car je n'avais pas les formes qui plaisent aux hommes. Je n'ai jamais eu grand-chose de ce qui plaît aux hommes. À mon idée. Je pensais à ça tandis que nous allions au Mamelon, à ma petite taille, et qu'il avancerait pourtant dans la senteur que je laissais derrière moi, de lait et d'herbe, et que je devais avoir des feuilles sur les cheveux.

Le Mamelon n'était pas aussi haut que les autres collines du glen. Dressé au bord de la mer, il dominait les toits de Carnoch. Il y avait là des endroits boisés où vivaient les biches les plus petites, et Alasdair disait *prends garde !* quand il enjambait des arbres couchés à terre ou des branches épineuses. Je souriais, car n'avais-je pas connu pire ? Traversé de pires endroits ? Les épines, je les connaissais et mes bras en portaient les marques. Des rochers m'avaient entaillée, écorchée. Mais il disait quand même *prends garde !*

On montait, dans les airs. Avec ses jambes vigoureuses, il faisait de grands pas, balançant son plaid, et je grimpais derrière lui. Moi, je ne faisais pas de grands pas. Je m'activais des mains et des pieds à la manière d'un animal, et je me disais dans ma tête que je ressemblais à Bran ou au chat sauvage que j'avais vu. Quelquefois, il m'attendait. Il ne se retournait pas, mais il s'arrêtait comme s'il savait que j'irais plus lentement. À mon idée, quiconque marchait avec lui allait plus lentement.

On montait, et des bourrasques de vent rebondissaient des rochers sur nous, balayaient l'herbe. Je sentais maintenant l'espace vert se déployer plus bas, mais je ne regardais pas, pas encore. Je voulais attendre que nous soyons sur la crête pour avoir le présent de la vue la plus belle. Mes cheveux voletaient comme un oiseau, quand j'ai rejoint Alasdair. Ma jupe s'entortillait.

J'ai repris mon souffle. Je me suis redressée et j'ai ouvert les yeux tout grands.

Nulle part ça n'est mieux, il a dit.

Je contemplais. Il y avait des montagnes tout autour de nous. Le Loch Leven s'étalait en dessous, vers les pics aux couleurs rougeoyantes ou sombres. Il y avait des maisons, et des ruisseaux, et le cheval noir du MacIain dans son pré. Je voyais la Coe et son écume blanche contre les rochers. Je voyais des gens, et des poules. Dans l'eau, je voyais des ombres de poissons et des algues.

Qu'ici ?

Cette vue. Cette colline...

Je l'ai regardé, lui. J'ai regardé le nez tellement droit et fier, le front qui était plissé par ses années de combats, de chasse et d'escalade face au vent. Ses cheveux voletaient comme les miens. À travers mes mèches brunes, je voyais leur rousseur de terre mouillée, leurs pointes dorées.

Il rivait les yeux sur la vue. Il a dit *c'est ici que j'ai appris à me battre, en haut de cette colline. Avec Iain. On venait ici armés d'épées de bois...* Il a tendu le doigt. *Ce sentier te mènerait au bout du Loch*

Leven. On se baignait là-bas, et après on grimpait à toutes jambes jusqu'à cet endroit où nous sommes. J'ai dormi ici.

Dormi ?

Ouiche. J'ai dormi partout dans le glen. On l'a tous fait. Mais le coucher de soleil vu d'ici est...

J'ai suivi son regard. Vers l'ouest. L'ouest, je le connais depuis toujours. Je le connaissais dans mon cœur, peut-être comme les femmes de mon espèce, ou peut-être que tous ceux qui aiment les grands espaces regardent vers l'ouest, quelle que soit leur religion. Nous sentons l'ouest. Comme la jument sentait le nord-ouest et m'y a amenée. J'ai pensé à elle un court moment. Mes cheveux volaient au vent et la lumière se colorait de rouge dans le ciel par-delà le loch.

On contemplait.

Je l'imaginais jeune garçon. J'imaginais Cora enfant, sur un pont voûté Je pensais à toutes les joies et les tristesses réunies, côte à côte.

Il a dit *je ne suis plus le même homme. Je le sais.*

Vous êtes père à présent.

Oui, et j'en suis heureux. Mais ce n'est point ce qui fait de moi un autre homme, Corrag. Je n'étais déjà plus le même avant. Voilà un an que je ne suis plus le même. J'ai changé.

À cause de quoi ?

À cause de toi. Il a eu un sourire qui ne s'adressait pas à moi mais à la vue. *Tu es venue. Tu es arrivée chez nous avec ton accent anglais et tes yeux gris, et cette manière de parler du monde que je n'avais jamais entendue, de parler de la nature, et des choses bonnes. Pas de Dieu ni des rois.* Il a secoué la tête. *Je ne peux me rappeler une seule fois où quelqu'un est venu et n'a point parlé de ça.*

Je ne bougeais pas. Les mots me manquaient.

Veux-tu savoir comment j'ai été élevé ? On m'a appris à être orgueilleux. À protéger tout ce que j'aimais, et à ne jamais renoncer. Les histoires qu'on nous contait dans notre enfance glorifiaient toutes Angus le Rouge, les guerriers, la vengeance et les morts sur le champ de bataille. Si je pouvais mettre un pied devant l'autre, je pouvais combattre, disait notre père. Et c'est la vérité. J'en étais capable. J'ai combattu. Sais-tu – il s'est tourné vers moi – *que petit garçon je fus emprisonné ? Pour avoir pris part à une expédition ? Sur les terres de Breadalbane. J'avais du sang sur le visage quand ils m'ont capturé. J'étais très fier...*

Vous ne connaissiez pas d'autre manière de vivre, peut-être.

Peut-être. Ou bien je n'avais point le choix. Nous avons tant d'ennemis, Corrag. Les Campbell et tous les gens des Lowlands, mais aussi les Anglais. Guillaume. Si nous ne combattons pas, ce sera notre mort ou celle de notre manière de vivre. De notre cœur...

Nous regardions au loin, lui et moi. Je voyais le petit bateau qui faisait les traversées, ancré maintenant près de Ballachulish. À l'horizon embrumé, il y avait d'autres montagnes, des endroits où je n'irais jamais. Une bourrasque agitait ma jupe. Les nuages couraient au-dessus de nous et les couleurs du ciel s'assombrissaient. Le vent soulevait aussi mes cheveux, les rabattait sur mes yeux.

On nous a ordonné de prêter un serment, il a dit.

Ordonné ? Un serment ?

À Guillaume. Pour lui jurer allégeance. Alasdair a ébranlé un rocher en y appuyant le bout de son pied. *Il paraît que si nous prêtons ce serment nous serons pardonnés de toutes attaques passées, toutes nos trahisons envers lui et les autres. Nous aurons sa protection.*

Et si vous ne jurez pas allégeance ?

Nous serons considérés comme des traîtres et châtiés.

J'ai réfléchi un moment. Je sentais le vent dans mes cheveux. Je pensais au mot roi qui paraissait tellement loin d'un endroit comme celui-là, le Mamelon, sous la course des nuages.

Qu'allez-vous faire ?

Il a ri. *Ah ! Ouiche. Qu'allons-nous faire ? C'est la question, hein ? Iain exècre ce roi Orange. Il exècre tout de lui, sa race, sa religion. Il dit que nous ne devons prêter aucun serment car l'allégeance étrangle ce que nous sommes. C'est aussi l'avis de mon père. Et le mien, plus ou moins.*

Plus ou moins ?

Il est passé d'un pied sur l'autre. *Il y a un brave homme à Inverlochy. Un nommé Hill. Il dit être un ami des clans, et peut-être l'est-il. Et d'après lui nous ferions mieux de prêter ce serment, dans notre intérêt. Mais je ne sais pas... Voilà un an, j'y aurais été plus opposé que tous les autres. J'aurais tiré l'épée, prêt à les combattre. Je partage leur foi et je ne renierai point ma religion ni mon clan, jamais. Plutôt mourir. Mais ce que nous poursuivons là... Cette persévérance au service de Jacques, alors qu'il a pris la fuite...* Il s'est frotté le front, a soupiré. *Ne sommes-nous pas des idiots, je me le demande. Des idiots, de résister à des forces qui semblent tellement plus grandes que la nôtre ? Serions-nous des idiots – et fiers, pour autant – de refuser ce serment ?* Il a grimacé un sourire. *Un homme mort ne sert plus à rien pour Jacques, ou Dieu. Ni pour sa femme.*

Non.

J'ai combattu encore et encore. Et si nous ne prêtons point ce serment, nous combattrons toute notre vie, chaque ombre qui surgira ! Mon fils sera un hors-la-loi avant même de savoir parler ! Nous serons perdus, si nous refusons d'obéir à ce roi. Je le sens aussi clairement que je sens le temps qu'il fait aujourd'hui.

Alors, signez, j'ai murmuré. *Prêtez ce serment.*

Il a souri. *Ah… Mais notre cœur ?*

Votre cœur ?

Ouiche. Notre cœur. Ne plisse pas le front comme si je ne parlais pas ta langue. Toi-même, tu parles davantage du cœur que nous tous. C'est le tien qui guide ta vie. Tu l'écoutais quand tu as dit que tu n'avais pas de roi…

J'étais immobile. Je le regardais. Je l'ai regardé un long moment, car j'aimais ce que je voyais. J'aimais son visage.

Nous ne sommes pas assez astucieux. En tant que peuple. Nous ne sommes pas… Il a secoué la tête, comme s'il ne trouvait pas le mot.

Jadis, en Angleterre, je m'arrêtais au milieu des marécages pour observer les grenouilles. Je les observais tellement que je pensais les connaître et pourrais même être une grenouille. Et puis les hommes ont pourchassé ma mère et je me suis enfuie vers le nord. J'y étais forcée. Je ne les reverrai plus, ces grenouilles, mais je sais qu'elle sont toujours là-bas. Elles continuent à s'agripper aux joncs. Même si je ne les vois plus sauter dans l'eau ça ne veut pas dire qu'elles ne le font pas, elles continuent. Comme elles continuent à coasser le soir. Elles doivent être en train de coasser tandis que nous parlons. J'ai poussé un soupir. *Il m'a fallu les abandonner. Mais elles sont encore en moi. Je les garde en moi, et je sais qu'elles sont aussi réelles qu'avant.*

Là, c'est Alasdair qui m'a regardée. Mais il m'a regardée comme s'il ne me voyait pas ou comme s'il voyait à travers moi. C'était un regard étrange, et profond. Peut-être qu'il voyait les grenouilles.

Je vous raconte ça pour dire que nous avons tous nos changements. Tous. J'ai abandonné ces grenouilles pour sauver ma vie, mais je les aime toujours. Elles vont continuer à se lécher les yeux avec leur longue langue. Et même si vous prêtez serment, votre cœur sera toujours votre cœur, Alasdair. Comment ils pourraient vous enlever votre cœur ? Ou l'étrangler ? Ils ne le peuvent pas. J'ai rougi et détourné les yeux. J'entendais mes paroles, ma sotte histoire de grenouilles. *C'est ma manière de parler, voilà tout.*

Il a dit *oui, je sais. C'est une bonne manière.*

Du babillage.

Il a souri.

Je veux seulement dire que nous changeons, encore et encore. Pourtant, notre cœur est notre cœur et je crois qu'il ne peut être gouverné, par les rois ou les serments. Ni par notre tête. J'ai haussé les épaules. *Il a trop de force.*

Une bourrasque s'est levée. J'ai tâché d'attraper mes cheveux qui volaient en tous sens. J'ai fini par les retenir et les nouer derrière mon cou. Des mèches s'échappaient encore, mais j'avais noué la plus grande partie.

Tu es d'avis que nous devrions prêter ce serment, Sassenach ?

Je lui ai rendu son regard en souriant à moitié. *Que vaut mon avis ? C'est votre serment à vous, pas le mien. Tout ce que je sais, c'est que rien – serment, ou promesse, ou roi – ne peut changer le cœur de quelqu'un. Il ressent ce qu'il ressent.*

Oui. Peut-être bien.

Ma jupe battait. Le vent secouait le plaid d'Alasdair, et nous sommes restés ainsi côte à côte un moment, à contempler le soleil couchant. La lumière était or et rouge. Elle s'étendait sur toute l'Écosse, brillait sur nos visages et je savais comment serait le sien si je me tournais vers lui maintenant. Comment serait le mien si lui aussi il se tournait.

Tu disais un jour, il a dit, *que je te donnais le sentiment d'avoir tort d'être ici, d'y être venue. Jamais je n'ai voulu ça.*

J'ai souri. *Je sais.*

Puis nous nous sommes tus, mais j'étais heureuse. J'étais tellement près de lui que les poils de ses bras frôlaient mes bras à moi, et nous avions parlé du cœur, et ce monde était rougeoyant, venteux, magnifique. J'ai pensé *je suis faite pour être ici. Ici. Depuis toujours.*

Il a demandé *à quoi tu penses ? Juste en ce moment ?*

À sa splendeur. À son âge. Si grand, cet âge...

Nous avons regardé les cimes. Nous les regardions et je pensais à leur immense sagesse, à tous les souffles, les joies, les désordres qui s'étaient écoulés en bas de chacune d'elles au long de tant d'années. Plus d'années que je pouvais imaginer. Plus de joies, de pertes, de souhaits. *Mes endroits sont toujours anciens*, j'ai pensé. Grottes ou vallées. Forêts. Sable.

Il ne s'est pas tourné vers moi. *Cet âge ?*

L'âge d'ici. De ces collines. Elles ont vu passer tant de vies. Elles ont vu tant de guerres, de naissances, d'amour et de peines, et de cerfs et de biches. Tous ces pieds qui les ont foulées...

Il m'a semblé l'entendre sourire, entendre ce son doux, furtif que fait un sourire. *Oui. Elles sont très vieilles. Et elles seront encore là quand nous aurons disparu. Quand nous serons réduits en poussière, et oubliés, il y aura toujours le Mamelon de Glencoe.*

J'ai baissé les yeux sur la paume de mes mains. Pensé un court moment à l'au-delà. Aux êtres que j'aimais et qui m'y attendaient à présent. J'ai replié mes doigts. *Vous n'aurez pas disparu*, j'ai dit. *Vous vivrez dans votre fils. Vous avez une descendance, maintenant.*

Toi non plus.

Moi ?

Tu ne disparaîtras point. Il regardait droit devant lui. *Je me souviendrai de toi.*

C'est l'endroit où j'ai été le plus heureuse. Mon moment le plus heureux. Dans cet endroit ouvert au vent et au soleil couchant et à sa lumière sur l'eau, et être là avec lui. Debout tellement près de lui que je sentais sa chaleur et qu'il sentait la mienne. Le Mamelon de Glencoe, et nous. Les rois ou reines ne m'ont jamais plu, car je pense qu'aucune personne ne peut valoir davantage que les autres, du moins pas aux yeux de la nature, mais sur le Mamelon c'était comme s'il y avait seulement lui et moi au monde. Il y avait nous et toute cette splendeur. Avec l'automne, la hauteur et le cœur.

Je savais qu'un moment pareil ne se produirait plus jamais. Il était venu et s'achevait.

Alasdair a dit *il se fait tard. Il nous faut redescendre.*

Je l'ai suivi. Nous avons pris le même sentier que pour monter, et je voyais mes empreintes dans la terre. Je voyais les ronces où son plaid s'était accroché, et le rocher qu'il m'avait aidée à escalader, et tout ça paraissait déjà loin dans le temps.

En arrivant à la fourche de deux sentiers dans l'herbe, nous nous sommes arrêtés.

Je vais vous quitter ici, j'ai dit.

Alasdair a tourné vers moi des yeux attentifs. Et tandis qu'ils me fixaient, le vent s'est levé. Il a amené une goutte de pluie. Je l'ai sentie sur mon bras nu. Puis j'en ai senti une autre sur mon nez, et mon crâne, et chaque goutte paraissait forte, lourde, grasse. J'ai regardé autour de moi. Je regardais les feuilles trembler sous la pluie, les fleurs retenir les gouttes, et le ciel qui s'assombrissait. J'ai fermé les yeux un court moment. Quand je les ai rouverts Alasdair avait une goutte d'eau sur la pommette, et les cheveux mouillés. Ses yeux à lui étaient toujours rivés sur moi. Il a levé la main vers mon visage et lentement écarté une mèche de cheveux, l'a glissée derrière mon oreille.

Il a dit *toi...*

Un balbutiement m'a échappé. J'ai secoué la tête et fait un pas en arrière.

Sois bienfaisante envers tout ce qui vit, avait dit Cora. Je le lui avais promis, et j'aimais beaucoup Sarah, alors je suis partie de mon côté au flanc du Mamelon. L'orage a éclaté, il me martelait le dos des mains, trouait la boue, et la Coe devenait bruyante et pleine d'écume blanche, et quand je suis arrivée presque au fond du glen j'ai fait halte. J'ai regardé derrière moi. Alasdair était d'une couleur tellement brun roux – ses vêtements, ses bottes, ses cheveux mouillés et les saletés sur ses bras – qu'il était pareil aux collines. Il était tellement pareil aux collines que je le voyais à peine. Il était pareil à la terre. Il faisait partie des rochers et des bruyères fanées, des fougères fanées. Je le voyais seulement quand il bougeait. Quand il s'arrêtait et restait immobile – ce qu'il a fait deux fois pendant que je l'observais – mon regard le perdait et je me demandais s'il était vraiment là. Je me demandais aussi pourquoi il ralentissait le pas et s'arrêtait. Je n'en savais rien. Je pensais c'est qu'il y a une biche, ou il contemple la vue, ou peut-être, peut-être bien qu'il regardait derrière lui tout comme moi. Moi aussi, j'avais des couleurs brunes. J'avais les cheveux mouillés et de la terre sur ma peau.

*

Voilà. Les serments. Je n'y crois qu'à moitié. Ou plutôt, j'y crois s'ils viennent du cœur, pas seulement de la bouche. Je crois aux serments profonds, sincères. Je crois à ceux qu'on se rappelle avoir faits il y a longtemps, dans un lit où on était seul.

N'aime jamais. Et j'avais répondu *non. Je le promets.*

Mais c'était ma bouche qui parlait. Ma bouche répondait ce que Cora espérait, alors elle m'avait dit *c'est bien* et embrassée avant que je m'endorme. Pourtant, pendant ce temps, mon cœur disait *je veux aimer ! Oui, j'aimerai, et quand j'aimerai je donnerai ma vie à cet amour. Je me donnerai tout entière. Je veux aimer encore et encore.*

Je crois donc aux serments du cœur. C'est ceux qui doivent guider notre vie, car avec un cœur muselé quelle vie vaut d'être vécue ? Aucune, à mon idée.

Vous me promettez de revenir ?

Je n'ai guère de temps devant moi. Plus guère.

Jane,

Le dégel est rapide, et manifeste. Il est vraiment là : les ruisseaux coulent à flots, j'ai vu les premiers bulbes pointer hors de terre, et des bourgeons aux branches, toutes choses que Corrag observerait et auxquelles elle prendrait plaisir. Je songe donc à elle en me promenant.

Elle parle – nous parlons – des serments. Elle dit que nous en faisons de deux sortes, au cours de notre vie : ceux qui proviennent de notre intellect, notre raison, et ceux que nous inspire le cœur. Il y a, selon elle, les serments que nous décidons de prêter, et ceux qui nous sont dictés par notre corps, ou la nature, ou Dieu. Dit-elle vrai ? Voici deux semaines, j'aurais méprisé de tels propos, les aurais raillés, et qualifiés de folie ou de sorcellerie comme le feraient la plupart des gens sensés. Mais maintenant, je l'écoute. Je l'écoute parce que je sais qu'elle n'en a plus pour longtemps. Elle va mourir. Et sans doute ne restera-t-il que moi qui puisse parler d'elle.

Elle promit à sa mère de ne jamais aimer un homme. Mais son cœur fit le serment d'aimer, et de ne se soumettre à aucun raisonnement.

Quels serments ai-je prêtés, pour ma part ? Cette question surgit. Bien que Corrag ne me l'ait pas posée, je me la pose en ce moment. Je ne trouve pas le sommeil, j'écris ces lignes à la lueur d'une chandelle, et je me demande quels vœux j'ai faits dans ma vie et s'ils étaient ou non mon propre choix. Ma religion ? Je ne l'ai pas choisie. Elle m'est venue dès mon enfance, avec tous les heurts qu'une religion peut amener ou subir. Jamais je n'ai perdu la foi, je sais que Dieu existe et qu'Il me voit écrire cette lettre, qu'Il voit aussi Corrag et qu'Il te voit toi, mon épouse, qui dors tandis que j'écris ceci sous les couvertures dans une chambre face au sud. Je n'ai pas choisi ma foi. C'est elle qui m'a choisi, mon cœur le sait, et jusqu'à la fin de mes jours j'aurai la même foi en Dieu, et en la vertu. Cela, j'en suis certain. Mais mon sacerdoce, Jane ? Il en va différemment, je pense. Je pense qu'il me fut présenté par mon père, attendu, et je décidai donc de m'engager dans cette voie, de prêcher la bonne parole et d'écrire ainsi que je le fais. Je prêtai un serment qui provenait de mon cerveau, car ai-je jamais pris plaisir à parler face à des foules ? Mes mains en tremblent. Néanmoins, je le fais, je maîtrise l'art de la rhétorique et reçois en tant qu'orateur de tels compliments que je rougirais presque – j'ai cette chance, je le sais. Mais ai-je appris cela ? Plutôt que le posséder de nature ? Peut-être.

Que ferait mon père, à cet instant ?

Qu'éprouverait-il ?

Il n'aurait pas permis à ses sentiments d'en venir là, j'en suis sûr. Il aurait sondé la Bible pour y trouver de quoi tarir tout élan de compassion, car le roi Jacques et Dieu sont le dessein auquel il s'est voué et sa foi est écrite à l'encre. Il sait et il ressent, et je pense que c'est son cerveau qui a prêté serment à Dieu, son cerveau qui le guide. Mais je ne suis pas lui. Je m'appartiens.

Jane, que dois-je faire ? Mon cerveau parle de la loi – de la Bible, de Dieu. Il me dit de ne pas escompter une lettre de Stair, ni espérer aucun retournement durant les derniers jours qu'il reste à Corrag. Je ne devrais pas l'espérer. Je devrais souhaiter (comme je le souhaitais naguère) que le monde soit débarrassé de toutes ténèbres, et en quoi cela devrait-il me préoccuper, si ces ténèbres disparaissent dans les flammes du bûcher ?

Je devrais m'en remettre à la volonté de Dieu. Corrag est prisonnière de la loi. S'il faut qu'elle meure, elle mourra.

Pourtant – pourtant ! – je suis tourmenté. Le sommeil me fuit. Tu me manques. Lorsque j'enlève ma perruque le soir, je regarde l'homme que le miroir révèle et je le reconnais à peine, tant il paraît las et vieux.

Prie pour moi. Prie pour que me viennent la lumière et le réconfort, que puissent me venir des pensées justes et nobles.

Charles

IX

« ... le sirop est d'un grand secours
pour procurer le repos,
et calmer la cervelle
des personnes frénétiques, en abaissant
la température brûlante de la tête. »

du Nénuphar

Dites-moi ce qui se passe sur la grand-place, à Mercat Cross. Quelle quantité de bois il y a là-bas, où en est la construction du bûcher. C'est d'avoir parlé de la mort. D'avoir parlé du massacre, de me le rappeler, ça m'a fait peur, m'a mis en tête tellement de morts terribles que je voudrais penser *c'était un rêve, un rêve effrayant.* Sont-ils morts ? Je sais qu'ils le sont. J'ai vu leurs corps. J'ai vu leurs corps carbonisés, les plaies faites par des lames dans leur dos et leurs flancs, des plaies béantes comme des bouches, alors il me semblait qu'elles me parlaient tandis que je trébuchais près de ces corps. Il me semblait qu'elles m'appelaient par mon nom, ces plaies, comme si j'avais pu empêcher ça. Comme si j'avais pu sauver davantage de gens que j'en ai sauvé.

C'est de me rappeler ces morts qui m'a fait peur. Et l'homme, aussi.

Un homme est venu.

Ce matin. J'ai entendu ses pas approcher de ma porte, et j'ai cru que c'était vous. J'ai pensé *monsieur Leslie vient de bonne heure !* Et j'étais tellement pleine d'espoir, monsieur, tellement contente, parce que j'aime bien quand vous êtes là, j'aime bien vous parler, et vous voir hocher la tête, et c'est une drôle de chose que je trouve réconfort avec un homme d'Église alors qu'ils ne m'ont jamais donné le moindre réconfort dans ma vie, ni aux femmes de mon espèce. Mais tout change, je le sais. Et vous m'apportez vraiment un réconfort. J'aime bien quand vous souriez. Vous ne souriez pas souvent, mais quelquefois tout de même. Alors en entendant ces pas près de ma porte et pensant *c'est monsieur Leslie,* je me suis levée dans mes chaînes pour vous accueillir et j'avais un sourire aux lèvres pour vous rendre le vôtre, que vous m'adressez à présent.

Mais ça n'était pas vous. Cet homme-là, je n'ai pas retenu son nom. Je sais seulement que c'est lui qui noue les cordes. Quand il y a une pendaison c'est lui qui fait le nœud et après il pousse le cheval pour tirer en l'air le malheureux. Quand quelqu'un doit être marqué au fer, comme celui qui avait copulé avec un animal, c'est cet homme-là qui tient le fer chauffé à blanc, il l'appuie dans la chair et l'écoute grésiller. Quand on mène une personne au bûcher, c'est lui qui la ligote contre le pieu. Et aussi qui empile les tonneaux et le bois.

Il est donc venu ici. Il est entré et s'est mis à rire. Il m'a vue debout dans mes chaînes avec ma jupe pleine de sang et il s'est mis à rire.

Je ne comprenais pas pourquoi il riait. Je l'ai regardé.

Il a dit *eh bien, ça va nous économiser plein de sous.* Et il s'est remis à rire. *Comment tu as fait pour te mettre en travers d'un plan ? Toi ?* Du bout du pouce, il a essuyé une larme de rire au coin de son œil. *J'ai vu des nouveau-nés plus gros que ça ! Toi ?*

Ensuite, un peu plus calme, il a craché. Pour sûr. Il m'a craché au visage mais il a raté son coup, le crachat est tombé sur mon bras et j'ai baissé les yeux dessus tristement.

Nous aurons besoin de moitié moins de bois que je prévoyais, il a déclaré d'un ton très sérieux, comme s'il y avait là un magistrat à qui il s'adressait. *Du vite fait. Et pas trop cher. Mais les gens aiment avoir du spectacle, alors j'emploierai encore moins de bois, pour que ça dure plus longtemps. Oui.*

Et puis son regard a croisé le mien et il a changé de ton. Sa voix est devenue sifflante. Il a dit *espèce de mouche du coche, de quoi tu t'es mêlée... Monsieur Dalrymple veut que tu disparaisses, oh ouiche !*

Là-dessus, il est parti. Et si je souhaitais avant entendre vos pas, je l'ai souhaité deux fois plus fort après, parce que ça m'a fait tellement peur. Ça m'a forcée à voir que c'est bien vrai, qu'ils veulent vraiment me tuer. Que ces barreaux sont solides et que ces chaînes ne se détacheront pas.

Je suis contente que vous soyez là. Je suis bien contente. Ma mort durera longtemps, cet homme a dit, et je ne veux pas mourir, et je ne veux pas mourir comme ça.

Mes mains se perdent dans les vôtres. Elles sont tellement petites, mes mains, et une fois ça a servi de raison pour crier *sorcière, tellement qu'elle est petite ! Le diable en a pris la moitié !* Comme si c'était un pacte entre le diable et moi. Comme si mes mains suffisaient à me condamner alors qu'il suffit de bien moins, mes yeux gris ou mon nom étrange. On a toujours voulu ma mort. Moi, j'ai seulement voulu que les autres vivent, alors où est la justice ? Je n'en ai jamais vu aucune. Et Cora non plus. Ni sa mère quand elle fut noyée en chemise.

Mes mains qui sont toutes petites dans les vôtres, elles ont frotté une jument grise et cueilli du jonc dans des marécages, et aussi guéri des gens. De bien petites mains, mais elles ont tenu les siennes à lui. Regardez. Je ne les vois même pas. Mais le cachot est très sombre.

Si vous me parliez de votre épouse ? Ou de vos quatre fils. Il faut que je me taise, à mon idée. À mon idée, il faut que j'écoute pendant un moment, que ma respiration s'apaise.

Je ne bouge plus.

Pendant un moment, remplissons cet endroit de paroles meilleures que *de quoi tu t'es mêlée.* Remplissons-le de vie.

*

Peut-être que c'était lui qui me remplissait. Peut-être que c'était d'avoir été près de lui sur le Mamelon de Glencoe, et parlé du cœur, qui m'empêchait de dormir. Ou peut-être que c'est le premier givre bleuâtre que j'ai trouvé dehors en sortant à quatre pattes de ma cabane, tout autour de moi, silencieux et scintillant. Car ça annonçait le temps qui est le mien et j'en avais besoin, il m'avait manqué, et je me suis étendue par terre sur ce givre. Et j'ai contemplé les étoiles et n'ai pas dormi.

Ou bien c'était le rugissement. Car en passant dans l'après-midi près de la Cime du chardon, je me suis arrêtée. J'entendais un rugissement. Un bruit long, rauque, un rugissement fêlé, et je me demandais *qu'est-ce que... ?* Parce qu'il semblait solitaire, et déterminé. Et quand j'ai levé les yeux je l'ai vu, mon cerf à moi. Il était de retour, sur les pentes, et ça me faisait plaisir.

Quels réconforts... L'hiver. Mon cerf, avec son cou épais et sa ramure. Il avait encore un pelage touffu, et il me guettait en trottinant sur les crêtes. Un après-midi, tandis que mon feu fumait, je l'ai vu descendre au flanc de la colline. Une pluie fine tombait et il s'est secoué.

J'ai dit *ne t'en va pas ! Reste !* Dans ma cabane, j'ai trouvé les pommes que je gardais pour lui depuis des semaines. J'en ai pris une, l'ai frottée contre ma jupe. Elle avait des rides et des taches, une petite feuille séchée sur sa tige. Je suis ressortie en la serrant dans ma main. J'ai tendu le bras. *Tiens.*

D'abord, il n'a pas bougé.

Puis il s'est approché lentement. Dans ses yeux, il y avait tout un monde, le ciel reflété, les oiseaux qui volaient au travers. Je m'y voyais. Et j'y voyais même plus de choses, je voyais toutes les collines qu'il avait foulées, tous les lochs où il avait bu. Tous les endroits où il se reposait. Ses biches. Sa vie, son âge, sa sagacité.

Tiens...

Il a presque pris la pomme. Presque. Il a étiré son cou, levé le nez pour la humer. J'ai vu palpiter ses narines. Mais il était encore effarouché et sur ses gardes, sa nature sauvage ne faisait pas encore confiance à la mienne, et donc il ne s'est pas avancé davantage et n'a pas pris la pomme dans ma main.

Alors je l'ai posée par terre, plus près de lui. Là, il l'a prise, croquée, et il a regrimpé les pentes du Mont au chat.

Sa bave de pomme lui coulait de la bouche. Sur la crête, il a tourné la tête pour me regarder un court moment. Puis il est parti vers le sud, dans le Glen Etive, et voilà, il avait disparu.

Le gel et la neige réconfortaient la créature en manque, amoureuse, que j'étais. Je vagabondais et escaladais, soufflais et sentais souffler sur moi le vent. Le vent qui venait de la mer s'engouffrait dans ma jupe, me poussait comme un bateau et donnait à ma peau un goût de sel. Je m'enfonçais jusqu'aux genoux dans les tourbières, et quand les oies volaient au-dessus de moi je pensais à Cora et aux marécages et je criais au revoir aux oies qui s'éloignaient.

Je pensais à lui, aussi, qui avait un cœur de guerrier mais qui était fatigué à présent.

En bas dans la Coe, où il n'y avait pas de glace parce que le courant était trop fort – il éclatait par-dessus les rochers et les branches charriées –, je me suis baignée. Je suis retournée au Mélange des eaux, où je m'étais lavée la première fois, treize mois auparavant. Je me suis dévêtue et avancée sous la cascade. J'ai laissé mes cheveux se remplir de cette eau, comme ce jour-là. Je tâchais d'être la même que j'étais alors. Mais j'étais différente, de plusieurs manières.

C'est là que j'ai vu Sarah, avec son fils blotti contre elle, enveloppé dans de la peau de chèvre. Elle avait les yeux brillants, reniflait à cause du froid, et quand elle est venue à moi elle m'a baisé les joues en me saisissant les cheveux à la racine, comme font les gens qui ont des sentiments sincères envers la personne qu'ils embrassent. C'est ce qu'elle a fait. Elle a dit mon nom. Elle a dit *depuis trop longtemps tu n'es point venue chez nous. Comment te portes-tu ?*

J'ai répondu que je me portais très bien. *Et vous ? Comment va votre famille ?*

Elle a soulevé un coin de la peau de chèvre pour me montrer son fils, tout chaud et lisse pareil qu'un œuf frais pondu. J'ai senti son odeur. Je me suis rappelé comme il s'était bien ajusté à moi, niché au creux de mon cou avec un léger miaulement. Un petit être. Aux cheveux de fougère mouillée.

Nous sommes tous en bonne santé, grâce à Dieu. La nuit, nous dormons davantage – elle a chatouillé son nourrisson et souri – *et ces derniers temps il n'y a eu de querelle avec aucun clan. Nous avons salé du porc et mis du poisson à fumer pour l'hiver.* Elle m'a regardée en plissant les yeux. *Alasdair a déposé près de ta cabane de la tourbe sèche. L'as-tu trouvée ?*

Oui. Je vous suis reconnaissante mais ce n'était pas la peine. Vous avez suffisamment de quoi vous soucier à présent.

Elle a froncé les sourcils. *Je sais. Nous le savons tous deux. Mais tu es bien seule là-haut. Et Alasdair dit que l'hiver sera dur. Il dit que les baies de sorbier sont plus rouges cette année.* L'enfant a geint et elle lui a mis dans la bouche son petit doigt à téter. Le geignement a semblé un moment rester dans l'air.

Et le serment ? j'ai demandé.

Il t'en a parlé ?

Oui. Un peu. Pas beaucoup, rien que...

Sarah a soupiré, secoué la tête. *Nous attendons des nouvelles de France.*

De France ?

Du roi Jacques. Des hommes de chez nous se sont rendus à sa cour pour demander que nous soyons relevés de notre serment envers lui. Elle a peut-être vu mon front se plisser, ma tête se pencher. Trop de serments, voilà ce que je pensais. *Nous lui avions juré allégeance. Tous les clans l'avaient fait.*

Vous êtes forcés d'attendre ? Vous ne pouvez pas prêter serment à Guillaume aussi ?

Deux serments ? À deux ennemis ? Alors ni l'un ni l'autre ne sera respecté, et le danger sera double. Non... Nous attendons les nouvelles de France. Nous espérons qu'elles ne tarderont point. Il faut que Le MacIain jure allégeance avant la fin de l'année, ce qui nous laisse seulement un mois, et le mauvais temps ne fera qu'empirer.

J'écoutais. Ces mots-là, il me paraissait les avoir déjà entendus.

J'ai demandé *va-t-il jurer allégeance ?*

Elle a levé les yeux au ciel. *Orgueilleux, indomptable comme il est ? Ce sera difficile, et jamais il ne donnera sa parole à un Campbell. Mais je pense qu'il va prêter ce serment.*

Tant mieux, j'ai dit.

Tant mieux ? Tu souhaites qu'il le fasse ?

J'ai hoché la tête. Je pensais *c'est vrai, je le souhaite vraiment.*

L'enfant a hoqueté, puis poussé un autre geignement. *Chut*, elle lui a dit. Elle a mis le bout de son nez contre le sien, soufflé sur lui puis parlé en gaélique.

Nous avons échangé des baisers avant de nous séparer, et en la regardant s'éloigner je pensais *prêtez serment, vite.* Je ne sais pas pourquoi, mais je ressentais ça très fort.

*

Et puis cet hiver-là je suis tombée malade. J'ai attrapé une fièvre pour la première fois. Je m'étais baignée presque nue dans le loch entre les plaques de glace, mais ne l'avais-je pas fait l'hiver d'avant ? Sans jamais tomber malade ? Le soir, mes mains tremblaient en tirant ma marmite du feu. Je devenais brûlante, et pâle, mais quand je suis sortie dans le givre de la nuit j'ai frissonné, claqué des dents, j'avais la chair de poule et me demandais *qu'est-ce qui se passe ?* Car jamais de ma vie je n'avais frissonné. Je suis née en hiver. Une créature robuste.

Couchée dans ma cabane, j'ai soufflé sur la tourbe.

Dans mes songes, je répétais *le serment ! Le serment !*

Je savais qu'un peu de mauve me ferait du bien, ou du cerfeuil appuyé sur la gorge où j'avais mal, mais je tremblais et j'étais fatiguée. Je me frottais les yeux en regardant mes plantes. Je me suis recroquevillée sur le côté, les genoux contre ma poitrine, et j'ai rêvé du visage tanné de Gormshuil, de ses gencives roses, de sa voix disant *bon, alors…* Et je sentais une odeur verte – de plantes, et de pourriture – et je me languissais de mon cerf, et de ma jument à la grosse croupe, et il y avait des Mossmen qui tournoyaient au bout de leur corde, alors j'ai posé la bouche sur mon genou et pleuré. Je rêvais. La fièvre me dévorait.

Ça a fini par se dissiper. Et à mon réveil j'ai trouvé dans ma cabane l'odeur pourrie de Gormshuil, et toute mon herbe-aux-poules avait disparu. Jusqu'à la dernière feuille. *Voleuse,* qui m'avait enjambée tandis que je dormais, pour s'en emparer.

Pendant longtemps je suis restée faible. Longtemps aussi, j'ai été agitée, ombre de la fièvre ou manque de quelque chose de chaud à manger. Je ne pouvais plus marcher aussi loin ni aussi vite. En plus, sur les pentes, la tête me tournait tellement que je trébuchais et m'agrippais aux rochers ou aux vieilles bruyères d'où je faisais tomber le capuchon de neige, et à mon approche un oiseau blanc s'est envolé en criant *Serment ! Serment ! Serment !* Il répétait ça dans les airs. J'entendais ce mot, j'en étais sûre. Et quand ma main fendait la glace sur une mare, elle aussi je l'entendais dire *serment.*

En bas dans le glen, j'ai vu Iain.

Je me cognais aux rochers en descendant vers lui. Il m'a entendue et s'est arrêté. Son cheval a grogné et Iain a baissé les yeux sur moi, avec ses cheveux roux comme un renard et sa peau blanche. *Corrag ?*

J'étais malade. Mais ça va mieux.

Vraiment ?

Il faut que vous prêtiez ce serment. Je vous en prie. Un oiseau posé sur la neige l'a crié en s'envolant. Il criait serment serment serment. Et la vieille bique a dit à travers ses chicots orange ne demeurera point orange, et ça me reste en tête. La glace a dit serment quand je l'ai fendue. Vous allez le prêter ?

Il s'est écarté. *Tu as de la fièvre. Tu divagues plus que d'habitude. Ne t'approche point, j'ai trop à penser et à faire pour attraper ta maladie.*

Allez-vous jurer allégeance ?

Oui, il a dit. *Nous avons reçu la réponse de Jacques, et il nous le permet. Pour notre sauvegarde.*

J'ai hoché la tête. *Quand ?*

Nous devons prêter serment avant Hogmanay. Le MacIain se mettra en chemin la veille. À présent laisse-moi, va te reposer. Garde ta maladie pour toi, femme. Et, du pied, il a relancé son cheval.

J'ai reculé, avec un rapide sourire. Puis j'ai tourné les talons, et je me faisais l'effet de ressembler à la sorcière qu'ils avaient toujours pensé que j'étais – sale, à moitié folle –, et je me semonçais en courant dans le noir, accrochant ma jupe aux épines et aux branches dénudées. *Quelle idiote. Sassenach... Qui divague...*

Mais au matin ma fièvre avait passé. En me réveillant, j'avais la peau fraîche, j'étais affamée, et calme, et tandis que je tâtais sous mes poules pour voir s'il y aurait des œufs, j'ai pensé *c'est Noël aujourd'hui.*

*

Le MacIain s'est bien mis en chemin, quatre jours après. Je l'ai vu.

J'étais accroupie sur la pente de la Sœur de l'est, une neige fine me tombait sur les joues et le dos des mains. Je serrais ma mante contre moi. Je l'ai vu en bas dans le blanc, son plaid, sa chevelure épaisse plus blanche même que la neige.

Il se mettait en chemin sur son cheval, et trois autres hommes le suivaient à pied.

Aux rochers et au ciel gris, j'ai dit *faites qu'il arrive vite là-bas. Faites que la neige s'arrête pour le laisser passer.*

Je pensais que tout allait s'arranger et suis redescendue, demandant à mon cœur de se taire, parce que j'étais fatiguée de l'entendre, fatiguée d'y avoir mal. Je me suis étendue à plat ventre sur ma peau de biche.

Il a encore neigé pendant la nuit.

*

Alors les MacDonald de Glencoe ont vu la vieille année s'achever dans la neige, sous la demi-lune qui pointait à travers les nuages. Ils ont bu et se sont embrassés. À Carnoch, Inverrigan, Achnacon et Achtriachtan, tous ont dormi sur leurs deux oreilles avec leurs femmes et leurs maris, près de leurs enfants qui rêvaient eux aussi, croyant qu'ils ne risquaient plus rien. Que leur chef avait écrit son nom comme des pattes d'araignée sur le parchemin, et que tout irait bien. 1692 est une année marquante pour nous, à présent. Pour les Highlands. Pour tous ceux qui murmurent *jacobite.*

Et moi ? Corrag ?

L'Anglaise ? La sorcière ? La fée brune ? La femme de la Spey ? La fille aux plantes qui vivait là-haut dans le Coire Gabhail ?

Le soir de Hogmanay j'étais sur un rocher, pas loin de ma cabane. À minuit, j'étais avec le cerf. Je l'espérais et il est venu. Ça m'a calmée de le voir. Comme s'il attendait que le serment soit prêté, il est redescendu et m'a regardée. J'ai souri et pensé *mon ami.*

Peut-être que son cœur à lui aussi était fatigué. Peut-être qu'il avait froid, ou en avait assez d'être sauvage... combien de créatures sauvages peuvent rester sauvages tout le temps ? Je lui ai tendu ma dernière pomme. Je la tendais en lui disant *viens.* Et tandis que la vieille année s'achevait et que naissait une année nouvelle, il est venu plus près de moi qu'il ne l'avait jamais fait. La neige luisait. Elle craquait sous ses sabots. Je retenais mon souffle, mais son haleine fumait et il a étiré le cou très lentement. Puis il a penché en arrière sa ramure. Si bien que son museau s'est avancé, et comme deux mains avides ses narines ont flairé la pomme. Je voyais leur humidité. Son corps s'est courbé un peu plus. Il flairait, encore et encore, et j'ai vu sa bouche se mettre à bouger.

Il y a eu un moment. Tous les deux nous l'avons connu, et vu, ce petit moment unique où il me faisait entièrement confiance. Un court moment, il était apprivoisé. Il se livrait à moi, car il était sans force pendant qu'il se courbait en avant et ouvrait sa bouche chaude. Il n'aurait pu fuir. Il était nu, fatigué, et avait envie du fruit que j'avais gardé pour lui tout ce temps.

J'ai senti ses dents peser soudain sur la pomme. Il l'a mordue. Elle s'est cassée en deux et il a trébuché en arrière, emportant sa moitié. Dans ce mouvement de recul, il est redevenu sauvage, il a bondi sur les rochers, grimpé jusqu'aux pentes de Beinn Fhada, son cœur lui disant *sauve-toi ! Sauve-toi !* Je tenais toujours l'autre moitié. Elle gardait sur elle sa bave, et j'ai regardé les petits pépins nichés dedans. Cette moitié de pomme, je l'ai mangée. Parce que moi aussi j'avais faim. On était en hiver et elle ne se conserverait pas.

Le claquement de ses sabots contre les rochers s'est éloigné. Il était sauvage, il avait un cœur de feu.

J'ai vu sa forme sur les hauteurs, et pensé que c'était un beau Hogmanay. Un cerf et moi. Des étoiles. La neige épaisse. Tant d'amour et de beauté dans le monde.

1692. Une année qui sera marquée pour toujours.

Je pense que je le savais déjà.

*

Vous savez ce qui s'est passé, je crois. Vous le savez.

Le chef des MacDonald de Glencoe a eu six jours de retard. Six.

Il n'est pas allé là où il fallait. À Inverlochy, le colonel Hill lui a dit *mais je ne peux rien faire pour vous ! Le parchemin est au sud. Pauvre mouton égaré que vous êtes...* Ou du moins c'est ce que j'imagine, quand je me l'imagine.

Pour finir, Le MacIain a bien prêté ce serment. Ici à Inverary, devant un homme nommé Ardkinglas. Mais avec six jours de retard.

À son retour, il avait les joues rouges et de bonnes nouvelles. Il m'a fait venir pour soigner ses engelures, et tandis que je m'agenouillais à ses pieds avec des patiences et du linge chaud, il a dit *j'étais un peu en retard, oui, mais j'ai signé ! C'est chose faite, alors qu'on m'apporte du whisky, car ce voyage m'a glacé le sang.* Et assis près du feu, il a tout raconté. Le colonel Hill. Le passeur, à Connel, qui avait demandé *êtes-vous Le MacIain*, et tremblait en ramant. Le château de Barcaldine, dans l'obscurité.

Ce voyage foisonnait d'embûches. Les canailles ne manquent point par là-bas. Y a-t-il de la viande, femme ? Mais... – il a avalé une gorgée de whisky et soupiré – *j'ai prêté le serment. J'y suis allé. C'est accompli à présent, et nous sommes à l'abri de la colère du roi...*

Qu'est-ce que c'est, six jours ? Tellement peu.

Ça ne changeait rien qu'il ait écrit son nom sur le parchemin, car un nom ne peut-il être barré ? Ces six jours ont permis de le faire. À cause de ces six jours, tous ceux qui haïssaient le nom Glencoe ont pu lever les yeux de leur table et sourire en apprenant la nouvelle. *En retard ? De six jours ? Alors ils méritent d'être punis...*

Des rebelles. Des traîtres.

Gibier de potence...

Tellement de haine dans le monde. Tellement de tristesse.

Ma mère disait toujours *il n'y a pas de diable. Rien que les coutumes diaboliques de l'homme.* Et elle allait là où étaient le vent, les hauteurs et l'herbe, car ces endroits-là ne pouvaient pas lui faire du mal, pas comme les gens.

N'aime jamais. Parce que la haine n'est jamais loin de l'amour.

Comme la lumière, qui a besoin de son contraire – l'obscurité – pour qu'on l'appelle *lumière.*

Ma chérie,

Elle dit qu'il y a des moments qui nous changent. C'est vrai. J'ai changé lorsque je suis arrivé à Inverary et que l'aubergiste aux cheveux roux m'a parlé de la sorcière. *J'ai changé lorsque je me suis assis sur un tabouret, tracassé par l'idée de la vermine. J'ai changé en présence du maréchal-ferrant. À chaque page de la bible, car le Seigneur nous donne tous les jours Ses leçons. Oui.*

Ou ouiche. *Comme on dit par ici.*

Tout à l'heure, j'étais dans la salle en bas. C'est une auberge et je ne m'adonne pas à la boisson, mais il y avait là une chaise près d'un feu. Et le jour où je te vis pour la première fois, ma bien-aimée, je changeai. Tu te courbais afin d'enlever du sentier un escargot, pour ce faire tu posas ton ombrelle, je vis ta chevelure, et ta fine taille quand tu te redressas, et laisse-moi te dire ceci, Jane : à force d'entendre parler de serments et d'amour et de la voix du cœur, je sais ce que j'éprouvai en te voyant te redresser. J'enviai l'escargot. Je rendis grâce à Dieu. Chacun des serments que j'ai pu te faire, ou faire envers toi, engageait en entier mon corps et mon cœur. Mon âme.

Le whisky est fort, mais j'en ai pris. Il mettait de la lumière dorée dans un verre – et ai-je jamais écrit le nom Gormshuil *à ton intention ? C'est une femme que Corrag a connue. Une créature aussi miséreuse qu'il se peut, semble-t-il – des os et de la crasse, sans trace de piété. Elle cherchait un réconfort dans une certaine plante, et à présent je comprends cela. Nous avons tous nos malheurs et nos regrets. Un tel recours – plante ou boisson – ne les dissout pas, mais cela embrume l'esprit, et je pense que je vais dormir d'un bon sommeil pour la première fois depuis des nuits.*

L'aubergiste m'a vu avec mon verre à la main. Il rôdait autour de moi, je savais pourquoi et c'est venu, assurément.

Comment se porte la sorcière ? La vile souillon ? La gueuse ?

J'inclinais à ne rien répondre, mais il m'aurait harcelé – certaines personnes sont semblables au renard qui tourne autour d'un autre, flairant la bribe de viande. Sa mort l'épouvante, *lui ai-je dit.* Elle périra bientôt dans les flammes, monsieur. De ce fait, elle ne se porte pas très bien...

Ha ! Parce qu'elle sait que le diable va se saisir de son âme, qu'elle brûlera sur ce bûcher un moment, mais brûlera après jusqu'à la fin des temps pour expier ses crimes...

J'ai donc bu, car cela m'emplissait la bouche. Je manquais de bonnes paroles qui pussent la remplir.

Demain, elle parlera de la venue des soldats. Je sais maintenant comment cela s'est passé. Le maréchal-ferrant me dit que leur capitaine était un homme aux yeux noirs, aux cheveux de paille. Il y avait des Anglais parmi eux, et des Campbell, et de jeunes garçons qui étaient encore moins à leur place en prenant part à cet odieux forfait. Un massacre, Jane ! Ils étaient là dans ce but. Ils y sont restés deux semaines avant de faire feu de leurs mousquets et d'enfoncer leurs dagues dans les gorges pour punir ce clan d'avoir prêté serment avec retard, et Dieu fasse, pour le salut de leur âme, qu'ils n'aient pas eu connaissance des ordres à exécuter lorsqu'ils s'assoyaient devant la cheminée des MacDonald, buvaient le whisky des MacDonald, mangeaient le pain des MacDonald.

C'est de cela qu'elle parlera – et je le redoute ! Oui, je le redoute ! Moi qui ai assisté à des pendaisons et même hâté la mise à mort de criminels, je redoute ce dont elle va parler. Et je redoute de voir ce cachot sans y trouver Corrag, rien que la paille sur laquelle elle se recroquevillait.

Quelle mort elle va connaître ! Rien ne justifie cette mort.

Et quelle vie fut la sienne… Je me demande si je ne l'envie pas, en partie. Quand avons-nous cueilli des baies sur leurs buissons, et savouré ces baies ? Pour ma part, ce souvenir remonte à mon enfance. Et avons-nous jamais bu en nous penchant vers l'eau à la manière d'un chat ? Ce doit être sous l'effet du whisky que j'écris cela. Mais elle a donné à manger à un cerf dans sa main nue, Jane – une pomme pourrie, mais le cerf y a planté ses dents, l'a prise, et tandis qu'elle narrait cet épisode mon cœur disait oui ! *Et l'enviait. Jamais je ne me suis tenu immobile dans un marécage, ni n'ai entendu une chouette hululer.*

Toutes ces choses dont elle parle. Tous ces rêves et ces désirs, ces peurs, ces pensées, ces espoirs – dont elle parle.

Peut-être le mot sorcière *a-t-il toujours été celui qui convient.*

Suis-je dément ? C'est le whisky. Votre époux s'effiloche, Mrs Leslie.

Je vais me mettre au lit avec ta lettre dans la main. J'ai foi en Dieu, mais Sa face a changé au fil de ces derniers jours et nuits. Qui est-Il ? Il n'est pas ce que je pensais. Ou n'a-t-Il pas changé, serait-ce mon propre regard qui l'a fait ? Moi ?

Je me dis que la loi est la loi. Et puis je passe devant les tonneaux qui sont liés ensemble dans l'attente de Corrag, et mon cœur dit ne meurs pas. Demeure en vie. Petite créature.

Charles

X

« Prenez garde à ne point prendre
pour celle-ci la dangereuse Belladone ;
si vous ne la connaissez pas,
ne touchez à aucune des deux,
ainsi vous éviterez le mal. »

de la Belladone

Il y a moins de lumière bleue, beaucoup moins de bleu. J'ai vu aujourd'hui pour la première fois que la lumière du jour était plus claire, plus légère même dans ce cachot, et je sais que toute la neige a disparu maintenant, ou presque disparu. Fondu. À mon idée, les petites pousses vertes pointent déjà, et les bourgeons pareils à des bouts de doigts, et on sent une odeur de terre, grasse et fraîche. Et vous entendez ? Ça ne fait pas *floc floc*. Ça coule plus vite. C'est l'eau de la neige fondue.

Je connais ce bruit. Je l'ai entendu avant dans d'autres endroits meilleurs que celui-ci, et là-bas je savais ce que ça voulait dire : ma saison s'en allait pour un temps et le printemps affluait sur la campagne, avec ses ruisseaux remplis et ses fleurs. Les terres marécageuses redevenaient molles. Les rochers se réchauffaient. Et ça me plaisait, ces changements qui parlaient de chaleur, de ciels bleus. Mais ici cette eau qui coule vite et la lumière plus claire, elles annoncent autre chose. Une autre chaleur. Un ciel qui ne sera pas bleu, mais noir, plein de la fumée que je ferai en brûlant. Enflammée. Embrasée comme les maisons l'étaient.

Je ressentais un peu de tristesse à voir ma saison s'en aller, l'hiver se replier sur lui-même à la manière des animaux quand ils savent, eux, que les grands froids arrivent. Le museau appuyé sur le ventre, il s'endormait, et je pensais *alors au revoir, pour un temps*. Je m'agenouillais dans des marécages en pensant *à l'année prochaine*, car l'hiver revient toujours, non ? Comme toutes les saisons ? D'abord le givre. Puis la glace. Puis la neige.

Je lui dis *adieu* à présent. Parce que je ne le verrai plus.

Quand il reviendra, vous voudrez bien le voir pour moi ? Souffler sur une colonne de glace et regarder pour moi comment elle vous renvoie le nuage de votre haleine ? Faire crisser la neige cn marchant ? Vous asseoir près d'un feu ?

Voyez comme vous avez les joues roses. Comme vos souliers sont mouillés.

L'hiver a été long. Je le sais. Dans le glen, il a duré longtemps. Il y avait du givre épais qui craquait sous les pas et des paquets de neige tombaient de mon toit. Le matin, je m'étirais dehors, respirais l'air de cette saison.

Et les soldats sont arrivés par ce temps. Un jour de février, ils sont arrivés avec leurs habits rouge vif, leurs mousquets luisants et leurs joues froides. Ils ont frappé à la porte du chef.

Qu'est-ce que j'avais en tête ce jour-là ? Rien du tout, je crois. Ou peut-être les petites choses que j'avais regardées, le nuage de mon haleine, des gouttelettes sur une toile d'araignée. Je sais que le vent poussait une neige fine qui me picotait le visage, et que mes mains étaient très roses, je les ai retournées pour observer cette roseur. Je ne me sentais ni heureuse ni triste. J'étais comme j'étais. Assise sur la crête de Protège-moi.

Et puis j'ai levé les yeux. Au loin, j'ai vu une ligne rouge. Elle avançait sur la rive du loch, a dépassé Ballachulish et continué. J'écarquillais les yeux et me demandais *qu'est-ce qui est tellement rouge ? Et avance comme ça ?*

J'ai compris que c'étaient des habits-rouges.

Des soldats.

Comment savez-vous que c'étaient des soldats, ces hommes qui allaient nous tuer ? Qui vous l'a dit ? Mais peut-être que le monde entier le sait à présent, que ces soldats sont venus à Glencoe. Avec des mousquets. Et des sourires.

*

Ça changeait le glen, pour sûr. Tous ces hommes de haute taille, en habit rouge, avec leur accent des Lowlands et leurs bottes couvertes de neige qu'ils secouaient en tapant des pieds au seuil des maisons, et leurs plaisanteries que je n'entendais pas mais leurs rires retentissaient. Je n'étais pas là pour voir de mes yeux comment Le MacIain les a accueillis. J'avais à l'idée qu'il rugirait et leur fermerait la porte au nez, car il haïssait tout ce qui était lié à Guillaume, et c'étaient des soldats de Guillaume. Je pensais même qu'il tirerait peut-être l'épée. Mais il n'a pas rugi. Il voyait la neige qui tombait. Il voyait leurs visages glacés, entendait grogner leurs ventres.

Il leur a fait bon accueil, Iain a dit quand je l'ai croisé trois jours après. *Il leur a donné de la viande. Leur a trouvé où se loger.*

Bon accueil ?

Ouiche. Pouvait-il faire autrement ? Par ce sale temps, Corrag, ils ont besoin d'un abri.

Mais ce sont des soldats de Guillaume... Je n'y comprenais rien.

Iain a soupiré, comme souvent quand il parlait avec moi. Comme s'il était à bout de patience envers cette créature anglaise imbécile, il a dit *n'avons-nous point prêté le serment ? À Guillaume ? Nous ne sommes plus une menace embusquée contre lui ou les hommes de son camp, ni eux contre nous. Et c'est la coutume dans les Highlands d'offrir refuge à ceux qui le demandent.* Son cheval s'est ébroué sous lui. *Ne te l'avons-nous pas offert ? Voilà bien des mois ?*

C'était vrai. J'ai hoché la tête.

Alors tu ne peux t'élever contre ça.

J'ai tourné les talons, et je me rappelais ses mots. *Menaces embusquées. Serments.* Je savais que le raisonnement de Iain tenait debout. *Il n'y a aucun danger*, je me disais en foulant la glace. Et ils étaient bien mis, je le voyais. Ils avaient leur habit cramoisi et leurs bottes luisantes et quelques-uns portaient une perruque frisée, neigeuse. Leur métal cliquetait. Ils soufflaient sur leurs mains quand ils étaient dehors, levant les yeux vers les montagnes.

Il n'y a aucun danger. Tout va bien.

Et pourtant je ne retrouvais pas vraiment mon calme. Je sentais tant de changements dans le glen, dans l'air et la lumière, comment l'accepter de bon cœur ? Que ces hommes-là soient venus ? Je me demandais, et les rochers alors ? Et toutes ces petites vies d'animaux ? Avec en moi une mer agitée qui claquait contre mes flancs, j'épiais les soldats. Retenant mon souffle, je rampais comme un chat à travers la neige. Je suis allée furtivement jusqu'à Achtriachtan où j'ai vu un soldat faire son besoin, et ça ne m'a pas plu. En marchant à la fin du jour j'ai vu près d'Achnacon les empreintes de lourdes bottes dans la neige, à l'endroit où les primevères poussaient au printemps, est-ce que ça voulait dire qu'il n'y aurait pas de primevères ? Quand le printemps viendrait ? Je me suis mordillé la lèvre. Je n'ai pas revu mon cerf pendant toute une semaine et même davantage.

Je me tourmentais.

J'étais tourmentée pour le glen. Tourmentée pour les rochers et l'eau. Tourmentée pour l'air et l'herbe et les biches et les cerfs, et que les familles donnent à ces hommes tous leurs poissons fumés, leur viande salée et leurs navets, et meurent de faim après. La manière qu'avaient les soldats de se héler d'une maison à l'autre avec leurs mains en entonnoir me tourmentait, ça pourrait faire crouler de la corniche une muraille de neige qui s'abattrait comme la foudre et faucherait une vie humaine ou deux. Je craignais qu'ils restent là, ne s'en aillent jamais.

Et j'avais des songes qui me hantaient, pour sûr. Les habits-rouges, je m'en souvenais. Je pensais les avoir laissés derrière moi dans les Lowlands, un soir d'été quand ma jument était encore de ce monde et qu'une ronce avait accroché ma jupe, s'était tendue puis libérée avec un craquement, alors ils avaient levé les yeux de leur feu et… J'avais laissé ça derrière moi. Je ne l'avais pas ruminé, pourquoi ruminer des vilenies du passé ? Je m'étais tirée de tout ça. Mais à présent il y avait des habits-rouges en bas dans la vallée, et ça me faisait mal de me rappeler le poids du soldat sur moi, son *tais-toi donc*. Le *clac*.

Je ne m'éloignais plus de ma cabane. Ma jument me manquait.

Les habits-rouges ne sont pas tous des scélérats ignobles, monsieur Leslie. Je le savais alors et je le sais encore. Mais est-ce que la mère Mundy n'a pas haï tous les ruffians, à jamais, après la nuit d'automne où son corps avait été pénétré dans la lumière des incendies ? Les ruffians ne faisaient pas tous ce que celui-là avait fait, mais elle les haïssait tous quand même. Du fond de mon cœur, je pensais à elle. Je revoyais son visage comme s'il était devant moi, ridé, pustuleux, poilu, et les yeux tristes. Je me demandais comment elle allait puis me disais qu'elle devait être morte à présent, son viol et sa bouche édentée enfouis en terre.

Quand j'avais des pensées pareilles à celles-là, je donnais des coups de pied aux pierres et je me sentais solitaire.

Les soldats ne sont pas tous cruels, monsieur Leslie. La plupart ne le sont pas.

Mais dès leur arrivée j'avais détesté qu'ils soient dans le glen, et voilà.

Je restais presque tout le temps dans mon vallon. Je ne voulais pas en sortir au grand jour, effrayée par le passé, et l'avenir, et ce qui surviendrait entre les deux. Effrayée par moi-même, peut-être, car dans le lac où je me baignais je baissais les yeux sur mon corps et ça m'inquiétait de voir sa petitesse, ses tendons, ses cicatrices. Je voyais ma fragilité, comme la toile qu'une araignée tisse dans les coins j'étais forte à certains endroits mais aussi mince et blanche qu'un voile, et étrange. Au milieu des plaques de glace qui tintaient, je me regardais. Je pensais *c'est Cora qui m'a faite ainsi. Je viens d'elle*, alors cette pensée calmait mes inquiétudes, par moments. Elle avait été une créature tellement sauvage, combative. Elle était en moi, et près de moi, et tandis que le torrent tombait comme du verre dans le lac et rugissait à mes oreilles, j'ai cru entendre sa voix. *Sois forte. Sagace.*

Aime le monde, Corrag. Soucie-toi des arbres. Des collines.

Je te le promets.

C'est bien. Mon enfant-fantôme.

J'ai fait de mon mieux. Les mains tendues comme une coupe sous la chute d'eau, j'ai bu. J'ai frotté mes chèvres et parlé à mes poules. Et une fois, au bout de mon vallon où une cascade plus petite avait gelé, si bien que la colonne de glace me renvoyait le nuage de mon haleine quand je soufflais dessus, je me suis rappelé la queue de ma pauvre jument à moitié arrachée par ce soldat. Du whisky, et un habit-rouge, et elle était partie au galop avec moi qui criais *va ! va !*

Je sentais sur mon visage le froid de la glace bleutée.

J'ai fermé les yeux, respiré. J'ai murmuré à la cascade *voudrais-tu ramener à moi Alasdair ? Son visage ? Ses paroles ?*

Le monde entend ces petites prières-là.

Alors il a fini par venir.

Il est venu pendant que je descendais la pente du Mont au chat vers ma cabane, traînant une branche pour le feu. Je ne le voyais pas. Mais je l'imaginais. J'ai fait halte, regardé ma cabane en bas et imaginé comment il serait s'il était debout à côté, les cheveux roux, la peau rude et une odeur de laine mouillée. Peut-être qu'il m'attendait. Peut-être qu'il levait les yeux… Je me suis semoncée et remise à marcher. *Il n'est pas là,* il n'y aurait qu'une poule et le noisetier avec la neige sur ses branches et au-dessous les petits trous dans la couche de neige parce qu'un coup de vent en avait fait tomber d'une branche.

Mais quand je suis arrivée à la cabane, il était bien là. En chair et en os, le *lui* qui respirait.

Tu te tiens à l'écart, il a dit.

Et j'ai vu son demi-sourire. Senti la laine mouillée.

On s'est assis dans la cabane, où le feu brûlait fort, et Alasdair a pris une tasse d'eau chauffée avec des plantes. Il me paraissait fatigué, comme si le nourrisson l'empêchait de dormir ou qu'il se tourmentait lui aussi. Ses cheveux étaient longs à présent, épais, et ils lui tombaient sur le cou. Le long hiver les avait assombris, ils avaient une couleur de terre roux très foncé. Presque de tourbe. Sa barbe aussi était plus sombre.

Pourquoi ces soldats sont-ils ici ?

Ils disent qu'à Inverlochy la garnison est pleine. Ils ont demandé à être logés et nourris, pour un temps.

Combien de temps ?

Tant qu'il fera aussi mauvais. Qui sait combien de temps ?

Vous avez suffisamment de réserves pour les nourrir ?

On s'arrangera. On a encore des harengs. Du bœuf salé. Il a regardé sa tasse. *Nous hébergeons quatre soldats chez nous.*

Quatre ?

Il y en a dans toutes les maisons, de celle de notre cousin à Brecklet jusqu'à l'autre bout du glen. Il a souri. *Certains d'entre eux ne sont encore que des jeunes garçons... Le froid leur donne la toux. Les manches de leur habit sont trop longues pour eux, alors Sarah a tiré l'aiguille...*

Il a vu mon regard.

Tu as peur d'eux ?

J'ai rougi, tourné les yeux vers le feu, hésitant sur les mots. Quand j'ai ouvert la bouche, ma voix était à peine une voix. *Oui. Ils sont tellement nombreux. Il n'y a jamais eu autant de gens dans le glen avant ça, à mon idée... À piétiner partout.*

Tu as peur de ce qu'ils feront au glen ? Aux plantes ?

Oui.

Il a secoué la tête. *Le glen a vu pire qu'une petite bande de soldats. Il a connu des batailles et des famines. Des pluies à n'en plus finir.* Alasdair m'a regardée attentivement. *Tu as peur qu'ils te fassent du mal ?*

Au fond de moi, j'ai tressailli. Il l'a peut-être vu.

J'ai parlé avec Iain. D'après lui tu étais agitée. Pourquoi ? il a demandé doucement.

Ce sont des soldats.

Mais ils sont venus en paix. Ils ont de bonnes manières, tout comme nous.

Ils sont au service du roi. Ce mot...

Avec un geste de la main, il a dit *est-ce bien la fille que je connais ? Celle qui fait tellement confiance au monde ? Qui parle tellement du cœur et de la foi ? Je croyais que c'était moi qui jugeais trop vite.*

Mais...

Sassenach, Alasdair a dit. *Je sais. Je sais quelle vie tu as eue. Je sais qu'il t'a fallu fuir les malheurs, et que ces malheurs sont le plus souvent venus des hommes, mais ceux-là sont des soldats... Le roi qu'ils servent, nous lui avons juré allégeance. Pourquoi s'en prendraient-ils à nous ? À présent ? Ne sommes-nous pas de leur côté ?* Il a soufflé fort, plongé le regard dans sa tasse. *Si nous avions refusé de les héberger, qu'est-ce qui se serait passé ? Notre serment n'aurait plus rien valu, et nous aurions encouru la colère du roi. Ou ils auraient brandi leurs épées pour entrer de force chez nous...* Il a bu une gorgée.

C'est vrai.

Ça devrait te rassurer, il a dit, *d'apprendre qu'ils sont apparentés à Sarah.*

À Sarah ?

Oui. L'homme qui commande ces soldats, c'est un Campbell. Robert Campbell de Glenlyon, cousin de Sarah par le sang. Alasdair a haussé les épaules. *Je ne nierai point qu'il abuse de la boisson, joue trop et trop mal aux cartes, mais c'est quand même un parent. Quand même un homme honorable, du moins autant qu'un Campbell peut l'être. Pourquoi s'en prendrait-il à nous ? À elle ?*

J'ai baissé les yeux.

D'un ton radouci, il m'a demandé *depuis quand est-ce que tu n'as plus confiance ? Je croyais que c'était ta nature ?*

Oui, c'est ma nature ! Oui. Mais j'ai déjà rencontré des soldats.

Il s'est tu. Pendant un moment on n'a plus entendu que le feu qui crépitait. Lentement, à voix basse, il a dit *et ils t'ont fait du mal ?*

J'ai failli dire oui. J'ai failli lui raconter comment un habit-rouge avait sauté sur moi et essayé de me prendre contre mon gré et maltraité ma jument que j'aimais et qu'il avait mis une lame sur ma gorge et que j'avais beaucoup pleuré après, et lui dire combien j'avais peur que ça recommence. Je ne voulais pas subir ça. Je ne voulais plus jamais sentir sur moi le poids d'un inconnu. Je ne voulais rien de pareil, qu'un homme touche à mon corps, ou aucun de ceux-là, et pas de cette manière-là, et j'avais les yeux brûlants et pleins de larmes en y pensant. Mais j'ai aussi pensé à Sarah. J'ai vu comme son mari paraissait fatigué, et tourmenté, alors je n'ai pas dit ce qui s'était passé. Quel droit j'avais ? De le dire ? J'ai gardé mon secret. *Non. Ils ne m'ont pas fait de mal.*

Alasdair s'est penché vers moi. *Je suis en partie de ton avis. Ça me déplaît qu'ils soient ici, à manger notre viande et brûler notre bois. Mais nous n'avons pas le choix. Et mon père s'enorgueillit d'être hospitalier… Tôt ou tard, nous serons peut-être récompen-*

sés de nos bontés ? Il m'a fait un clin d'œil et touché la main. *Ils s'en iront dès le premier dégel, je te le promets.*

Il est parti peu après. Le noisetier grinçait sous le poids de la neige, et toute la nuit je l'ai écouté grincer dans l'obscurité.

*

Un cousin de Sarah, monsieur. Écrivez ça. Un Campbell de Glenlyon. Cousin de Sarah.

Comme moi, elle ne se rendait pas loin par ce temps. À la différence de son homme, elle ne vagabondait pas sur les collines enneigées ni ne quittait leur maison pour guère plus qu'aller puiser de l'eau dans les ruisseaux. Elle prenait soin de ses hôtes. Elle tranchait la viande salée, grillait des racines dans le feu, et un soir elle est sortie dans l'obscurité pour porter un os de porc à son chien. Elle l'a appelé. Deux fois, elle l'a appelé et il a fait un bruit de gorge et attrapé au vol l'os qu'elle lui jetait.

Je les ai vus. J'étais debout près de la rivière que la glace muselait.

Alasdair avait raison. Je ne jugeais pas, je ne l'avais jamais fait. Ou alors je me l'étais reproché. Car on m'avait jugée toute ma vie et c'était horrible, que des cheveux emmêlés ou une voix haut perchée amènent les gens à vous regarder de travers et chuchoter derrière leurs mains, et que la beauté sauvage de Cora amène *sorcière.* On m'avait noircie à cause de ça, toujours. Et en vivant un temps près de Visage-prune et de ses Mossmen dans la forêt, j'avais appris comme c'est mal de juger trop vite, ou de juger tout court. Il avait été tellement gentil avec moi. Je m'étais dit d'abord *des Mossmen* et *danger*, et j'avais eu peur. Mais après, assise devant leur feu, j'avais soigné leurs plaies. Visage-prune me parlait de l'Écosse, me racontait sa vie, ce brigand solitaire était peut-être l'homme le plus gentil que j'avais rencontré depuis des années, et pourtant on ne verrait en lui qu'un *Mossman.* Les gens diraient *brigand. Démon.* Personne ne se souviendrait de lui comme d'un être humain faisant partie du monde, avec un cœur qui battait. Un ami.

Alors je ne devais pas juger les soldats. Voilà ce que je me suis dit cette fois. J'ai appelé à la raison mes yeux de fantôme, mon petit visage reflétés dans un seau d'eau. *Un seul t'a fait du mal. Et il y a des années de ça... Il ne se passera rien de mauvais ici.*

Un sombre après-midi, j'ai sorti mes plantes. J'ai trouvé des fleurs de sureau et du pas-d'âne, que j'ai enfouis sous ma mante. Et je me suis mise en chemin vers le glen, passant entre les gros rochers qui cachaient mon vallon. Je suis descendue le long du ruisseau, parmi les bouleaux, et tandis que je traversais les congères à hauteur de genoux je fredonnais une vieille chanson. C'était une chanson de mon enfance, que Cora avait chantée. Elle la chantait tout bas en touillant son brouet ou en brossant ses longs cheveux.

Dans le glen, ça sentait la fumée de tourbe et les hommes. Le métal, peut-être, une odeur froide, coupante. Passé Achtriachtan, j'ai longé la Corniche église qui luisait dans le demi-jour et me regardait de son haut. Il y avait des soldats près d'Achnacon. Ils ont fixé les yeux sur moi.

La nuit était tombée quand je suis arrivée à la maison d'Alasdair. Elle avait l'aspect qu'offrent les foyers, ou qu'ils devraient offrir, avec la fumée qui montait de la cheminée, une lumière de chandelles et un bruit de voix. J'ai entendu le rire d'un homme. Dehors, un chien s'est gratté le menton avec sa patte de derrière puis s'est couché. C'était une image heureuse, humaine. Je l'observais, dans l'ombre.

Sarah est sortie. Elle avait les joues rougies par le feu, et un os à la main. Je l'ai entendue appeler, puis elle a jeté l'os, et au moment où elle tournait les talons elle a dit *Corrag ? C'est toi ?*

J'ai avancé. *Oui.*

Qu'est-ce que tu fais là ? Dehors dans le noir et le froid ? Entre donc !

Je me suis balancée d'un pied sur l'autre. *Je venais seulement apporter des plantes. Alasdair a dit que les soldats toussaient, alors j'ai pris des fleurs de sureau, pour soigner...*

Tant mieux si ça t'a fait venir, mais entre vite ! Te réchauffer. Et elle m'a tendu les deux mains.

Il y avait beaucoup d'hommes dans la maison. Je me suis frotté les yeux que la fumée de tourbe picotait. Il faisait chaud, alors j'ai abaissé mon capuchon. Et j'ai vu quatre jeunes soldats assis en rang, occupés à ronger de la viande sur son os. J'ai aussi vu des MacDonald, deux d'Inverrigan, et cet homme d'Achnacon au crâne dégarni qui m'avait invitée à danser le soir d'Hogmanay... c'était comme s'il y avait bien longtemps de ça. Eux aussi, ils mangeaient. Buvaient du whisky. Je savais que dans le coin obscur de la salle le nourrisson dormait, tandis qu'Alasdair se tenait adossé à un mur, loin du feu. La tête penchée, il avait l'air de sommeiller. Mais il a levé la tête quand je suis entrée.

Sarah a dit *reste, au moins le temps de manger un peu.*

Je venais seulement apporter ces...

Comme s'il savait ce que mes plantes devaient soigner, un soldat a toussé. Puis il a poussé un souffle rauque dans son poing et avalé fort. Il battait des paupières et attendait, ses poumons allaient peut-être encore s'étouffer. Mais ils l'ont laissé tranquille et il s'est remis à ronger la viande.

J'ai appris qu'ils avaient la toux, et contre ça les fleurs de sureau font du bien. Et le pas-d'âne, il faut l'écraser, le mettre dans de l'eau et leur faire boire, et…

Elle m'a remerciée. Elle a pris les plantes, s'est activée. Je restais près de la porte tandis que les soldats me regardaient.

Un des MacDonald d'Inverrigan a demandé *tu as de quoi te chauffer ? Dans ta cabane ?*

J'ai souri. *Oui. Merci.*

Et à manger ?

Suffisamment.

Un soldat a dit *anglaise ? Vous êtes anglaise ?*

J'ai fait signe que oui. À ce moment, Alasdair s'est détaché du mur. À travers les marmites, les bottes et une peau de vache étendue par terre, il est venu vers moi. *Tu apportes des plantes pour eux ?*

Parce que c'est vous qui aviez raison. Pour ce qui est de les juger. Ils sont des êtres humains, ils ont la toux, et il y a des gens à qui les mois d'hiver ne conviennent pas. J'avais tort.

Dans son dos, les MacDonald d'Inverrigan parlaient entre eux en gaélique. Les soldats se parlaient en anglais. L'enfant a poussé un petit cri d'oiseau.

Reste donc, mange un morceau. Viens près du feu.

J'ai secoué la tête. Un seul mouvement rapide, comme si une feuille m'était tombée dessus. Il a compris. Il savait que je ne pouvais pas rester là, et il comprenait pourquoi. Au fond de la salle, je voyais Sarah qui prenait leur enfant dans ses bras et l'ai entendue lui dire *petit oiseau…* Et je suis une créature robuste, mais pas toujours. J'ai regardé Alasdair et répondu *il me faut maintenant rentrer chez moi.*

C'est dur de faire certaines choses, même si on a raison. Même si on sait que c'est ce qu'il faut faire. J'étais contente d'avoir apporté des plantes pour ces hommes qui avaient les poumons et la tête mis à mal par l'hiver dans les Highlands qu'ils ne connaissaient pas. C'était un acte de bonté. Et montrer de la bonté en vaut la peine.

Mon cœur rougeoyait encore quand j'ai regagné ma cabane. Sous le chaume, ce petit foyer que je m'étais fait avait des odeurs de poules et de plantes. J'avais presque la sensation d'être restée longtemps partie.

J'ai porté des plantes à d'autres endroits pendant ces derniers jours. Je suis allée à Achnacon avec de la lavande, car je savais que sa senteur plaisait beaucoup à la dame qui habitait là. En pleine tempête de neige, je suis allée à Inverrigan avec du romarin, parce que ça purifie l'air dans une salle et je savais que les hommes hébergés sous ce toit étaient nombreux. Le garçon qui avait partagé du miel avec moi dormait par terre, la bouche ouverte, et il y avait des mousquets alignés contre un mur. Le capitaine, ce Glenlyon, était assis à la table avec les fils de la famille d'Inverrigan, et ils jouaient ensemble aux cartes. Il avait des yeux noirs de lapin. Il les a levés vers moi quand je suis entrée, mais je ne lui ai pas rendu son regard. Je me suis contentée de donner le romarin à la maîtresse de maison et de lui murmurer quel en était l'usage. Elle m'a remerciée. Elle paraissait fatiguée, et âgée, et j'ai pensé *veillez sur vous*, en la quittant. *Purifiez l'air. Veillez sur vous.*

Et j'ai porté des œufs à Achtriachtan. La femme du vieux père Achtriachtan les a pris dans ses mains, a hoché la tête et m'a fait entrer dans sa maison toute chaude. Je ne le demandais pas. Je ne cherchais pas de la nourriture, seulement à en fournir un peu, car je savais qu'ils avaient tué leur dernière poule pour ces soldats et c'étaient de vieux os que ceux du père Achtriachtan. Elle m'a poussée vers le feu, baisé la joue, et a dit *mange !* Chez eux, j'ai compté sept soldats. Achtriachtan a retiré sa pipe de sa bouche. Il m'a tapé sur l'épaule, a mugi. *Sassenach !*

Il sentait l'avoine. Je me le rappelle.

Près du feu, il a récité des poèmes, en gaélique mais ça ne me gênait pas. C'était comme si je comprenais les mots. J'en connaissais suffisamment. Je les ressentais suffisamment.

J'ai déposé une poignée de tourbe devant la maison de Iain. Ce n'était pas beaucoup, mais les petites choses peuvent aider davantage qu'on le sait.

Je me suis sentie apaisée, un temps. Je contemplais la lande de Rannoch, immense et blanche et déserte, et je pensais *oui. Tout est pour le mieux.* Je trouvais réconfort dans les besognes les plus simples – traire mes chèvres et caresser leur pelage gras – ou dans la simple beauté des courtes journées de l'hiver. Des biches laissaient leurs empreintes. Une plume d'aigle est apparue dans la neige, alors je l'ai ramassée, conservée.

Ils sont apparentés à Sarah...

Je le savais. Et j'avais vu leurs visages, entendu leurs toux.

Mais quand même, en dépit de tout ça, mon cœur était mal à l'aise par ces nuits noires et silencieuses. Quand même, ça ne me plaisait pas que ces soldats soient dans le glen. Je ne voulais pas les juger, je tâchais d'aimer toutes les créatures tant qu'elles ne me faisaient pas de mal, car l'amertume est une chose triste, douloureuse. Pourtant, ça ne me plaisait pas que, pour nourrir les soldats, les bêtes que le clan avait espéré garder en vie un an de plus aient été tuées, ni que tant de tourbe parte en fumée. Le rouge de leurs habits tranchant sur la neige ne me plaisait pas.

Mais j'aimais bien les MacDonald. Alors je leur ai offert des présents, pendant leurs derniers jours.

Du pas-d'âne. De la tourbe. Un œuf ou deux.

*

Il vous faut savoir encore une chose, monsieur. Une de plus.

La journée tirait à sa fin. La neige était épaisse avec une croûte sur le dessus et elle luisait dans la lumière déclinante. Comme des yeux, j'ai pensé. J'étais allée au bord du Loch Leven. J'avais glissé des coquilles dans mes poches, ramassé des algues, et j'en ai rempli la corbeille faite avec ma jupe. Des mouettes tournoyaient. Je suis restée là un moment pour contempler, parce que les collines étaient très noires contre le ciel et que le loch avait un éclat argenté. Eileen Munda dormait, et j'ai pensé aux hommes enterrés là-bas. Un moment, je me suis sentie en paix.

J'ai pris le chemin qui me ramènerait chez moi sous un ciel d'hiver.

Chaque fenêtre sur mon passage était éclairée. Ça sentait la fumée, et le cuir des soldats. Leurs chevaux s'ébrouaient dans les écuries.

Et avec mes coquilles qui tintaient et ma jupe mouillée, sous les flocons de neige qui flottaient dans l'air, j'ai pensé à Cora. J'ai pensé à ma naissance par un temps pareil à celui-là, comme elle avait dû cracher des nuages de vapeurs, et entendu les gens qui chantaient dans l'église tandis qu'elle rugissait à s'en fendre la voix. J'étais sortie de son ventre. Alors elle avait baissé les yeux sur moi, dit *sorcière* avant mon vrai nom.

Je tenais ma jupe relevée, avec les algues dedans. Et en marchant, j'ai entendu une voix. Pas celle de Cora. J'avais dépassé la forêt de Carnoch, je longeais la rivière à sa courbe. Il faisait presque nuit, mais au flanc de la colline la ferme d'Inverrigan était pleine de vie et de la lumière des chandelles, et de chansons de soldats. Je me suis arrêtée. J'ai écouté. Est-ce que la voix venait de là ? Mais je l'ai entendue derechef, bien plus près.

Ici. Sur ma gauche.

Je me tenais immobile. J'attendais.

La voix est revenue. Une voix d'homme qui chantait, une voix frêle, tellement frêle que je me suis demandé si c'était l'âme d'un mort, car on dit qu'ils peuvent murmurer.

Puis j'ai entendu un bruissement de branches près de moi, et un clapotis comme si quelqu'un avait par mégarde mis le pied dans la Coe. Un juron. Un hoquet. Une voix des Lowlands.

Pas d'une âme en peine. D'un être vivant.

Et j'ai pensé *va-t'en, Corrag. Rentre chez toi.*

Mais tandis que je retroussais un peu plus ma jupe et repartais vers ma cabane, il m'a appelée. Au bruit de mes pas, il a dit *qui est là ? Dans le noir ?* Il avait un ton plaintif, comme un enfant. Il se débattait tout en parlant, car j'entendais les arbres bouger et la neige tomber des branches. Moi, je ne bougeais plus et me taisais. Je retenais mon souffle, à moitié effrayée.

Es-tu un esprit malin ? il a demandé. *Es-tu là pour te moquer de moi ? Es-tu là pour me punir davantage dans cette...* – il a trébuché – *neige ?*

On a gardé le silence tous les deux, un court moment.

Puis j'ai entendu une branche se casser et il s'est écroulé avec un cri de douleur. Il y a eu le bruit sourd et lourd d'un corps brusquement assis. Un reniflement. Un soupir.

Il a dit *tu dois être un fantôme... Je ne te vois pas, mais je sens que tu es là...*

Et tandis que je restais immobile dans l'obscurité, il s'est mis à pleurer. Il a poussé un sanglot profond, ivre, un sanglot venu du cœur et qui parlait de perte, de chagrin. C'étaient les sanglots d'un homme solitaire, d'un ivrogne, et nous les écoutions, la neige, les rochers et moi. Nous l'avons entendu bredouiller *Glenlyon*... Nous l'avons entendu bredouiller *assaillir*, et *feu*.

J'ai fait un pas vers lui. Regardant de mon mieux dans l'obscurité, j'ai vu cet homme, ses cheveux poudrés, ses yeux de lapin. Il tenait une bouteille dans sa main droite, et dans la gauche j'ai vu un parchemin, sombre au milieu de la neige, couvert d'une écriture pareille à des pattes d'araignée.

Je l'ai abandonné.

Je suis partie sans faire de bruit. En marchant à travers toute cette blancheur, j'avais aux oreilles la chanson de ce malheureux, sa chanson ivre et son souffle pesant. Cora disait qu'il y a des vieilles complaintes qui sont chantées par les derniers des hommes, les derniers, les solitaires. C'est leur manière de se lamenter, d'apaiser leur cœur glacé. Pour sûr. J'avais pitié de lui, en grimpant vers ma cabane. Je ressentais de la pitié pour lui et pour sa sombre chanson. J'ai pensé *protège-le. Calme-le.*

Mais c'était davantage que de la pitié.

Dans ma cabane, je ne trouvais pas le sommeil. Je continuais d'entendre sa complainte. Mon cœur la chantait, sans fin, et en regardant le feu je pensais *pourquoi je suis encore tourmentée ? Pourquoi elle ne me quitte pas, cette sensation ?*

J'avais entendu *assaillir*... J'avais vu luire ses yeux noirs.

Oh ! il y a toujours de la tristesse. Toujours des regrets. J'ai entendu des gens dire que cette vie ne serait que malheurs et chagrin, si nous la laissions faire. Si nous laissions notre cœur se fermer.

J'aurais dû rester, peut-être. Me blottir près de Glenlyon et parler avec lui un moment. Mais qu'est-ce que ça aurait pu changer ?

Les ordres sont les ordres et les hommes les suivent.

Après, un loup a hurlé.

Debout dans la neige, j'ai fermé les yeux. Ce hurlement me paraissait tellement triste. Et la chouette lui a fait écho. Ça venait du sud, de Bidean, et pourtant ça a résonné dans le Coire Gabhail comme si le loup était là avec moi. Ça résonnait en moi. Je le sentais. J'ai ouvert de grands yeux.

Gormshuil. Elle m'avait dit *tu reviendras. Quand le loup hurlera.*

Écoute ton cœur, petite. Alors j'ai su que je devais aller la trouver. J'ai su qu'il me fallait la voir, j'ai laissé mes algues sécher sous l'avant-toit et mes chèvres dormir, la tête posée chacune sur l'autre, et j'ai couru à toutes jambes.

*

Est-ce que tout n'est pas déjà là ? Tous les signes, monsieur Leslie ? Oh, ils sont là, à présent. Quand on regarde en arrière, ils sont clairs comme de l'eau de source. Le cri du loup, et le cœur agité. Le silence de la neige qui tombe, et l'encre noire sur le parchemin dans la main de cet homme. Mon cerf avait disparu, avec sa ramure et ses yeux sagaces, il était parti par-delà les crêtes à travers la lande, et les chauves-souris ne s'étaient-elles pas envolées hors de leur gîte sous l'arche du pont peu de jours avant qu'on emmène ma mère et qu'on lui lie les pouces ensemble ? Et quand est-ce que j'avais entendu la chouette pour la dernière fois, avant ? Ça faisait des nuits et des nuits qu'elle n'avait pas hululé.

Le monde murmure, il faut l'entendre. Et si on ne l'entend pas, on se retrouve en train de courir dans la neige qui monte jusqu'en haut des jambes, avec aux oreilles la chanson désespérée d'un ivrogne, et je savais la vérité, j'en étais sûre. Et l'étoile du matin brillait, et le poids de la neige avait cassé les branches des arbres, et *tu reviendras me voir, après le loup. Tu reviendras.*

J'y suis allée. J'ai couru voir Gormshuil. Et j'allais vite, cette nuit-là, vite, vite, comme si le hurlement du loup m'avait réveillée pour que je dévale ma ravine par-dessus les rochers et les flaques gelées. Je courais vers l'est, mon cœur cognait et mon souffle entrait et sortait, entrait et sortait, et en courant jusqu'au pied du Pic sombre je pensais *soyez là, soyez là, soyez là...* et que faire si elle n'y était pas ? Que faire ?

Je me suis hissée de pierre en pierre. Je glissais, m'écorchais les genoux.

Mais elle était là. Assise. Elle m'attendait.

Ah ! elle a fait.

Je suis tombée à terre. Je suis tombée devant elle et j'ai posé les mains sur ses genoux, sans me soucier de leurs croûtes ni de sa puanteur, et j'ai dit *Gormshuil, j'ai entendu le loup, je l'ai entendu hurler. Il a hurlé, et ce hurlement paraissait tellement triste, tellement sagace... Et je suis venue à vous...*

Elle a souri. *Pourquoi tu es venue ? À moi ?*

Parce que vous me l'aviez dit !

Non. Elle a pointé le doigt sur moi. *Parce que tu sais qu'il est grand temps, hein ?*

Il est grand temps ? De quoi ?

Je l'ai regardée sans détour. Je l'ai regardée et, un court moment, j'ai cru voir à travers elle, sous sa peau, voir sa vérité. De créature maltraitée, solitaire, hantée. Sagace elle aussi. À moitié perdue.

Puis j'ai regardé aux alentours. Rien ne bougeait sur la crête, alors j'ai demandé *où est Doideag ? Et Laorag de Tiree ?*

La neige était fine. Les petits flocons ne tombaient pas, ils flottaient autour de son visage, s'accrochaient à ses cheveux pâles. *Parties.*

Parties où ?

Elle a pincé les lèvres, avec un demi-sourire mais de la solitude dans les yeux. *Enfuies.*

Enfuies ? Pourquoi elles se sont enfuies ?

Gormshuil a soufflé et secoué la tête. *Tu le sais. Toutes tes histoires de don de double vue, et que c'est l'herbe-aux-poules qui me fait parler comme je parle. Durement. Vertement... Ça n'est point l'herbe-aux-poules qui parle là.*

J'ai murmuré *je ne comprends pas.*

Elle s'est essuyé le nez sur son bras et a détourné les yeux. Elle a regardé la crête du Pic sombre, l'âtre vide, les os et les chiffons et la saleté, d'un air tellement triste que j'avais envie de lui toucher l'épaule pour la réconforter. Mais à ce moment elle s'est retournée vers moi. Elle a léché ses chicots. *Du sang va couler, Corrag. Il coule. Les femmes ouvrent leurs ailes et le fuient, car c'est davantage de sang qu'elles en connaissent ou veulent en connaître. Il vient. Un homme vient.*

Du sang ? Un homme ?

Oh oui. Un homme. Il écrira deux ou trois mots de toi. Toi avec tes poignets de fer luisants...

J'ai baissé les yeux sur mes poignets. Ils étaient comme il fallait, en chair et pas en fer.

L'homme viendra, oui, il viendra. Et le froid ne durera guère, pour toi. Il fera bientôt très chaud. Une chaleur de brasier...

Je n'y comprenais rien, ne savais pas de quoi elle parlait. Je me suis écartée et j'ai poussé un petit gémissement, parce que je sentais la neige dans l'air, et la vérité qui m'échappait, l'étrangeté, alors j'ai dit *je me perds dans tout ça ! Je ne comprends pas...*

Elle m'a pris la main.

J'ai regardé fixement ma petite main dans sa patte griffue.

Pour sûr, tu comprends. N'as-tu pas toujours écouté la voix de ton cœur, petiote ? Ne t'a-t-il pas amenée ici ? Elle s'est penchée en avant. *Écoute-le maintenant. Écoute-le...*

J'ai levé mon regard sur elle. Sur son visage de femme, creusé, meurtri. J'ai vu les peines, la vie dure, et aussi le reflet de mes yeux dans les siens. Et au fond de mes yeux à moi je voyais de l'herbe, et un jour plein de pissenlits, et tandis que les graines de pissenlits s'envolaient un homme noyait des chatons, et je *savais*, j'avais su. Mon cœur avait dit *cours ! Sauve-les !* Et j'avais écouté mon cœur, couru dans l'herbe et sauvé cinq chats gris qui avaient failli être noyés, mais ils étaient restés en vie ! Ils vivaient. J'ai battu des paupières et continué de regarder mes yeux dans ceux de Gormshuil. Et là, j'ai vu ma mère, elle ne tournoyait pas au bout d'une corde mais se tenait debout dans sa jupe rouge, les mains derrière le dos et les cheveux au vent, et au tout dernier moment avant le *pan* de la trappe elle avait vu le ciel d'automne et pensé à moi... à *moi*. J'avais été sa dernière pensée. J'avais été son seul amour, et en mourant elle souriait parce qu'elle pensait à moi. Je le savais. J'en étais sûre. Accroupie dans la forêt humide de la frontière, j'avais pensé *elle est sur le point de mourir* et je lui avais envoyé tellement d'amour depuis cette forêt qu'elle l'avait senti sur l'échafaud, elle avait senti l'amour de sa fille. Je savais qu'elle l'avait senti ! Et quoi encore ? À genoux devant Gormshuil, je voyais le visage du Mossman, sa tache couleur de prune, et sa bouche, et je voyais la forme que prenait sa bouche quand il me disait *les Highlands. Les Highlands...* Et mon cœur avait dit oui. *Oui ! Là-haut ! Ton endroit est là-haut...* J'avais entendu ce que disait mon cœur et donné un petit coup de talon à la jument pour qu'elle m'y emmène. Et quand j'avais respiré l'air des montagnes dans la nuit, et que je m'étais agenouillée pour palper la tourbe froide, molle, est-ce que mon cœur et tout mon être n'avaient pas dit *oui* à cet endroit ? *Enfin. C'est ici.* Est-ce que je n'avais pas pleuré ? Est-ce que je n'avais pas toujours su *Glencoe ?* Le glen m'appelait. Il avait chanté mon nom d'année en année, attendant que je vienne fouler sa terre avec des phalènes dans les cheveux et des épines accrochées à mes jupes. Le glen m'avait attendue, appelée, et j'étais venue.

Et *lui*...

À genoux dans la neige, je regardais Gormshuil. Je regardais ses yeux et je voyais les miens. Et j'ai pensé *lui, Alasdair.*

Lui, mon cœur l'avait su plus que tout.

N'aime jamais un homme. Et quand Cora m'avait dit ça j'avais hoché la tête. Murmuré *je te le promets.* Mais à ce moment-là déjà – je n'étais qu'une enfant ! – j'avais entendu mon cœur battre contre mes côtes, crier *tu aimeras ! tu connaîtras l'amour !* Et maintes années après, dans une salle éclairée aux bougies de cire, avec la pluie dehors, j'ai vu son visage et su que c'était *lui.*

Gormshuil a dit *tu veux le don de double vue ? L'apprendre ? Petite créature un peu folle... Tu l'as toujours eu.*

Elle disait vrai. Je l'avais. Agenouillée là, je l'ai compris. Je l'avais toujours eu, comme nous tous, tous les gens venus au monde avec un cœur ont le don de double vue car c'est la voix du cœur. C'est la chanson de l'âme. Je l'ai reçu de chaque ciel étoilé, de chaque abeille qui se cognait contre moi en s'envolant hors d'une fleur. Je l'ai reçu de la bonté, la mienne et celle des autres. Je l'ai reçu de mes poils qui se dressaient quand j'entendais un clan chanter autour du feu, de mes yeux remplis de larmes devant des choses belles et simples. Car c'est en ces moments-là que le cœur parle. Il dit *oui !* ou *lui !* ou *à gauche* ou *à droite*. Ou *cours*.

Nous l'avons tous, ce don. Mais je crois que les gens comme nous – solitaires, épris du monde bouillonnant – entendent mieux leur cœur. Nous entendons son souffle, sentons ses mouvements. Nous voyons ce qu'il entrevoit.

On est restées comme ça un temps. Ma main dans la main de Gormshuil. Sous les flocons de neige.

Puis elle s'est courbée vers moi. Elle a approché sa bouche de mon oreille, tellement près que je humais sa mauvaise haleine, ses cheveux me mouillaient la joue, et elle a dit ce mot que je me suis dit à moi-même toute ma vie, un mot que le cœur d'une sorcière répète encore et encore, nuit après nuit. Un mot de double vue.

Corrag ?

Oui ?

Il faut que tu coures. Cours.

*

Alors j'ai couru. Je l'ai laissée là, assise dans la neige, et j'ai dévalé la colline, glissant sur la glace, me cognant aux rochers. J'ai couru en bas dans le glen et je pensais *plus vite ! Plus vite !* Parce que je savais.

Ce n'est pas ce que les yeux voient, non. Je le croyais ! La double vue, j'avais cru que c'était un songe, ou une vision, un souffle qui monte tout d'un coup. J'avais cru que la vérité pourrait apparaître dans ma cabane comme un fantôme et se nommer, que je pourrais la trouver si je la cherchais. Mais je me trompais, monsieur Leslie.

Tôt ou tard, tu la connaîtras...

Je la connaissais à présent. Et je savais que c'était une sensation au fond de nous, dans la poitrine ou davantage. C'était une sensation dans les os, dans le ventre, dans l'âme. L'animal caché en nous secouant son pelage, dressant l'oreille, et nous disant *cours !* ou *combats !* ou *aime !* ou *cache-toi !*

Et j'ai pensé *va va va.*

Je suis passée au pied des Trois sœurs. J'ai longé la Corniche église. Je me hissais par-dessus les congères, frôlais les arbres, et courais.

Il faisait nuit quand je suis arrivée à la maison d'Alasdair. Le ciel avait disparu, on ne voyait plus que la neige qui tombait, et la nuit. Il n'y avait pas de vent dans le glen, et avant de frapper à la porte j'ai repris mon souffle. J'entendais le silence. Tout était paisible autour de moi. La fumée montait haut, tout droit. La maison dormait.

Mais il est venu m'ouvrir comme s'il n'avait pas été en-dormi.

Nous sommes allés dans un endroit plus sombre, sous un arbre. J'étais encore trop essoufflée pour pouvoir parler alors j'ai respiré à fond, penchée en avant. Il a posé la main sur mon dos, s'est accroupi à côté de moi et a demandé *qu'est-ce qu'il y a ?*

Les hommes rouges, j'ai dit.

Les soldats ?

Oui.

Eh bien, quoi ? Corrag ?

Ils vont tâcher de vous tuer. Ce soir. Vous tous. Je l'ai regardé dans les yeux – ses grands yeux bleus qui brillaient tellement que je voyais mes yeux dedans – et il n'a pas dit *non...* ou *tu te trompes.*

Il a dit *comment tu le sais ? Qui t'en a parlé ?*

Je l'ai pris par le bras. *Personne. Mais je le sais, je le sais !* Je me suis frappé la poitrine avec le poing. *Je le sais...*

Corrag, il a dit en secouant la tête, *pourquoi nous feraient-ils du mal ? Nous leur offrons l'hospitalité !*

Nous les avons nourris, tenus au chaud. Mon père joue aux cartes avec Glenlyon en ce moment même... Il a encore secoué la tête, plus lentement, puis s'est arrêté. *Pourquoi ils feraient ça ?*

J'ai tapé du pied. J'ai saisi son autre bras, si bien que j'étais maintenant face à lui, les yeux levés. *Je sais. Je sais ce que votre raison vous dit, oui, je sais. Mais fiez-vous à moi, je vous en prie. Fiez-vous à ce que moi je vous dis, même si ça paraît étrange. Est-ce que je n'ai pas aidé votre femme ? À mettre au monde votre fils ? Guéri votre père alors que je le connaissais à peine et que j'avais terriblement peur... mais je l'ai quand même guéri ! Je ne sais pas pourquoi ils veulent vous faire du mal mais ils vont le faire, Alasdair. Cette nuit. Je suis plus sûre de ça que j'ai pu être sûre de toutes choses depuis que je suis en vie. Mon cœur le sait... là.*

Il me regardait fixement.

Le don de double vue, j'ai dit, *je sais à présent ce que c'est. Je l'ai. Nous l'avons tous. Nous l'avons en naissant, comme toutes les créatures...* Je me suis calmée. *Je vous en prie, écoutez-moi.*

La neige tombait. Elle se posait sur ses cheveux, sur son plaid. Il a dit *que pouvons-nous faire ? Contre leurs armes à feu, nous sommes désarmés. Et puis il neige...*

Allez-vous-en. Fuyez.

Fuir ? Par ce temps ? Ce sera la mort de beaucoup de gens. Peut-être faut-il seulement que les hommes s'éloignent. Les femmes peuvent rester là car ils ne s'en prendront sûrement pas à elles...

Non, tous les vôtres. Emmenez-les tous.

Les femmes ? Et les petits enfants ?

Oui. Fuyez. Gagnez Appin. Je crois qu'il n'y a pas une seule âme qui soit en sécurité dans le glen, cette nuit.

Il s'est reculé. Il a baissé les yeux par terre et fait un bruit de gorge comme s'il était fatigué de ça, de moi, comme s'il n'avait pas du tout confiance en moi, finalement. Il a tourné le dos. Il a passé la main dans ses cheveux, et j'ai pensé *écoutez, je vous en prie...*

Un moment est passé au seul son de ma respiration.

Oui, il a dit. *Oui. Tu parles de ce que le cœur sait ? Depuis leur arrivée j'ai senti ce désordre en moi, là*, et il s'est palpé la poitrine. *Ils ont souri et chanté, et nous les avons nourris, et pourtant... Je vais trouver mon frère. Je vais l'avertir, puis j'irai à Inverrigan et j'écouterai à la porte.*

Ne perdez pas de temps. Mettez à l'abri tous ceux que vous pourrez.

Oui. Il m'a regardée comme si j'étais nouvelle, comme si on se rencontrait pour la première fois. Il m'a regardée de tous ses yeux.

Il faut que j'y aille.

Il a fait un pas en avant. *Quoi ? Où ça ?*

À Inverlochy, j'ai répondu. *Je courrai jusque là-bas. Vous dites que le colonel Hill est un brave homme, et un ami des clans, alors je lui parlerai. Je lui dirai que les soldats tuent les gens de Glencoe et il reviendra avec moi, il amènera des chevaux et des hommes et nous sauvera. Il faut que j'y aille.*

J'avais envie de lui dire *protégez-vous. Ne mourez pas*. J'avais envie de lui dire ce que je ressentais, qui était énorme et dépassait tous les mots. Mais je me suis tue.

C'est lui qui a parlé. Il m'a appelée tandis que je m'éloignais vers le nord. Il a crié *je te reverrai, Corrag !* Et comme il avait foi en mes paroles et en ma vérité ou possédait lui aussi le don de double vue, je l'ai cru.

J'ai souri.

Puis je suis partie en courant.

*

J'ai couru. Couru.

Vous prenez ma main ? Je cours. Je suis assise dans un cachot, enchaînée, mais je cours. Je cours vers le nord, vers Inverlochy, je cours pour leur sauver la vie.

Demain je vous parlerai du massacre de Glencoe. Des morts et des vivants. De lui. De moi.

Vous me tenez par la main ? Je cours. Toute ma vie, j'ai couru.

Jane, ma bien-aimée,

Pardon pour ma lettre précédente. Comme mes veines, elle était imbibée de whisky. Je n'en ai pas la moindre goutte en moi ce soir.

Il est minuit passé. Marchant dans l'obscurité parmi tous les bruits d'eau ruisselante, je me suis arrêté pour contempler le lieu où elle va mourir. J'ai vu le bûcher et les multiples cordes. Ils ont plus de cordes qu'il ne leur en faudra, elle est si petite.

Elle parle du don de double vue. Avec ses yeux gris tourterelle et sa voix enfantine, elle parle de ce qu'elle sait dans son corps – son ventre, ses os. Je l'ai écoutée. Naguère, j'aurais reculé, craché, prié. Mais ce soir j'ai prêté l'oreille à ce qu'elle sait, et aime, et croit.

Que crois-je ? Je crois en Dieu. En Sa puissance. Je crois que de Le connaître enrichit, éclaire la vie d'un être humain, et qu'elle sera mieux employée. J'ai toujours eu foi en cela. Mais à présent je crois aussi au fait d'admettre que d'autres puissent également avoir foi en leurs propres dieux, en leur propre religion. Peut-être rêve-t-elle d'un jour où tous connaîtront l'usage des plantes. Ou (chose plus vraisemblable) croit-elle très fermement qu'il y a plus de lumière que de ténèbres dans le monde, plus de bonté que de malheur, plus de beautés que la violence peut en détruire, et espère-t-elle que les autres le verront eux aussi, afin de ne pas chercher à changer ce qui est. Elle m'a révélé des beautés, je l'avoue. Je voyais seulement celle de la piété, et la tienne. Mais une montagne a de la beauté. Ou un loch, la nuit.

Et nous. Nous avons de la beauté en nous. C'est elle qui parle ainsi, mais également, c'est moi.

Je suis allé à la forge. Assis dans sa chaleur, j'observais le labeur du maréchal-ferrant. Je regardais ses outils, suspendus chacun à sa place, et il se pourrait que cet homme croie à la voix du cœur, et au cœur de l'âme, car il ne m'a rien demandé. Il ne m'a pas demandé de quitter les lieux, ni pourquoi j'étais là. Peut-être le savait-il, ou ne s'en souciait-il pas.

Je lis et relis. « Qui n'aime pas ne connaît pas Dieu ; car Dieu est amour » (I Jean IV, 8).

Je t'aime, Jane. Quoi qu'il advienne, maintenant, sache que je t'aime – que tu es le plus précieux des bienfaits qui m'ont été accordés dans ma vie.

Charles

QUATRE

I

« Vénus détient cette plante, et dit :
Que les feuilles mangées par l'homme
et la femme ensemble amènent
l'amour entre eux. »

de la Pervenche

Monsieur Leslie. Celui qu'elle avait vu, qui viendrait.

Vous pourriez vous asseoir ailleurs que sur le tabouret ? Vous mettre près de moi, par terre. Prendre dans vos mains les miennes et mes chaînes. Je vais parler de choses tellement horribles que ça me fait peur de les raconter. Je n'en ai pas soufflé mot, jusqu'à maintenant. Je les gardais en moi.

Vous me donnez de la chaleur. Vous voyez ?

Avant, tout au commencement, ma saleté et mes yeux vous offensaient tellement que vous ne vouliez même pas vous asseoir. Vous avez regardé ce tabouret comme si c'était un piège. Vous vous rappelez ? Et à présent vous prenez place sur la paille, contre mes barreaux.

Nous changeons tous, j'ai dit à Alasdair, *mais notre cœur ne change pas.*

Il ne change pas.

Jamais je n'ai couru aussi vite que cette nuit-là, malgré la neige et les congères qui me montaient jusqu'aux épaules. Je n'avais jamais couru aussi vite de toute ma vie. Je filais comme une araignée, toute en jambes et en bras. En ailes comme un oiseau, et quand j'ai réveillé une biche blottie contre un rocher elle s'est mise à courir avec moi jusqu'à ce qu'elle se fatigue. Je courais plus vite qu'elle, sous la neige qui tombait.

Il n'y avait pas de vent, pour commencer. Quand je suis arrivée au bateau de Ballachulish et que le passeur m'a fait traverser, la neige tombait fort et tout droit. Elle me couvrait les cheveux, le nez, les mains, et le loch était sombre, couleur de métal. J'ai dit au passeur *allez-vous-en d'ici, maintenant. Dès que vous m'aurez déposée de l'autre côté il faut vous enfuir. Vous m'entendez ?* Il ouvrait des yeux ronds. Il avait l'air gentil.

J'ai filé. Après m'être hissée sur la rive, j'ai couru vers le nord, couru tellement vite que je respirais de la neige, j'en avais plein la bouche et les poumons. Je pensais à ma jument. Comme elle m'aurait portée vite. Comme elle aurait été blanche dans tout le blanc.

Donc, je courais. Laissant l'eau derrière moi, je courais à travers les collines. Je courais à travers champs et sur la glace, je courais et courais, et je ne connaissais pas le chemin pour aller à Inverlochy, ou plutôt ma tête ne le connaissait pas mais mon cœur savait, mon don de double vue disait *le nord*, et *par là*, et *tourne à gauche derrière ce talus*. Si bien qu'après avoir couru de longues heures, au moment où je dévalais entre des arbres enneigés j'ai vu le fort devant moi. Quelle vue bienfaisante ! La meilleure des vues. Ça m'a remplie d'espoir et j'ai ralenti. J'ai pensé *j'y suis. J'y suis parvenue. Tout ira bien à partir de maintenant*. Le fort était très noir. Il y avait des torches plantées des deux côtés de la grille d'entrée et des lumières aux étroites fenêtres, ça m'a réchauffée rien que de les voir. En m'approchant de la grille, je croyais déjà entendre les sifflements du bois qui brûlait, sentir la viande qui cuisait, et j'ai pensé *sois tranquille, à présent, sois contente* puisque j'étais là, à Inverlochy, où le gouverneur avait promis de protéger les hommes de Glencoe. *Tu as réussi, Corrag,* et dans la cour de la garnison je voyais se rassembler beaucoup de soldats avec des piques et des mousquets, et j'ai empoigné les barreaux de la grille, appuyé mon front dessus.

J'ai appelé.

Le garde est venu vers moi d'un pas très brusque. Il a dit *que voulez-vous ?* Il a levé une torche sous les flocons de neige pour mieux me voir et s'est avancé, emmitouflé et lourd dans son manteau mouillé.

S'il vous plaît. Je suis venue pour parler au colonel Hill de toute urgence. C'est très important. Il y a des gens en danger et je viens lui demander son aide.

J'ai repris mon souffle entre les barreaux. Il fixait les yeux sur moi comme si je parlais dans une langue inconnue, comme si ça n'avait aucun sens, et j'ai pensé qu'il avait *gueuse* en tête, qu'il allait peut-être me traiter de *gueuse* ou de *sorcière.* Je ne voulais pas qu'il dise ça, quand j'avais tellement besoin du colonel Hill, alors j'ai répété *le colonel Hill ? Lui parler très vite ?*

Le colonel ne reçoit personne ce soir.

J'ai tressailli. *Personne ? Pourquoi ? Il faut qu'il m'entende, monsieur. Allez lui dire que j'apporte un message de Glencoe et qu'il doit l'entendre tout de suite. C'est une affaire très grave et il faut qu'il me reçoive, il le faut, je suis venue en courant de là-bas jusqu'ici par le temps qu'il fait.* Je l'ai regardé tristement. *S'il vous plaît ?*

Son regard à lui avait changé. Tandis que je parlais, il était passé du mépris envers moi – ce paquet de hardes derrière la grille – à un regard vraiment inquiet, mal à l'aise, et il a jeté un coup d'œil dans l'ombre de chaque côté de moi puis aux soldats derrière lui qui soufflaient sur leurs mains.

Il a dit *Glencoe ?*

Ce nom, toute l'Écosse le connaissait. Je me suis demandé s'il craignait que je lui vole sa bourse ou pointe un mousquet sur lui. Mais petite comme j'étais et avec mes mains qui tenaient fermement les barreaux de la grille, je n'avais rien du tout de menaçant.

J'ai dit *oui. Dites-le-lui, s'il vous plaît.*

Il a tourné les talons. J'ai vu son gros manteau disparaître dans la neige tandis qu'il passait près des soldats armés, et en son absence je ne pouvais rien faire d'autre que taper des pieds et chercher dans ma tête comment parler le mieux au colonel Hill, alors je me disais les mots à moi-même tout en secouant mes mains pour les réchauffer, et j'ai vu dans la cour un homme au beau manteau boutonné jusqu'au cou qui me regardait d'un air très méfiant. Je lui ai rendu son regard. Qu'il se méfie ne me gênait pas à présent, car j'étais sûre que le colonel Hill allait recevoir cette jeune femme qui attendait toute seule sous la neige, par un temps tellement mauvais. Le colonel Hill était un brave homme, les MacDonald l'affirmaient. Ils disaient qu'il les comprenait, et tenait parole.

Je me sentais calme. Mais quand le garde a reparu avec sa torche et ses sourcils froncés il a aboyé *allez-vous-en. Comme j'ai dit, le colonel ne reçoit personne ce soir.*

Personne ? C'était affreux. Je suis restée la bouche ouverte, remplie de peur, puis j'ai serré plus fort les barreaux et dit *mais il le faut ! Une chose terrible va se passer ! Et le colonel n'est-il pas un ami des clans ?* Mais le garde a craché dans la neige, grimacé, et j'ai entendu des vilains mots avant qu'il se retourne et disparaisse derechef dans le blanc. Je ne voulais pas partir. J'ai secoué la grille, crié *revenez ! Il faut que je lui parle !* Et quand j'ai vu que tous mes appels et mes supplications ne feraient pas revenir cet homme hargneux, j'ai décidé de crier tellement fort que quelque part le colonel lui-même m'entendrait. La garnison d'Inverlochy était imposante, très grande, je le voyais, mais l'épaisseur de ses murs ne pouvait pas empêcher tous les bruits de passer à travers. Et par une nuit pareille, où la neige rendait les rues silencieuses et où il n'y avait dehors que les soldats qui se rassemblaient sans rien dire, faisant seulement tinter leurs piques contre le sol gelé, et leurs bottes, pour sûr il m'entendrait en mangeant son souper au coin du feu. Alors j'ai crié son nom de toutes mes forces. *Colonel John Hill ! Colonel Hill d'Inverlochy ! Je viens vous demander assistance ! Vous m'écouterez ?* Je l'appelais à travers la neige. *J'arrive de Glencoe !*

J'ai beaucoup crié. Je hurlais *Colonel Hill ! Colonel Hill !*

Entendait-il ? Je crois que oui. Je crois qu'il a entendu mes appels, peut-être pensé *est-ce que c'est le vent ? Ou un fantôme ?* Car il est venu regarder par la fenêtre. Tout en secouant les barreaux, j'ai levé les yeux vers une fenêtre étroite de la tour de l'ouest, où la lueur d'un feu papillottait. Et tandis que je criais encore *colonel Hill* j'ai vu une ombre bouger dans cette lueur, l'ombre d'un homme qui est resté là, à la fenêtre, si bien que je voyais la forme de sa perruque et de son nez. Il a regardé en bas dans la cour. Il a regardé cette fille qui attendait à la grille, qui l'appelait, et j'ai lâché les barreaux. Je me suis reculée. La peur m'a saisie, parce que j'ai compris qu'il ne me laisserait pas entrer.

Il sait, voilà ce que j'ai pensé. *Il sait ce qui se prépare.*

Et c'était vrai. Pour sûr. Car les ordres du roi passent toujours de main en main. Des parchemins sont signés, remis à quelqu'un, signés, remis à quelqu'un d'autre, et à mon idée le colonel Hill a trouvé sur sa table cet ordre qui disait *assaillez et détruisez la branche de Glencoe*, alors que pouvait-il faire ? Quel choix avait-il ? Autre que signer ? Quel autre choix ?

Je ne le blâme pas. Je ne le blâme pas plus que le bourreau qui a passé la corde au cou de Cora, qui lui a murmuré *je regrette*. Je ne le blâme pas plus que la pluie qui noie les oisillons dans leur nid, parce que c'est l'orage qui la produit. Ce n'est pas la faute des gouttes de pluie.

Donc, le colonel Hill a regardé en bas. Il m'a vue dans mes hardes. Il a vu la neige de plus en plus épaisse, et peut-être pensé *il est trop tard*. Ou *que Dieu sauve leurs âmes*. Ou *que Dieu sauve la mienne*, car on dit que c'était un homme de foi, au cœur bon, et dans sa manière de se tenir à la fenêtre il paraissait triste, et vieux.

J'ai hoché la tête.

Puis j'ai pensé *cours*, et je suis repartie sous la neige en courant.

Cours, cours. Je passais devant les mêmes arbres et rochers que dans l'autre sens, je voyais les empreintes que j'avais laissées dans la neige et je le regrettais, car à quoi bon être venue au nord ? En les voyant, je disais à mon fantôme *fais demi-tour fais demi-tour. Ne gaspille pas de longues heures*.

C'était le pire de tous les temps, et la pire de toutes les sensations : avoir un endroit en tête, une peur affreuse et vouloir regagner cet endroit alors que les jambes s'enfoncent dans la neige lourde, et le cœur est pris de panique mais la panique fait qu'on s'enfonce encore plus. Je tombais. Ma jupe et ma mante trempées me collaient à la peau, et j'étais aveuglée par la tempête, rendue sourde par le mugissement du vent. Je pensais à Alasdair. Je l'entendais me dire *pourquoi nous feraient-ils du mal ? Nous leur offrons l'hospitalité,* et ces paroles paraissaient douces et sagaces, mais je n'y croyais pas. Même si c'était lui qui avait dit ça, lui, avec ses mains mouchetées de roux, ses grands yeux. J'aimais sa manière de dire mon nom, et d'écarter les branches devant moi quand nous avions marché ensemble, et tout en courant dans la neige je répétais sans fin *que tout aille bien que tout aille bien...* Je trébuchais, fendais la glace et plongeais dans des mares. Je suis tombée contre un rocher, me suis cogné la mâchoire et écorchée sur des épines, je saignais et laissais une traînée de rouge par terre. Mais quand on veut on peut, et je me disais *relève-toi !* car tout ce que je voulais, c'était regagner Glencoe. Je savais que le malheur approchait. Je savais ce qui se préparait.

Gormshuil avait dit *du sang va couler*.

En courant, j'ai pensé *je suis robuste. Je suis née en hiver. Je vais atteindre le glen avant qu'une seule lame transperce la chair, avant que les écuries soient vidées. Ou bien quand j'arriverai là-bas je ne trouverai plus personne, tous ceux que j'aime auront fui et seront en sécurité.* Je l'espérais tellement fort. Et je me jetais en avant comme font les chevaux. J'étais tachée de boue, j'avais la peau toute bleue. Mes cheveux me battaient le dos tandis que je courais.

Je suis enfin arrivée au bord du Loch Leven et j'ai vu que le bateau avait disparu. Comme je ne pouvais plus traverser, j'ai longé la rive vers l'est et le bout du loch, derrière la corniche du nord. Là, je savais qu'il y avait un col, haut et venteux, mais je n'en connaissais pas d'autre pour franchir cette barre et redescendre à Glencoe. Il ne me restait que ce col et j'y ai couru. Je n'avais rien mangé depuis longtemps, plus aucune chaleur en moi. Mais quand il faut, il faut, et nous en trouvons la force, et j'ai marché sur mon ourlet qui s'est déchiré mais peu importaient les ourlets. J'ai grimpé le col abrupt à travers une neige tellement épaisse qu'elle faisait ressembler celle d'Inverlochy à de la poussière de neige. Elle me montait jusqu'à la poitrine. Je me servais de mes bras comme on fait pour nager. Je ne sentais plus mon corps, plus rien que ma tête. Si je m'étais assise là-haut, je pense que la mort serait vite venue s'emparer de moi. En dépit de ma naissance au mois de décembre. En dépit de ma robustesse, et de ma petitesse.

Je ne me suis pas arrêtée. C'est seulement arrivée sur l'autre face de la corniche que j'ai fait halte, car j'entendais des voix des Lowlands. Dans la neige, j'entendais des voix d'hommes. J'ai cligné des yeux. Pensé *cache-toi.* Deux habits-rouges grimpaient le col et s'approchaient, alors je me suis tapie. J'ai creusé une congère avec mes mains, me suis enfouie dans le trou et plaqué les mains sur la bouche pour museler mon souffle haché tandis qu'ils passaient devant moi. Ils se hâtaient. Un d'eux a dit *je ne veux pas prendre part à ça ! Non ! Je ne peux pas...* et l'autre a répondu *c'est contraire à toutes les lois que je connais !* Et ils étaient aussi tourmentés que moi, ces deux hommes qui s'échappaient.

Ils se sont éloignés. Et j'ai pensé *vas-y vite ! Cours ! Cours !* Je suis sortie de mon trou, et tandis que je descendais vers le glen j'ai trébuché, ce qui m'a fait tomber, rouler sur la pente comme une pierre, j'avais mal et je me sentais impuissante mais c'était une descente rapide, tout ce que je voulais. Puis j'ai couru vers l'ouest pour pénétrer dans le glen, par le même chemin que la première fois, une nuit silencieuse au clair de lune, et en atteignant le Mélange des eaux qui étaient gelées et d'un bleu luisant, j'ai regardé la vallée et vu une splendeur. Tout était blanc. Tout se taisait et brillait.

J'ai ralenti le pas.

J'ai fait halte. Et tandis que je reprenais mon souffle sous les flocons de neige, je me suis demandé si j'avais jamais vu quelque chose d'aussi beau que ça. Là. En ce moment. C'était un monde scintillant. Doux, endormi. La fumée du foyer d'Achtriachtan montait tout droit, et les arbres enneigés ployaient, et je voyais des traces de biches autour de moi. Des glaçons luisaient. L'étoile du matin était apparue.

J'ai pensé *j'aime cet endroit. Profondément.*

Et aussi, immobile dans ce silence, j'ai pensé *est-ce que je me suis trompée tout au long ? Est-ce qu'il n'y pas de mort qui se prépare ?* J'ai presque souri. Presque ri, me disant *regarde toute cette beauté. Comment pourrait-il y avoir des meurtres ici ? Vois comme tu t'es trompée, Corrag...*

Je croyais que cet endroit était trop empli de lumière pour laisser place à des ténèbres. Trop aimé.

Et puis j'ai entendu un tir de mousquet. Il a fendu le glen. Et je me suis remise à courir en pensant *non non non non non.*

J'avançais dans le glen. Chaussée de neige, ensanglantée par les rochers.

J'avançais, haletante, et j'ai vu à l'ouest un éclair orange et un brusque nuage de fumée grise. Puis un deuxième éclair, et un troisième, et les pentes m'ont renvoyé l'écho du *boum* des mousquets. Je me suis rappelé la légende, ces guerriers de jadis qui dormaient sous les collines, qui pourraient se relever et brandir leurs épées pour protéger le glen, et j'ai pensé *relevez-vous à présent. Le moment est venu de vous relever pour combattre. Les vôtres sont en danger. On ravage et on incendie votre glen, le sang coule. Relevez-vous !* Mais ils dormaient toujours. Alors, en courant, j'ai crié *réveillez-vous ! Réveillez-vous !* Parce que je ne pouvais pas sauver les MacDonald de Glencoe à moi toute seule. Je savais que j'étais trop petite et trop lente, trop humaine pour les sauver à moi toute seule, et je suppliais maintenant toutes choses – le ciel, la neige, les yeux dans les arbres, les aigles, les ombres qui bougeaient sur mon passage et celles qui ne bougeaient pas – de m'aider à courir, de rendre mes pieds plus rapides et mes mains plus fortes. *Réveillez-vous,* je leur demandais. Je n'avais jamais eu aussi peur.

Quand je suis arrivée à Achtriachtan ils étaient déjà morts.

C'était horrible à voir. Leur âtre fumait encore, mais ils n'étaient pas couchés à côté, en train de dormir, plus maintenant. Le vieux père Achtriachtan était à plat ventre dans la neige, bras écartés, et le crâne en miettes. Il n'avait plus de nuque, rien que du rouge, et une fine traînée de neige sur ses cheveux. J'ai cru voir deux de ses doigts bouger, un court moment, comme s'il venait d'être tué, mais quand je me suis penchée sur lui je n'ai senti aucun souffle, ni battement de cœur dans son poignet. Il avait les yeux fermés. La bouche entrouverte. Son frère gisait près de lui, à moitié enfoui sous la neige. La gorge serrée, j'ai levé les yeux. J'ai entendu un autre tir de mousquet derrière la maison. *Ça, c'est pour sa femme,* j'ai pensé. *La voilà morte, elle aussi.* Et au même moment j'ai vu trois habits-rouges qui traînaient son corps au-dehors. Son tablier devenait de plus en plus rouge tandis qu'ils la traînaient.

Une douzaine d'heures avant, elle m'avait embrassée. *Mange,* elle avait dit.

Courir. J'ai abandonné Achtriachtan, car à quoi bon ? Qu'y faire ? Il ne réciterait plus jamais ses poèmes. Il n'inclinerait plus la tête quand je passerais là, et elle ne chanterait plus jamais, alors je me suis essuyé les yeux et dit *ne commence pas encore à les pleurer, cours vers l'ouest, cours vers l'ouest*, et j'ai couru du côté où il y avait dans le ciel des éclairs et des nuages de fumée noire. Et des cris. Avant, c'était silencieux. Pendant que je me penchais sur le corps du vieil homme j'avais seulement entendu le mousquet tuer sa femme. Mais à présent j'entendais des cris, des pleurs, et le bruit des mousquets résonnait tellement fort qu'il ébranlait la neige sur les crêtes, elle s'abattait avec un grondement et entraînait des rochers dans sa chute. J'ai vu quelqu'un qui s'enfuyait vers les hauteurs être englouti dessous. Disparu dans la neige.

Je me suis abrité les yeux. Il me fallait regarder à travers la fumée qui piquait, chercher des visages, et j'en ai vu quelques-uns. Dans la fumée et la neige, j'ai vu s'enfuir la famille rousse d'Achnacon, ils étaient enveloppés dans leurs capes et serraient contre eux des paquets qui pouvaient être de la nourriture ou des petits enfants. En les regardant s'éloigner, j'ai pensé *oui, allez-vous-en !* Et j'ai vu un couple aux cheveux gris qui grimpait la pente main dans la main, et j'ai pensé *hâtez-vous, ne vous arrêtez pas avant d'atteindre Appin.* Tandis que je poursuivais mon chemin, un habit-rouge est venu vers moi. J'ai poussé un gémissement, mais il ne portait ni épée ni mousquet. Il pleurait. C'était un garçon tout jeune, tout pâle, et il est tombé à genoux dans la neige, les bras noués autour de lui. Un petit garçon.

J'ai couru à lui. Je l'ai saisi par les bras et j'ai demandé *pourquoi vous nous tuez ? Qu'est-ce qui se passe ? Parle !*

Il a secoué la tête. Bredouillé *il y a un mort là-bas... Son visage...*

J'ai crié *réponds-moi !*

La morve lui coulait du nez, et en sanglotant il a dit *c'étaient les ordres.*

Tuer ?

Il a fait signe que oui.

Tuer qui ?

Le chef. Ses yeux se sont fermés. *Eux tous, mais surtout le chef. Ses fils...*

Je l'ai lâché. J'ai reculé d'un pas et demandé très bas *pourquoi ?*

Il a gémi. Puis ouvert sa petite bouche rose pour dire *le serment est venu trop tard. Il ne compte pas...* Il a appuyé sa tête contre ses genoux comme un enfant et je l'ai laissé là, car il ne tuait personne. Il avait aussi peur que moi.

Je haïssais tout ça. Je haïssais que la neige fonde dans la chaleur des maisons en feu, si bien qu'on voyait l'herbe et les vieilles fougères. Je haïssais qu'Achnacon soit embrasé quand j'y suis arrivée, avec des flammes tellement violentes que je ne pouvais pas m'approcher et qu'en passant devant il m'a fallu lever le bras pour me protéger. Les étincelles se mêlaient aux flocons de neige. La cendre tombait sur moi, et j'entendais des voix d'hommes. J'en ai entendu un qui disait *là ! Cette fille !* et ils ont essayé de m'attraper tandis que je courais. Un mousquet a fait feu. J'ai entendu le *boum*, senti son courant d'air et comme une morsure, et l'odeur de poudre, et plus tard je trouverais une traînée noire sur mon corselet, et du sang là où la balle m'avait éraflée.

Ça faisait un peu mal. J'ai glapi.

Mais je ne me suis pas arrêtée. Je voulais atteindre Carnoch, sauver qui je pourrais, prévenir quiconque n'aurait pas fui. Alasdair devait les avoir avertis pour la plupart, mais tous ? Peut-être pas tous. *Et peut-être que Carnoch ne brûle pas encore.* Alors j'ai abandonné Achnacon incendié, mais au passage j'ai jeté un coup d'œil sur ma droite, là où était le tas de fumier. Une forme gisait dessus, en forme d'étoile, et j'ai crié *non...* Je m'y suis précipitée pour saisir ce corps et le retourner. C'était Ranald, le joueur de cornemuse qui avait un jour cueilli des mûres avec moi. Mort. La gorge tranchée, si bien que sa tête était presque comme un chapeau au-dessus de son cou, à moitié levé en un *bonjour.*

Une nausée m'a prise. J'ai vomi sur le fumier.

Et j'ai encore vomi en tirant à l'écart ce qu'il restait de Ranald, car il méritait mieux que ça. Être mort sur un tas de fumier.

Je lui ai fermé les yeux, et remis la tête en place. J'ai tâché de l'arranger pour que ça ressemble à une mort douce.

Protégez-le, dans l'au-delà. Assurez-lui la paix qu'il mérite.

Là ! Là ! C'était une voix anglaise. Et en me retournant j'ai vu des soldats qui me montraient du doigt et disaient *là ! Elle !* J'ai reconnu l'un d'eux. L'un d'eux était l'homme aux cheveux poudrés et aux yeux de lapin, celui qui avait pleuré dans un fossé, parlé de fantômes, et qui m'avait fait pitié. À présent, je ne ressentais pas trace de pitié envers lui. Ce que je ressentais était tellement noir, tellement affreux que j'ai hurlé *comment vous pouvez faire une chose pareille ? Ils vous offraient l'hospitalité ! Comment vous avez pu ?* Il m'a entendue. Je l'ai lu sur son visage, et il a baissé la main qu'il pointait sur moi. Les autres continuaient à dire *là ! Attrapez cette fille !* Alors je me suis remise à courir.

J'ai couru par-dessus le corps d'une femme abattue par un mousquet.

Il y avait une main dans la neige. Une main, sans rien d'autre.

J'allais maintenant vers Inverrigan. La maison dans les bois à la courbe de la Coe. Où j'avais un jour soigné une rage de dents. Où un chien se couchait sur le dos quand il me voyait, pour que je lui caresse le ventre, et j'ai couru vers cette maison. Je plongeais entre les arbres. Beaucoup de soldats étaient là, occupés à tasser la poudre dans leurs mousquets ou à nettoyer leurs lames, et en courant je sentais des bras qui essayaient de m'attraper, je sentais leur haleine et leur sueur, et l'odeur du sang, et quand une main a saisi mes cheveux j'ai tourné sur moi-même pour lui faire face. J'ai hurlé de toutes mes forces. Je le foudroyais du regard, lui montrais les dents, et je crois que Cora était avec moi à ce moment-là, elle était en moi, rugissante. L'orage aux yeux, ensanglantée. Elle a obligé le soldat à me lâcher, il a reculé, marmonné *sorcière*...

Quand je suis arrivée à Inverrigan, c'était trop tard.

La maison ne brûlait pas. Elle était comme d'habitude, mais derrière, dans la neige, j'ai vu tous les hommes du hameau. Ils étaient ligotés, alignés par terre. Épaule contre épaule, sur le dos. Tous morts. Le dernier de la rangée était un enfant, le garçon aux oreilles en feuilles de chou qui avait partagé du miel avec moi.

Je sanglotais. J'ai tapé du pied faiblement, et me suis essuyé le nez sur mon bras. Pourquoi ne s'étaient-ils pas mis en chemin vers le sud ? Enfuis ? Pourquoi n'avaient-ils pas écouté Alasdair, car il devait leur avoir parlé. Pour sûr, il avait frappé à leur porte, dit *fuyez*... J'ai hurlé comme un chien, et les larmes me brouillaient les yeux. Alasdair avait dit *je vais les avertir*. Mais ils étaient couchés là, ligotés et morts, même le petit garçon. Je voyais son visage et me le rappelais quand il était vivant, rieur, avec du miel sur le menton.

Tu ne peux plus rien faire pour eux, j'ai pensé. *Carnoch. Va là-bas à présent. Sauve-les.*

Et au moment où je repartais, un homme m'a empoigné le bras. Je me suis débattue, je l'ai griffé. Mais il disait *Corrag ! Corrag ! C'est moi.*

Iain. Il avait les yeux hagards et les cheveux gris de cendre. Sa joue était barrée d'une giclée de sang, comme si quelqu'un était mort tout près de lui, et il m'a prise par les épaules et dit *fuis. Ne reste pas ici. Ils tuent tous les nôtres, des femmes et des enfants sont en train de mourir.*

J'ai ouvert la bouche.

Va-t'en, il a dit. Puis il a regardé derrière moi, là où neuf vies s'étaient éteintes. J'ai vu ses yeux s'élargir. J'ai vu sa terrible tristesse, et tout en regardant les corps il m'a murmuré *va te mettre à l'abri au loin, Sassenach.*

Pourquoi êtes-vous tous encore là ? j'ai demandé. *Pourquoi ? J'avais parlé à Alasdair ! Il avait dit qu'il vous avertirait tous !*

Et il l'a fait. Il nous a avertis. Mais certains d'entre nous ne l'ont point écouté.

En sanglotant, j'ai donné un coup de pied au mur de la maison. *Pourquoi ne l'ont-ils pas écouté ? Pourquoi ?* J'ai dit *vous aussi, il faut vous enfuir. Ils veulent votre mort et celle de votre père, c'est ce que disait un soldat. Gagnez la côte. Appin.*

Nous y allons. Viens avec nous.

Non.

Ils vont te tuer, Corrag. Ils n'épargnent aucune âme qui vive...

Il faut que je sauve quiconque je peux sauver, Iain. Il doit y avoir des gens qui se cachent ou qui sont blessés. Il faut que je les sauve...

Corrag ? Les soldats, ils sont soixante ! Armés de mousquets et de lames, et toi, qu'est-ce que tu as comme arme ? Ton cœur ? Tes yeux ?

J'ai secoué la tête. *Iain. Vous voulez bien le dire à Alasdair ? Que je suis restée ? Dites-lui pourquoi je suis restée, et qu'il lui faut protéger sa famille, et se protéger, pour toujours. Au cas où je ne survivrais pas à cette nuit ? Vous lui direz ?*

Alors il a fait un pas en arrière, m'a lâchée. Il a soufflé fort. Jeté un coup d'œil sous les arbres, et répondu *je ne peux pas. Il n'est pas avec nous. Il ne viendra point.*

Je suis restée immobile un instant, je le regardais fixement. Puis je me suis pliée en deux, comme sous la douleur. *Il n'a pas fui vers Appin ?*

Non. Il est encore dans le glen. Quelque part...

J'ai vomi une fois de plus. Dans la neige, à côté de ses pieds, accroupie. Je me suis essuyé les lèvres, j'ai gémi, et en me redressant j'ai murmuré *mais pourquoi ? Pourquoi il est resté ? Il avait dit qu'il fuirait ! Il me l'avait dit...*

Iain a posé la main sur mon épaule. Il voulait parler, mais les mots lui manquaient.

Je suis repartie en courant. J'ai serré les dents et je me suis jetée à travers bois, et je me sentais très en colère contre ses cheveux couleur de terre mouillée et ses grands yeux et son entêtement, car il aurait dû être en sécurité et pourtant il était encore ici ? Dans le glen ? C'était la faute du guerrier en lui. Sa nature, ses mœurs... je passais à fond de train devant des soldats. J'ai traversé un troupeau de chèvres qui s'étaient échappées et bêlaient de peur, les yeux en mouvement. J'ai déboulé dans les champs où il y avait eu un feu de joie, une fête pour célébrer une naissance, mais à présent le feu était celui des maisons incendiées. J'ai glissé sur de la glace qui fondait. J'ai glissé tout droit contre deux soldats et craint qu'ils ne tirent leur poignard pour me tuer, alors je me suis débattue en criant *lâchez-moi*, et ils ont reculé sans me faire de mal. Ils m'ont dit *ne restez pas là.* En vérité, ils paraissaient plus remplis de peur qu'aucun des êtres vivants que j'avais vus, plus perdus.

Les soldats n'ont pas tous été des assassins cette nuit-là. Écrivez-le, monsieur.

Mais je ne pensais pas à ça car tout ce que j'avais en tête, c'était *faites qu'il soit encore vivant.* Je le clamais dans les airs. J'espérais que Carnoch ne serait pas embrasé.

Mais il l'était. Pour sûr.

Toutes les maisons brûlaient. Des vaches mugissaient, roulaient des yeux fous de peur, et j'ai crié son nom le plus fort possible pour couvrir le bruit. Je l'ai hurlé. J'ai entendu un chien aboyer, et Bran est venu à moi. Il m'a léché la joue quand je me suis accroupie pour lui demander où était Alasdair – *où est-il, Bran ? Brave chien. Où est-il ?* – mais il ne savait pas. Il m'a laissée là, il a filé au galop vers l'ouest, vers le loch.

Leur maison s'était écroulée. Il n'en restait rien. J'ai prié le ciel que Sarah et son nourrisson soient partis au nord-ouest, même si j'en étais sûre. Il avait forcément averti sa femme et elle avait fui. Puis je suis allée au bord de la Coe, là où se dressait la grande maison, et ses pierres et son verre n'étaient pas encore la proie des flammes, mais j'entendais dedans un cliquetis et des choses qui se fracassaient, et j'y ai vu des habits-rouges. En train de piller. Ils s'emparaient de l'argenterie du chef et de sa coupe en corne. De ses livres. Des ramures de cerfs.

Et je l'ai vu lui aussi. Le MacIain.

Je suis passée sur le côté de la maison. Je trébuchais d'inquiétude, et j'ai trouvé une fenêtre brisée, le mur défoncé autour. Il était là. Le MacIain était là, et j'aimerais mieux ne pas vous dire ce que j'ai vu à ce moment. Vivant, il avait eu de la dignité, de la grandeur. Mais dans la mort il ne restait rien de tout ça. Il fut tué alors qu'il sortait de son lit pour accueillir ses hôtes, qui avaient dû entrer dans sa chambre avec des sourires mensongers et leurs mousquets cachés derrière leur dos, et qu'avait-il pu dire ? *Messieurs ! Soyez les bienvenus. Quel souci vous amène, à une heure pareille ?* Peut-être. Mais ce que je sais, c'est qu'il gisait à plat ventre, un trou dans le dos et sa culotte en bas des jambes. Une mort ignoble. Une mauvaise mort. Y penser me rend deux fois plus triste et malade, au fond de mon cœur.

Je me suis agenouillée près de lui. J'ai baisé son front, là où je l'avais recousu, un jour.

Dehors, en larmes, j'ai buté contre quelque chose.

J'ai baissé les yeux.

La chose a fait une espèce de miaulement.

C'était lady Glencoe. À moitié nue dans la neige. Ils lui avaient arraché presque tous ses vêtements et elle grelottait, encore en vie mais avec des blessures horribles partout, faites par une lame. Ses doigts étaient ensanglantés, ils portaient des marques de morsures. J'avais le souffle coupé. Je suis tombée à genoux. Je disais son nom encore et encore, la caressais, et je me suis dépouillée de ma mante, l'ai étendue sur elle pour lui donner un peu de chaleur et lui rendre la dignité que son mari n'avait plus. J'ai répété son nom, demandé *est-ce que vous m'entendez ?*

Corrag ? elle a dit d'une voix très faible.

Oui. C'est moi. Pourquoi êtes-vous ici ? Pourquoi n'avez-vous pas fui vers Appin ? Alasdair ne vous a-t-il pas avertie ?

Il l'a fait... mais trop tard. Ils ont tué mon mari... Et elle a fermé les yeux, ouvert la bouche en un hurlement muet et long.

Je lui ai dit *chut*, lissé les cheveux. *Je vais vous emmener d'ici et vous soigner. Je vais trouver des plantes qui...*

Non, elle a murmuré. *Nulle plante n'y pourra rien. Je meurs. Je suis morte, Corrag. Il est mort, et mes chairs sont transpercées.*

Je peux vous soulever et…

Non, laisse. Soigne d'autres que moi. Mes fils.

J'ai posé mon visage près du sien, pour pouvoir la regarder dans les yeux. J'ai dit *lady Glencoe, j'ai vu Iain. Il va bien. Il est en chemin vers Appin, il survivra. Mais Alasdair, où est-il ? Il faut que je le trouve.*

Elle a fait un mouvement, et un petit son de créature étonnée est sorti de sa bouche. Elle a dit *il ne t'a donc point trouvée, lui ?*

Lui, me trouver ?

Il est allé te chercher. À ta cabane. Corrag… et elle a poussé un long soupir, un souffle de lassitude, en parlant.

Puis ses yeux se sont voilés, sa mâchoire s'est affaissée, et voilà, elle était morte dans la neige comme son mari était mort dans sa chambre. Je lui ai clos les paupières. Cette femme n'était que bonté et n'avait jamais rien fait qui mérite une pareille mort.

Je ne me souciais pas des soldats qui continuaient de sillonner le glen avec leurs mousquets et leurs épées, en quête d'autres hommes de Glencoe à faucher, exterminer. Je ne me souciais pas qu'ils me voient, qu'ils pointent leurs armes ou essaient de m'attraper. Je ne me souciais pas d'eux ni de ce qu'ils pourraient me faire, car tout ce que j'avais en tête, c'était lui, lui et ses cheveux, lui et ses mains. *Lui ! Lui !*

Et quand on a très peur, on court vite et sans rien sentir parce que la tête pense seulement à pourquoi on court, et où, pas aux blessures et à la douleur qu'on peut avoir. Je ne sentais pas le froid. Je ne sentais pas que là où je saignais ça faisait mal, je courais le long du loch Achtriachtan qui était noir et plein de glace, à travers ses marécages, et je suis passée devant la maison embrasée d'Achtriachtan où les hommes gisaient toujours dehors sur la neige, recouverts par la neige, et où le tablier de sa femme rougeoyait dans l'obscurité.

Vers mon vallon. Ma cabane. Mon foyer… et tandis que je laissais la Coe derrière moi je me rappelais comment Alasdair avait baisé la joue de Sarah endormie avec leur fils nouveau-né sur sa poitrine, et ce que j'avais ressenti en voyant ça. Que j'avais un peu pleuré, après.

Ça, j'ai pensé, c'était mon heure à moi. *Mon heure*, comme l'heure de Cora avait été sur un pont d'où elle regardait sa mère s'enfoncer dans le lac avec sa chemise blanche pareille à un fantôme, et se noyer, car cette heure-là changea sa vie pour toujours. Elle marqua sa vie entière. Tout comme l'heure de la mère Mundy fut celle où un ruffian la prit, par une nuit qui ressemblait à celle-ci, emplie de feu et de pleurs, et en regardant le ciel à travers la toiture en flammes savait-elle qu'à présent elle était différente, pour toujours ? Qu'elle avait changé et que peut-être personne d'autre ne le saurait, jusqu'à la fin de ses jours ? La vie de Visage-prune fut changée à Hexham, un hiver, quand son frère pendit au bout d'une corde.

Nous avons tous des moments qui nous changent. Mais certains de ces moments changent aussi notre vie, la vie que nous allons vivre après. Et le mien était celui où Alasdair à genoux avait baisé la joue de Sarah comme si pour lui le monde entier se trouvait là, dormant dans ce lit, car j'aurais voulu être elle. Voilà ce que j'aurais voulu. Être mère et épouse, son épouse à lui. Seulement ça.

Pourtant notre cœur reste notre cœur. Il est comme il a toujours été.

Je remuais ces pensées tout en courant dans la neige.

Dans la ravine qui menait à ma cabane, les tirs de mousquets paraissaient lointains et la neige n'était pas aussi épaisse parce que les arbres au bord du ruisseau la retenaient avec leurs branches. Je grimpais vite. Je priais, *qu'il ne soit pas blessé,* et c'est en me hâtant sur ce sentier à l'approche de mon vallon que j'ai vu quelque chose que je connaissais déjà, des taches sombres sur la neige comme l'encre sur un parchemin ou comme des étoiles, plus sombres au milieu et plus claires autour.

J'ai poussé un gémissement. La plainte du lièvre quand la chouette le saisit.

C'était le sang d'Alasdair, j'en étais sûre. Je le savais. Et quand je me suis remise à courir j'en ai trouvé davantage sur le sentier, davantage de sang, comme si un géant l'avait jeté hors d'une marmite et que la plus grande partie était tombée là, pas seulement dans la neige mais éclaboussant aussi les rochers. J'ai touché un rocher et en levant la main j'ai vu qu'elle était rouge, et humide. Je l'ai essuyée contre ma jupe. Il y avait là trop de sang pour que ce soit celui d'un seul homme. Il y en avait tellement...

Il gisait au bord du sentier un peu plus haut, sous un bouleau.

Il n'était pas à plat ventre mais sur son flanc, un bras tendu au-dessus de sa tête et l'autre replié en travers de sa poitrine. J'ai pensé *c'est comme ça qu'il dort,* même si je n'en savais rien, je ne l'avais jamais vu dormir. Mais peut-être qu'il dormait à présent, comme font les gens après avoir beaucoup marché et après s'être battus. Il disait qu'il avait dormi pendant des semaines après la mort de Dundee à Killiecrankie, alors voilà, il dormait ici dans la neige. Je suis allée à lui doucement, comme si je pensais que mes pas pourraient le réveiller et ça je ne le voulais pas, il avait besoin de dormir. Son lit était de neige et de sang. Je me suis agenouillée. J'ai dit son nom. J'ai dit *Alasdair* et il était tout froid sous mes doigts et tellement pâle que ses cheveux pareils aux fougères paraissaient noirs à côté de son visage et j'ai répété *Alasdair* très vivement.

Il n'a pas dit *Corrag* ni ouvert les yeux.

Il est resté comme il était, le bras sur la poitrine, et j'ai poussé un cri perçant. J'ai appuyé mon pouce sur son cou pour chercher le battement du cœur. Il m'a fallu fermer les yeux avant de le sentir. Je l'ai senti. Un battement. Un deuxième. Il n'était pas mort, mais agenouillée près de lui j'avais ma jupe qui s'imprégnait de sang et nous ne devions pas rester comme ça dans la neige. Nous n'étions pas loin de ma cabane. Pas loin de mes plantes.

La robuste Corrag toujours, il était trois ou quatre fois plus grand que moi et je ne pouvais le traîner mais je ne le laisserais pas mourir. Je ne laisserais pas son cœur s'arrêter de battre comme ça sous un bouleau. J'ai crié *réveillez-vous !* et pris son bras pour le passer derrière mon cou, le porter de la même manière qu'on porte de la viande très lourde. En rugissant, je l'ai soulevé, levé en travers de moi, alors mon épaule s'est encore une fois démise, elle est sortie de sa place au creux de l'os avec la vieille brûlure et le *clac*, et j'avais la poitrine d'Alasdair contre mon dos et sa tête près de la mienne si bien que ses cheveux me frôlaient le visage. Je geignais de douleur. Je l'ai hissé vers les rochers qui barraient le haut de la ravine. Je hurlais *réveillez-vous* et nous traînions du sang comme j'avais un jour traîné des branches, au temps où je ne le connaissais pas.

Il a toussé lourdement à mon oreille.

Une matière liquide a coulé de lui sur mon bras et j'ai encore crié *réveillez-vous* et j'aimais sa toux épaisse. Je ne me souciais pas de mon épaule ni de la douleur, seulement de sa toux que je voulais entendre à nouveau, et je répétais *réveillez-vous, réveillez-vous*, mais il n'a plus toussé.

Nous sommes parvenus à ma cabane, ma cabane de boue et de pierre et de fougère. Elle était cachée par la neige et très silencieuse, un grand silence après le glen. Dedans mon feu couvait. Mes chèvres dormaient à côté, et mes poules gloussaient doucement. J'ai couché Alasdair sur la peau de biche et la mousse qui me servaient de lit. Il a grogné, comme le faisait ma jument quand elle se couchait, des années avant. Je me suis détournée de lui pour un court moment. J'ai mordu mes lèvres, cambré mon dos et tiré sur mon épaule jusqu'au *clac*, voilà, elle était remise en place.

Alasdair ? À genoux près de lui, je lui ai tapoté le visage. Ses paupières se sont entrouvertes, j'ai vu du bleu. J'ai glissé de la paille sous sa tête et je l'ai regardé. Il était très pâle. Pâle comme la mort.

J'ai dit *vous êtes à l'abri. Vous êtes avec moi, et bientôt vous retrouverez vos forces.*

J'ai coupé son pourpoint pour le lui enlever. Il était ensanglanté et sa chemise en dessous trempée de sang, elle aussi je la lui ai enlevée en la découpant. Il a tressailli. La chemise s'était collée à la blessure et j'ai tiré dessus trop brusquement, tiré la peau en même temps. Alors j'ai pensé à du coquelicot qui calmerait la douleur et j'en ai trouvé. Préparer une décoction aurait pris trop de temps, j'ai mis deux ou trois graines dans sa bouche et dit *mâchez-les. Ça vous fera du bien.*

Il avait été frappé à la poitrine par une lame courte. Elle avait tranché la chair, et c'était très rouge. Mais quand j'ai essuyé le sang avec un morceau arraché à ma jupe en guise de linge, j'ai vu que la plaie n'était guère profonde, pas de quoi tuer un homme. Je l'ai couverte d'herbe-aux-charpentiers pour arrêter le saignement. Mais je savais qu'il avait quelque part une blessure plus grave, celle d'où le sang s'était répandu sur la neige, en taches pareilles à des étoiles.

J'ai murmuré *il doit y en avoir une autre.*

Il a bougé.

J'ai baissé les yeux. Son plaid lui enveloppait la jambe comme s'il faisait partie de lui. Il était trempé. Tellement trempé de sang que quand je l'ai touché, du sang est sorti de la laine comme si elle en était remplie. J'avais son sang sur ma main. Elle luisait à la lumière du feu. Il a dû voir mon visage car il a haleté *c'est très mauvais ?*

Il faut que je regarde.

Il a incliné la tête. Je me suis penchée. J'ai pris le bout de son plaid et l'ai enroulé très doucement. Je l'enroulais comme j'aurais enroulé une couche de terre herbue, lentement, avec précaution. Ça mettait à nu sa peau blanche, ses poils roux. J'ai découvert ses genoux et leurs vieilles cicatrices, et en enroulant le plaid plus haut que ses genoux j'ai vu le sang. Sur sa cuisse gauche, la peau n'était pas blanche. Elle était mouillée de rouge sombre et il y avait du sang caillé. Alors j'ai enroulé la laine encore un peu, la blessure était là.

Une plaie horrible. Pas large, mais profonde, comme si une lame avait été férocement enfoncée et retournée. Je voyais ses chairs dans le trou, son muscle qui était tailladé, et les parties très tendres du corps que nous ne devrions jamais voir.

Il a redemandé *c'est mauvais ?*

Il s'en doutait bien. J'ai dit *ce n'est pas bon.*

Je suis allée prendre mes plantes. Je me suis occupée de lui comme s'il n'était pas Alasdair Og MadDonald que j'aimais mais un homme que je ne connaissais pas du tout, même pas son nom. J'ai nettoyé le trou avec du whisky. J'ai allumé et posé ma seule chandelle en graisse de mouton près de sa cuisse pour mieux voir ce que je faisais, et j'ai déchiré un autre morceau de ma jupe. J'ai posé un emplâtre de prêle et de bétoine et d'herbe-du-sang sur la plaie et l'ai tenu appuyé là. Il avait les yeux fermés, l'air de dormir à nouveau, immobile et pâle.

Réveillez-vous, j'ai dit.

Il a entrouvert les yeux et m'a regardée. Je continuais à appuyer l'emplâtre sur sa cuisse pour qu'il puisse faire pénétrer les vertus des plantes dans la blessure et aussi empêcher le sang de couler hors de ses veines, et il a dit *Corrag*.

Oui.

Tu saignes.

J'ai répondu que c'était son sang sur moi et qu'il tienne sa langue tranquille car il avait besoin de toutes ses forces ailleurs.

C'est le tien. Et comme j'appuyais plus fort il a tressailli et dit quelque chose d'autre, mais tout bas pour que je n'entende pas.

J'ai baissé les yeux. Il avait raison, c'était mon sang à moi qui traversait mon corselet. C'était le mien, car tandis que je le regardais la tache s'étalait. De plus, en le voyant, j'ai soudain senti que j'avais mal et me suis rappelé le *boum* du mousquet à Achnacon, le courant d'air, la morsure.

Il s'épanouissait comme une rose, ce sang qui coulait de moi.

Nous ne pouvons soigner les autres si nous avons nous-mêmes besoin de soins et ne les donnons pas. J'aurais voulu que ce ne soit pas vrai, mais c'était vrai.

Alasdair ? J'ai pris sa main et dit *appuyez ça sur vous. Aussi fort que vous pouvez.* Sa main était raidie par le froid et je l'ai poussée contre l'emplâtre, et je me souvenais de ses petites taches rousses, de ses cicatrices. Je me souvenais d'avoir tenu cette main voilà tant de mois, avant de le connaître. Comme le monde peut étrangement faire écho, j'ai pensé. *Continuez à appuyer ici.*

Puis je me suis occupée de moi en coupant les lacets de mon corselet pour l'enlever, parce que c'était trop long de le dénouer comme d'habitude. Je l'ai jeté par terre. Je me suis accroupie. Sur mon flanc, la chemise bâillait. La peau était mâchurée, mouchetée de noir, et rouge.

J'ai fait mon emplâtre avec un autre morceau de ma jupe. Il était assez mouillé pour me coller au corps sans avoir besoin d'une main pour le tenir.

Alasdair a dit *tu avais des papillons de nuit*...

C'était le coquelicot qui parlait, il peut avoir cet effet. C'était la parole égarée du saisissement, et de la perte, et d'un homme qui avait laissé davantage de sang dans la neige qu'il n'en gardait en lui. J'ai sorti mon aiguille de la marmite, l'ai enfilée à la lueur de la chandelle, et chauffée dans la flamme pour la purifier. *Des papillons de nuit ?* j'ai dit. *Arrêtez de parler.*

J'ai soulevé sa main, et en retirant l'emplâtre de sa cuisse j'ai vu comme l'herbe-du-sang méritait bien son nom, la plaie était rouge et à vif et énorme mais elle saignait moins, et il n'y avait pas de saleté dedans. Je l'ai tamponnée. J'y ai mis une ou deux plantes de plus, puis pincé ensemble les bords. J'ai enfoncé mon aiguille à travers sa peau, je l'ai senti se raidir mais il n'a pas sursauté et j'ai tiré l'aiguille. Ainsi, lentement, je me suis mise à coudre.

Il a dit *sais-tu quand je t'ai vue pour la première fois ?*

Je n'ai pas répondu. J'aurais voulu qu'il se taise car il ne fallait pas qu'il gaspille ses forces, mais je ne l'ai pas dit. Je cousais.

C'était une fin d'après-midi.Tu avais des papillons de nuit dans les cheveux.

J'ai respiré fort. *Vous m'avez vue ?*

Tu es restée debout sous la cascade. Tu avais posé les papillons dans un arbre, près de moi. Ses lèvres ont fait un petit son.

Vous m'avez vue ? Ce jour-là ?

Oui.

Dehors, il neigeait. Le feu éclairait les murs de ma cabane et le visage d'Alasdair qui me regardait coudre. Je me suis rappelé qu'il était venu à la nuit tombée m'apporter deux poules, et qu'après, j'avais touché ces poules en pensant *il les a touchées. Il a tenu leurs pattes.* Je mettais mes pas dans les siens. Je répétais des mots qui étaient sortis de sa bouche, pour les goûter.

J'ai levé les yeux vers lui. *Pourquoi vous ne vous êtes pas enfui vers Appin ? Comme j'avais dit ?*

Il a souri. *Tu sais pourquoi.*

Non. Je n'en sais rien ! Je vous croyais en sécurité ! Tout au long, je croyais que vous aviez fui ! Et voyez dans quel état vous êtes à présent, comme vous voilà blessé !

Chut, il a murmuré. *Tais-toi. Comment j'aurais pu partir là-bas sans t'emmener ?*

J'avais envie de pleurer. J'ai cligné des yeux, serré les dents, et pensé que la vie est bien étonnante... triste et étrange. Que ça – par-dessus tous les couchers de soleil ou minuscules insectes cheminant sur une feuille –, c'était la plus merveilleuse des beautés. Ce moment. Mon amour pour lui.

Corrag, il a dit en un souffle, *je me meurs.*

Non.

Très doucement, comme s'il parlait à une enfant qui n'acceptait pas la vérité et pensait pouvoir la changer, il a répété *je me meurs.*

Non !

Le monde est comme il est, tu n'y peux rien.

Je peux arrêter votre sang de couler et vous recoudre. Vous nourrir. Vous tenir au chaud jusqu'à ce que vous soyez guéri.

Regarde-moi, il a dit.

Je ne l'ai pas fait. Il fallait que je couse. J'ai battu des paupières très fort, nettoyé le sang sur lui pour que sa peau soit blanche à nouveau, et continué à recoudre ce qui était troué.

Regarde-moi.

J'ai ralenti. Reniflé. Posé mon aiguille, et me suis redressée. Je ne voulais pas le regarder dans les yeux, mais il m'a pris la main et l'a secouée très légèrement, comme pour dire encore *regarde-moi.* Alors je l'ai regardé. J'ai croisé son regard.

Sassenach... il a dit avec un sourire. *Ce serment ? Que nous avons prêté ? Ça n'était pas pour un roi ou un autre. C'était pour protéger ceux que nous aimons. Voilà pourquoi nous l'avons prêté.*

Je le regardais.

Je voulais te protéger. Toi...

Alors nous nous sommes contemplés comme s'il y avait en nous maintes choses que personne n'avait jamais vues mais que nous pouvions voir, nous deux, voir très clairement. Je pensais à toutes les années passées. Je pensais à toutes les pertes, tant de pertes et de chagrin. La mort, je l'avais rencontrée tout au long de ma vie, et ressentie, et vue cette nuit dans le glen plus que jamais auparavant, des morts tellement douloureuses... Tant de mensonges ! Chacune des morts dans le glen, j'ai pensé, était un mensonge, ainsi que la politique et l'argent et les lois.

Ce qui compte n'a jamais été l'argent ni les lois. Ce sont les êtres humains.

Approche-toi, il a dit.

Il a posé sa main sur ma joue, l'a palpée. Un son étranglé m'est monté de la gorge, un son enfantin.

Chut, il a murmuré. *Petite Corrag...*

Je pleurais. Je sentais sa main sur ma peau, et regardais son visage. Il était si beau. C'était le sien, son visage à lui, et je pleurais de le voir tellement près de moi, tellement près que nous échangions notre souffle. Je voyais comme ses yeux étaient bleus, chaque poil roux de sa barbe, et les rides au coin des yeux, qui lui venaient de les avoir beaucoup plissés sous la pluie ou de tous ses rires. Je voyais celles de sa bouche, d'avoir parlé. Je voyais son nez très droit, les tendres coussinets au bas de ses oreilles.

Ce qui compte, ce sont les gens, eux et leur cœur. Et je me suis penchée très lentement. Je me suis penchée comme le cerf l'avait fait vers ma main, doucement et en silence et avec des yeux brillants, car c'est difficile, bien difficile de donner à un autre être vivant toute sa confiance, de se dépouiller de sa nature et d'être fragile, un temps. J'avais un peu peur. Toute ma vie, j'avais eu un peu peur. Mais à présent j'étais fatiguée. Je ressentais une énorme fatigue, dans mon corps et dans mon esprit. Je pensais au pelage épais du cerf. Je pensais à son existence faite de pluies battantes et de rochers, et à sa manière de tourner le dos pour s'éloigner à grands bonds. Lui aussi, il avait été gagné par la fatigue. Je l'avais vu, quand il s'était approché de plus en plus. J'avais vu ses yeux se fermer à moitié tandis qu'il avançait vers ma main. Sa bouche s'était ouverte avec lenteur. Son souffle était chaud, et mon souffle avait la même chaleur que celui du cerf. Mon souffle touchait le visage d'Alasdair, et ma bouche au-dessus de la sienne je respirais son souffle. Nous étions frêles, à ce moment. Nous hésitions, partageant notre souffle. Nous étions tout yeux, souffle et crainte et besoin, et ce fut le moment – le moment court et nu – où il était trop tard pour tourner le dos, pour rebrousser chemin.

Je n'en pouvais plus de lutter.

Je n'en pouvais plus de *sorcière.* Ni d'être robuste.

Il était à moitié éclairé, à moitié dans l'ombre. Le feu chuchotait à côté de nous, et dehors il y avait la neige, et il était ce que j'aimais encore plus que toutes les montagnes et tous les ciels, tous les endroits venteux. Quand mon nez a touché son nez, il a souri. Quand nous avons échangé un baiser, c'était comme si je le connaissais d'avance, comme si ce baiser entre nous attendait depuis toujours.

*

J'ai regardé le jour poindre à la porte. Ma joue était au creux de son épaule. J'entendais battre son cœur, et je pensais au lever rougeoyant du soleil d'hiver sur la lande de Rannoch, des années avant, et j'aurais voulu que lui aussi il ait vu ce lever de soleil.

J'avais traîné le mot *sorcière* toute ma vie. Il m'avait fait pleurer et me sentir seule. À cause de ce mot, j'avais été meurtrie et pourchassée et on m'avait craché dessus et ma mère avait été assassinée, comme sa mère à elle. Mais il m'avait aussi amenée là, à ce moment, à être avec lui.

Nous n'avons plus parlé d'amour. Nous n'en avions pas besoin. Nous avions su ce que c'était en le trouvant. Je l'avais su, quand il me disait *il pleut.* Il l'avait su, un soir où tapi près d'une cascade il avait vu une femme minuscule debout toute nue au clair de lune, avec des papillons de nuit et des toiles d'araignées dans ses cheveux.

C'est l'amour qui l'a sauvé, pour finir.

Certains diraient peut-être que c'est ce qui nous sauve tous, mais ça, je n'en sais rien. Je sais seulement que pour lui, il l'a fait. Je sais seulement que le cœur aimant de ma mère m'avait dit *nord-*

ouest et que mon cœur disait *Glencoe, Glencoe*, et voyez ce que j'ai trouvé là-haut. Lui.

L'amour a donc sauvé Alasdair et bien des gens de son clan. Et il aimerait sa femme, et son fils. Il vivrait avec eux, apporterait de la tourbe pour leur feu et ferait d'autres enfants à la lumière de ce feu, et comment j'aurais pu m'en chagriner ? Je ne pouvais pas. Il était en vie. Lui, que j'aimais depuis toujours.

Alasdair a soupiré. J'ai senti sa poitrine se soulever et retomber.

Il a posé la bouche sur ma tête et l'a baisée.

J'ai souri. Ses doigts enlaçaient mes doigts, et on aurait dit une seule main.

*

Nous sommes une magie, nous-mêmes. La magie la plus vraie de ce monde est en nous, monsieur Leslie. Elle est dans nos mouvements et dans ce que nous disons et sentons. J'ai appris ça du fils cadet du douzième chef, la nuit neigeuse où leur clan fut massacré d'un bout à l'autre du glen. On avait tué son père et sa mère, et les Highlands aussi mouraient à leur manière, mais il était quand même venu me chercher. Il m'a tenu la main, et quand nous avons échangé un baiser il a poussé une espèce de soupir comme s'il pouvait à présent se reposer, comme s'il se l'était mille fois imaginé, ce baiser.

Plus tard, j'ai entendu un cheval dehors, et je savais à qui était ce cheval, et à qui étaient les pieds qui approchaient dans la neige.

Iain avait l'air fatigué. Il a vu son frère, s'est agenouillé.

Il dort, j'ai dit. *Il est gravement blessé, à la cuisse.*

Il a touché le visage de son frère et dit *nous devons nous enfuir. Alasdair ? Le glen est plein de soldats qui veulent nous tuer. Toi et moi. Il nous faut partir d'ici sans tarder.*

Alors ils sont partis. Ils m'ont laissée là. Iain a porté Alasdair au-dehors, dans la lumière du jour qui était toute blanche, toute propre, et il a hissé son frère sur le cheval. Ils étaient à califourchon tous les deux, le frère aux cheveux de fougères sèches et celui aux cheveux de fougères mouillées, de collines mouillées, enveloppé dans ma vieille peau de biche. Iain était derrière, avec les rênes dans une main. De l'autre, il tenait Alasdair, le serrait contre lui.

Je voyais son visage. Ses yeux bleus.

Iain a dit *merci*.

J'ai incliné la tête. Et fourré toutes mes plantes dans ses poches, dans son sac. *Faites-les bouillir et mettez-les sur ses plaies.*

Oui. Il m'a accordé l'ombre d'un sourire, un sourire triste. Puis à coups de talons il a relancé sa monture.

Et voilà, ils s'en étaient allés. Je les ai suivis des yeux tandis qu'ils grimpaient les pentes escarpées de mon vallon, poursuivaient leur chemin derrière les Trois sœurs et de l'autre côté de la corniche, hors de vue. Je suis restée un temps près de ma cabane, à regarder l'aspect qu'avait le matin… le ciel, le noisetier, la neige.

Après, je suis redescendue dans le glen. J'avançais dans l'herbe noircie, devant les écuries vides. Je prenais la main glacée de chacun des morts et priais pour eux, les pleurais. La lumière était rose et douce. Je m'asseyais près de chacun, un moment.

À Carnoch où le feu couvait encore, j'ai trouvé lady Glencoe. Elle était froide et morte sous ma mante, et dépouillée de tous ses bijoux. Je lui ai caressé les cheveux, dit que ses deux fils étaient en sécurité.

La maison n'était plus que fumée et cendres. Ses débris de bois me noircissaient et ses murs me brûlaient les mains. J'ai trouvé sous des pierres l'épée du chef. Je l'ai sortie de là. Je l'ai traînée dehors, et elle creusait un sillon noir dans la terre. Sur la rive du Loch Leven, j'ai fait un souhait. J'ai souhaité, de toute mon âme et de tout mon cœur, qu'il en soit fini de nuits pareilles à celle-là, que de pareils mensonges, traîtrises et sang versé n'adviennent plus jamais. Que les hommes et les femmes et les enfants de Glencoe ne périssent plus comme ça, jamais. Je faisais ce souhait. Une prière.

J'ai jeté l'épée dans le loch.

Nous enfouissons ce que nous détestons pour l'écarter de nous, Cora disait. *Nous le brûlons ou le noyons.* Et j'ai regardé l'eau qui s'apaisait, se refermait sur l'épée.

Il en était ainsi.

Il devait en être ainsi, pour tout. J'avais fait de mon mieux, toujours, et un flocon de neige est tombé en voletant. Puis deux flocons. Trois.

Des soldats sont venus. Ils m'ont encerclée au bord de l'eau. *C'est elle. Celle qui les a avertis, oui.*

Cette créature minuscule ?

C'est elle. Ligotez-la.

Comment le savaient-ils ? Ils le tenaient des morts, je pense. Je pense que les morts le leur ont dit, avant de mourir. Je pense qu'on leur a pointé une épée sur la poitrine et demandé *qui vous a avertis de ça ?* Car la plus grande partie du clan avait fui hors d'atteinte. La plupart des lits étaient vides, ceux qui dormaient dedans s'étaient levés et cheminaient déjà à travers les collines, leur capuchon sur la tête et serrant dans leurs mains les mains de leurs enfants, disant *cours, à présent. Ne regarde point derrière toi.*

Qui vous a avertis ? Qui ?

La Sassenach...

Alors ils savaient. Un soldat aux yeux calmes est arrivé, avec du sang sur ses cheveux bien coiffés. Il s'est essuyé le visage, m'a toisée et a dit *c'est donc là cette sorcière anglaise ?* Ils m'ont mis des chaînes aux poignets, et frappée. Ils me donnaient des coups de pied, crachaient *gueuse* et *de quoi tu t'es mêlée*, et celui à l'air calme a retiré son gant, regardé sa main, puis lancé son poing sur moi, m'écorchant l'œil et me faisant tomber. Je saignais. Quand j'ai levé les yeux vers lui, il était rouge sang.

Je n'ai pas pleuré.

Mais tandis qu'ils m'emmenaient, je me suis retournée. Je me suis retournée vers Glencoe, qui était brûlé et où rien ne bougeait plus, et au-dessus de ses arbres j'ai vu le Mamelon. J'ai vu ses hauteurs enneigées, je lui ai dit *adieu*.

*

On m'a traînée durant des jours. La nuit, avec mes chaînes, je dormais sur les rochers ou le sable mouillé. Les soldats se racontaient la tuerie, qui ils avaient tué. Et qui l'avait fait. J'entendais des noms.

Les fils ?

Y en a un que j'ai mis à mal. Ma lame l'a troué, profond. Mais je crois qu'ils s'en sont sortis tous les deux.

Stair ne sera pas content.

Et j'ai souri en entendant ça, je souriais derrière mes cheveux, ou contre mes genoux, car quoi d'autre avait de l'importance ? Pas ma blessure de mousquet. Ni mon œil ensanglanté. Ni où ils m'emmenaient, ou ce qu'ils feraient de moi.

Un autre soir, sous la neige, près du château de Barcaldine et d'une mer en mouvement, j'ai entendu *comment elle s'appelle ?* Les soldats avaient allumé un feu. Ils se réchauffaient, buvaient le whisky d'une bouteille qu'ils avaient prise dans les cendres de Glencoe, et j'étais recroquevillée dans l'ombre. *Celle-là ?* Ils parlaient de moi. Ils se sont approchés et un habit-rouge m'a tirée de mon demi-rêve perdu, en me secouant avec son talon appuyé sur mon flanc là où le mousquet m'avait blessée.

Il s'est courbé et m'a craché à l'oreille *ton nom ?*

Sorcière. Pour elle, ça suffira.

Putain du diable ! Ha...

Mais non. Ça n'était pas vrai. Jamais je n'ai mérité qu'on m'appelle *sorcière,* jamais, ni *gueuse* ou *créature malfaisante* ou *possédée du diable* ou *putain*. Est-ce qu'une seule fois je me suis conduite comme une putain, ou montrée cruelle ? Une seule fois ? Et pourtant j'avais subi ça toute ma vie, ces mots mensongers, ces insultes, et comme je n'avais pas de nom de famille on disait *putain* encore plus, et *le diable est son père en même temps que son amant, pour sûr,* et qu'est-ce que c'était tout ça ? Menteries ! Tristesse et menteries. Mais *à présent, non,* j'ai pensé. Près de leur petit feu, j'ai pensé *arrêtez... Ça n'est pas ce que je suis. Ça n'est pas mon nom.*

Je me suis tournée sur le dos et j'ai ouvert les lèvres, alors un soldat a dit *la voilà qui parle, monsieur ! Je ne comprends pas ce qu'elle marmonne... Elle a du sang plein la bouche.*

C'est de l'anglais ?

Je n'en sais rien.

Et je clignais des yeux face au ciel avec ses étoiles éparpillées, aux branches nues des arbres, et je sentais le sang dans ma bouche et une dent qui branlait, et je l'ai arrachée en poussant dessus avec la langue alors elle est tombée sur mon menton et a glissé dans la neige, et j'ai pu parler. J'ai dit mon nom très clairement.

Quoi ? Qu'est-ce qu'elle dit ?

MacDonald, comme eux, comme les gens pour qui j'avais vécu, lutté, et ceux que j'avais sauvés. Et en enfonçant un doigt dans le sable froid, mouillé, j'ai souri. J'ai ajouté *Corrag.* Car je leur avais montré le chemin.

Voilà.

C'est tout. Tout ce que vous avez demandé, monsieur Leslie. *Mon récit à moi sur Glencoe*, ce que j'ai vu, et fait.

Ça valait-il la peine, monsieur ? La longue attente ?

Le monde parlera des morts de Glencoe. Il parlera des mensonges, des lames enfoncées dans les chairs. Il écarquillera les yeux, dira *ils tuèrent même des petits enfants*, et il faut en parler, oui. Parler de ces morts. Les pleurer.

Mais Glencoe ?

Son nom ne veut pas dire mort, pour moi. Il veut dire lui. Il veut dire les gorgées d'eau froide que je buvais dans les lochs où mes cheveux trempaient. La brume qui se nichait au creux des collines. Les fougères. Les bruits du vent.

Un sombre endroit... Oui, pour un temps. Un temps, c'est ça qu'on en dira, et on secouera la tête. Un temps, les gens n'iront pas là-bas, ou s'ils y vont ils traverseront le glen en hâte et sans lever les yeux vers ses hauteurs à l'air libre. Mais l'ombre ne fait que passer. Avant que l'ombre vienne, il y a de la lumière, et après c'est derechef la lumière, car l'ombre pourrait-elle exister autrement ? Si la lumière n'existait pas ?

Alors, *un sombre endroit* ? Pour le moment. Mais Glencoe brillera toujours.

Jane,

Je ne vais pas écrire longuement. Il n'y a plus lieu de le faire, car lorsque tu liras cette lettre, ce sera fini. Lorsque tu liras cette lettre, tout sera accompli, j'aurai quitté Inverary et des ragots commenceront à courir au sujet d'un Irlandais qui est venu et reparti. D'une sorcière, qui n'est plus de ce monde.

Mais je veux t'écrire une lettre d'excuses, ma très chère. Je veux exprimer l'humble, profond et indicible amour que tu m'inspires, et combien je regrette l'épreuve que mon devoir t'inflige ainsi qu'à nos fils. Je suis venu ici au service d'un roi. Je suis venu pour le servir en prouvant les péchés et forfaits de l'homme qui a pris sa place – ma foi en Dieu me le commande. Je pense être sur le droit chemin. Et cependant j'ai conscience de ce qui est de l'autre côté de la mer, sans moi. J'ai conscience que tu dois toute seule arpenter le jardin, et écouter nos fils lire à haute voix sans ton époux à ton côté. Ils grandissent sans recevoir les enseignements d'un père. Et que ce soit la vérité me navre pour vous tous.

Pardonne-moi. Comprends-moi lorsque je dis ne pas me figurer que c'est aisé, pour toi ou nos garçons. Cela ne l'est pas, je le sais. Je sais que tu me soutiens, mais qu'il y a sans doute des moments où, fâchée de mon absence, tu tapes ton petit pied sur le sol ou brandis le poing, et voudrais que je revienne. Je reviendrai. Oui, je reviendrai.

Cela te réconfortera un peu, je l'espère, de savoir que ce n'est pas seulement pour Jacques que j'agis ainsi. Ni n'ai seulement Dieu à l'esprit. Je pense à toi, Jane – en luttant pour la cause du roi Stuart, pour un monde meilleur, je rêve que tu sois fière de moi. J'aimerais tant que nos fils deviennent des hommes qui parleront de leur père avec fierté, et affection, qu'ils puissent dire Charles Leslie, notre père, a influé sur le cours des choses dans le monde. Imagine cela... j'essaie de le faire.

Jane, combien voir ton visage me manque !

J'irai demain à son cachot.

Je l'en sortirai.

C.

II

« Il peut à juste titre être comparé
au cœur, non seulement
parce que la feuille est triangulaire,
comme le cœur humain,
mais aussi parce que chaque feuille
possède la perfection d'un cœur,
jusque dans sa couleur,
à savoir une couleur de chair. »

du Trèfle cordé

N'aime jamais un homme. Tu entends ?

C'est ce que Cora m'avait dit. Cora, avec ses cheveux d'un noir bleuté comme une aile de corbeau, et ses plantes. Elle avait pris mon visage entre ses mains et dit *parce qu'ils ne te rendront pas ton amour. Ou s'ils le font, cet amour te sera enlevé, comprends-tu ?* Puis elle s'était écartée en lissant sa jupe. *Personne n'aime les femmes de notre espèce.*

Contente-toi d'aimer la glace et le vent. Les montagnes.

Et j'ai aimé toutes ces choses. J'aimais les poils touffus de mes chèvres. J'aimais que le vent m'accueille sur une crête et m'enlace, me secoue comme un ami. J'aimais le ciel, chacun des ciels. Le loup qui hurlait.

Mais Cora avait tort. *N'aime jamais,* c'était un tort. Ça me rend triste d'y penser, car je crois que son cœur aurait voulu aimer, encore et encore. Je crois qu'elle en rêvait, la nuit je l'entendais murmurer.

Peut-elle me voir à présent ? Oh oui ! Elle me voit dans ce cachot. Elle passe ces dernières heures avec moi, et dit *je suis avec toi, Corrag. L'au-delà est proche, il t'attend et moi je ne suis pas loin.*

Monsieur Leslie. Je savais que vous alliez venir. Avant, je pensais que vous ne reviendriez plus, que ma saleté et ma voix et *sorcière* vous feraient tourner les talons, sans retour. Je pensais *il est parti* et je vous regrettais, mais mon cœur finissait par me chuchoter *non, il va revenir, pour sûr...* Et c'était vrai. Chaque fois.

Pas de plume aujourd'hui. Pas de mallette en cuir.

Vous vous approchez ?

Pour parler avec vous une dernière fois, je voudrais que vous me teniez la main.

*

Je connais des noms. Je connais des noms de cette nuit-là, et je vais vous les dire. Barber. Drummond. Hamilton. Je sais qu'il y avait des Campbell, pas nombreux, monsieur, mais quelques-uns. Je sais que ce Glenlyon qui pleurait dans un fossé – *pardonnez-moi, Seigneur, pardonnez à mon âme* – n'était pas tourmenté par ses péchés du passé, comme je l'avais cru en m'arrêtant près de lui. J'avais pensé *le malheureux... Tellement solitaire. Vois comme il regrette ses vilenies.* Mais c'est pour celles à venir qu'il demandait pardon. Il avait reçu des ordres, venus du roi.

Peut-être *le malheureux*, quand même, car ses pleurs sortaient du plus profond de l'âme, ce soir-là.

Les entendre faisait mal à la mienne. Je pensais *trouvez votre réconfort... Pardonnez-vous.*

Il y a un autre nom que je connais : *Stair.*

Stair. Un drôle de nom. Mais c'est celui que j'ai entendu quand ils m'ont enchaînée. Après m'avoir frappée et craché dessus et jetée à terre. Je les ai entendus dire *elle les a avertis.*

Il faut le faire savoir à Stair.

Stair ne sera pas content. Les plans de Stair ont échoué à cause d'elle.

Et un soldat s'est baissé tout contre mon oreille pour me dire *il ne va pas être gentil avec toi.*

Il ne l'a pas été. Pas du tout. Le seigneur de Stair est venu ici. Il a chevauché depuis Édimbourg pour voir la créature aux yeux gris qui avait décousu ses points soigneux, sauvé cette tribu de voleurs. Il m'a regardée à travers les barreaux. *Espèce de caillou dans la botte*, il a dit. *Le monde aurait tiré profit d'être débarrassé de ce clan.*

Et lui ? En aurait-il tiré profit ? D'être débarrassé d'eux ? Pour sûr. Je lui ai coûté un titre, à mon idée. Des faveurs. Des terres.

Mais les autres, qu'est-ce qu'ils ont perdu ? Qu'est-ce qui a été perdu, sous la neige ?

Le bûcher sera une vengeance, voilà tout. Pourtant, *sorcière* est la raison qu'ils donnent. Ils vont me tuer parce que je suis une sorcière, c'est ce qu'ils disent.

Qui allez-vous brûler ?

La gueuse. La sorcière.

Ça a toujours cherché à me tuer, ce mot, cette vie qu'on m'a faite.

*

Il ne me reste pas longtemps, monsieur. Pas longtemps, à présent.

Demain ils viendront et me traîneront dehors. Ils me hisseront sur le bûcher, me lieront les mains derrière le pieu et une corde autour du cou pour me retenir, m'empêcher de me mettre à genoux et de rendre ma mort plus rapide, et qui a des idées pareilles ? Je pourrais cracher et dire *quel est ce monde ? Où on traite comme ça un être humain ?* Mais je ne le dirai pas. En mourant, je ne veux pas penser à des choses sombres, ni à la douleur.

Monsieur Leslie ?

Est-ce que j'ai été très pénible ? Est-ce que c'était très pénible de venir me voir tous les jours ? J'espère que non, vraiment fort. J'espère que ça valait la peine de supporter le tabouret bancal et ce *floc... floc...* et j'espère vous avoir apporté une aide précieuse pour ce que vous nommez *ma cause.* Vous savez que je ne suis pas pour les rois. Je ne l'ai jamais été. Mon cœur me dit qu'au nom de Jacques du sang coulera encore, encore bien plus, et j'espère me tromper, et que ce sang ne sera pas le vôtre. Vous serez prudent ? Ne faites pas la guerre. Combattez avec votre plume. Lancez votre cri de bataille à l'encre, écrivez vos rêves.

Et la vérité... Apprenez-leur la vérité. Parlez de mon histoire, quand je ne serai plus. Dites *sorcière ? Épouse du diable ? Elle n'a jamais été rien de tout ça...* Vous ferez de votre mieux ? S'il vous plaît ? Car les seuls à m'avoir connue, à avoir partagé leur soupe et leurs chants avec moi, ce sont des Highlanders, et qui croit ce qu'ils disent ? Je sais que des légendes vont se répandre comme une peste, des légendes de malfaisance et de jeteuse de sorts. Je sais qu'il y aura des gens qui se signeront toujours en entendant mon nom. Mais vous ferez passer un murmure, quelquefois ? Mon nom, vous le direz ? Car parler des morts les rend moins morts.

Je vous confie ce que j'ai vu, ce que je sais. Je vous le donne à travers les barreaux.

Et allez à Appin, monsieur. Chevauchez vers le nord, au long de la côte. Et dans ses anses et ses petits foyers vous trouverez des MacDonald. Parlez avec eux, ils vous en donneront davantage.

Calme ? Non. Mais Cora m'attend, et elle me manque. Je vais tâcher qu'elle soit fière de moi, je ne crierai pas en brûlant, je ne me tordrai pas les pieds quand les flammes atteindront la peau entre mes orteils.

J'étais bien *la robuste Corrag*, non ? Il faut que je le sois encore. Il me faudra l'être plus que jamais, et regarder au loin par-delà les maisons et le loch et les arbres dénudés, et penser *je suis prête*, et *je ne m'en soucie pas*, car voyez toute la beauté que je dois à *sorcière*, et *il est vivant, il est vivant*, et est-ce que je n'ai pas eu de la chance ? Est-ce que je n'ai pas eu la chance de vivre au grand vent ? Mon cœur me parlait et je l'entendais. Je le laissais chanter sa chanson, je me fiais à moi-même et j'avais foi dans le monde, car pourquoi n'aurions nous pas foi en lui ? Puisqu'une petite graine peut devenir un arbre avec le temps, et que les oiseaux se rappellent où sont leurs vieux nids, et qu'une jument comprend *nord-ouest* et *va*, et que la lune fait monter et descendre les flots argentés de la mer, est-ce que ça ne mérite pas notre foi ? Moi, je le pense. Je l'ai toujours pensé. Et malgré tous les moments où j'aurais voulu ne pas être moi – *quelle idiote ! Maladroite...* –, je ne voudrais pas avoir été autrement, car j'ai tâché d'être bonne, et j'aime le monde venteux, et même un homme d'Église solennel aux souliers ornés de boucles peut venir s'asseoir avec moi, et me sourire. Voyez-nous ! Vous et moi ! Est-ce que vous auriez pu le croire ? Moi, jamais jamais. Ni Cora.

Me voilà qui babille, comme d'habitude.

Mais j'ai encore une chose à vous demander.

Vous me regarderez, sur le bûcher ? Pardon de vous demander ça, vraiment. C'est une chose affreuse à demander. Mais quand le feu commencera et que j'attendrai, en tirant sur mes cordes et ne voulant pas mourir, je sais que je gémirai, j'aurai très peur, et j'aimerais bien voir votre visage parmi tous ceux qui diront *sorcière*. J'aimerais bien voir vos lunettes, votre perruque, votre front ridé, ce sera un visage d'ami que je pourrai regarder. Je serai moins terrifiée. Je penserai *je ne suis pas seule*, et vous ne pourrez pas me tenir la main tandis que je brûlerai, mais vous pourrez sourire affectueusement et ce sera pareil.

Peut-être dire une prière ? Au moment où mon âme s'échappera ? Nous sommes différents, oui, mais nous prions tous deux, ou faisons des souhaits, et même si nos prières prennent des formes différentes comme le nuage d'une haleine froide, à mon idée elles finissent par se rejoindre là-haut au même endroit.

Dites que vous vous souviendrez de moi. Que vous êtes content qu'une route enneigée vous ait mené à ce cachot.

Dites qu'en pensant à moi vous ne me verrez pas comme une fille en feu, ou enchaînée, mais comme j'étais quand j'ai été le plus heureuse. À Glencoe, les cheveux au vent. Avec Alasdair près de moi.

Dites *oui* à ça ?

Dites oui ?

Mais vous dites *non*.

Non, Corrag, non ! Tu ne vas pas mourir.

Nous mourons tous, monsieur Leslie. L'au-delà nous attend...

Tôt ou tard, oui, nous mourons. Mais tu ne vas pas mourir demain. Tu ne vas pas mourir sur le bûcher.

Une fois, rien qu'une fois, j'ai cru voir ma mort. En Angleterre. Je pataugeais jusqu'aux genoux dans un marécage, avec les grenouilles qui coassaient et le vent dans les roseaux. Le jour touchait à sa fin, et en baissant les yeux j'ai vu mon visage dans l'eau et il m'a paru étrange. C'était encore le mien, mais très vieux. J'avais les cheveux blancs. Je voyais aussi le reflet des oies et du ciel, et j'ai pensé *voilà. Ton visage sera celui-là quand ta vie sera presque terminée.* Je suis sortie de l'eau et j'ai lentement regagné la chaumière.

Une mort âgée, tranquille. Est-ce que c'est ça que j'ai vu ? J'ai vu une vieille femme qui buvait dans une mare sauvage. J'ai vu une vie tranquille, au moins. Tranquille, et longue.

J'avais oublié. Toutes ces années, j'avais oublié ça.

N'aime jamais. Mais je n'ai rien fait d'autre.

Tais-toi, vous dites. *Ouvre tes mains.*

Et à mon oreille, vous dites *viens avec moi, Corrag. Viens.*

CINQ

Jane,

C'est fait. C'est fini. L'homme que j'étais naguère est mort, à présent, et j'occupe sa place.

J'ai tant de choses à te relater. Tant de faits et de pensées. Comment coucher tout cela par écrit ? Je ne puis. J'en garderai la plus grande partie en moi, pour le moment. Je t'en ferai confidence lorsque je verrai ton visage et t'aurai à mon côté. Nous pourrions peut-être nous promener dans le jardin après la pluie, quand l'air a des senteurs de terre et de végétation mouillée qui sont pour moi celles de toute l'Irlande. Peut-être nous asseoir, toi et moi, sur le banc au-dessous du saule, et je te conterai comment j'ai osé prendre dans la forge du maréchal-ferrant une grande, effrayante lime et la cacher sous mon manteau. Il possède maintes limes. Je pense que celle-là ne lui manquera pas, du moins je l'espère. Certes, Jane, « Tu ne déroberas point », mais d'autre part, que lit-on dans les Psaumes, rongés par les mites dans ta bible ? « Qui est semblable à l'Éternel, notre Dieu ? Il a sa demeure en haut ; Il abaisse les regards sur les cieux et sur la terre. De la poussière Il retire le pauvre, du fumier Il relève le nécessiteux, pour les faire asseoir avec les grands, avec les grands de son peuple » (Psaumes CXIII, 5-8). Et ne suis-je pas Son serviteur ? N'est-elle pas dans le besoin ?

Elle parle de l'amour comme étant tout ce qui importe. L'amour est au cœur de la foi, je pense.

J'ai dérobé au maréchal-ferrant mais j'ai donné au geôlier. Ce qu'il aime, c'est le whisky, il en répand toujours l'odeur et l'alcool empâte son élocution. Je lui en ai donc donné une bouteille – sous prétexte de le remercier pour son obligeance durant les semaines passées – et tandis que je m'éloignais je l'ai entendu la déboucher et boire. C'était le whisky le plus fort que j'aie pu trouver. De quoi le plonger dans une torpeur, sinon un sommeil pesant.

Qui est cet homme en moi, capable d'agir ainsi ?

Corrag avait les yeux agrandis par la peur, quand je l'ai rejointe. Elle attendait, blottie contre les barreaux, et nous avons gardé le silence un moment. Elle a parlé de sa mort. Elle me tenait la main, et s'est montrée courageuse, Jane, si courageuse dans ses propos ! Elle n'a manifesté aucune révolte, ni invectivé le monde, et, assis près d'elle, je songeais elle n'a jamais appelé à l'aide. Elle ne m'a jamais demandé d'écrire à Stair, ou de faire en sorte de la délivrer.

Je lui ai donné la lime.

Je parlerai de son expression lorsque je te verrai – pour voir la tienne. Mais sans doute peux-tu l'imaginer. Elle a regardé l'outil, levé les yeux droit dans les miens, et j'ai lu mille choses sur son petit visage. Pendant qu'elle limait ses chaînes, sa chevelure tombait autour d'elle et j'ai pensé à tes cheveux. Aux boucles qu'ils font. Ma bien-aimée, je pensais à toi tout au long.

Les chaînes se sont rompues. Corrag les a tenues un moment entre ses deux mains. Elle les contemplait, les palpait, et je pense qu'à cet instant elle disait adieu, un adieu à son existence enchaînée, emprisonnée.

Je l'ai haïe naguère, comment le nier ? Je voulais que la sorcière fût brûlée. Mais ce soir, lorsqu'elle s'est efforcée de passer entre les barreaux, j'ai dit pousse, *et* tourne-toi, *et je voulais qu'elle sorte. Je tirais sur son bras, je la tirais vers moi. J'ai tenté d'écarter les barreaux, mais elle a secoué la tête et reculé.* Essaie encore, *ai-je dit, mais comme elle ne parvenait pas à se glisser dehors, j'ai répété* essaie encore, *d'un ton très vif. Et ensuite ? Là, que s'est-il passé ? Je l'ai vue fermer les yeux. Je l'ai vue saisir son poignet, donner une secousse, et un son s'est produit, Jane, un clac, tel un claquement de langue. Son épaule s'est soulevée. Elle s'est déplacée vers le haut, tendue comme une aile. Corrag avait la bouche grande ouverte. C'était, je pense, un muet hurlement de douleur, et dans sa nouvelle forme elle est revenue contre les barreaux. Elle se mordait les lèvres. Retenant son souffle, elle a réussi à passer. Et lorsqu'elle m'est tombée dessus, c'était aussi léger et chaud qu'un chat ou un oiseau. Puis il y a eu un second clac. Un frêle miaulement, et j'ai vu des larmes dans ses yeux. Mais, debout près de moi, elle avait repris forme humaine.*

Elle s'est essuyé le nez et m'a regardé.

Je suis ressorti en la portant. J'ai enjambé le geôlier qui marmonnait dans son sommeil et je suis sorti en la portant, sans la tenir : ses doigts s'agrippaient à mes vêtements, ses jambes étaient nouées autour de mon corps, et je serrais mon manteau des deux mains contre moi par une telle soirée, une soirée tellement pluvieuse et hostile. J'ai regagné les rues de la ville, sentant cette vie cramponnée à moi, son visage contre ma poitrine, ces doigts toujours agrippés, et lorsque je croisais des passants j'espérais qu'ils ne voyaient qu'un homme vêtu d'un gros manteau qui était pressé de rentrer chez lui à pareille heure, bravant le déluge. Je hâtais le pas. Je baissais les yeux. Arrivé près de l'auberge là où m'attendait l'alezan, je l'ai enfourché très doucement, et j'ai entendu un petit gémissement contre moi, comme si je m'étais appuyé sur elle.

Le cheval avait des fers tout neufs et pris quinze jours de repos. Il n'a pas bronché sous notre poids.

En chevauchant, je me suis demandé que se passe-t-il ? Quelle vie est-ce là ? *Mon cœur battait si fort que je pensais qu'il pourrait éclater – j'avais presque la sensation qu'elle s'y agrippait et risquait d'arracher cet organe. Mes poumons palpitaient, mon dos me faisait mal, et je me disais* comment ces mains sont-elles les miennes, ces jambes les miennes ? *Le fantôme de notre fille m'accompagnait, Jane, et je chevauchais en pensant à toi.*

Aux approches d'une froide rangée d'arbres, j'ai ralenti l'allure du cheval.

Inverary était derrière nous, et l'on baignait dans des odeurs de pins mouillés, de cheval mouillé, de terre mouillée. C'est là que j'ai déposé Corrag.

Elle est demeurée un moment sans bouger. Sous la pluie pénétrante, elle demeurait les bras levés, les doigts repliés, et les yeux clos comme si elle craignait de les ouvrir, de voir où elle était. Mais elle les a enfin ouverts. Elle a baissé les bras, s'est rempli les poumons d'air pluvieux, a regardé autour d'elle et battu des paupières, et jamais je n'oublierai cela, Jane.

Quels mots trouverai-je, dans notre jardin ? Lorsque j'évoquerai ce moment ? Je l'ignore. Je ne sais pas encore comment en parler. Nous nous regardions. Ses cheveux se plaquaient contre son visage. Elle m'a pris les mains. Elle les a tenues, sans me dire un seul mot, mais quelle expression elle avait ! Pleine de grâce, et de sagesse.

Elle est partie en courant. La dernière vision que j'ai eue d'elle fut sa jupe en lambeaux et sa chevelure. J'étais debout près des arbres. Je suis resté ainsi longtemps, jusqu'à ce que mon cheval secoue sa crinière, et que toutes les menues empreintes de Corrag eussent été effacées par la pluie.

Je vais me mettre en route, à présent. L'aube approche, et dès que le ciel s'éclairera je remonterai à cheval et m'en irai. Appin n'est pas loin et on m'y fera bon accueil. Je chuchoterai jacobite. *Peut-être la nommerai-je.*

Ce qui s'ensuivra, je ne saurais dire. Il se peut qu'un geôlier à moitié ivre parcoure les rues en titubant et bredouille elle a disparu ! Elle s'est envolée ! *Peut-être trouveront-ils une autre créature à brûler pour quelque autre motif, ou sans aucun. S'ils pourchassent l'Irlandais qui lui a rendu visite tous les jours, ils pourchasseront un fantôme, car Charles Griffin a fui. Tel un songe ou une magie, il s'est évanoui.*

Jane. Ma bien-aimée. J'espère qu'après avoir lu cette lettre, tu vas la replier et la poser sur tes genoux avec un petit sourire sincère. J'espère que tu seras fière de cet homme qui pensait servir Dieu, mais sait à présent que la meilleure façon de Le servir consiste à secourir ses semblables.

Sans cesse, tu m'as manqué. Mais tu es présente en toute beauté, ce qui te maintient près de moi.

Je viens à toi. Imagine que je monte l'allée menant à notre porte. Regarde par la fenêtre chaque jour et vois mentalement cette image – moi, avec mes lunettes et mon bagage en cuir de veau, les roses épanouies devant la maison –, et un jour ou l'autre ce sera la réalité.

Je poursuis ma route vers Appin, pour secourir le monde. Et pas l'ombre d'un instant mon amour ne te quitte.

Charles

I

« … que nul ne la dédaigne
parce qu'elle est évidente
– toutes les voies de Dieu
ont cette apparence. »

de la Potentille rampante, ou Quintefeuille

J'ai couru. Je remuais mes jambes et elles me portaient. Je foulais la terre mouillée et des restes de neige, vers une rangée d'arbres. Quand je les ai atteints, je me suis retournée. Vous étiez encore là. La pluie avait assombri vos couleurs – votre perruque, votre gilet – et je me suis dit *souviens-toi de son visage, souviens-t-en pour toujours. Souviens-toi de celui qui t'a sauvée.* Vous avez sauvé mille choses.

Nous ne nous sommes fait aucun signe de main, je pense ? Non.

Et n'avons pas dit mot, quels mots auraient suffi à tout dire ? Je m'étais agrippée à vous. Je m'étais appuyée contre vous, les yeux fermés, j'avais respiré votre odeur chaude, humaine, et quand vos bras se repliaient sur vous c'était aussi sur moi. Quelqu'un m'avait-il jamais tenue ? Serrée étroitement, comme ça ? Jamais un père. Seul Alasdair l'avait fait, seize nuits avant.

Je humais la mer, tandis que vous couriez en me portant. Je sentais vos os et me cramponnais à vos vêtements.

Merci, j'ai dit quand vous avez enfourché le cheval. Et plus tard, près de la rangée d'arbres, vous m'avez souri. Vous avez souri, regardé la pluie qui tombait et tendu une main pour la sentir. *Souviens-toi de lui, debout à cet endroit.*

Monsieur Leslie. Qui sert Dieu, et qui a perdu sa petite fille, et qui est le meilleur de tous les hommes que j'ai pu rencontrer. Qui aime sa femme. Qui se languit de son foyer.

Souviens-toi de lui, Corrag.

Puis vous êtes parti.

Quand j'ai trouvé une mare, je me suis mise à quatre pattes dans la boue et j'ai bu, encore et encore. Je me suis lavée sous les bras. J'ai pris de l'eau au creux de mes mains et plongé mon visage dedans pour enlever le sang et la saleté. Mes mains étaient abîmées, meurtries, mais j'ai pensé *elles vont vivre. Elles vont survivre, ne seront pas brûlées, pas maintenant.*

Au bord de la mare, j'ai pleuré.

Pas longtemps, et doucement. Mais j'ai pleuré, parce que j'étais en vie. J'étais dans un endroit sauvage, là où je devais être. Je pleurais à cause de mes poignets de fer. À cause de la mort qui avait failli être la mienne. Je pleurais à cause de ceux qui allaient mourir comme ça.

À cause des MacDonald qui avaient disparu à présent. De tous les petits moments de magie qui passent et meurent sans être vus. À cause de ma jument. À cause d'Alasdair.

À cause que je ne vous reverrais plus.

*

Qui nous étions n'est pas qui nous sommes à présent. Ce qui était mensonge ne l'est plus. Nous avons changé. Le sang et l'amour nous ont changés. Et des mots, aussi, *nord-ouest* et *fuyez vers Appin* ont changé ma vie, et d'autres vies. Tout comme *sorcière*, et *Sassenach*. Et *petite Corrag*...

Et vous ? La première fois que vous vous êtes assis devant moi, vous avez détesté ce que vous voyiez. Vous voyiez *sorcière* et ne vouliez pas approcher de moi le tabouret. À mon idée, vous aviez peur de la vermine. Vous pensiez que le bûcher où j'allais brûler éclairerait le ciel. Mais après avoir entendu mon histoire, vous avez sorti de votre poche une lime de maréchal-ferrant pour me la donner à travers les barreaux. Vous avez dit *dépêche-toi*. Vous avez limé mes chaînes, encore et encore, jusqu'à ce qu'elles se rompent. Vous avez dit *accroche-toi à moi* et m'avez portée sous la pluie.

Mon histoire, je pensais qu'elle allait mourir avec moi. Car qui pourrait la raconter ? Qui savait ce que j'avais vu ? Ce que j'avais ressenti ? Et fait ? Mais à présent nous sommes toutes les deux délivrées. Mon histoire et moi, nous pouvons vagabonder, laisser le vent nous cueillir.

Ce qui était sombre sera toujours sombre, je le sais bien. La mort est toujours la mort. La haine ne sera jamais loin, dans cette vie.

Mais il y a aussi de la lumière. Elle est partout. Elle inonde ce monde, le monde en est rempli. Un jour, assise au bord de la Coe, je regardais des rayons de lumière tomber à travers les arbres, à travers leurs feuilles, et je me suis demandé s'il y avait quelque chose de plus beau que ça, ou de plus simple. Il y a maintes beautés. Mais toutes – depuis la neige jusqu'aux cheveux d'Alasdair, roux comme les fougères, jusqu'au ciel reflété dans l'œil de ma jument quand elle humait l'air sur la lande de Rannoch –, toutes ont de la lumière en elles, et elles valent la peine. Elles valent la peine de ce qui est sombre.

Il y en a aussi en nous. Cora le disait. Elle parlait de la lumière intérieure, et je crois à ça. C'est l'âme, peut-être, ou simplement nos pensées, notre cœur et nos poumons et notre foie qui font que nous sommes vivants. Le flux de la vie. La magie. Nos amours, nos espoirs et nos rêves. Quand j'ai échangé un baiser avec Alasdair, nous avons aussi échangé notre lumière, de sa bouche à la mienne, de ma bouche à la sienne. Alors sa lumière est en moi, à présent, et lui il a ma petite lumière.

Cora. Elle est morte, mais je garde en moi tous ses contes, tous ses rires. Son plaisir à manger des cassis. Ses larmes en voyant un arc-en-ciel, parce qu'il lui paraissait tellement merveilleux, trop merveilleux, comme si elle n'avait pas le droit de le voir, étant une *gueuse* aux cheveux emmêlés. Mais ce droit, elle l'avait autant que quiconque. La beauté de l'arc-en-ciel ne surpassait pas celle de ma mère.

Alors, voici ce que je dis. Parlez d'eux. Parlez de ceux qui sont morts. Parlez de tous ceux qui ont péri tout au long de l'histoire du monde, de ses guerres, et du temps jadis. Parlez de ceux qui ont été tués à Glencoe dans la neige – pas de leur mort mais de leur vie, avant. Pas de comment ils sont morts mais de leur manière de récompenser un bon chien, ou de leurs chants, ou de leur peau qui se plissait au coin des yeux quand ils souriaient, ou de quelle saison était la leur –, car ainsi ils revivront. Ils arrêteront d'être morts.

Le faire – parler d'eux ou l'écrire – c'est remettre un souffle dans leur bouche. Les tirer de la terre où ils sont couchés. Chasser leurs vers pour qu'ils se relèvent, aux côtés de celui qui parle d'eux ;

qu'ils sortent des pages écrites sur eux. De l'au-delà, ils nous sourient. Tous les morts... sauf qu'ils ne sont pas morts.

On me traitera toujours de *sorcière*. Ce mot me poursuivra. Je pense qu'il n'y aura guère de vérité dans ce que les gens raconteront de moi, car ils ne m'auront jamais rencontrée, ils auront seulement entendu des rumeurs. Ils diront *malfaisante*. Ils diront que le diable est venu me chercher dans mon cachot. Qu'il m'a transformée en insecte, ou en chouette, ou en chatte noire, et que je me suis envolée avec lui.

Mais Charles Leslie, de Glaslough, connaît la vérité. Il la connaît, avec sa bible sur les genoux. Un MacDonald aux yeux bleus, le fils cadet du chef, connaît la vérité tandis qu'il berce son fils devant un âtre en lui chantant une vieille ballade des Highlands. Chaque oiseau qui frôlera mes cheveux, jusqu'à la fin de mes jours, sentira la vérité sortir de moi et il la criera... *Corrag ! Corrag !* Et ça me suffit. Je suis seule à présent, comme avant. Mais j'ai été une mère, une amante et une épouse. J'ai été bonne, ou du moins j'ai toujours fait de mon mieux. Et c'est suffisant.

J'en suis à ma cinquième vie. Je me lève avec le soleil, et le regarde changer le ciel. En contemplant ce qui se passe, j'ai de la gratitude. Je sens mes bras, mes os.

Ces jours sont silencieux, et longs. Comme les jours que j'avais connus, ils sont simples. Je dors au chaud dans des creux. J'enfonce mes talons dans les tourbières, et observe les gouttelettes sur les brins de mousse vert vif. Je m'accroupis au bord de lochs tellement immobiles qu'ils ont leurs montagnes à eux, leur ciel à eux. Une file de biches et de cerfs passe près de moi et je cours sur leurs traces. Il y a deux jours, je suis tombée sur une biche qui mettait bas, et j'ai observé, la poche bleuâtre, le silence, et ses narines qui palpitaient. Elle a reconnu son petit quand il est sorti, et il l'a reconnue, et en le regardant essayer de se dresser sur ses pattes je me suis dit que le monde allait bien.

Les soirs viennent avec lenteur. Quelquefois, je passe toute la journée assise sur un rocher, à observer le ciel – comment la lumière se déplace d'est en ouest –, et c'est faire bon usage de ces journées-là. Sur la lande de Rannoch, aucun jour n'est pareil à celui d'avant.

Au milieu de toutes ces choses, monsieur, je pense à vous. À votre visage, et vos lunettes. Votre voix.

J'espère que vous vous portez bien, monsieur Leslie.

J'espère que vous êtes heureux, où que vous soyez. Quand une brise agite les arbres au-dessus de vous, j'espère que vous les écoutez en fermant les yeux. Que vous vous dites *ils bougent pour moi. En mon honneur.* Car ils le font, pour un homme aussi bon que vous.

Dans mon cachot, je pensais qu'au moment de mourir je dirais *j'aime un homme. J'aime Alasdair*, et c'est vrai. Je l'aimerai toujours. Tous les jours, je me rappelle ma main toute petite dans la sienne, ou comment il a relevé une mèche de mes cheveux, un soir rougeoyant, et il me manque. Je dis son nom à haute voix, ou je l'entends. Je touche les parties de moi qu'il a touchées.

Mais il est en vie, comme moi.

Et puis à présent j'aime plus d'un seul homme. Je crois que j'en aime deux.

*

Je pense ça, et je lève les yeux.

C'est le soir. La lune est à son premier croissant. Il y a des étoiles, et le bruit d'un ruisseau, et dans l'obscurité j'entends même des ailes d'insectes. Je me dis *quels présents nous recevons*. Quels présents, chaque jour.

Je m'enveloppe dans votre manteau, je respire. Je souris.

Je vais devant moi sous le ciel, à travers la lande.

Postface

En mai 1692, trois mois après le massacre, un libelle intitulé *Lettre d'un gentilhomme en Écosse* parut à Édimbourg. Il livrait le compte rendu des morts survenues à Glencoe, recueilli aussi bien auprès des soldats que des survivants. Bien que ce libelle soit considéré comme de la propagande jacobite, il constitue la plus substantielle des sources d'information sur le Massacre de Glencoe. Son auteur anonyme était presque assurément Charles Leslie.

Par la suite, Leslie écrivit encore de nombreux opuscules religieux et continua de lutter pour la cause Stuart. Il rejoignit en 1715 la cour du roi exilé Jacques VII / II en Italie, et passa six années là-bas. En 1721, à l'âge de soixante et onze ans, il fut enfin autorisé à revenir dans son Irlande natale, où il mourut. Il est enterré à Glaslough, près de sa demeure familiale.

Ébruité, ce massacre suscita une indignation nationale. On ordonna en 1693 une enquête qui n'aboutit à rien. Deux ans après, une seconde enquête conclut à la responsabilité de John Dalrymple, seigneur de Stair. Il perdit son titre mais le récupéra assez rapidement. En 1701, il fut promu comte de Stair.

Réfugiés durant plusieurs mois à Appin et dans les monts d'Argyll, les MacDonald regagnèrent ensuite leur glen. Iain, leur nouveau chef, renouvela le serment d'allégeance en août 1692, assurant ainsi la sécurité de son clan. Du sort d'Alasdair Og, on ne sait rien.

Le roi Guillaume régna dix ans de plus, avant que lui succède en 1702 sa belle-sœur Anne. Malgré cinquante années de tentatives supplémentaires et plusieurs rébellions sanglantes, la cause jacobite ne triompha jamais et aucun Stuart n'occupa plus le trône.

La dernière exécution d'une prétendue sorcière en Grande-Bretagne eut lieu l'an 1727. Le *Witchcraft Act* de 1735 mit fin à la peur et aux persécutions qui sévissaient depuis des lustres. On estime que durant les trois siècles précédents, ce sont plus de cent mille femmes – pour la plupart instruites, indépendantes, âgées ou ayant leur franc-parler – qui furent traduites en justice, accusées de sorcellerie. La torture était couramment pratiquée pour obtenir des aveux. En Europe, le nombre de ces meurtres se monte à quarante mille.

Quant à Corrag, une légende demeure attachée à son nom. Son vœu de protéger les habitants de Glencoe contre la mort au fil de l'épée est entré dans le folklore. Aucun des hommes de ce clan, dit-on, n'a péri au combat pendant plus de deux siècles. C'est seulement après qu'on eut retrouvé une épée dans le Loch Leven, en 1916, que la guerre en tua quelques-uns ; la bataille de la Somme avait eu lieu le lendemain.

Il n'existe aucun récit du décès de Corrag, mais d'après la légende elle était âgée quand elle rendit son dernier soupir. On raconte aussi que le clan MacDonald la porta en terre avec les plus grands honneurs. Dans les années 1930, un très petit squelette fut accidentellement exhumé par les ouvriers qui construisaient une route sur la rive du Loch Leven. Attribué à Corrag, il fut réenterré. Bien qu'aucune inscription ne figure sur sa nouvelle tombe, elle est toujours au bord de l'eau. Elle jouit de la vue sur le Mamelon de Glencoe.

Bref rappel du contexte historique

À la mort d'Elizabeth Ire en 1603, le roi d'Écosse Jacques VI, fils de Marie Stuart, accède au trône d'Angleterre sous le nom de Jacques Ier, mais ne réussit que partiellement l'unification. Au cours du XVIIe siècle, les affrontements entre le Parlement et le roi pour l'exercice du pouvoir, sur fond de conflits religieux (Églises catholique, réformée, d'Angleterre, d'Écosse, presbytériens que protège temporairement le pacte nommé *Covenant* signé en 1643, etc.) et nationaux, vont produire deux révolutions.

Les guerres civiles qui font rage de 1642 à 1649 débouchent sur une éphémère république gouvernée par Cromwell, après la décapitation de Charles Ier – fils de Jacques Ier – et l'abolition de la monarchie. Elle est rétablie dès 1660 par le retour des Stuarts, Charles II puis son frère Jacques II (Jacques VII pour les Écossais), converti au catholicisme. En 1689, la révolution dite « glorieuse » pousse celui-ci à l'exil tandis que Guillaume d'Orange, époux d'une fille protestante de Jacques II, Marie, et champion européen du protestantisme, débarque de Hollande pour le remplacer sur le trône avec la reine Marie.

Les désordres qui agitent des pays divisés constituant toujours un terrain d'action idéal pour les brigands, ils ont prospéré durant une bonne partie de ce siècle à la frontière entre l'Angleterre et l'Écosse. Appelés *Mossmen*, ils étaient parfois recrutés comme mercenaires dans l'armée.

(NdlT)

Découvrez le premier chapitre
de son nouveau roman

SUSAN
FLETCHER

Les reflets d'argent

ROMAN

Traduit de l'anglais
par Stéphane Roques

PLON

Titre original :
THE SILVER DARK SEA

Éditeur original :
Fourth Estate, an imprint of HarperCollinsPublishers, Londres

L'Homme-poisson de Sye

Il était une fois un homme. Barbu et bienveillant. Il vivait sur une île, dans une maison de pierre avec un robinet qui gouttait et un petit feu de tourbe. Il n'avait guère d'amis. Toute sa famille était morte.

Dans sa jeunesse, il avait été vigoureux. Il portait les balles de foin d'une main et montait les sacs de blé jusque sous les combles. Sa ferme était propre et ses cochons gras ; ses épaules brunissaient par beau temps. C'était un bel homme. Amoureux d'une fille aux cheveux couleur de soleil. Quand parfois elle lui souriait en le croisant, son cœur s'emballait et sa bouche s'asséchait. Mais pardessus tout, il était timide. Il rougissait dès qu'il entendait son nom ; bafouillait et ne parlait plus pendant des jours. *Elle est trop jolie*, se disait-il. Et la fille aux cheveux de soleil finit par s'en aller. Elle en épousa un autre et les saisons s'écoulèrent. Le temps passa. Sa barbe grisonna.

Le soir, il pensait à elle. Il s'asseyait près du feu et disait *je suis vieux, à présent. Comment est-ce arrivé ?* Les années trop vite enfuies. Sa vie envolée comme une feuille morte.

Pas d'enfants, pas de femme.

Quelle petite vie...

Une nuit, il fut si triste que ses yeux refusèrent de se fermer. Le sentiment de la perte l'empêchait de fermer l'œil. Allongé sur le dos, les yeux au plafond ; la mer houleuse déferlait dans l'obscurité. Le lendemain, il sortit de chez lui ; marcha jusqu'au nord de l'île, là où l'herbe se couchait sous le vent, où les cieux défilaient et la mer tonnait. Quelle était sa place ici-bas ? Il l'ignorait. Mais le vent tirait sur son manteau, l'écume roulait sur le sable froid et les mouettes au-dessus de lui criaient *non ! Non !* Il se retrouva sur un rivage de galets.

Je suis si fatigué, se dit-il. *Je suis si fatigué d'être moi. Fatigué d'être seul.*

Il songeait à toutes ces années gâchées. Pourquoi n'avait-il jamais parlé d'amour ? *Pourquoi ne lui ai-je rien dit ? Ni vu le vaste monde ?* Jamais il n'avait quitté l'île, pas une seule fois. Il était trop tard, semblait-il à présent... trop tard.

Il pleura. Sanglota comme un enfant.

Mais ensuite, il ouvrit les yeux.

Il les ouvrit et vit quelque chose de curieux.

Il y avait un homme dans l'eau. Ou du bois flotté ? Des algues ? Non, c'était un homme, à n'en pas douter. Qui dérivait, ballotté par les vagues. Il avait les cheveux noirs – mouillés, d'un noir bleuté –, la barbe et la peau très pâle. Les yeux ronds, comme ceux d'un phoque. Il ne cilla pas, ne détourna pas la tête.

Qui donc... ?

Qui pouvait bien nager dans des eaux pareilles ? Avec ces vagues qui se brisaient comme du verre ? Et le vent du nord qui soufflait si fort ? Pourtant, cet homme aux cheveux lisses ne se débattait pas. Il ne se noyait pas, n'appelait pas au secours. Il flottait, tout simplement. Il semblait sourire, en flottant. Puis il leva les bras – les leva au-dessus de lui, joignit les paumes comme pour faire une prière – et jeta en avant ces bras qui fendirent l'eau du bout des doigts, suivis par sa tête et son corps qui formèrent un arc. Il plongea dans la mer et disparut.

L'espace d'un instant, il n'y eut plus rien.

Puis, dans son sillage, il y eut une queue – une immense queue aux reflets d'argent. Elle s'éleva, comme un miroir. Et s'engloutit là où l'homme aux cheveux noirs était apparu.

L'éleveur de cochons resta immobile.

Il cligna des yeux, secoua la tête. *Un poisson ? Un homme ? Ni l'un ni l'autre ? Ou les deux ?* Et à cet instant, à cet instant précis, alors que la mer s'écrasait sur les galets de Sye et qu'une mouette solitaire se posait sur les rochers tout proches, il entendit très clairement une voix. Ce n'était pas une voix humaine. Ce n'était pas comme s'il y avait quelqu'un à côté de lui ; c'était une voix profonde et douce qui semblait l'environner au point que le fermier se tourna et se retourna.

Elle soufflait autour de lui : *Espère.*

La voix venait des falaises. Elle montait des galets. Il regarda mais il n'y avait que l'écume, moussante, et la blanche dentelle des eaux fendues, là où la queue avait surgi.

Ce soir-là, le pêcheur s'assit près de son feu de tourbe, enveloppé d'une couverture. Il savait ce qu'il avait vu. Il avait vu un doux visage humain et la queue d'un poisson. Il savait aussi ce qu'il avait entendu.

Au cours des jours suivants, il en parla. *Savez-vous ce que j'ai vu ? Dans la crique de Sye ?* Certains lui rirent au nez, évidemment. Mais d'autres l'écoutèrent les yeux brillants – car leur cœur aussi était fatigué, du moins en partie, et ils rêvaient que cela fut vrai. N'y avait-il pas cette légende ancienne ? Dans un livre relié de cuir ? Ils croyaient bien. Il y avait une histoire en tout point semblable à celle de l'éleveur de cochons – l'histoire d'un regard bienveillant et d'une nageoire d'argent qui s'élevait.

Oh, comme ils voulaient y croire. Ils languissaient après cette créature mi-homme, mi-poisson. Eux aussi voulaient entendre *Espère* de leurs oreilles, face à la mer vespérale.

Les tempêtes finirent par s'apaiser. L'hiver se mua en printemps chaud et chatoyant. Et un jour, comme le fermier étrillait l'échine hérissée de ses cochons, il entendit une voix derrière lui. Une voix de femme – chaude et timide. *S'il vous plaît ? Il y a quelqu'un ?*

Ses cheveux n'avaient plus leur blondeur ensoleillée car elle avait vieilli, elle aussi. Mais il la reconnut.

Ils se marièrent. Elle répara le robinet cassé pour qu'il ne goutte plus. Le soir, elle lui massait les articulations à l'huile de lin et il coiffait ses longs cheveux blancs comme neige. Il lui parla de l'Homme-poisson de Sye. *Je l'ai vu, vu de mes yeux...* Et elle hocha la tête, le crut. Car au fond tout était possible. Tout pouvait exister. Il lui avait manqué toute sa vie – et elle était là, désormais.

Ils vécurent une longue vie ensemble. Une vie heureuse, aussi – ils s'asseyaient devant sa maison au coucher du soleil et se murmuraient leur bonheur. *Ma femme chérie... Mon amour.* Ils sont enterrés au cimetière de l'église, côte à côte. Ils sont dans le coin le plus éloigné, près des prunelliers, et si jamais vous allez sur cette île vous pouvez les voir si vous voulez, déposer quelques fleurs.

*

Espère.

C'est étrange, comme tous les mythes. C'est une histoire familière, aussi, car beaucoup de parents ont chuchoté le conte de l'Homme-poisson à leurs enfants le soir, ou à l'heure du bain, ou pendant un trajet en voiture pour passer le temps. Il n'a pas d'âge, dit-on, et ne peut mourir. Il vit comme les poissons, dans le calme des profondeurs d'un vert dense, mais fait parfois surface pour jeter un coup d'œil vers la terre. Même de nos jours, il y a un habitant de l'île qui affirme avoir vu l'Homme-poisson – son sourire plein d'amour, ses écailles qui accrochent la lumière quand il plonge. D'autres disent, aussi, que si jamais on se sent réconforté, ou si jamais on entend *Espère* – ou bien encore *Aie confiance* ou *Tu n'es pas seul* – en marchant au bord de la mer, en posant le pied dans un bateau, en observant la bâche secouée par le vent au-dessus du bûcher, en allant tirer les rideaux le soir et en s'arrêtant parce que les dernières lueurs sur l'eau sont superbes, comme de l'or, ou en contemplant les reflets de nos bottes dans le sable mouillé et ferme à marée basse, c'est que l'Homme-poisson passe. Il est près de la côte, regarde l'île. Il connaît notre peine – et souhaite qu'elle cesse.

C'était difficile à croire. Quand j'ai entendu *Espère* sur le rivage, c'était en moi que les paroles résonnaient et de moi qu'elles émanaient – avec moi seule pour réconfort, m'efforçant de me maintenir à flot. Mais quel mal y a-t-il à croire à de tels contes ? Le plus souvent, je me dis que c'est le mieux à faire.

Un

Il y a des histoires qui viennent de la mer, et ce sont de bonnes histoires. Les meilleures que j'ai entendues, de loin. Je connais tant d'histoires, mais aucune ne vaut celles qu'on m'a racontées dans les maisons de bord de mer, où les cirés à l'odeur âcre sèchent près du feu à côté des os de baleine d'une pâleur de craie posés à la verticale. Je souriais dans mes mains, en écoutant. Un homme aux yeux bruns me demandait *t'ai-je raconté l'histoire de... ?* Je répondais *non, raconte...* Et on se penchait en avant en faisant craquer nos chaises. Du sel sur les vitres.

Des histoires de pertes, pour la plupart. D'un amour surgi avant d'être perdu.

Je me glissais en elles comme dans une grotte et retenais mon souffle en levant les yeux.

Il y avait plus d'histoires qu'on n'en pouvait compter. La mer les apportait, quotidiennement. Comme les larges lanières d'algues vitreuses qui s'échouaient aux grandes marées, elles capturaient la lumière pour m'attirer plus près d'elles. Une histoire ? Je m'approchais et m'agenouillais. J'écarquillais les yeux pour mieux écouter le conteur. Et elles étaient toujours plus belles que je ne l'avais cru d'abord, au début du récit, ou en les découvrant dans le sable.

C'est ainsi que je l'imagine. C'est la meilleure explication que je puisse donner. On racontait tant d'histoires sur cette île que j'avais l'impression qu'elles venaient avec la marée. Chaque jour, il se passait quelque chose. Dans les criques, sur les plages et les galets, on découvrait les cadeaux laissés par la mer – des bouteilles en plastique, des cordages de nylon, des chaussures, un pneu, des Coton-Tige, les baleines d'un parapluie, un jouet d'enfant détrempé. Sans valeur ? Pour certains, peut-être. Mais pour d'autres, c'étaient des trésors. Il arrivait qu'on traîne chez soi un bout de bois flotté courbe et desséché pour l'y conserver ; un message dans une bouteille de soda pouvait changer une vie. Sur la plage de La Clé, il y avait des bottes en caoutchouc dépareillées, enfilées sur les pieux de la clôture – des bottes échouées sur cette plage, inutiles sans l'autre moitié de la paire –, et j'ai entendu quelqu'un dire que les bottes de cette rangée multicolore défiguraient le paysage. Moi, elles ont fini par me plaire. Je passais la main dessus quand je me promenais à La Clé. J'avais l'impression d'être l'une d'elles – exposée aux intempéries, en attente. À pâlir, ramollir et contempler la mer.

C'est peut-être ainsi que je dois me présenter : la glaneuse. Attirée par les tessons, ce que la vie abandonne dans son sillage. Comme si je ne possédais rien, je ramassais ce que les autres négligeaient, ce sur quoi ils marchaient – la coquille d'une moule aux valves encore attachées, un bout de cordage bleu ciel. Je marchais le long de la frange d'algues et picorais, tel un oiseau, ce qui brillait le plus. Et de la même façon j'amassais toutes les histoires qui reflétaient la lumière et m'éblouissaient – comme celle de la baleine qui répond à la corne de brume, ou de la nuit phosphorescente. Il y avait cette histoire d'un chagrin que j'avais entendue – où des macareux tenaient un rôle, figurez-vous – et j'étais tombée dessus comme sur de l'eau douce, de l'eau que je pouvais boire. Elle m'avait nourrie, en quelque sorte. L'histoire, aussi, d'un fanal solitaire qui danse à l'horizon le soir de Noël.

Ainsi donc, j'étais un peu une glaneuse. Tout avait valeur de trésor pour moi. Dans ma cuisine, je conservais les coquillages ; je disposais des plumes saumâtres dans des vases. Et dans ma tête j'arrangeais les histoires que les insulaires me racontaient – les grottes, l'Homme-poisson, les flocons d'argent, les phoques plus sages que les hommes, la fille qui flottait comme une étoile en patchwork.

Je suis née sur le continent. J'ai grandi en un lieu où les eaux les plus tempétueuses sont une flaque ou un étang peu profond dans un parc. Les histoires n'étaient pas légion, là-bas. Les arbres se courbaient sous la pluie, et je trouvais des éclats de beauté dans un massif de fleurs ou le tremblement du cou iridescent d'un pigeon, mais ce n'était pas assez. J'aspirais à plus – je sentais, toujours, qu'il y avait plus que la vie que je menais. Puis je suis tombée amoureuse quand je croyais que cela ne m'arriverait plus, je suis venue vivre sur une île où les rides au coin de mes yeux se sont creusées, où le sel a épaissi mes cheveux, où des crabes d'un blanc spectral me sont passés sur les pieds en détalant pour s'enfouir dans le sable humide, et où une mer est sans cesse différente de celle qui l'a précédée – moutonnante ou silencieuse, ou brune et d'huile. Et où l'homme que j'aimais m'a raconté des histoires. Avec le temps, d'autres l'ont fait. Ils ont versé du whisky dans mon verre et se sont installés à côté de moi. Ils ont ouvert de vieux livres, ont dit *regarde*... J'ai connu des gens qui croyaient dur comme fer qu'une mouette pouvait parler notre langue, et que l'âme de leurs amis noyés reposait dans le fracas et l'écume.

J'ai entendu sa voix dans l'eau. Vraiment.

Et j'ai senti sa main sur la mienne, à bord de ce bateau. Tu as ma parole.

J'ai leur parole, je l'ai. Je vacille sous le poids de ce trésor inestimable de mots. Et quand je raconte à mon tour leurs histoires, je sais que certains se moquent de moi ou se moquent de l'île, et qu'ils secouent la tête face aux invraisemblances – *un Homme-poisson ? Ben voyons...* Je les comprends – car j'ai brièvement été comme eux ; moi aussi j'ai eu mes doutes. Mais tant de choses ont été perdues et retrouvées. Tant de choses se sont passées qui demeurent inexplicables et je me demande presque s'il est possible de croire à ces histoires sans avoir habité ou séjourné dans une maison de bord de mer – sans que votre lessive se soit envolée dans une brise marine ou que vous ayez été meurtri par les coups redoublés de la pluie sur le capuchon de votre anorak pendant que vous tentiez de ramener un canot à bon port, dans la nuit noire. Sans avoir attendu un bateau qui n'arrive pas. Ou sans que ce bateau soit retrouvé mais pas son équipage. C'est un autre mode de vie, que tout le monde ne peut endurer. Il y a cette expression, *rongé par le sel* ; on l'utilise quand tout espoir est perdu.

Non, on ne peut se fier à la mer, même de nos jours. Même avec les satellites qui nous localisent. Même avec nos sonars, nos radars et nos cartes numérisées. Même avec nos voyages dans l'espace, nos vaccinations, nos bombes atomiques et nos brebis clonées, et quand bien même savons-nous fabriquer une nouvelle vie humaine dans une boîte de Petri, nous sommes encore incapables d'atteindre les plus profonds abysses. Nous sommes incapables de respirer sous l'eau ou de décrypter le chant des baleines. Nous sommes incapables de retrouver un corps passé par-dessus bord. Nous savons peut-être qu'un cœur humain possède des ventricules et qu'une secousse électrique peut le faire repartir, mais nous n'avons pas de mots pour l'immensité des émotions extraordinaires qu'il peut ressentir – les hauteurs et les profondeurs, tout ensemble. *Amour* est un mot trop petit, bien trop petit.

Abigail Coyle me répétait *nous ne connaissons que l'écume...* D'un geste du bras, elle balayait la mer. Et je rentrais chez moi, comprenant ce qu'elle avait voulu dire.

Nous ne connaissons pas tout. Voilà ce que je me disais, debout dans l'eau à mi-taille. Quand je m'asseyais dans un bateau je pensais à ce qu'il y avait sous moi – les profonds, très profonds abîmes, les secrets et les ténèbres.

Notre île est petite, ses contours sont harmonieux. Les falaises y sont hautes comme des tours et striées de blanc par les oiseaux nicheurs. Elles résonnent du bruit de la mer et du cri des oiseaux, et lever les yeux sur elles depuis un bateau qui tangue donne l'impression d'être minuscule, d'avoir froid. Des plumes descendent dans les airs pour atterrir à nos pieds. Elles dérivent à la surface de l'eau comme des rêves.

Il n'y a pas beaucoup d'arbres, sur l'île. Il n'y a pas beaucoup de maisons non plus, même s'il y en a quelques-unes ; elles ont toutes des tuiles en moins, des cadres de fenêtres humides et leur peinture s'écaille. Leurs noms sont sans équivoque : *Aux Quatre Vents*, *La Crête*. Des bonbonnes de gaz sont entreposées à côté des portes de derrière.

Les plages sont jonchées de détritus. Le chemin de roue des voitures est bruni de rouille.

Des brins de toison s'agitent, accrochés aux fils des clôtures électriques.

Il y a un phare, aussi. Il se dresse à l'extrémité nord de l'île et balaie de son feu lent et pâle les champs, les murs des chambres et la mer nocturne.

Disons qu'elle s'appelle Parla. Les noms ne comptent pas, comme presque toujours dans les légendes que je connais. Ce qui compte, ce sont les gens – les âmes qui ont vécu sur l'île et ce qu'elles ont ressenti sur son sable et ses rochers. Bien des générations de gens solides et résolus ont remaillé ici leurs filets et s'y sont courbées sur des moutons pour la tonte. Les hommes ont capturé des fous de Bassan pour se nourrir ; les femmes ont ramassé le goémon à marée basse, leur panier attaché dans le dos et la jupe retroussée. Ils ont nourri leurs enfants de chou frisé et de lait fermenté, ont chanté leurs chansons de marins et vécu dans la crainte de Dieu et des vagues. C'était il y a des années. Mais il reste les photos – floues, aux bords émoussés.

Désormais, les habitants de Parla ont d'autres moyens de subsistance – moutons, tourisme, quatre-quarts ; et les objets d'artisanat qu'ils vendent par Internet et expédient sur le continent enveloppé de papier bulle. Une femme tricote des couvre théière et de la layette ; une autre peint dans un grenier éclairé par des lucarnes que les rafales du vent du nord font claquer brusquement. Nul ne mange plus les fous de Bassan de nos jours. On a encore son propre potager, on récolte encore des œufs au cul duveteux des poules. Il arrive encore qu'on se tienne debout sur le promontoire les bras écartés pour que le vent gonfle notre manteau. Il en est qui boivent encore trop. Comme leur père, ils connaissent les phases de la lune.

Et la mer. Ils connaissent encore la mer, autant du moins qu'homme peut la connaître. Elle fait partie d'eux, ils l'ont dans le sang ; elle façonne leur vie comme la mer façonne une pierre au fil des mois et des ans. Certains n'arrivent pas à trouver le sommeil sur le continent. Ils ne peuvent demeurer là où le bruit de la mer est absent – car Parla n'est jamais, jamais silencieuse. Même par temps calme on entend le *floc, floc, floc* au bord du quai ou le *clac* des coquilles de moules quand l'eau les recouvre. À la Grotte Percée, quand la marée est houleuse ou qu'elle bat son plein, la mer jaillit par l'unique trou du plafond – un souffle suivi d'un crépitement, comme la respiration d'une baleine. Près du port, il y a des falaises incurvées qui forment une cavité où la mer se prend au piège, ou presque ; elle dit *flache, flache*, en essayant de sortir. Ici, l'eau est envahie par les algues. La mer brille d'un reflet huileux, à La Flache – et du rebut. Une fois, un canard en plastique – personne n'a jamais su pourquoi. On l'a baptisé *Le Canard voyageur*. George Moss l'a apporté à son fils et il est aujourd'hui encore posé au bord de leur baignoire.

La plus jeune des filles Bright – qui a soixante-cinq ans – se souvient de l'unique vague qui s'est élevée aussi haut que le phare un hiver, quand elle était petite. Elle s'est écrasée contre le verre de la lanterne. Elle a frappé la tour dans un grondement si profond et tonitruant qu'elle l'a sentie dans son corps – sous les côtes. Elle s'était appuyée au mur, de peur. Cela avait éveillé quelque chose en elle, l'ébranlement de cette vague – une intuition de femme qu'elle désirait et redoutait à la fois, mais n'aurait su nommer. Toutes choses qu'elle connaît bien mieux, désormais.

C'est peut-être la mer qui raconte ses propres histoires. Comme moi, elle en redemande ; elle ne peut s'empêcher de dire *écoutez ça... écoutez-moi*... Après tout, quand on pense à tous les contes qu'elle recèle – les morts, les réchappés, les vies étranges. Même maintenant, pendant que je dis ça, une vague vrombit en retombant sur elle-même, suivie d'un discret sifflement. Bientôt, une méduse bleue nuit aux tentacules déployés remontera à la surface pour serrer lentement deux de ses bras. Sur fond d'eau noire, elle luira.

Avant de mourir, Tom Bundy déclara *Je n'ai jamais connu le silence. Jamais.* Il était né dans les champs, aux Quatre Vents. Chaque heure de sa vie avait été habitée par la mer. Et sa mort prématurée aussi.

*

L'entendez-vous ? L'eau ? Elle respire, au rythme de votre respiration.

Je veux que vous entendiez toute l'île – telle qu'elle est en ce moment, à cet instant précis. Il y a le remuement de la mer, toujours. Mais il y a aussi bien des bruits à Parla qui sont plus que les vagues, plus que les cailloux qu'elles roulent. Les moutons bêlent, de leur voix de gorge. Un portail de bois s'ouvre en grinçant. Les clochettes minuscules d'un carillon éolien tintinnabulent en dansant au bout de leur cordelette. Dans une maison où des herbes sont posées sur le rebord de la fenêtre, l'eau bout – le couvercle de métal de la bouilloire commence à cliqueter, des bruits de pas s'en approchent et une femme dit *j'arrive, j'arrive*... à la bouilloire, comme si elle la comprenait. Elle la soulève avec un torchon ; on entend le bruit d'une tasse qui se remplit. Ailleurs, un chien se gratte l'oreille.

Au bord du quai, une enfant s'accroupit ; elle observe un crabe qui rampe dans un seau de plastique rouge en tapotant la paroi de ses pinces. L'ancienne porcherie, désormais vide, craque sous le soleil de l'après-midi. Il y a aussi du linge étendu sur la corde – quatre taies d'oreiller qui claquent les unes contre les autres, et une paire de chaussettes à rayures. La corde elle-même bondit dans la brise – en haut, en bas.

On entend le *tic-tic* des touches d'un clavier d'ordinateur.

Un téléphone mobile s'éclaire et vibre sur une table, avant de tomber par terre.

Il y a un homme dans sa salle de bains qui nettoie le sable de ses oreilles avec le bout d'un gant de toilette. Il fredonne – *dim-dam-dom...*

Et il y a une mère qui raconte une histoire. Son enfant est devant elle, dans son pyjama imprimé de dinosaures. Il suce le coin d'un chiffon blanc, qu'il tient à deux mains, écoute en ouvrant des yeux grands comme le monde. *Je t'ai raconté l'histoire des pièces d'argent dans les champs ?* Il s'agit d'Hester, une vraie Bundy, qui a les yeux bruns des Bundy et qui connaît ses classiques. Elle a la voix qu'il faut pour les raconter. N'est-elle pas de Parla ?

Entendez-vous ces bruits ? Chacun d'eux ?

Une mouette crie – *ak, ak, ak !* Elle s'est posée sur la cheminée d'une maison aux murs crème.

Et entendez-vous ceci : le froissement des jambes dans les herbes hautes ? En ce moment, un jeune homme marche. Il porte un jean détrempé dont l'ourlet s'effiloche. Le lacet de sa chaussure gauche est défait, et ses bouts en plastique tapent contre la roche dans sa marche. Du crottin de brebis est écrasé sous cette même chaussure ; il le sent à chaque pas, du coup, quand il arrive à l'échalier, il pose la chaussure sur le barreau pour y frotter la semelle. Il plie la jambe, vérifie. Puis il grimpe à l'échalier et brièvement, en grimpant, regarde la maison à la corde à linge. Il plisse les yeux pour l'observer – les chaussettes à rayures, la porte d'entrée jaune. Il renifle, redescend.

Frou, frou. Dans l'herbe.

On est en début de soirée. Ce jeune homme a les cheveux blonds, des taches de rousseur. Il a pris le soleil, aujourd'hui – ses pommettes sont roses et son cuir chevelu irrité. C'était le premier jour de soleil depuis très, très longtemps et il ne s'y attendait pas. Personne ne s'y attendait. Il sait qu'à la longue il va peler.

Il s'appelle Sam Lovegrove, il a vingt-deux ans et, quand il atteint le chemin côtier, il prend la direction de l'ouest.

Composition
NORD COMPO

Achevé d'imprimer en Espagne
par CPI *(Barcelone)*
le 29 mars 2016.

1er dépôt légal dans la collection : mars 20013.

ÉDITIONS J'AI LU
87, quai Panhard-et-Levassor, 75013 Paris

Diffusion France et étranger : Flammarion